BAHAMAS

*

LE PONT DE BUENA VISTA

Parutions septembre 2003

• L'AMANDIÈRE	S. Agnello Hornby
• IL FAUT TUER CHATEAUBRIAND !	Dominique Baudis
• MORT D'UN SILENCE	Clémence Boulouque
• LE BOIS DE LUNE	Françoise Bourdon
• RUPTURE DE CONTRAT	Harlan Coben
• LES SABOTS DE PARIS	Georges Coulonges
• LE PONT DE BUENA VISTA	Maurice Denuzière
• BILLARD BLUES	Maxence Fermine
• LES ALLIANCES DE CRISTAL	Élise Fischer
• LE NŒUD D'ANGUILLES	Alain Gandy
• THÉÂTRE INTIME *Prix Essai France Télévisions 2003*	Jérôme Garcin
• LES GARÇONS D'EN FACE *Prix Europe 1 – 2003*	Michèle Gazier
• DE L'AUTRE CÔTÉ DU LIT	Alix Girod de l'Ain
• LES TACHES DU LÉOPARD	Françoise Giroud
• DERRIÈRE LES BARREAUX...	Isabelle Le Bourgeois
• PETITE PLUME	Eran Kroband
• LES RACINES DE L'ESPÉRANCE	L.-J. Liandier
• NE DISONS PAS AU JOUR....	D. Marny & J.-P. Gourévitch
• C'EST GRAVE, DOCTEUR ?	Martin Winckler

TOME II

BAHAMAS

*

LE PONT DE BUENA VISTA

MAURICE DENUZIÈRE

FERYANE
LIVRES
EN GROS
CARACTÈRES

ISBN 2-213-61475-X

ISBN 2-84011-543-3

7

La fréquence des ouragans avait retardé la remise en état du va-et-vient aérien entre Soledad et Buena Vista. Le « panier volant », comme le nommaient les indigènes, ne fut rétabli qu'en janvier 1854. Aussitôt, Charles Desteyrac regagna sa petite maison de Pink Bay et recruta des terrassiers qui entreprirent, sous la direction de Tom O'Graney, promu conducteur de travaux, d'évider et aplanir la roche corallienne pour établir des plates-formes propres à supporter les appuis du pont.

Au cours de ces journées passées sur Buena Vista, Charles était souvent convié par lady Lamia à partager le repas de midi, auquel participait sa filleule. L'ingénieur établit bientôt des rapports confiants avec Ounca Lou, de qui il appréciait autant le charme que les propos. Fish Lady, dont il avait craint un moment qu'elle ne prît ombrage de cette relation, sembla au contraire l'encourager. Souvent, elle se retirait après le déjeuner, laissant tête à tête Desteyrac et la jeune fille. Ces apartés devinrent, pour Charles, de plaisants moments de détente. Il bavardait de tout et de rien avec une jolie fille qui semblait, elle aussi, prendre plaisir à sa compagnie.

Ni prude ni hardie, celle qui avait su dominer une situation dangereuse et recouvrer son assurance, une fois en sécurité auprès d'inconnus, attirait l'ingénieur plus qu'il n'osait encore se l'avouer. L'évidence de la perfection physique confère à la femme intelligente, de bonne éducation et dénuée de frivolité, une séduction bien assumée dont elle s'abstient de jouer en toute circonstance. Ounca Lou, dont la présence charmait qui l'approchait, était de cette espèce. Ses gestes, ses regards, son sourire souvent dubitatif, facilement narquois, exprimaient une sorte d'avis non formulé : « Surtout, ne vous mettez pas en frais pour me dire que je suis jolie. Je le sais ! » N'étant pas, à la différence de Mark Tilloy, un dispensateur de prévenances superflues toujours prêt au dithyrambe, Charles Desteyrac se comportait en homme affable mais réservé, pour qui la beauté d'Ounca Lou allait de soi, comme le bleu du ciel et le clapotis des vagues. Il eût trouvé flagorneur de vanter clairement, ou par allusion, l'harmonie de ses traits, la fraîcheur de son teint, ses yeux légèrement bridés, la longue et libre chevelure, couleur acajou, qui cascadait sur ses épaules nues. Ce comportement masculin sans équivoque avait contribué à établir entre l'ingénieur et la filleule de lady Lamia une relation dénuée d'artifices, saine et sereine, que reflétaient leurs conversations.

Charles devait répondre à des questions sur la vie en Europe, principalement à Paris, qu'Ounca Lou imaginait comme une cité idyllique où toutes les femmes étaient belles et bien vêtues, où l'on dansait chaque soir la valse, proscrite chez les puritains américains, qui ne prononçaient jamais, devant une dame, les mots jambe et pantalon.

Un après-midi, la jeune fille descendit de sa barque devant la maison où Desteyrac, penché sur sa planche à dessin, mettait au point certains détails du pont. Elle apportait, de la part de sa marraine, un cake aux fruits cuit par Ma Mae, le cordon-bleu de Buena Vista. Charles convia la visiteuse à prendre un rafraîchissement sur la minuscule galerie de son logis et, après quelques banalités, se prit à l'interroger sur ses années d'études à New York.

Ounca Lou commentait, et parfois critiquait avec humour, les mœurs des étudiantes américaines, ses compagnes du Rutgers College de New York, toutes issues de la meilleure société. Comme ces jeunes personnes fortunées, elle avait appris à parler et écrire un anglais correct ; elle avait pratiqué la musique, le dessin, les travaux d'aiguille ; elle savait la façon de tourner une lettre et connaissait plusieurs langues. L'italien, parce que la mode était, chez les enrichis du suif et de la quincaillerie, à la visite des ruines romaines, un peu d'allemand, et le français, qu'elle parlait avec un léger accent anglo-créole qui en rendait la prononciation plus musicale, un peu précieuse.

– Pourquoi le français ? demanda Charles.

– Pour être partout comprise, répondit-elle le plus sérieusement du monde.

Cette instruction très coûteuse, au dire de lady Lamia, avait été complétée par une éducation mondaine appropriée. Ounca Lou savait entrer gracieusement dans un salon, s'asseoir sans prendre un siège d'assaut comme s'il était convoité par une autre personne, le quitter sans donner l'impression que le feu prenait à sa robe, danser le quadrille sans raideur ni trémoussements, « surtout sans agiter les bras comme un ange ses ailes », précisa-t-elle.

– Vous êtes donc une jeune fille accomplie et formée comme les héritières convoitées des chemins de fer ou de la banque, prête, en somme, pour un riche mariage, risqua Charles.

Cette réflexion rendit d'abord Ounca Lou pensive, puis, après avoir fixé un instant le vide lumineux de l'océan, elle se tourna, les narines frémissantes, vers son hôte.

– Pourquoi parlez-vous ainsi ? Vous savez que je ne suis pas une riche héritière, monsieur, dit-elle soudain, comme offensée.

– Je... Je ne comprends pas, balbutia Desteyrac, conscient d'avoir commis un impair.

– Ne cherchez pas à ménager mon amour-propre en feignant d'ignorer ce que tout le monde sait. Oui, je suis une fille naturelle de lord Simon, et il y en a d'autres dans l'archipel. Cela, vous l'avez appris, bien sûr, par votre ami Mark Tilloy, le beau lieutenant qui se croit autorisé à scruter, longue-vue en main, mon bain quotidien.

– Sacré Mark ! Avouez qu'il est excusable... Sur terre ou dans l'eau, vous êtes agréable à regarder comme une œuvre d'art. C'est la rançon de la beauté, ne put s'empêcher de lâcher Charles, espérant détendre l'atmosphère.

– Et comment donc, monsieur ! Si j'étais ce que vous appelez une riche héritière, je serais pourvue d'un nom autre que celui d'Ounca Lou de Buena Vista, qui ne figure sur aucun état civil, parce que fabriqué par la femme qui m'a élevée pour m'assurer une existence tranquille. Si j'étais une riche héritière, ayant un père et une mère comme tout le monde, ni M. Tilloy, ni l'honorable Malcolm Murray, ni l'écrivain de marine Michael Hocker ne feraient preuve d'autant de sans-gêne pour m'aborder, la bouche en cœur, quand je vais faire des courses au village des artisans, ou quand je livre nos éponges au port oriental, dit-elle, le regard flamboyant.

– Je suis confus, croyez-le bien, d'avoir inconsidérément parlé de riche héritière, dit Desteyrac d'un ton calme, sans ajouter d'excuses.

– Oui, vous êtes confus, vous êtes confus, c'est peut-être bien la seule chose qui vous différencie encore des autres ! pesta la jeune fille.

Elle quitta brusquement son siège pour se diriger vers sa barque, au sec sur le sable. Charles se leva et la suivit.

– Contrairement à ce que vous semblez croire, j'ignore tout de votre vie. Si, dès notre première rencontre, ici même, quand vous avez failli vous noyer sous nos yeux, Mark Tilloy m'a révélé, sous le sceau du secret, que vous êtes fille de lord Simon, je n'en ai pas appris davantage depuis lors et n'ai pas tenté d'en savoir plus. Dois-je ajouter que le genre de relations, pour moi agréables, que nous entretenons depuis quelque temps n'exige ni présentation d'un certificat d'état civil, ni confidences exhaustives. Je prends les gens, femmes ou hommes, tels qu'ils m'apparaissent, sans me soucier de leur naissance, de leur fortune, ni même de ce qu'ils peuvent penser de moi. Vous êtes la fille adoptive de lady Lamia, femme admirable que j'estime beaucoup, ça me suffit et m'a conduit à vous considérer avec sympathie et respect. Je sais maintenant de vous ce que vous venez de m'en dire. Très bien, mais vous auriez pu vous épargner cet aveu, qui ne modifie en rien ma façon de voir. Transmettez mes remerciements à votre marraine et mes félicitations à sa cuisinière, conclut Charles en aidant Ounca Lou, dont c'était le tour d'être confuse, à mettre sa barque à l'eau.

Sans se retourner, il regagna sa planche à dessin et, d'un crayon rageur, produisit en quelques traits de mémoire, un portrait de celle qui, hissant la voile latine de sa petite embarcation, rentrait, des larmes de dépit plein les yeux, à Buena Vista.

Quelques jours après cette entrevue, dont il avait espéré mieux, Charles, qui venait de passer la journée sur l'îlot pour surveiller les travaux de terrassement, fut, comme souvent, convié à dîner par lady Lamia. Il constata l'absence d'Ounca Lou.

– Ma filleule a été enlevée par votre ami Tilloy. Elle accompagne notre livraison d'éponges à Nassau. Ce petit voyage de quelques jours sera pour elle une distraction, car je crains qu'ici elle ne s'ennuie sans oser le dire, révéla Lamia.

Charles savait que Tilloy se rendait, chaque mois, sur l'île capitale New Providence pour livrer les éponges de Buena Vista, les carapaces de tortues, l'écorce de cascarille et les noix de coco récoltées sur Soledad. N'ayant pas mis les pieds depuis plus d'une semaine au Loyalists Club, il n'avait pas revu le lieutenant. Il ne pourrait donc reprocher à Mark de lui avoir caché que la filleule de lady Lamia était du prochain voyage à Nassau. Le lieutenant n'en aurait pas fait mystère, n'eût été que pour signifier à Charles qu'il avançait dans la conquête de la belle qui avait enflammé ses sens. Tilloy considérait qu'Ounca Lou, du fait de sa bâtardise, devait se sentir flattée d'être courtisée par un officier de marine britannique sans préjugés. Dissimulant sa vague irritation,

Desteyrac, étonné que la jeune fille eût accepté de naviguer avec un garçon dont le sans-gêne semblait l'offusquer, changea de sujet de conversation.

– Savez-vous que Malcolm Murray est en train de dresser les plans d'un hôpital qui sera le plus moderne de l'archipel ? Lord Simon est aux anges et ouvre largement sa bourse. Quand je me rendrai à Pittsburgh pour lancer la fabrication de notre pont, Malcolm sera du voyage jusqu'à New York. Il devra, avec un médecin, acheter des instruments de chirurgie pour équiper ce nouveau lazaret.

– Je sais. Malcolm est venu me voir, car le médecin de la colonie blanche, Albert Weston Clarke, critique sans arrêt le projet de Murray, que Simon a eu tort de montrer avant qu'il ne soit achevé. Pour avoir soigné des altesses à la cour de Saint James, Weston Clarke se prend pour une réincarnation d'Hippocrate. Il veut tout régenter et exige d'être le seul praticien du futur hôpital. C'est lui qui décidera de l'équipement et de l'embauche des infirmiers. Je trouve cela inconvenant. Si vous avez quelque influence sur mon frère, qui, je le sais, vous tient en haute estime, surtout depuis que vous lui avez permis, m'a-t-on dit, de situer la cachette de son Graal de pacotille, essayez de lui faire admettre que David Kermor est plus apte que Clarke à diriger son hôpital. Uncle Dave a le diagnostic sûr, une grande expérience des maladies répandues dans l'archipel et parmi les marins. C'est aussi un cœur généreux, qui connaît beaucoup mieux que Clarke nos Indiens, nos nègres, nos mulâtres et nos métis. Weston Clarke est un docteur mondain, devenu, pour des raisons que vous apprendrez bien un jour, médecin dans les colonies de la Couronne ; il tient encore pour sauvage tout ce qui n'est pas né en Angleterre. Il n'a jamais accepté, par exemple, de soigner les indigènes, même ceux, pêcheurs indépendants, commerçants ou artisans, qui ont de quoi payer les honoraires exorbitants qu'il extorque à ses patients du Cornfieldshire. D'ailleurs, si vous êtes un jour souffrant, allez plutôt consulter Kermor que Clarke, conclut Lamia.

– Je connais à peine le docteur Weston Clarke. En revanche, j'ai une grande sympathie pour Uncle Dave, avec qui j'ai noué une relation amicale. Je m'efforcerai d'amener votre frère à partager vos vues et celles de Murray. Il faut que cet hôpital, comme notre pont, soit une réussite, dit Charles.

Ce soir-là, lady Lamia tint à accompagner l'ingénieur jusqu'à la nacelle du va-et-vient qui le porterait de l'autre côté du cañon. Le crépuscule nimbait de mauve un océan paisible. Sous la caresse de l'alizé, les palmes des cocotiers, tels les bras de danseuses orientales, ondulaient, lascives. Face au soleil couchant, les oiseaux de mer se bécotaient sur les rochers ; la fraîcheur du soir sublimait le parfum composite de l'île ; le ressac, berceuse monotone, promettait le sommeil à toutes les créatures vivantes.

– C'est l'île heureuse des contes de fées, murmura Charles.

– Je souhaite que vous vous y plaisiez, le temps de construire votre pont. Après, vous retournerez à la civilisation et bâtirez d'autres ponts dans d'autres pays, répondit Lamia, rêveuse.

– Du train où vont les choses, j'ai plus d'une année de travail. Je croyais les Américains prompts à la décision et rapides dans l'exécution. Or, il n'en est rien. J'en suis encore à attendre une réponse des ingénieurs de Pittsburgh, et lord Simon s'impatiente. Je n'ai toujours pas reçu les câbles d'acier que j'ai commandés pour remplacer les cordages du va-et-vient. Et puis, une fois le pont en service, votre frère souhaite prolonger mon contrat. Mais mon acceptation dépendra des circonstances et des travaux envisagés. Il voudrait que j'améliore le réseau routier. Il pense même à un chemin de fer qui relierait le nord au sud de l'île.

Fish Lady réagit vivement.

– Pouah ! La peste soit des locomotives et de ceux qui les fabriquent ! Vous imaginez notre ciel souillé par les fumées noires des machines, et le parfum de nos fleurs supplanté par celui du charbon ou du bois brûlé ! Non, je vous en prie, détournez mon frère de cette idée de chemin de fer, fit-elle, suppliante, en lui prenant le bras.

– Rassurez-vous. Je ne construis que des ponts et des routes, pas des chemins de fer. Les trains n'ont pas leur place dans un conte de fées, n'est-ce pas ? ajouta-t-il gaiement.

– Dans les contes de fées, il y a toujours une ingénue, un prince charmant et une sorcière. En attendant le retour de l'ingénue, à qui vous avez fait forte impression et qui ne sait comment se faire pardonner certaine réaction d'amour-propre, souvenez-vous que la sorcière de Buena Vista est votre amie, dit-elle en le quittant.

– N'y a-t-il pas, dans chaque sorcière, une ingénue désenchantée ? lança Charles avant de sauter dans la benne.

Mais l'alizé s'empara de ces mots et les dispersa sur l'océan, privant Fish Lady d'une friandise dont elle avait sans doute oublié le goût.

Après quelques jours passés au bord de Pink Bay, dans son habitation rustique, Desteyrac regagna son confortable bungalow du Cornfieldshire. Il eut plusieurs entrevues avec le major Carver et lord Simon, qui décida de relancer d'une façon péremptoire ses associés des ateliers de Pittsburgh afin que l'on accélérât l'expédition du devis attendu.

– Nous aurions dû commander votre pont à Leeds. Nous autres Anglais ne laissons pas traîner les affaires comme ces Américains qui veulent tout entreprendre à la fois. Je sais que les gens de Keystone Bridges Works ont accepté d'énormes demandes de rails pour le chemin de fer de l'Ouest, mais ce n'est pas raison suffisante pour négliger la commande d'un de leurs principaux actionnaires.

Heureux de trouver un allié écouté de son

oncle, Malcolm Murray obtint, avec l'aide de Charles, que le docteur Albert Weston Clarke partageât avec son confrère, David Kermor, la direction du futur hôpital. Ce dernier comprendrait une salle réservée aux insulaires blancs, sous l'autorité de Clarke ; une autre, confiée à Uncle Dave, accueillerait les marins de la flotte Cornfield et les indigènes qui, en dépit de cette ségrégation imposée par les mœurs coloniales, devraient bénéficier des mêmes soins que les Anglo-Saxons.

– Et puis, si ça ne fonctionne pas bien, je ferai venir d'Angleterre un médecin en renom que me recommandera González et qui acceptera de s'exiler un an ou deux, si je le paie cher. Cela mettra nos deux médicastres d'accord ! conclut Simon Leonard, agacé par ces rivalités subalternes.

Ces propos, commentés par Charles, Malcolm et Edward Carver lors d'une soirée au Loyalists Club, eurent un effet salutaire. Les deux médecins adoptèrent sans plus tergiverser les décisions prises sans leur avis à Cornfield Manor. David Kermor, informé par lady Lamia de l'engagement de Desteyrac au côté de l'architecte Murray, offrit à ses amis un dîner auquel le docteur Albert Weston Clarke et son épouse, ainsi que les Russell, acceptèrent de participer. Tous savaient que le maître de l'île entendait que chacun se tînt à la place par lui assignée.

– Maintenant, je suis certain que nos praticiens, dont il ne faut pas totalement négliger les suggestions en matière de distribution des locaux de soins dans votre hôpital, se montreront plus conciliants, dit Charles à Malcolm.

En peu de temps, depuis le duel de Pirates Tower et le soutien viril du Français, le jeune architecte avait mûri. Il mettait dans son travail autant de passion que d'application, et son amitié pour l'ingénieur s'était affirmée. Le neveu du lord avait renoncé à l'arrogance aristocratique qui avait si fort indisposé Charles à son égard lors de leurs premiers contacts.

– Je vous dois, Charles, d'avoir retrouvé le goût de vivre et d'agir, l'envie d'être utile, de pratiquer mon art. Voyez-vous, j'en oublie ma boiterie, et je dirais même que je la domine de telle façon qu'elle peut passer inaperçue quand je rencontre la superbe Ounca Lou, que vous et Tilloy avez repêchée un jour de tempête.

– Savez-vous que notre fringant lieutenant a emmené la belle à Nassau avec la bénédiction de sa marraine ? confia Charles, taquin.

– Je sais Mark très entiché de cette demoiselle, mais je doute qu'il arrive à ses fins. Cette fille a du sang Cornfield et sa mère, descendante des premiers pionniers d'Eleuthera, lui a légué une volonté de fer. De plus, Ounca Lou est instruite et futée. À mon avis, elle n'ôtera sa chemise que la bague au doigt, car elle doit, étant de naissance illégitime, se faire une position. Très peu pour moi ! C'est pourquoi je laisse la place à notre cher Tilloy, qui a pour concurrent actif Michael Hocker, l'écrivain du *Phoenix*. Sous des dehors timides, ce garçon est un casse-cœur aussi redoutable que Lovelace, le héros de Richardson, dit Murray.

– La compétition va donc devenir amusante, convint Charles.

– Et stupide, car on a ici toutes les filles qu'on veut, si l'on sait s'y prendre, et les parents ne font jamais d'histoires. Il suffit de traiter gentiment ces petites, car elles sont sentimentales comme des juments. En revanche, il ne faut pas toucher aux femmes mariées. Le Christ ne viendra pas à Soledad sauver la femme adultère. On m'a raconté d'affreuses histoires d'épouses infidèles, exécutées par des maris trompés. Un gentleman, Charles, ne peut donc prendre le risque d'envoyer une femme, peut-être mère de famille, à la mort. Si vous le vouliez, je pourrais vous présenter des poulettes tout à fait désirables et sans manières, conclut Malcolm Murray, serviable.

Trois jours plus tard, rentrant chez lui, Charles trouva, assise sur les marches de la galerie, une jeune Indienne au teint clair. Vêtue d'une courte tunique blanche, les cheveux gerbés tel un casoar sur le sommet de la tête, la visiteuse inattendue lui parut fort jolie. Elle se leva à l'approche de l'ingénieur, inclina la tête et le salua d'un gracieux « *good evening, Sir* », dans cet anglais colonial teinté d'accent créole que la femme du pasteur enseignait depuis un quart de siècle aux jeunes filles de la meilleure société indigène.

– Que veux-tu ? demanda l'ingénieur.

– Vous tenir compagnie, sir, dit-elle humblement.

Desteyrac savait que l'île comptait quelques prostituées, des mulâtresses ou des octavonnes pour la plupart, fort discrètes et cantonnées dans le Sud, près du village des pêcheurs d'éponges. Les marins célibataires de la flotte Cornfield ou les matelots de passage étaient leurs seuls clients, avec les jeunes Blancs, fils de colons d'Eleuthera et de Cat Island, les îles les plus proches. Ces garçons de familles puritaines, tourmentés par le désir, n'hésitaient pas à faire plusieurs heures de navigation pour connaître l'étreinte de femmes qui remplissaient avec application, gentillesse – et l'autorisation du maître de l'île – une sorte de mission sociale. Les Lucayens, Indiens, métis ou Noirs trouvaient ailleurs de quoi satisfaire gratuitement leurs appétits.

Charles, interloqué, considéra la jeune fille silencieuse qui, les yeux baissés, lui faisait face dans cette pénombre crépusculaire qui fluidifie tous les contours, charme des soirées bahamiennes. « S'il s'agit d'une prostituée, elle ne manque pas d'audace », se dit-il. Connaissant un peu les femmes arawak, renommées dans tout l'archipel pour leur beauté, leur douceur et leur fidélité, il constata que l'intruse, frêle et timide, au regard craintif, possédait port élégant et distinction naturelle.

– Je n'ai pas besoin de compagnie, mais c'est aimable à toi d'avoir pensé à moi. Tu peux rentrer chez toi, dit Desteyrac, courtois.

La demoiselle parut contrariée par ce congé. Elle inclina la tête, confuse.

– *Sorry, Sir,* finit-elle par articuler d'une voix étranglée en descendant les trois marches de la galerie.

– Attends un instant. Qui t'a envoyée ?

– Mossu Poko, l'hindou de sir Carver. Il m'a dit que son maître, il veut qu'une jeune fille vienne chez vous, parce que vous êtes seul. Alors, il m'a choisie. Il connaît mon père, le cordonnier.

– Le major Carver ! s'exclama Charles.

Les bruits de voix firent apparaître Timbo. Comme à son habitude, le jeune Arawak, guetteur attentif, s'était jusque-là tenu immobile dans l'ombre de la galerie.

– Dis-moi, sais-tu pourquoi cette demoiselle est là, et qui l'a envoyée ? demanda Desteyrac.

D'un mouvement de tête, le domestique signifia à la visiteuse d'approcher, lui dit une phrase en dialecte, puis l'invita à s'éloigner un peu tandis qu'il venait vers Charles.

– Mossu l'Ingénieu' est jeune et puissant. Il a besoin de femme, n'est-ce pas ? Majo' Ca'ver a pensé à belle jeune fille pour fai'e plaisi' la nuit.

– Non, vraiment ! J'ai peu de goût pour les prostituées, Timbo, dit Charles, plus amusé qu'offensé.

– C'est pas p'ostituée, mossu ! C'est jeune fille de bonne famille a'awak, bien éduquée, fille qu'a pas connu l'homme, mossu. Elle sait anglais et espagnol. Elle a app'is à l'école, répliqua Timbo, indigné qu'on eût pris une femme de sa race pour une prostituée.

– Une vierge ! Que veux-tu que je fasse d'une vierge ? Je n'ai pas pour habitude de déflorer les demoiselles, même de bonne famille ! protesta Charles en riant.

Pendant cet échange, l'intéressée, figée à quelques pas, le visage caché dans les mains, offrait le parfait spectacle de la désolation. Charles la trouva pitoyable.

– Chez nous, les Taino de la t'ibu des A'awak, nos ancêt'es ont vu les p'emiers les Blancs de l'Espagne, venus avec C'istofo Colombo sur not'e île Guanahani. Faut savoi' qu'une fille peut pas ma'ier un ga'çon si elle a pas connu l'homme, et que l'homme a pas dit qu'il a été contenté. C'est le p'emier homme qui peut di'e si elle fe'a bonne épouse. Pe'sonne veut ma'ier fille vie'ge, expliqua Timbo.

– Chez nous, vois-tu, Timbo, c'est plutôt le contraire ! s'exclama Charles.

– Chez les Taino des A'awak, c'est honneu' pou' jeune fille de connaît'e ét'anger blanc, fo't et gentil. Ap'ès, elle peut ma'ier bien. On est content, le bon Dieu et les zemis aussi, assura Timbo avec sérieux.

– Le bon Dieu sera peut-être content, tes esprits tutélaires aussi, mais pas Monsieur le Pasteur. Car cette jeune fille a dû être baptisée, puisqu'elle a fréquenté l'école de la femme du pasteur.

– Sû', mais Mossu Pasteu' sait que c'est comme ça chez les Taino des A'awak depuis toujou's. Alors, il ma'ie sans demander 'ien. Comme majo' Ca'ver, il dit : « C'est vieille coutume, faut 'especter », affirma le jeune homme.

Charles demeura un instant pensif. Depuis son départ de Paris, il n'avait pas eu la moindre occasion de « contenter la bête », comme disait son ami Fouquet. Jusqu'à ces derniers jours, il n'avait même pas pensé aux femmes, malgré des manifestations oniriques qui, certaines nuits, lui rappelaient sa virile animalité.

– Bon. Remercie cette demoiselle, Timbo, mais dis-lui d'aller se faire déflorer ailleurs. Un homme de sa tribu fera bien l'affaire, non ?

Timbo prit un air consterné.

– Si Mossu l'Ingénieu' il 'envoie la jeune fille, g'and malheu' pou' elle. On di'a qu'elle peut pas plai'e, même à l'homme sans femme. On di'a qu'elle a p'têt' mauvaise odeu', qu'elle est pas p'op'e du co'ps, ou qu'elle est pas obéissante. On la moque'a. Elle t'ouve'a pas bon ma'i, déclara Timbo, sincèrement ennuyé.

– En somme, je devrais la violer pour la préparer au mariage ? Drôle de religion que la tienne, Timbo !

– Je comp'ends bien qu'elle plaît pas à Mossu l'Ingénieu', soupira le jeune homme.

Charles, plus déconcerté que scandalisé par cette étrange coutume indienne, se tourna vers la jeune fille. De grosses larmes roulaient sur ses joues et se perdaient à la commissure des lèvres.

– Je la trouve très plaisante, au contraire, mais j'aurais scrupule à profiter d'une pratique qui n'appartient qu'aux gens de ta tribu, Timbo. Tu comprends ça ?

– Faut p'ofiter tous les deux ensemble, vous et elle, répliqua l'Arawak avec un large sourire.

À la perspective de mettre dans son lit cette fragile créature, Charles, sevré de plaisir depuis plusieurs mois, sentit sa résolution première fléchir. Murray ne lui avait-il pas dit avoir passé quelques chaudes nuits avec une Indienne ?

– Bon, dis-lui que je voudrais parler de tout ça avec elle, ordonna-t-il à Timbo.

– Elle sait bien 'aconter des histoi'es d'aut'efois, mossu.

– Mais pour... le reste ? s'enquit Charles.

– Pou' le plaisi', elle sait tout ce qu'il faut fai'e à l'homme. Ses amies ma'iées, sa mè'e et ses sœu's, lui ont dit. Facile pou' Mossu, et Timbo t'ès content si peut di'e la jeune fille a bien plu à Mossu l'Ingénieu'.

Charles, près de se rendre, renonça à s'adresser directement à la demoiselle et décida de temporiser.

– Dis-lui que, ce soir, j'ai du travail, que je suis fatigué. Demain, je retourne à Sharks Bay où les terrassiers m'attendent. Quand je reviendrai, dans quelques jours, je t'enverrai la chercher. Si elle est toujours décidée, nous verrons, consentit Desteyrac.

Timbo transmit le message, que la jeune fille reçut avec une évidente satisfaction. Elle approcha et s'inclina profondément dans la direction du Français. La lune éclairant maintenant le décor, Charles remarqua le regard velouté, plein de douce reconnaissance, les lèvres épanouies dans un large sourire et, par la béance de la tunique, l'insolence de petits seins ronds et fermes.

– Comment s'appelle-t-elle ? demanda-t-il à Timbo dès que la visiteuse se fut éloignée.

– Wyanie. C'est la fille du co'donnier. Elle est bien contente veni' une aut'e fois, précisa Timbo, ravi que tout puisse s'arranger.

Desteyrac expédia rapidement son repas de beignets de conques et de fruits. La dernière bouchée avalée, il se rendit chez Edward Carver, qu'il était sûr, à cette heure-là, de trouver sur la galerie, en train de fumer le cigare en suivant du regard le vol des chauves-souris.

– Je ne m'attendais plus à vous voir ce soir, dit le major en offrant un siège au visiteur.

– Figurez-vous qu'il m'échoit une curieuse – encore qu'elle puisse être agréable – mission. Mais peut-être êtes-vous au courant ? dit aussitôt Charles.

– Vraiment ? Une mission ? répliqua le major avec flegme, mais le regard rieur.

Le récit que fit l'ingénieur de la visite de Wyanie, la fille du cordonnier, ne pouvait étonner sir Edward.

– Il est exact, cher ami, que c'est Poko qui l'a envoyée chez vous, à ma demande, après une conversation que j'ai eue hier avec votre ami Murray, reconnut sans gêne Carver.

– Comprenez que votre sollicitude et celle de Malcolm, en un tel domaine, me paraissent un peu... comment dirais-je, osée, indiscrète, pour ne pas dire... scabreuse ! déclara Charles sur un ton badin.

Il ne voulait pas donner au major le sentiment qu'il prenait son initiative pour offense, encore moins qu'il opposait à celle-ci un conformisme puritain.

– Allons, allons, un gaillard de votre trempe ne peut pas, ne doit pas rester trop longtemps sans femme ! Certains appétits humains s'atténuent avec l'âge, j'en sais quelque chose. Mais vous êtes jeune, et...

– Certes, mais cette façon qu'ont les Taino des Arawak de faire déflorer leurs filles par le premier venu me trouble. Même si, après tout, je suis prêt à sacrifier au rite, dit Charles, égayé par les propos de sir Edward.

– Vous n'êtes pas le premier venu, cher ami. Pour les Taino, les plus purs de nos Indiens, venus d'Amérique centrale se réfugier au IXe siècle dans l'archipel, vous êtes un personnage considérable. Bel homme, venu d'au-delà des mers, instruit, bâtisseur de ponts, vous jouissez de la considération de lord Simon et de celle de votre serviteur. On sait aussi que lady Lamia chante vos louanges. Croyez bien que la famille de Wyanie, que j'ai connue petite fille, appréciera votre... collaboration, expliqua Carver, malicieux.

– Cette coutume est d'un autre âge, et j'avoue qu'il me gêne d'en user. Je me mets à la place de la jeune fille qu'on oblige à offrir sa virginité à un étranger. Elle doit être affreusement humiliée, observa Charles.

– L'humiliation ne pourrait venir que de votre refus, Charles. Vous n'êtes ni à Londres, ni à Paris, ni à Boston. Si, à Soledad, comme sur d'autres îles, l'adultère est puni, chez les Taino des Arawak la virginité d'une fille, passé quinze ans, est considérée comme une tare. À seize ans, une vierge ne trouve plus de prétendants. Ou seulement un veuf chargé d'enfants. Si elle ne quitte pas l'île pour aller ailleurs s'embaucher comme servante, elle restera avec ses parents qui devront l'entretenir jusqu'à leur mort. Elle sera le souffre-douleur de ses sœurs et la risée des garçons. Elle ne pourra même plus assister au *goombay*, la fête des Lucayens au cours de laquelle garçons et filles dansent et chantent en se trémoussant, avec une immodestie provocante, au son des tambours en peau de chèvre, des scies et de l'accordéon offert par lord Simon. Je conçois vos scrupules, mais faites-les taire, comme, j'imagine, votre ami Murray a su le faire, d'après ce qu'il m'a lui-même rapporté. Et puis, sachez que les parents préfèrent voir leur fille déflorée par un étranger, à qui elle ne s'attachera pas et qui ne s'attachera pas à elle, plutôt que par un indigène qui aura des exigences, précisa le major.

– Curieuse coutume ! Et si je prenais goût à cette Wyanie ? osa Charles.

– Pas de ça, mon ami. Vous ne la reverrez pas avant qu'elle soit mariée. Et alors, attention ! Si vous entreteniez une relation avec une femme mariée, celle-ci risquerait sa vie.

– Malcolm m'a déjà mis en garde. Je sais que les Arawak ne plaisantent pas avec la fidélité conjugale, dit l'ingénieur.

– J'ai connu au moins deux épouses adultères qui ont péri noyées dans Lusca Hole, le trou du monstre, indiqua le major.

– J'ai remarqué que Timbo, lorsqu'il me conduit au sud de l'île, fait toujours un détour pour ne pas passer près de ce trou bleu. Il le dit différent des autres, mais il élude toutes mes questions.

– Son silence ne m'étonne pas. Ce trou bleu, un de ceux que nos Lucayens superstitieux évitent le plus d'approcher, est censé abriter Lusca, le plus redouté des monstres, dont le chef de famille logerait dans un grand trou bleu de l'île Andros. Lusca, que personne n'a jamais vu, tient à la fois de la pieuvre et du requin. Si l'on trouble l'eau, il sort de son antre sous-marine, vous saisit avec ses multiples bras et vous entraîne dans les abysses pour vous dévorer. Quand un mouton ou un cochon meurt de maladie, les paysans vont le jeter dans Lusca Hole pour amadouer le monstre.

– Et ils y jettent aussi les épouses infidèles ! C'est un crime que lord Simon, détenteur, m'a-t-on dit, de haute et basse justice au nom du gouverneur de l'archipel, devrait punir, non ?

– Les gens d'ici s'entendent pour dire que ces malheureuses femmes sont tombées dans le trou accidentellement. Inutile de faire preuve d'une curiosité excessive, car aucun témoin ne se manifesterait. C'est une autre particularité insulaire, cher ami, que le respect des coutumes ancestrales. De la même façon qu'une Taino vierge ne peut trouver de mari, une femme adultère ne trouvera pas de défenseur. Ce que nos îliens nomment, dans leur anglais bizarre, *cornutation* – le fait, pour un mari, de porter des cornes, d'être cocu, diriez-vous à Paris – est un crime impardonnable. Lusca est donc fort utile pour combattre les instincts luxurieux des épouses légères ou insatisfaites, et faire tenir tranquilles les enfants turbulents.

– Un cruel père Fouettard, ce Lusca, dont rien, heureusement, n'atteste l'existence ! souligna Charles.

– Ce qui accrédite cette légende et l'appétit féroce de Lusca est le fait que l'on trouve parfois, sur la plage, les ossements des animaux qui lui ont été offerts, et même des débris de squelettes humains. Car, comme vous le savez, les trous bleus communiquent avec l'océan par des galeries souterraines. On a cent fois constaté, très scientifiquement, que les marées et les courants entraînent les objets jetés dans les trous bleus et les rejettent sur le rivage. Il n'y a donc nul mystère dans tout ça.

Comme Desteyrac se taisait, Edward Carver appela Poko, fit apporter une bouteille de porto, emplit les verres et reprit la parole.

– Pour les Lucayens, tous les trous bleus sont à éviter, et vous n'y feriez pas plonger un Indien ou un nègre pour tout l'or du monde. D'où la stupeur que répandirent les scaphandriers, dit Carver.

– Je sais. Timbo affirme que celui qui descendra dans la fuente del Ángel, que doivent explorer, dès leur retour, Bartley et Malory, ne reverra jamais le soleil, précisa Charles.

– Il arrive aussi que les habitants des trous bleus servent d'alibi. Ainsi, Dolphin Hole, résidence, dit-on, d'un séduisant dauphin. On dit qu'il s'empara, un matin, d'une jeune fille venue laver son linge dans l'eau douce, à la surface du trou bleu. Le soir, on ne retrouva que son seau et sa planche à laver sur la berge. Plusieurs mois passèrent et la jeune fille reparut, avec une rondeur du ventre qui ne laissait aucun doute sur son état. Elle dit être enceinte des œuvres du dauphin, avec qui elle assurait avoir vécu, comme envoûtée, une folle passion dans une grotte sous-marine ! Au jour de l'accouchement, toute l'île était en émoi. Uncle Dave, alors jeune médecin, ne savait que penser. Le cacique de l'époque, le père de celui que vous connaissez, disait que les sirènes naissent d'une femme et d'un grand animal marin. On s'attendait donc à voir notre fille séduite mettre au monde un enfant mi-fille, mi-dauphin. Or, ce fut à un beau petit garçon, au teint clair et aux cheveux blonds, qu'elle donna le jour ! On prit cela comme preuve de la mansuétude des zemis à l'égard d'une vierge séduite par le dauphin !

– Après tout, nous avions déjà Léda et le Cygne, Europe et le Taureau... Pourquoi refuser au dauphin ce qu'on accorde à l'oiseau et au bœuf ? Jupiter a pu se faire dauphin à Soledad..., commenta Charles en riant.

– On raconte encore que le dauphin, désespéré d'avoir perdu sa compagne, sort la nuit de son trou bleu pour l'appeler, ajouta Carver, faussement sérieux.

– La Belle et la Bête version bahamienne ! plaisanta Charles.

– Là encore, nul mystère, hélas ! La jeune fille finit par avouer ce que nous avions compris depuis longtemps. Elle reconnut avoir fait une fugue avec son amant, un Blanc marié, qu'elle refusa de nommer. Connaissant la crédulité de ses parents et toutes les légendes des trous bleus, elle s'était cachée un temps sur Cat Island, avec la complicité de son séducteur, après avoir imaginé cette fable pour dissimuler sa faute.

– La vérité est encore plus romanesque que la légende, observa Desteyrac.

– Ne le répétez pas, mais le bruit courut à l'époque, dans l'archipel, que le séducteur était un Cornfield ! confia le major, hilare.

– À ce propos, je dois vous dire que miss Ounca Lou m'a confirmé qu'elle est bien fille naturelle de lord Simon. C'est une jeune fille charmante, intelligente, instruite. Pourquoi diable, lui qui est veuf et libre, ne la reconnaît-il pas ? Si ma question est indiscrète, n'y répondez pas..., ajouta Charles.

– Cher ami, quand, il y a plus d'un an, vous êtes arrivé sur cette île, nous ne savions pas, Simon Leonard et moi, à qui nous aurions affaire. Aujourd'hui, nous vous connaissons. Vous avez notre confiance et notre estime. Disons que, maintenant, vous faites partie des intimes avec qui nous pouvons tout partager. Comprenez déjà qu'Ottilia, fille légitime, ne peut avoir une demi-sœur de hasard. Voyez-vous, cette Ounca Lou n'aurait jamais été choyée comme elle le fut, puis envoyée à New York dans un excellent collège, si une jeune fille de bonne famille éleuthérienne n'avait avoué à lady Lamia attendre un enfant de lord Simon Cornfield. Après la naissance, la mère succomba à une fièvre puerpérale. Avec la droiture, la générosité et la fermeté de caractère que vous lui connaissez, Lamia vint trouver Simon Leonard et le plaça devant ce qu'elle nomma ses responsabilités. Comme il fallait s'y attendre de la part d'un Cornfield, Simon dit qu'il entendait tout ignorer d'un nouveau-né dont il n'aurait pu épouser la mère, une femme avec qui il avait passé quelques nuits, lors d'un séjour à Eleuthera, et qui avait sans doute eu d'autres amants. Il autorisa cependant sa sœur, célibataire et sans enfant, à « jouer à la poupée ». Ce furent ses propres termes. Et quand, plus tard, Lamia tint à lui montrer la fillette qui devait avoir quatre ou cinq ans, il dit : « Elle est très mignonne », et tourna les talons. Il n'a jamais revu Ounca Lou, révéla le major.

– Quelle désinvolture ! Quelle dureté ! ne put s'empêcher de commenter Desteyrac.

– La réaction de mon ami Simon Leonard a de quoi surprendre, peut-être même scandaliser un homme de votre éducation. Mais, Charles, tant pour l'offre que vous a faite tout à fait naïvement, j'allais dire pudiquement, la petite Wyanie de sa virginité, que pour le traitement que subissent ici les femmes infidèles, et pour les flacons de rhum contenant des araignées mortes que nos Arawak suspendent aux arbres pour conjurer le mauvais sort, rappelez-vous encore une fois que vous n'êtes plus ni à Paris, ni à Londres, ni à New York. Ici, les enfants naturels se comptent par douzaines et personne ne se soucie d'en rechercher le père. Permettez-moi d'être cynique : je ne suis pas certain qu'Ounca Lou ait eu de la chance d'être élevée par Lamia et instruite comme une demoiselle de bonne famille, telle une enfant légitime. C'est maintenant que risquent de commencer pour elle les épreuves humiliantes, suggéra Carver.

– Un mariage pourrait tout arranger, non ?

– Telle que je connais Lamia, elle va certainement y penser un de ces jours, conclut le major.

Lors de ses séjours dans le sud de l'île, Charles Desteyrac, en ses moments de loisir, se plaisait à observer, de la rive, le travail des pêcheurs d'éponges. Venus de Buena Vista, ils plongeaient souvent dans Pink Bay, au rivage déshabité, où Ounca Lou avait pris l'habitude de se baigner.

À bonne distance de la côte, ces hommes, athlètes trapus à la cage thoracique développée par une capacité respiratoire hors du commun, se livraient à l'ancestrale activité des Lucayens. Charles voyait celle-ci plus proche de la cueillette que de la pêche. Muni d'un seau, dont le fond avait été remplacé par une vitre, chaque Arawak tentait d'abord de repérer les éponges accrochées aux rochers immergés. Une fois assuré de ne pas revenir bredouille, il jetait son seau dans la barque. Nu, ne portant qu'un minuscule pagne, il s'immergeait dans les vagues, suspendu par une corde nouée autour des reins qu'un îlien plus âgé, devenu inapte à la plongée, laissait filer, guettant la brève traction, signal du pêcheur qui voulait remonter à la surface. De temps à autre, un plongeur réapparaissait, lançait dans le bateau un petit filet chargé des éponges qu'il venait de cueillir par dix ou vingt mètres de fond, et plongeait à nouveau.

Un matin, assis sur un rocher qui dominait Pink Bay, Charles, la pipe à la bouche, s'amusait à estimer, montre en main, la durée d'immersion des plongeurs, quand il vit surgir, au milieu des barques indigènes, un voilier à bord duquel se tenaient lady Lamia et Ounca Lou. Quand la voile fut abattue, deux rameurs mirent les avirons à l'eau, tandis que Fish Lady et sa filleule se saisissaient de harpons aux pointes barbelées. Après un échange de propos avec les ramasseurs d'éponges, elles se tinrent prêtes à intervenir en cas d'apparition d'un requin.

C'est Lamia qui, la première, aperçut Charles. Elle lui adressa un signe de la main qu'imita aussitôt Ounca Lou. Il vit la jeune fille s'entretenir et rire avec sa marraine, puis sauter à l'eau pour nager résolument vers la plage dans sa direction. Quand, ayant pris pied, elle avança sur le sable jusqu'aux rochers où il était assis, Charles fut à même d'admirer l'allure de cette jeune femme dont les proportions rappelaient l'harmonie calculée de la statuaire grecque. Une chasuble de coton coupée à mi-cuisse, son seul vêtement, lui collait au corps, ne laissant rien ignorer de la rondeur des hanches, de la taille élancée, des seins libres dont les pointes tendaient l'étoffe mouillée.

– Il est écrit quelque part que vous m'apparaîtrez toujours sortant de l'onde ! lança gaiement l'ingénieur.

Il se leva, lui tendit la main pour l'aider à escalader le rocher. Elle s'assit près de lui, reprit son souffle et sourit.

– Il y a longtemps que je ne vous ai vu, dit-elle.

– À qui la faute ? Mais vous ne pouviez pas être à la fois en mer, à Nassau et à Buena Vista, n'est-ce pas ?

Elle perçut le ton ironique et lui posa une main humide sur le bras.

– Vous êtes fâché ?

– Non, je suis jaloux, répondit-il.

Le ton désinvolte indiquait que l'aveu ne devait pas être pris au sérieux. Comme elle se taisait, incertaine, il vint à son secours et désigna les pêcheurs.

– Ces hommes savent retenir longtemps leur respiration, dit-il.

– Très jeunes, ils s'entraînent à rester le plus

longtemps possible sous l'eau. Mais ils s'usent les poumons et ne vivent pas vieux. Quand vous viendrez à Buena Vista, je vous conduirai chez les femmes de nos pêcheurs. Elles piétinent les éponges rapportées par leur mari et leurs fils afin d'en extraire la substance vivante de l'animal, le sable et les petits coquillages. Ainsi, l'éponge acquiert souplesse et blancheur, expliqua la jeune fille.

– Quand je me servais d'une éponge à Paris, je n'imaginais pas que des hommes risquaient leur santé, peut-être leur vie, à cause des requins et des barracudas, pour me fournir cet accessoire de toilette dont on ne sait exactement ce qu'il est, reconnut Charles.

– Pour les savants, l'éponge est un zoophyte marin, j'ai appris ça au collège. Pour moi, c'est un bizarre animal, élastique et poreux, qui vit attaché aux rochers d'où nos pêcheurs vont le détacher. Ma marraine vous dira que nos fines éponges bahamiennes sont les meilleures et les plus prisées pour la toilette. Bien plus douces que les éponges de la Méditerranée et de l'Adriatique que pêchent les Grecs et les Arabes. Nous les portons chaque mois à Nassau, où se tient le marché aux éponges. C'est là que sont établis les cours. Elles sont achetées par les agents de la West Indian Produce Association, dont lord Simon Cornfield est administrateur. Dans les entrepôts de Nassau, des femmes habiles à manier les ciseaux donnent aux éponges une forme de boule après les avoir blanchies dans plusieurs bains d'eau additionnée de vinaigre. Chaque mois, des milliers d'éponges, serrées dans des sacs de toile, sont chargées sur les bateaux à destination de Liverpool. De là, elles sont transportées à Londres et livrées, après de nouveaux lavages dans une eau étendue d'acide sulfurique, aux négociants en gros. Plus tard, on les trouve chez les marchands au détail, à Paris, Londres ou Venise. Car nos éponges ne sont pas destinées, comme les éponges grossières, à bouchonner les chevaux ou à laver la vaisselle ! Elles sont faites pour caresser le corps des femmes, monsieur, conclut Ounca Lou avec un clin d'œil malicieux.

Toute fâcherie étant oubliée sans qu'il eût été nécessaire d'en rappeler l'origine, Charles convia Ounca Lou à l'accompagner jusqu'à la maison, qu'elle connaissait déjà, pour se rafraîchir.

– Je dois rejoindre le bateau de marraine pour rentrer à Buena Vista. Si je m'attarde après le départ des pêcheurs, il n'y aura personne pour me reconduire, observa-t-elle.

– Vous passerez par le va-et-vient. Je l'emprunte tous les jours. C'est sans danger.

Comme Lamia regardait de leur côté, Ounca Lou se dressa, lui fit signe d'approcher du rivage pour être à portée de voix. Le tirant d'eau du voilier obligea les rameurs à maintenir le bateau loin de la plage. Lady Lamia rejoignit le couple à la nage avec l'aisance de qui se déplace dans son élément naturel. Vêtue d'une courte jupette de peau de chèvre finement tannée, une étroite brassière bridant sa mince poitrine, elle se montra dans ce simple appareil aussi à l'aise que sa jeune filleule dans sa chasuble trempée. Charles observa cette femme longue et mince, hanches étroites et jambes fines ; elle offrait, à près de quarante ans, un corps de naïade propre encore à éveiller le désir. Elle pressa des deux mains sa chevelure afin d'en extraire l'eau, puis secoua vigoureusement la tête pour déployer son impressionnante toison grisonnante, et vint s'asseoir entre l'ingénieur et sa filleule.

Charles remarqua pour la première fois que les deux femmes se ressemblaient : même nez fin légèrement busqué, mêmes pommettes hautes, même bouche charnue, même regard passant en un éclair du velouté à l'adamantin. « Pas étonnant, se dit-il, toutes deux ont du sang Cornfield dans les veines ! »

– Je vous confie Ounca. Mais qu'elle traverse avant la nuit, dit Lamia quand la jeune fille eut exprimé le souhait de profiter de l'invitation de l'ingénieur.

Au moment de se remettre à l'eau pour rejoindre son bateau, Fish Lady se tourna vers Desteyrac.

– Vous ne vous baignez jamais ? Ounca connaît toutes les criques abritées, elle vous accompagnera. C'est une nageuse émérite. Elle tient cela de ses ancêtres sauvages qui ne vivaient que de la mer, dit-elle en frictionnant d'un geste à la fois rude et tendre la tête de la jeune fille.

– Lady Lamia et vous me faites penser à ces amazones qui régnaient sur une île thessalienne et fuyaient le commerce des hommes, dit Charles quand Fish Lady eut regagné son voilier.

– Marraine et moi ne fuyons pas les hommes. Simplement, nous choisissons ceux dont le commerce nous est agréable, répliqua-t-elle en riant.

Dès lors, la conversation retrouva entre eux le charme des entretiens passés. Le tête-à-tête se prolongea sans qu'ils s'en rendissent compte jusqu'au moment où le soleil amorça sa glissade sur l'horizon. L'heure du dîner approchant, Timbo proposa une soupe à la tortue et des filets de mérou que Sima, le pêcheur, venait de livrer. Ounca Lou ne se fit pas prier et la table fut dressée.

– Ici, nous ne disposons ni d'argenterie ni de verres en cristal. Vous êtes dans un abri de chantier pour célibataire, s'excusa Charles.

– Qu'importe, monsieur, le site est agréable et je me sens bien. C'est l'heure la plus exquise dans nos îles et, depuis mon retour de New York, où l'on oublie trop souvent la nature, je ne m'en lasse pas.

– Au fait, comment s'est passé votre séjour à Nassau ? demanda Charles.

– Le mieux du monde. L'océan était calme et les deux traversées furent paisibles. À Nassau, j'ai été accueillie et hébergée par la sœur du pasteur Russell, épouse de l'aide de camp du gouverneur. Ils m'ont fait visiter la ville, les jardins, les vieux forts, et j'ai acheté une robe et un chapeau de paille.

– Le lieutenant Tilloy a dû être lui aussi aux

petits soins pour vous, risqua bêtement Charles.

– M. Tilloy est toujours prêt à donner des soins... empressés aux dames et aux demoiselles, répondit Ounca Lou d'un ton moqueur.

Comme Charles se taisait, ayant soudain conscience d'avoir fait montre d'une curiosité niaise, la jeune fille lui dédia un sourire chaleureux.

– Si vous voulez savoir si le lieutenant Tilloy m'a fait la cour, apprenez que je ne suis pas de celles qui acceptent des soins... empressés qu'elles ne désirent pas. M. Tilloy est un gentleman : sa conduite a été irréprochable. Et puis, Nassau regorge de demoiselles qui attendent les soins... empressés des beaux marins de passage, ajouta-t-elle avec un regard interrogateur qui signifiait : « Votre curiosité est-elle satisfaite ? »

Le crépuscule s'annonçait par un rafraîchissement de l'air quand Desteyrac invita la jeune fille à regagner Buena Vista par le va-et-vient.

– Vous ne craignez pas de traverser ainsi le gouffre ? C'est assez impressionnant pour qui le franchit pour la première fois dans un grand panier suspendu à des cordages..., s'inquiéta Desteyrac.

– Je trouve ça plutôt amusant ! protesta-t-elle.

En bavardant, ils arrivèrent sur la plateforme, devant le chevalet qui assurait les câbles. Charles tira la nacelle au plus près, expliqua comment elle se déplaçait, par roulement sur deux cordages, au moyen de poulies.

– Il vous suffit d'exercer des tractions régulières, une main après l'autre, sur le filin de manœuvre, pour faire avancer le panier sur ses supports. Ne faites pas de mouvements trop vifs, afin d'éviter le balancement latéral de l'ensemble, conseilla-t-il.

Elle lui tendit la main, le remercia pour le bon moment passé ensemble, et, avec souplesse, allait s'introduire dans la nacelle quand un homme apparut en courant sur la rive de Buena Vista. Il les héla avec de grands gestes des bras.

– Non ! Non ! Montez pas ! cria-t-il comme pour interdire à la jeune fille l'usage du va-et-vient.

– C'est Fakis, le valet de cuisine. De quoi se mêle-t-il ? fit Ounca Lou, surprise.

– On dirait qu'il vous invite à ne pas emprunter le va-et-vient, dit Charles, intrigué.

– Lui n'y monterait certainement pas, c'est un peureux. Mais je n'ai aucune raison de l'écouter. Au revoir ! dit la jeune fille en se glissant dans le panier.

Mais l'Indien paraissait de plus en plus agité. Ses gestes désordonnés traduisaient une véritable panique et, quand il se mit à frapper de la main les câbles fixés au chevalet dressé sur l'îlot, Desteyrac comprit qu'Ounca Lou devait courir un danger inattendu. Il retint la nacelle et obligea la jeune fille à en sortir.

– Je ne veux pas que vous preniez le moindre risque. Cet homme semble nous prévenir d'un défaut dans la fixation des cordages. Je vais d'abord passer seul pour m'assurer que tout est en ordre, dit Charles en grimpant dans le panier qu'Ounca Lou venait de quitter.

L'homme, apparemment rassuré par ce changement, s'éloigna rapidement du bord du cañon en jetant des regards par-dessus son épaule. Brusquement, Ounca Lou agrippa le bras de Charles.

– Non ! N'y allez pas. S'il existe un risque pour moi, ce risque existe aussi pour vous. Je vous en prie, restez là, Charles !

L'émotion lui fit pour la première fois user du prénom de l'ingénieur. Il en fut touché et quitta la nacelle.

– Mais comment allez-vous rentrer ? Dans une demi-heure, il fera nuit, et lady Lamia s'inquiétera de votre absence.

– Je pourrais rentrer à la nage, plaisanta la jeune fille.

– La mer est calme : nous allons demander à Sima de sortir sa barque et de vous reconduire.

Au village des pêcheurs, l'Arawak, tout dévoué à l'ingénieur qui l'employait à divers travaux, ne fit aucune difficulté pour accéder à sa demande. Au moment d'embarquer Ounca Lou, Desteyrac décida de l'accompagner.

– Je reviendrai avec Sima, puisqu'il faut bien qu'il rentre chez lui, mais je veux connaître la raison qui a conduit cet Indien à vous déconseiller aussi véhémentement l'usage du va-et-vient, dit-il, soucieux.

Sous les tropiques, la brièveté du crépuscule fait que la nuit succède au jour en un instant, même si le ciel, le plus souvent clair et clouté d'étoiles, fait des nuits bahamiennes, parfumées de mille fragrances, un enchantement propice aux rêveries solitaires aussi bien qu'aux élans sentimentaux, voire aux échanges passionnés. Charles ne fut pas insensible à cette ambiance enivrante et, quand ils débarquèrent sur l'appontement de Buena Vista, il prit la main d'Ounca Lou sous prétexte de la guider. Bien qu'elle connût mieux que lui le chemin conduisant à la demeure de sa marraine, elle ne marqua nulle réticence. Ce fut dans une douce pénombre qu'ils arrivèrent chez lady Lamia, qui veillait en lisant.

– Je pensais ne te revoir que demain, après le petit déjeuner, dit Fish Lady pour taquiner sa filleule, avec un clin d'œil à l'adresse de Charles.

Mise au courant de l'affaire du va-et-vient, elle ne cacha pas son étonnement et demanda à Ma Mae d'aller chercher son aide, un être simplet dont tout le monde savait qu'il affichait une dévotion naïve envers la maîtresse de Buena Vista. La cuisinière revint seule. Fakis restait introuvable, mais le palefrenier l'avait vu, peu de temps auparavant, qui marchait vers le sud de l'îlot.

– Je vais aller voir ces câbles de près. Demain, les terrassiers vont emprunter le va-et-vient et je veux m'assurer qu'il est en état de fonctionner, décida Charles.

– Nous allons avec vous, dirent d'une seule voix Lamia et sa filleule.

Sima se joignit spontanément au groupe et

tous quatre, munis de lanternes, se rendirent au chevalet porte-câbles. L'inspection fut rapide et Charles frémit à la pensée de ce qui aurait pu se passer si Ounca Lou avait utilisé le va-et-vient. Les deux cordes porteuses avaient été aux trois quarts sectionnées, sans doute avec une lame bien aiguisée, car la coupe du chanvre paraissait franche. Sur chaque câble ne subsistait qu'un toron qui se serait rompu sous le poids mouvant de la nacelle et de son occupante.

– Il ne s'agit pas d'usure, mais d'un acte criminel, dit Charles en éclairant pour les autres les câbles incisés.

– Quelqu'un aurait voulu précipiter mams'elle Ounca dans le gouffre, il s'y serait pas pris autrement, déclara Sima.

– Personne ne savait, pas même moi, que je rentrerais ce soir par ce moyen, fit observer la jeune fille.

– Alors, ce n'est pas toi qui étais visée, mais M. Desteyrac qui, au matin, est toujours le premier à passer chez nous. Le scélérat n'avait pas prévu que quelqu'un se servirait de l'appareil avant lui, dit Lamia.

– C'est pourquoi celui qui a empêché votre filleule d'utiliser le va-et-vient savait le câble aux trois quarts sectionné. Cela signifie aussi que cet homme est le même que celui qui a endommagé les cordages ou son complice, déduisit Charles.

– Il faut retrouver Fakis et l'interroger, reprit lady Lamia, contenant avec peine sa colère.

On sut très vite par Ma Mae que l'aide-cuisinier n'avait pas reparu dans les communs, où il logeait avec d'autres domestiques.

– S'il est coupable, il va se cacher jusqu'au jour, puis tenter de quitter l'île, avança Charles.

– Faut voir qu'il s'échappe pas, dit Sima, très ému à la pensée qu'un indigène ait pu attenter à la vie de l'ingénieur.

En peu de temps, Lamia et Charles organisèrent les recherches, qui durèrent toute la nuit.

L'aube pointant, Sima s'en fut mobiliser ses amis pêcheurs pour établir une sorte de blocus maritime de Buena Vista. Mais Fakis n'avait pas quitté l'îlot et ce fut le palefrenier qui, parcourant chemins et bosquets à cheval, ramena, au milieu de la matinée, l'aide-cuisinier attaché à la selle de sa monture. L'homme tremblait de tous ses membres et reconnut aussitôt qu'il avait, avec un couteau emprunté à la cuisine, entaillé les cordages. Charles le fit conduire au chevalet près duquel de nombreux indigènes, stupéfaits par cet événement exceptionnel, s'étaient déjà rassemblés. L'ingénieur laissa à lady Lamia, souveraine de Buena Vista, le soin d'interroger le coupable.

– Sais-tu qu'en faisant ça, tu envoyais ma filleule à une mort horrible dans la faille ?

– Je voulais pas ça, pas pour elle ! Quand je l'ai vue monter dans le panier, j'ai fait des signes et j'ai crié pour l'empêcher, dit-il.

– Alors, qui visais-tu, sacripant ?

– Le Français qui veut faire un pont. Vous

avez jamais voulu de pont, Fish Lady. On sait ici qu'on vous force. Si plus d'ingénieur, plus de pont. Ça vous aurait contentée ?

Lady Lamia haussa les épaules.

– C'est un idiot, dit Charles.

– C'est un assassin ! répliqua Ounca Lou.

– Nous devons le punir, reprit lady Lamia en s'adressant à tous.

Se tournant vers Fakis, mains liées dans le dos, toujours tenu en laisse par le palefrenier, elle rendit sa décision.

– Nous allons te faire conduire à Soledad devant lord Simon Leonard Cornfield. Il a pouvoir de juger les gens comme toi. Monsieur l'Ingénieur racontera ce que tu as fait, et tu iras en prison.

– Tel que je connais lord Simon, il le fera pendre, ce qu'il mérite, dit Tom O'Graney, arrivé par bateau sur le chantier.

– C'est tout ce qu'il mérite, en effet, renchérit le palefrenier.

– Faut p'têt' pas pendre un garçon qui sait pas ce qu'y fait quand il a bu le rhum, dit Ma Mae, indulgente.

La cuisinière connaissait le penchant de Fakis pour le jus de canne fermenté et lui aurait volontiers administré une paire de gifles en prélude à tout jugement.

Bien que victime désignée, Charles se promit d'exhorter Cornfield à moins de rigueur. Fakis était un être fruste, dépourvu d'intelligence, incapable d'évaluer la portée de ses actes. La vénération béate qu'il portait à lady Lamia l'avait aveuglé. Et puis, il avait dû entendre souvent critiquer le projet de pont, imaginer les résistances possibles, se souvenir de la satisfaction de Fish Lady quand un ouragan avait détruit l'ouvrage de l'Américain. Supprimer le nouveau bâtisseur de pont ne pouvait manquer, dans son esprit borné, de régler l'affaire et de rassurer sa maîtresse.

Comme les curieux se préparaient à retourner à leurs affaires et que Lamia conviait Charles et Ounca Lou à regagner sa résidence, le palefrenier poussa un cri de rage : Fakis venait de lui échapper. Malgré la corde qui lui liait les poignets, l'aide-cuisinier courait vers le cañon. Alors que Charles et Tom O'Graney se lançaient à sa poursuite, tous le virent sauter sans hésitation dans le gouffre où, sur des rocs déchiquetés, à demi immergés, s'affrontaient les vagues venues du large et celles s'écoulant de l'intérieur de l'archipel. L'Indien s'abîma sans un cri dans ces eaux toujours agitées. Elles l'engloutirent, telle l'hydre océane avalant une proie. Le moment de stupeur passé, les témoins du drame vinrent se pencher sur le gouffre.

– Plus rien à voir, dit Sima.

– Le courant l'a déjà emporté et, comme il ne peut se servir de ses mains, c'en est fait de lui, commenta le palefrenier.

– Ce pauvre gars a choisi de s'en aller par le goulet du Diable, murmura Tom O'Graney.

– Que Dieu pardonne et reçoive l'âme de cet imbécile ! dit lady Lamia en s'inclinant.

Et tous, en silence, l'imitèrent.

TROISIÈME ÉPOQUE

Sous le signe d'Éros

1

Un matin de mai 1854, quittant son bungalow pour se rendre au chantier en compagnie de Tom O'Graney, Charles aperçut lord Simon en visite chez Carver. Sur la galerie de la maison, leur discussion paraissait des plus animée. Le Français imagina une de ces colères gratuites, fréquentes chez le maître de l'île. Il se dirigea vers la charrette de Tom en feignant, par discrétion, d'ignorer la présence des deux amis. Il allait prendre place à côté de l'Irlandais quand Cornfield le héla et lui fit signe d'approcher.

– Envoyez Tom au chantier. Vous irez plus tard. Nous avons à vous parler.

Charles obtempéra, donna à O'Graney les consignes pour la matinée et se dirigea vers la maison de Carver. Cornfield, encore en tenue de cheval, agitait avec frénésie *The Nassau*

Guardian, seul journal de l'archipel, fondé en 1844, que le bateau du courrier apportait chaque semaine à Soledad. Rouge d'indignation, il faisait face à un major Carver consterné.

– Voyez ça ! Ces sacrés Espagnols veulent vraiment la guerre. Tenez, mon ami : lisez et vous comprendrez combien leur présence à Cuba reste gênante ! dit Simon en tendant d'un geste brusque la feuille au Français.

Sous un titre énorme, le journal rapportait un événement qui s'était produit à La Havane le 28 février. Ce jour-là, un cargo à vapeur américain, le *Black Warrior*, et sa cargaison de coton avaient été saisis par les autorités espagnoles, sous prétexte que le manifeste du navire n'était pas en règle. Or, c'était la trente-septième fois en dix-huit mois que le *Black Warrior*, qui transportait régulièrement du coton de La Mobile, en Alabama, à New York, passait par La Havane pour faire du charbon. Voyant son navire saisi, le commandant Bullock, un ancien officier de la marine américaine, menacé d'arrestation, s'était réfugié sur un bateau de l'US Navy stationné à Cuba. De là, considérant que l'attitude des autorités espagnoles de Cuba violait les lois sur la liberté du commerce, il avait alerté le gouvernement de Washington. Sitôt prévenu, le secrétaire d'État américain, William L. Marcy, avait envoyé à Madrid une lettre de protestation et chargé son ambassadeur, Pierre Soulé, un juriste de La Nouvelle-Orléans accrédité à la cour d'Isabelle II, de réclamer non seulement un désaveu formel et officiel des agissements du gouverneur espagnol de Cuba, mais aussi une indemnité de trois cent mille dollars !

– Croyez-vous que les Espagnols vont payer ? demanda Charles.

– Ils vont discuter, car ils sont aussi arrogants que rusés. Mais, s'ils ne payaient pas, ce serait la guerre entre l'Espagne et les États-Unis, jeta Cornfield.

– Et une mauvaise guerre, renchérit le major.

– Il n'est pas de bonne guerre, messieurs, observa Charles.

– Si Edward dit « mauvaise guerre », c'est que celle-ci serait engagée pour une mauvaise cause, expliqua Cornfield.

Pensant que l'ingénieur ignorait tout des rapports entre Cuba, colonie espagnole, les États-Unis et les Bahamas, possession britannique, le major Carver résuma la situation.

– Soucieux d'appliquer la doctrine du président James Monroe, qui interdit, depuis 1823, tout empiétement d'une puissance colonisatrice européenne dans les Caraïbes, et aussi les principes de la *manifest destiny* – formulés en 1845 par un journaliste[1] qui croit les Américains élus par la Providence

1. John L. O'Sullivan, *Democratic Review.* « C'est manifestement notre destinée de nous répandre sur le continent que la Providence nous a alloué pour y assurer le libre développement d'une population qui, chaque année, se multiplie comme par millions. » Traduction de Robert Lacour-Gayet, *Histoire des États-Unis*, Fayard, 1976.

pour dispenser civilisation et démocratie chez leurs voisins –, les gens de Washington sont en coquetterie hargneuse avec Espagnols et Cubains.

– Coquetterie devenue méfiance, car, depuis la fin de la traite des Noirs, acceptée par toutes les nations européennes en 1817, et l'abolition de l'esclavage, décidée par la Grande-Bretagne en 1833, effective dans l'archipel depuis juillet 34 – décision qui n'engage pas les Espagnols –, les planteurs du sud des États-Unis ne rêvent que de voir Cuba annexée par l'Union afin de compter un État esclavagiste de plus. Le président Franklin Pierce, qui ne brille pas par l'intelligence, veut se concilier les électeurs sudistes et admet leur point de vue. N'a-t-il pas fait adopter le traité Nebraska-Kansas, qui rend caduc le sage compromis du Missouri, autrefois voulu par Henry Clay et qui, une fois pour toutes, fixait une limite territoriale à l'esclavage ? pesta lord Simon.

– Il faut savoir que les États américains situés au-delà des 36 degrés 30 minutes de latitude nord sont, depuis 1820, des États où l'esclavage est prohibé. Or voilà qu'on coupe le nouveau territoire du Nebraska en deux et que l'on fait de sa partie sud, le Kansas, à l'ouest du Missouri, un État esclavagiste, bien qu'il soit situé au-delà des 36 degrés 30 minutes ! C'est une dangereuse initiative qui fait plaisir non seulement aux planteurs du Sud, mais aussi aux Espagnols et aux Cubains. Car Cuba, mon cher Charles, est aujourd'hui une réserve d'esclaves, un fournisseur des États cotonniers du sud des États-Unis. D'où les mauvaises relations entre Cuba, c'est-à-dire l'Espagne, et les États-Unis. Surtout depuis que plusieurs États américains du Nord ont promulgué des lois en faveur des esclaves fugitifs, expliqua le major.

Tout à sa contrariété, Cornfield reprit la parole.

– Les négriers débarquent sur les côtes de Cuba, régulièrement et plus ou moins clandestinement, des cargaisons de *bozales*[1], jeunes nègres enlevés depuis peu à leur pays d'Afrique. Les Africains sont de meilleurs travailleurs entre seize et trente-cinq ans, mais leur durée de vie aux champs ne dépassant pas une vingtaine d'années, il faut renouveler cette population servile. Les Cubains encouragent donc les esclaves à faire des enfants et importent pour cela des femmes du Brésil.

Comme Charles Desteyrac donnait l'impression à ses interlocuteurs de découvrir une situation jusque-là insoupçonnée, Edward Carver poursuivit.

– Depuis 1835, il a été décidé, par accord entre Britanniques et Espagnols, que tous les nègres entrés à Cuba après 1820 et tous ceux capturés à bord des navires négriers seraient

1. En espagnol, littéralement, *bozal* signifie muselière ; *bozo,* licou que l'on met sur la bouche du cheval. Afin d'empêcher leur fuite, les Noirs récemment capturés portaient souvent un collier métallique par lequel ils étaient enchaînés les uns aux autres.

libérés et mis à la disposition du gouvernement du bateau arraisonneur. Pour régler le sort de ces gens, on a créé à La Havane une superintendance des Africains libérés, placée sous l'autorité du consul de Grande-Bretagne. Ce service est dirigé par deux Anglais, Robert Madden et David Turnbull[1]. Mais l'arrivée clandestine de nègres se poursuit, en dépit de la vigilance des croiseurs anglais et français au long des côtes d'Afrique et des protestations des consuls britanniques. Ainsi, l'an dernier, en juin, le *Lady Suffolk* a débarqué des nègres entre Mariel et Bahia. Le commandant Eugenio Viñas, négrier connu, qui fait de fréquentes livraisons, a bénéficié de l'indulgence – pour ne pas dire de la complicité – des autorités cubaines. En juillet, la goélette américaine *Jasper* a débarqué d'autres *bozales* dans la région de Pinar del Río, sur la côte sud de Cuba. L'équipage de ce bateau était composé d'Américains et de Britanniques qui avaient été engagés à New York. Ils ont soutenu n'avoir pas su le métier qu'on leur faisait faire, bien qu'on ait retrouvé le *Jasper* incendié dans une crique cubaine... C'est le procédé habituel des négriers, qui achètent à bas prix des rafiots réformés, y entassent les nègres, et,

1. Certains membres de la famille Turnbull, d'origine écossaise, s'étaient établis, dès la fin du XVIIIe siècle, en Alabama. Un descendant, Daniel, devint un des planteurs les plus riches de Louisiane et y fit construire, en 1834, Rosedown, fameuse demeure de style Greek Revival, où l'on peut admirer, en plus de rares collections de meubles et d'objets d'art, des jardins exceptionnels et une des très belles allées de chênes du Vieux Sud.

une fois la cargaison livrée, détruisent le navire.

– Et le *Morning Post*[1] a raconté comment le gouverneur général de Cuba, Valentin Cañedo, a été obligé de sévir à la demande du consul anglais, Jos Tucker Crawford, en poste depuis 1842. Ce diplomate souhaite depuis longtemps perquisitionner les cargos américains, mais se heurte à l'inertie des autorités portuaires cubaines et à la mauvaise volonté des Espagnols, dit Cornfield.

– L'an dernier, Crawford a tout de même obtenu la libération de mille six cents esclaves, précisa le major.

– Voyez-vous, Monsieur l'Ingénieur, cette situation, que la plupart des Français ignorent, est très ambiguë, car trop d'intérêts économiques et politiques sont en jeu. Les abolitionnistes du nord des États-Unis souhaitent que Cuba devienne possession américaine afin que l'esclavage y soit aboli, alors que d'autres Américains, les planteurs des États cotonniers du Sud, veulent eux aussi le rattachement de Cuba à leur république, mais seulement pour ajouter à l'Union un territoire esclavagiste ! répéta lord Simon.

– Et nous avons appris récemment que Pierre Soulé, l'ambassadeur des États-Unis à Madrid, soutient les planteurs sudistes, tandis que des gens comme Gaspar Bétancourt Cisneros, journaliste et écrivain, membre de la *Junta cubana* de New York, milite pour

1. 4 juillet 1853.

l'indépendance totale de Cuba. Ses articles, publiés dans *La Verdad*, périodique révolutionnaire fondé en 1848 par Cora Montgomery, sont introduits en fraude à Cuba, dit Carver.

– Entre gens de bonne foi, l'affaire de l'esclavage eût été, sans les Hispano-Cubains, aisément résolue. En 1852, la Grande-Bretagne, qui ne veut voir Cuba ni aux États-Unis ni à la France, avait obtenu la signature d'un gentleman's agreement par lequel le Royaume-Uni, la France et les États-Unis renonçaient séparément et collectivement à toute intention de prendre possession de l'île de Cuba. Ces pays s'engageaient en outre à décourager toute tentative de ce genre d'où qu'elle vînt. Or les Américains ne semblent plus tenir compte de cet accord.

– Il faut ajouter que les autorités espagnoles s'insurgent contre le fait que des abolitionnistes, souvent des pasteurs méthodistes, viennent du nord des États-Unis et même de nos îles des Bahamas ou de Grande-Bretagne pour inciter les nègres à la révolte. Ils distribuent des brochures antiesclavagistes, et les autorités les expulsent de l'île, poursuivit Carver.

– La propagande abolitionniste a commencé dès que l'Espagne, par le traité du 23 septembre 1817, a accepté la suppression de la traite des nègres. Ce n'est donc pas nouveau. À Cuba, il y avait à cette époque deux cent quarante mille Blancs, deux cent mille esclaves, cent vingt mille nègres libres. On compte maintenant sur l'île plus de quatre cent mille esclaves ! Et les Cubains ne se privent pas de rappeler à chaque occasion qu'il y eut, en 1844, une rébellion des nègres, soutenue en sous-main par l'Angleterre, et que, deux ans plus tard, ils déjouèrent un complot ourdi par le mulâtre Gabriel de la Concepción Valdes, poète patriote, et par José María Heredia[1]. Valdes, déjà compromis en 1823 dans un complot contre l'Espagne, a été fusillé, et Heredia banni, révéla lord Simon.

– Les autorités cubaines ont beau jeu de rappeler encore comment Narciso López, ancien adjoint du gouverneur espagnol de Cuba, rejoignit les révolutionnaires cubains favorables à l'annexion par les États-Unis. Dénoncé comme conspirateur par le gouvernement espagnol, López s'exila à New York et, en 1851, monta une expédition contre Cuba, avec l'aide du colonel Crittenden, un ancien de West Point, suivi d'une bande de Kentuckiens. Ils débarquèrent à trente-cinq kilomètres de La Havane, mais furent arrêtés par les Espagnols. Crittenden et cinquante de ses hommes furent internés au fort d'Atares. Plusieurs furent fusillés. Narciso López fut jugé et pendu en public, le 1er septembre, au pied du Prado. « Ma mort ne changera pas la destinée de Cuba », cria-t-il en allant au gibet. C'est depuis

1. Ce Cubain exilé vécut à New York et au Mexique. Il était apparenté par son père à José Maria de Heredia, le poète français, ancien élève de l'École nationale des chartes, né à Santiago de Cuba en 1842 d'un père cubain et d'une mère française, mort à Condé-sur-Vesgre en 1905.

cette attaque que les planteurs cubains, blancs ou créoles, souhaitent une annexion de l'île par les États-Unis, avec le soutien du Sud esclavagiste, rappela Carver.

– Déjà, en 1823, John Quincy Adams, alors secrétaire d'État et futur président de l'Union, avait émis l'opinion que l'annexion de l'île de Cuba – « visible de nos plages », disait-il en forçant un peu l'acuité de son regard – « deviendrait bientôt indispensable aux intérêts politiques et commerciaux de l'Union ». En 1848, James K. Polk, onzième président, avait, lui, suggéré l'achat de Cuba pour un million de dollars. C'est ce qu'a coûté la conquête du Nouveau-Mexique et de la haute Californie, ironisa Cornfield.

– Le ministre des Affaires étrangères d'Espagne fit répondre à Polk que l'île n'était pas à vendre et qu'il « préférerait voir Cuba disparaître sous les eaux plutôt que la céder à quiconque », compléta le major.

– Les Espagnols, et c'est à leur honneur dans une affaire où cette vertu est rare, ne sont pas un peuple de boutiquiers. Ajoutons que les nègres, qu'ils soient libres ou esclaves, souhaitent eux aussi une annexion, mais sous la houlette des États américains du Nord, ce qui leur apporterait, croient-ils, la liberté, conclut lord Simon.

– Mais n'avez-vous pas une plantation de canne à sucre à Cuba ? demanda Charles, un tantinet perfide, s'adressant au lord.

L'ingénieur, grâce à lady Lamia, n'ignorait rien des possessions de Simon Leonard, membre de ce que sa sœur nommait en espagnol la *plantocracia cubana*, la plantocratie cubaine.

Cornfield n'éluda pas la question.

– Certes, j'exploite la canne à sucre de Cuba, mais j'ai depuis longtemps affranchi les trois cents esclaves achetés il y a dix ans avec ma plantation de Limonar. Mes nègres sont libres, reçoivent des gages, ne travaillent plus que douze heures par jour, ont un médecin et un lazaret à leur disposition quand ils sont malades, et bénéficient d'un jour de repos tous les dix jours, en plus du dimanche. Cela me vaut d'ailleurs la vindicte des planteurs de la région de Matanzas.

– De Julián Zulueta notamment, le plus grand négrier de l'île ! accusa Carver.

– Oui, ce Basque immensément riche est propriétaire de quatre plantations de canne et d'autant de sucreries qui produisent, par an, plus de huit mille tonnes de sucre. Il possède un bureau à Londres, où il trouve, hélas, des appuis politiques, ce qui lui permet de faire la pluie et le beau temps dans l'île. Il importe des nègres malgré la loi pénale de 1848, occupe deux mille cinq cents esclaves et fait le commerce de beaucoup d'autres. Il trafique en toute impunité, avec la complicité passive des autorités, de la police et même de l'armée. Il a corrompu tous les fonctionnaires influents, ajouta Cornfield, fort agacé.

Le major, qui ne l'était pas moins, compléta le tableau.

– Sachez, mon ami, que les gouverneurs espagnols envoyés à La Havane viennent dans la colonie pour faire rapidement fortune. Ils perçoivent des commissions sur la traite clandestine des nègres et rançonnent les corrompus en les menaçant de poursuites.

– Mon régisseur et mes contremaîtres sont souvent insultés et menacés par les planteurs, qu'ils soient espagnols, créoles ou cubains, maugréa le lord.

– Tous les Cubains, blancs et créoles, sont esclavagistes, renchérit Carver.

– Il faut dire que l'esclavage fait partie du système économique de l'île. On ne peut se passer des nègres dans les plantations de canne, de café, de tabac. Ce sont les seuls qui résistent aux travaux des champs sous ce climat. Tous les propriétaires d'esclaves, riches ou modestes, désirent, comme les planteurs du sud des États-Unis, l'annexion pure et simple de Cuba par le gouvernement de Washington pour continuer à faire travailler les esclaves au fouet, sans les payer, comme ils l'ont toujours fait depuis l'arrivée de Colomb, compléta lord Simon.

– La meilleure solution serait que Cuba se donnât à l'Angleterre, ce qui garantirait le respect de l'abolition et ferait des nègres – indispensables – des travailleurs libres. Mais la France, comme d'autres États européens, ne veut pas d'une Angleterre trop puissante dans cette région, et préfère que Cuba appartienne à la faible Espagne, fit Carver.

– Mais, je croyais avoir entendu lady Lamia dire que vous étiez, comme elle, favorable à une intervention des États-Unis pour mettre fin à la domination espagnole sur Cuba ? s'étonna Charles.

– Je ne suis pas souvent du même avis que Lamia, vous le savez, mais, en ce qui concerne Cuba, nous partageons les mêmes vues, au contraire de mon neveu Malcolm qui croit, comme ma fille Ottilia, à une révolution populaire conduite par des Cubains qui prendraient le pouvoir à La Havane, libéreraient tous les nègres et feraient de l'île un État indépendant. C'est une aimable utopie et je me contente de souhaiter, comme Edward et tous les gens sensés, que Cuba cesse d'être une colonie exploitable et corvéable à merci par une nation européenne, et devienne tout simplement un nouvel État américain sans esclaves. Car, voyez-vous, Cuba est voisine de notre archipel, qui fut autrefois possession espagnole, ne l'oubliez pas. Si, demain, la marine et les huit mille soldats espagnols casernés à La Havane recevaient d'Isabelle II l'ordre de nous envahir, qui nous défendrait ? Notre sort serait réglé avant même que la flotte anglaise la plus proche, celle de la Jamaïque, ne vienne à notre secours, expliqua Cornfield.

La voix de Malcolm Murray se mêla soudain au débat. Apparaissant sur la galerie en claudiquant, il avait entendu la fin de l'exposé de son oncle.

– Cuba doit devenir un pays indépendant, comme Haïti ! À Cuba comme ailleurs ne devraient vivre et travailler que des hommes libres, qu'ils soient blancs, noirs... ou jaunes, puisque les Espagnols importent maintenant des Chinois pour pallier le manque de débardeurs et de cultivateurs ! intervint l'architecte.

– Nous pouvons tout de même espérer que le gouvernement de Madrid fasse preuve de sagesse, condamne les procédés du capitaine général de Cuba, libère le *Black Warrior* et paie tout ou partie du préjudice causé à l'armateur américain, dit Carver, désireux de conclure pour libérer Desteyrac et empêcher une nouvelle discussion des grands principes entre Cornfield et son neveu.

Au cours de la journée, alors qu'il dirigeait le travail des terrassiers, trop lents à son gré et toujours occupés à creuser le roc corallien pour assurer les futures culées du pont, Charles étaya par la pensée son opinion sur la personnalité complexe de Cornfield. Cet autocrate insulaire, au contraire de beaucoup de ses semblables, n'était pas insensible au sort des Noirs. Il faisait preuve d'un certain sens de la justice, et même de sentiments généreux à leur endroit. Sa rudesse naturelle, son autoritarisme atavique, son souci de maintenir et, si possible, développer un empire et une fortune déjà considérables, ne l'empêchaient pas, comme son père et son grand-père, de traiter humainement les Noirs, enlevés de vive force à leur Afrique natale pour travailler dans les plantations de canne à sucre ou de coton.

Soledad accueillait toujours les esclaves qui parvenaient, par des moyens de fortune et à leurs risques et périls, à quitter Cuba ou les

États cotonniers du sud de l'Union. En novembre 1841, lord Simon Cornfield avait déjà reçu des Noirs qui, après s'être mutinés, avaient obligé le capitaine du brick *Creole*, qui les transportait de la Virginie à La Nouvelle-Orléans, à faire escale à Nassau, où ils avaient été libérés.

Des centaines d'autres esclaves fugitifs avaient suivi ces pionniers. On les rencontrait sur toutes les îles de l'archipel, parfois sur des îlots déserts où ils subsistaient tant bien que mal, mais libres. Les plus chanceux de ces rescapés trouvaient à s'employer sur les îles habitées, aux conditions prévues par les autorités de Nassau. Des contrats, renouvelables chaque année, leur assuraient un salaire, une journée de travail limitée à dix heures, le repos du samedi et du dimanche. Les moins bien lotis, en attente d'un éventuel emploi, vivotaient en cultivant, sur des terres vacantes appartenant à la couronne britannique, du manioc et des pois indiens, en pêchant poissons et crustacés, les fruits – bananes, noix de cajou, papayes, mangues, corossols – leur étant offerts par la généreuse nature intertropicale.

À Soledad, Cornfield, seul maître et unique propriétaire, attribuait quelques arpents de son vaste domaine aux esclaves qui débarquaient avec femme et enfants. Il y ajoutait des instruments aratoires, un porc, deux chèvres, quelques poules, des semences de maïs, et autorisait les nouveaux venus à couper, sous contrôle de ses gardes forestiers, assez de bois pour construire un abri. Les paresseux, les regimbeurs, les ivrognes et les chapardeurs – car il s'en trouvait, chez ces Noirs aigris ou avilis par la servilité – ne devaient pas compter sur la mansuétude du lord. Ils étaient dans un premier temps admonestés et invités à se réformer, puis, s'ils ne s'amendaient pas dans un délai convenable, ils se voyaient transportés *manu militari* sur des îlots déserts ou moins hospitaliers.

On savait partout dans l'archipel qu'à Soledad personne ne courait le risque de mourir de faim, à condition de se bien conduire, ce qui incitait beaucoup d'esclaves en fuite à se réfugier sur une terre si accueillante.

Il ne se passait pas de mois sans que l'on vît des familles de Noirs arriver de Cuba ou des États-Unis, comme ceux que Philip Rodney avait embarqués à Charleston avec la complicité de lady Ottilia. Depuis ce dernier apport, tout le monde s'attendait, dans le Cornfieldshire, à l'apparition d'une expédition de planteurs des Carolines. Ces propriétaires n'avaient jamais reçu de réponse à leurs demandes polies de restitution des esclaves fugueurs. Ils expédiaient depuis peu des messages en forme d'ultimatum, auxquels lord Simon refusait que l'on répondît. Les dernières informations parvenues à Soledad, par courrier des Cornfield de Charleston, ressemblaient fort à des mises en garde. Étant eux-mêmes riches planteurs de coton et propriétaires de centaines d'esclaves, ces Cornfield-là ne pouvaient admettre l'attitude de leur parent bahamien. Ne s'étaient-ils pas fâchés avec Ottilia qui, bien que membre de la famille, avait condamné sans nuance leur comportement ?

La réelle sympathie qu'éprouvait Desteyrac pour le maître de Soledad n'empêchait pas l'ingénieur, républicain et fervent abolitionniste, de constater que, à l'exemple de la plupart des Européens rencontrés depuis son arrivée dans l'archipel, lord Simon considérait les nègres comme « des êtres primitifs, de nature paresseuse, libidineuse et primesautière, ne possédant qu'une intelligence réduite ».

Comme bon nombre d'abolitionnistes déclarés et engagés, Cornfield estimait que les Noirs se trouvaient par nature dans l'incapacité congénitale de sortir seuls de leur état sauvage pour accéder à la civilisation. On leur devait certes la liberté, un salaire, des soins et l'éducation de leurs enfants, mais il convenait tout de même, « pendant une génération ou deux », estimait le lord, de les tenir à distance !

Cette discrimination tendait cependant à se réduire car, au cours des dernières années, les Bahamas s'étaient dotées d'une sorte de gouvernement dont le chef incontesté restait le gouverneur nommé par Sa Majesté, la reine Victoria.

En 1729, Woodes Rogers, le premier gouverneur royal, avait rédigé une constitution, et une assemblée – *the General Assembly* – de vingt-quatre membres s'était réunie pour la première fois à Nassau, le 29 septembre de la même année. Ces hommes, désignés par le gouverneur et les colons propriétaires des Out Islands, devaient assurer le développement de l'agriculture sur les quelques îles alors habitées qui ne comptaient au total que mille cent cinquante âmes, et veiller à la sécurité du territoire où seraient appliquées les lois anglaises. Pendant plus d'un siècle – au cours duquel New Providence avait dû se défendre, en 1782, d'une tentative de reconquête par les Espagnols, puis s'accommoder, à partir de 1783, de l'arrivée des loyalistes, gens de mœurs policées et propriétaires d'esclaves –, les institutions étaient restées à l'état embryonnaire, telles que conçues par Woodes Rogers. Mais, en 1840, les choses avaient changé. Une nouvelle constitution avait été promulguée, qui créait un Conseil législatif, composé de neuf membres nommés par le gouverneur et confirmés par la Couronne, ainsi qu'un Conseil exécutif comprenant l'attorney général, le receveur général, le secrétaire colonial et cinq membres représentant la communauté des habitants. La séparation des pouvoirs étant acquise, une chambre de vingt-neuf membres élus pour sept ans constituait donc, depuis 1841, la représentation populaire. Innovation révolutionnaire dans l'Empire britannique, trois Noirs, deux Indiens métissés et un mulâtre siégeaient à la *General Assembly* bahamienne.

Charles, un moment ébloui par ce libéralisme précoce, avait bientôt réalisé que ces « institutions représentatives », comme les nommait lord Simon, membre influent du Conseil législatif, restaient sans responsabilités ni pouvoir de décision. Le gouverneur, représentant de Sa Majesté, la reine Victoria, restait maître du destin de l'archipel et n'avait à composer qu'avec les grands propriétaires. Fort heureusement, la plupart des gouverneurs qui s'étaient succédé à Nassau, sous le nouveau régime dit des *Boards*, étaient des hommes sages et conscients de l'évolution des mentalités et du peuplement des îles. L'archipel comptait maintenant près de trente mille habitants, dont plus de trois mille Noirs. Dès 1835 avait été créé le *Board of Education*, puis, en 1840, le *Board of Works*, et, en 1850, le *Board of Health*[1]. Ces *Boards* faisaient office de ministères.

Dernier signe d'une volonté d'ouverture au monde, le gouvernement bahamien avait décidé, en 1851, de subventionner la création d'une compagnie de navigation qui relierait Nassau à New York. Il s'agissait de faciliter le voyage des Américains, de plus en plus nombreux chaque année à venir goûter, à New Providence, Great Abaco, Eleuthera, Cat Island, les agréments d'un climat enchanteur, ce qui réjouissait les commerçants.

Lors d'une récente conversation avec Charles, lord Simon avait mis cet engouement au compte du souvenir d'un séjour bahamien du jeune George Washington en

1. Conseils de l'Éducation, des Travaux publics, de la Santé.

un temps qui ne laissait rien présager de son fabuleux destin.

« Il y a plus d'un siècle, en 1751, Lawrence, le frère aîné de George, alors ingénieur titulaire du comté de Culpeper, membre de la Chambre des bourgeois de Virginie, souffrait d'une maladie de langueur. Un médecin lui conseilla un séjour d'hiver aux îles Bahamas, et George Washington, alors âgé de dix-neuf ans, accompagna son frère pour le soigner. La douce atmosphère des îles se révéla, hélas, sans effet, et Lawrence rentra chez lui pour mourir. Mais George Washington avait été séduit par les Bahamas. Il racontait partout que "l'air délicieux des îles lui avait procuré une volupté inconnue, et que la cordiale hospitalité des colons y avait ajouté les satisfactions d'un chaleureux accueil". Peu de gens le savent, mais c'est à Nassau que le Virginien fut atteint par la petite vérole qui allait marquer définitivement son visage. Malgré cela, à la fin de sa vie, ayant acquis la célébrité que l'on sait, il disait encore à ses visiteurs que le plaisir éprouvé dans nos îles compensait largement la maladie qu'il y avait contractée. Il affirmait qu'il n'eût "conservé que le seul souvenir des joies du voyage si [son] généreux frère avait recouvré la santé[1]" », avait conclu lord Simon, bien décidé à investir dans la compagnie de navigation projetée par les autorités bahamiennes.

1. Woodrow Wilson, *George Washington, fondateur des États-Unis*, Payot, Paris, 1927.

Charles Desteyrac, qui savait maintenant le temps que prenait la création de toute entreprise dans un pays ou l'indolence semblait être une vertu dominante, pensait que l'on ne verrait pas avant longtemps un service régulier de navires entre Nassau et New York, même si le souvenir d'un lointain séjour du grand George Washington incitait les citoyens américains d'aujourd'hui à venir goûter la « volupté inconnue » qui avait grisé le futur héros de la guerre d'Indépendance[1].

Quelques semaines après qu'eut été évoquée l'affaire du *Black Warrior*, le lieutenant Mark Tilloy, retour de New Providence où il avait livré les produits exportés par Soledad, vint annoncer au major Carver que deux bricks battant pavillon des États-Unis avaient fait escale à Nassau et qu'une délégation composée de planteurs des Carolines, de Louisiane, d'Alabama et de Virginie, conduite par des sénateurs, s'était rendue chez le gouverneur pour obtenir son appui. Ces gens souhaitaient récupérer une centaine de Noirs, évadés de leurs plantations au cours des derniers mois. Les hobereaux du coton savaient que leurs esclaves marrons trouvaient refuge sur certaines îles de l'archipel, le plus souvent « sur Soledad, propriété d'un baronet qui finance *The Liberator*, journal abolitionniste de Boston », avaient-ils précisé avec humeur.

1. Le premier navire assurant une liaison directe entre New York et New Providence devait entrer dans le port de Nassau en 1859.

Refusant d'exercer la moindre pression sur les Noirs et ceux qui les hébergeaient, le gouverneur avait rappelé aux visiteurs que l'esclavage n'avait plus cours depuis 1834 dans l'archipel. Il avait éconduit les quémandeurs avec courtoisie mais fermeté, les avertissant que la police pourrait intervenir s'ils créaient du désordre dans les Out Islands. Les Américains n'avaient pas caché leur intention de tenter une démarche auprès de l'homme le plus influent de l'archipel, que l'on connaissait de Charleston à La Nouvelle-Orléans sous le nom de lord des Bahamas. Ils s'étaient en revanche abstenus de manifester leur intention d'employer la force pour reprendre ce qu'ils appelaient leurs biens. Sur les quais de Nassau, tous avaient cependant pu constater que les deux bricks américains ne transportaient pas que de paisibles passagers venus goûter le charme des îles.

Dès que la nouvelle fut connue à Cornfield Manor, Simon Leonard décréta la mobilisation de tous les hommes capables de porter une arme. Charles Desteyrac découvrit que cette mesure était depuis longtemps prévue : en deux heures, l'île fut sur le pied de guerre.

Le commandant Lewis Colson rassembla tous les marins, groupés en sections, sous les ordres des officiers de marine comme Tilloy, Rodney et l'enseigne Hocker. Le pasteur Russell et le docteur Kermor conduisirent devant Cornfield Manor une véritable petite armée composée d'indigènes. Certains Arawak portaient des arcs et des carquois emplis de flèches; des Taino, encadrant leur cacique coiffé du bonnet d'ourson autrefois offert par les Life Guards, brandissaient des javelots de coccoloba ou bois de fer; d'habiles chasseurs d'oiseaux montraient leurs frondes; ouvriers et cultivateurs noirs brandissaient des faux, des serpes et même des pioches. Quand plus de deux cents hommes furent réunis, tandis que femmes et enfants, plus curieux qu'inquiets, arrivaient par les chemins en bandes babillardes, lord Simon Leonard Cornfield, s'improvisant chef de guerre, vint avec une évidente satisfaction passer ses troupes en revue. Son ordre du jour, clamé au moyen d'un porte-voix de marine, fut simple et clair.

– Des citoyens américains venus des Carolines, de Louisiane, de Virginie et d'Alabama vont se présenter pour reprendre des nègres qui, ayant fui leurs plantations et l'esclavage, sont venus chez nous jouir d'une juste liberté. Nous aurons tous à cœur d'empêcher cette capture. J'essaierai d'abord de convaincre ces gens, dont on me dit qu'ils sont armés et très en colère, de renoncer à leurs prétentions. Ensuite, s'il le faut, nous nous opposerons à eux avec vigueur et, au besoin, les armes à la main. Mais nous n'en ferons pas usage les premiers : ils devront prendre devant tous la responsabilité de leurs actes. Tenez-vous prêts à répondre au premier appel, car on ne sait quand et où nos visiteurs se présenteront, conclut Cornfield en saluant d'un grand coup de chapeau – ce qui lui valut une chaleureuse ovation de la part de cette troupe hétérogène mais déterminée.

Des guetteurs furent aussitôt envoyés sur les points hauts des côtes, tandis que les mobilisés retournaient à leurs affaires en commentant avec volubilité l'événement.

– Les planteurs se présenteront certainement au port occidental, et nos marins suffiront sans doute à les contenir, encore qu'il sera bon de leur montrer que toute la population de Soledad est derrière son seigneur. Mais je ne crois guère à l'efficacité de l'appel à la raison que veut leur adresser lord Simon, confia aussitôt Carver à Charles.

Ce soir-là, au Loyalists Club, ce fut une joyeuse veillée d'armes. Le Français fut surpris de constater que lord Simon avait déjà fait distribuer aux membres du club des fusils Sharps pouvant tirer à huit cents mètres, à la cadence de neuf coups à la minute, et des revolvers Colt ou Remington. Charles reçut d'Edward Carver un Colt Navy, arme dont il avait usé lors de son duel avec Murray.

– Je crois me rappeler que vous savez vous en servir, ironisa le major en confiant revolver et munitions à l'ingénieur.

– J'ose espérer que je n'aurai à abattre que des cannes, dit Desteyrac avec un clin d'œil à Murray, lequel, refusant toute arme à feu, s'était présenté l'épée au côté.

– La lame aristocratique est à noble cause ce qu'est la révérence devant une jolie femme. J'aurai grand plaisir à percer une ou deux bedaines esclavagistes ! lança l'architecte en riant.

Il fallut patienter une dizaine de jours avant que des pêcheurs venus de l'intérieur de l'archipel n'annoncent, un soir de la fin juin 1854, que les bricks américains débouquaient entre Cat Island et Eleuthera. Aussitôt, Lewis Colson mit le *Centaur* et l'*Apollo* sous voiles pour aller à la rencontre des étrangers. Le lendemain matin, les quatre bâtiments, les bahamiens escortant ceux des visiteurs, se présentèrent devant le port occidental. Tandis que les deux navires américains mouillaient dans la baie, les bateaux de Cornfield regagnaient le port.

Le commandant Colson était porteur d'un message des planteurs pour lord Simon, venu à cheval aux nouvelles.

– Ces messieurs vont mettre des chaloupes à la mer ; ils vous demandent de rassembler sur l'appontement les nègres dont les noms sont inscrits sur cette liste et qui sont, disent-ils, leur propriété. Ils les embarqueront et prendront aussitôt le large sans faire plus d'histoires, transmit l'officier en remettant une lettre au lord.

La missive confirmait en termes catégoriques la demande verbale et portait les signatures de trois sénateurs et d'une douzaine de planteurs, dont un Cornfield de Charleston.

– Envoyez un quartier-maître – oui, un simple quartier-maître ! – dire à ces gens de prendre le large immédiatement. Qu'il précise que Soledad est territoire britannique, où aucun homme, quelle que soit sa race, n'est propriété d'un autre, quelle que soit sa race ! ordonna lord Simon. Si mon cousin Bertie III Cornfield est à bord et s'il veut me visiter en tant que parent, et non comme planteur en quête d'esclaves, il sera le bienvenu.

Aussitôt, une barque à deux rameurs emporta le messager vers les bateaux américains, tandis que les marins, dissimulés derrière les entrepôts, chargeaient leurs armes et que, dans le vallon voisin, les indigènes se tenaient accroupis derrière les buissons d'hibiscus et les casuarinas en fleur, prêts à intervenir sur ordre de Carver et du docteur Kermor.

L'attente ne fut pas longue. La barque du messager de lord Simon était à peine de retour que quatre chaloupes glissaient sur les flancs des bricks et que s'y entassaient des hommes armés, accompagnés de chiens qu'on savait spécialement dressés à rattraper les esclaves en fuite.

Charles, entre Tilloy et Rodney, jouissait intensément du moment. L'intrigue, enfin, se corsait, offrait un semblant de risque, prenait tout son fumet romanesque. Elle promettait au moins un affrontement exemplaire entre qui défendait la dignité humaine et qui la méprisait, une sorte de duel entre le Bien et le Mal, auquel il avait la chance inouïe de participer.

Dans l'attente des événements, Charles admira la prestance de lord Simon. Cambré sur sa selle, serré dans un habit noir strict, botté de cuir vernissé, cravaté et ganté de gris perle, coiffé d'un haut-de-forme du même ton, Cornfield suivait d'un regard impassible l'approche des grandes barques américaines. L'alezan brûlé qu'il montait, rassemblé, figé, aux aplombs parfaits, ne faisait qu'un avec le cavalier. Seul sur le quai désert, majestueux, hiératique, ébauche de centaure, le groupe rappela à Desteyrac la statue équestre du condottiere Bartolomeo Colleoni par le Verrocchio, dressée sur le campo dei Ss Giovanni e Paolo, à Venise. Le soleil au zénith, projecteur cosmique, baignait d'une lumière crue, quasi insoutenable, la scène vide où allait peut-être se jouer un drame, voire une tragédie. Le sang lui battant les tempes, Charles eut soudain conscience de se trouver au cœur même de l'aventure.

La consigne donnée par lord Simon était d'attendre l'accostage des chaloupes sans se montrer. Avant que les Sudistes ne débarquent, sur un coup de sifflet de Colson, les marins se précipiteraient sur les arrivants, saisiraient leurs fusils et ne les laisseraient mettre pied à terre qu'une fois désarmés. Dans le même temps, les archers arawak et les porteurs de javelots ou de frondes déferleraient sur le port en poussant leurs cris de guerre.

Ceux qui en auraient douté eurent l'occasion de constater que le cinquième baronet Cornfield ne manquait ni de courage ni de panache pour opposer aux esclavagistes du sud cotonnier des États-Unis l'intransigeance sacrée d'un champion de la liberté.

À l'épreuve, la mise en scène imaginée par

Cornfield et Carver se révéla d'une efficacité théâtrale. Les marins, entraînés par Tilloy et Rodney, se jetèrent sabre au clair dans les grandes embarcations des planteurs avant que ces derniers n'aient eu le temps de les amarrer. Du plat du sabre, les officiers, et en quelques coups de crosse judicieusement appliqués, les marins, conduits par Tom O'Graney, désarmèrent les arrivants et les poussèrent sur le quai, où les encadrèrent aussitôt un détachement d'Arawak vociférants. La seule victime de ce débarquement musclé fut un gabier que mordit un chien. Comme les quatre autres molosses des planteurs, ce chasseur d'esclaves eut la gueule close par des liens et les pattes entravées avant d'être abandonné dans une des chaloupes où quelques marins restèrent pour décharger les armes des mercenaires et pour jeter les munitions par-dessus bord.

Penauds et inquiets, une demi-douzaine de planteurs, le plus souvent d'âge mûr, vêtus de costumes de toile grège, col ouvert et coiffés du traditionnel panama, furent conduits, rouges de colère, devant Cornfield, tandis que leurs hommes de main étaient tenus à distance par les matelots et les Indiens. Lord Simon se décoiffa et leur décerna une élégante courbette de son cheval. Dressé sur les postérieures, l'alezan leva haut les jambes de devant et les rabattit sous le ventre avant de reposer les pieds à terre avec grâce, devant la délégation éberluée par cette salutation de haute école.

Comme l'un des planteurs, au bord de

l'apoplexie, allait prendre la parole, Cornfield l'arrêta d'un geste.

– Ici, c'est moi qui parle, messieurs. Je ne voudrais pas qu'il subsistât entre nous le moindre malentendu. Soledad, propriété de ma famille depuis plusieurs générations, est sous la protection de la couronne britannique et, comme telle, une terre où tous les hommes, quelle que soit la couleur de leur peau, sont libres et égaux en droits, et ce, depuis 1640. Mon île est accueillante à ceux qui, ayant connu le travail servile dans vos plantations, n'ont pas été satisfaits par leur condition. Ils sont là, derrière moi, prêts à défendre avec notre aide leur liberté retrouvée.

Comme un murmure vindicatif s'élevait du groupe des planteurs, lord Simon tira de sa poche un petit livre à la reliure lustrée par l'usage et, d'un geste, imposa silence.

– Vous êtes tous, j'en suis certain, de bons chrétiens, anglicans, méthodistes ou papistes. Aussi vais-je vous lire un passage d'un sermon du pasteur Richard Baxter[1], pour qui j'ai une vive admiration. Ce texte figure dans le *Christian Directory* et mon grand-père, Maxence Cornfield, récitait ces phrases bien avant l'abolition de l'esclavage dans nos colonies, dit le lord qui, s'étant éclairci la voix, lut: « Se transformer en pirates et attraper de pauvres nègres ou des habitants

1. Théologien anglais, 1615-1691. Il facilita le retour de Charles II sur le trône d'Angleterre en 1650, avant d'être persécuté comme puritain.

d'une autre terre qui n'ont renoncé ni à la vie ni à la liberté, en faire des esclaves et les vendre, est un des actes les plus criminels du monde. Ceux qui s'en rendent coupables devraient être traités comme des ennemis de l'humanité, et ceux qui achètent et utilisent les nègres comme des bêtes pour leur propre besoin en trahissant, détruisant ou négligeant les âmes de ces esclaves sont plus dignes d'être appelés démons que chrétiens, quoique ceux qu'ils détruisent ainsi ne soient pas chrétiens[1] », conclut le lord dans un surprenant silence.

– Victor Schœlcher, notre apôtre de l'abolitionnisme, qui se trouve maintenant en Angleterre, proscrit pour s'être opposé au coup d'État de 1851, n'aurait pas parlé autrement. C'est lui qui a dit en 1848 : « Nulle terre française ne veut plus porter d'esclaves », murmura Charles à l'oreille de Tilloy.

L'admonestation de Simon Leonard avait été écoutée sans interruption, mais avec des moues irritées. Jouissant de ce succès, Cornfield crut bon d'y ajouter une citation du philosophe John Locke, auteur de la première constitution des Carolines.

– « L'esclavage est une condition si odieuse, si misérable et si directement opposée au tempérament généreux et courageux de notre nation, qu'on ne peut guère concevoir

1. Eric Williams, *De Christophe Colomb à Fidel Castro : l'histoire des Caraïbes, 1492-1969*, Présence africaine, Paris, 1975.

qu'un Anglais, et encore moins qu'un gentleman, plaide en sa faveur ! » assena-t-il.

Cette phrase parut faire encore plus d'effet sur les esclavagistes que le sermon du pasteur Baxter.

– Que va-t-il se passer ? Allons-nous enfin en découdre avec ces individus ? lança Murray, épée au clair, assez fort pour être entendu des planteurs.

– Il ne se passera rien. Ils vont rentrer bien gentiment chez eux. Ils sont sans armes, souffla Carver.

Lord Simon rompit le silence plein d'incertitudes, troublé par le seul chant des oiseaux.

– Messieurs, vous avez fait un voyage long mais inutile. Je vous invite donc à regagner vos bateaux. Nos marins vous accompagneront, ainsi que les hommes que vous avez recrutés. Je ferai porter à bord de vos navires de l'eau, de la glace et des fruits de nos îles. Je suis certain que vous leur trouverez meilleur goût qu'à ceux qui poussent dans vos vergers de Virginie ou des Carolines, car ils ont été cultivés et cueillis par des hommes libres sur une terre libre, conclut-il.

Ayant parlé, Simon Leonard fit pivoter son cheval et, sans plus se soucier des Américains pantois, regagna Cornfield Manor au petit trot.

En quelques minutes, et sans qu'ils opposent d'autre résistance que verbale – récriminations et insultes que les officiers et marins avaient reçu l'ordre d'ignorer –, les planteurs furent reconduits à leurs chaloupes où montèrent aussi les mercenaires engagés pour l'expédition.

Escortés par le *Centaur* et l'*Apollo*, les bricks américains disparurent bientôt à la vue des indigènes, témoins de cette étonnante représentation et qui se dispersèrent comme à regret, impressionnés par l'admirable sang-froid de lord Simon Leonard Cornfield, leur maître et protecteur.

Le lendemain soir, au retour des équipages qui reçurent la double ration de rhum, comme de tradition après un service exceptionnel, on annonça partout le *goombay*, veillée coutumière des Arawak qui tire son nom de l'antique tambourin en peau de chèvre, instrument primitif avec lequel Noirs et Indiens rythmaient danses et chants. Pour cette célébration, lord Simon ouvrit le parc du manoir et fit apporter vin de palme et victuailles.

Cette fête nocturne, sous un ciel d'un bleu profond, grand velum clouté d'étoiles, dans une pénombre gorgée des senteurs distillées par le feu du soleil que libérait à présent la fraîcheur de la nuit, se faisait charme au sens magique du terme.

– C'est l'heure des sortilèges, dit Charles à Murray, assis près de lui sur un des sièges apportés du manoir.

– J'ai envie de sortir ma mandoline, mais puis-je me mêler au concert ? On ne sait jamais, mes sons risquent de déplaire à ces sauvages, dit l'architecte, pensif.

– Le cacique des Taino vous donnera la

réponse. Allez le trouver avant que la fête ne batte son plein, conseilla Charles.

Les danseurs, athlètes courts, harmonieux de corps et de gestes, vêtus d'une simple pièce de tissu coloré nouée autour des reins, le front ceint d'un diadème de petites plumes et brandissant une fleur de bromélia attachée à un bâtonnet, se présentèrent avant que Malcolm ne reparût. Ils formèrent un cercle au centre duquel vinrent se placer, autour du cacique Maoti-Mata, les anciens de la tribu. Ne prenant pas part à la danse, ces aînés formaient le chœur et se mirent bientôt à chanter une sorte de cantilène naïve à quatre voix en se dandinant sur place. Puis, rythmés par les tambourins en peau de chèvre, accompagnés par le son aigre des flûtes de bambou et, de façon inattendue, par l'accordéon, cadeau de lord Simon, les chanteurs, enflant leurs voix puissantes, donnèrent le branle à la ronde sur un rythme allègre et cadencé. Si le prélude avait eu un caractère religieux, le souple tournoiement des danseurs, leurs entrechats complexes, le balancement des fleurs de bromélia, l'entrée en scène de jeunes filles gracieuses, inconscientes de ce que pouvaient éveiller de désir, chez les Européens, leurs renversements lascifs, le trémoussement de leur croupe, l'ondulation de leurs hanches, le tressautement de leurs seins roides, firent de cette ronde joyeuse un spectacle d'un érotisme sans apprêt mais capiteux.

– Ils disent à leur zemis, leurs dieux tutélaires, d'abord avec gravité, ensuite avec abandon, la gratitude qu'ils éprouvent, puisque aujourd'hui ces esprits ont découragé les mauvais hommes venus d'Amérique, dit Tilloy qui venait d'arriver, tenant par la taille une jeune Indienne, manifestement ravie du contact.

– Cette aimable chorégraphie n'a rien de guerrier, s'étonna Charles.

– Aujourd'hui, ils interprètent une sorte d'action de grâces, mais je les ai vus mimer les combats qui opposèrent leurs ancêtres aux Carib, ces cannibales tant redoutés des autres nations indiennes. Et là, croyez-moi, ils y mettent une ardeur assez effrayante. Je me dis parfois que si nos Arawak décidaient de se débarrasser des envahisseurs blancs, nous aurions bien du mal, même avec nos armes, à les contenir. Il reste en eux assez de sauvagerie pour nous mettre à mal. Pas vrai, ma belle sauvageonne ! ajouta le lieutenant, prenant sa compagne à témoin.

L'Indienne sourit et se lova contre l'officier.

– Je ne crois pas que vous ayez quoi que ce soit à redouter de cette personne, observa Charles.

– Non, certes ! Elle est avec moi depuis une semaine et je ne me lasse pas de sa façon de se conduire au lit. Ces filles, mon cher, ont dans le sang l'instinct de la jouissance et l'art de la provoquer chez le partenaire. Elles sont inventives, attentives au plaisir de l'homme et... infatigables ! À côté de ces femmes, nos Anglaises et vos Françaises sont des prudes soumises et sans tempérament ! s'exclama le lieutenant en riant.

L'apparition de lord Simon parut augmenter la frénésie des danseurs, qui ne s'interrompirent, exténués, qu'au signal du cacique invitant Cornfield à prendre place dans le cercle des notables pour recevoir hommage et verre de rhum.

Charles croyait, comme Tilloy, la représentation terminée quand le cacique fit un signe pour relancer la ronde après avoir invité Malcolm Murray à se joindre aux musiciens. Très habilement, l'Anglais s'intégra au tempo, grattant les cordes de sa mandoline pour soutenir le rythme imposé par les tambourins. Enchantés de cet apport, les Indiens déléguèrent l'un des leurs.

– Pouvez-vous jouer pour nous une musique de votre pays ? dit l'homme.

Un instant indécis, Malcolm s'exécuta en tirant de son instrument une tarentelle qui n'avait rien de britannique, mais au son de laquelle les Indiens improvisèrent une danse fougueuse qui réjouit le cacique et tous les anciens.

Dans cette ambiance exotique, un peu irréelle pour un Parisien, Desteyrac se sentit soudain exonéré de toutes les règles de la société qu'il avait quittée. Une satisfaction sereine des sens, dénuée de la culpabilité que la morale judéo-chrétienne suscite depuis des siècles chez les peuples dits civilisés, le simple plaisir d'exister en accord avec ses semblables et la nature environnante : n'était-ce pas là, déjà, une forme de sagesse ? Détournant les yeux des danseurs, le Français regarda autour de lui. Mark Tilloy s'était éloigné dans les allées du parc avec sa belle ; le major Carver semblait converser agréablement avec une jeune métisse n'ayant pour tout vêtement qu'une courte jupe effrangée et un madras ; lord Simon offrait un cigare au cacique Maoti-Mata, ce soir traité en égal ; l'enseigne Hocker, assis entre deux adolescentes taino, semblait engagé dans une double conquête ; le docteur Kermor et le géant O'Graney se passaient familièrement un flacon de whisky ; Philip Rodney, pipe en bouche et paupières mi-closes, posait une main velue sur la cuisse nue de sa voisine, une plaisante Noire, esclave en fuite embarquée à Charleston et de qui il avait fait sa libre gouvernante, voire davantage ; le père Paul Taval, descendu de son ermitage avec Manuela, l'œil brillant, la lèvre humide, claquait des mains au rythme de la danse à laquelle ne le retenait de participer que la robe de bure qu'il passait les soirs de réjouissances officielles.

Pour la première fois, au cours de cette soirée, Charles s'était trouvé en présence des épouses Colson, Russell, Weston Clarke et autres femmes d'officiers mariniers, quartiers-maîtres ou artisans anglais. Les enfants de ces couples, garçons et filles, assistaient à la fête, mêlés aux rejetons des indigènes, dont certains étaient leurs camarades de classe à l'école de Margaret Russell. Sur cette île qu'il avait un temps crue vide de femmes blanches et vouée au sexe masculin, l'ingénieur découvrait des familles européennes heureuses, qui vivaient à l'écart de l'activité économique et administrative de l'île.

Tandis que danseurs et danseuses se relayaient, Timbo, invisible jusque-là, apparut, accompagné d'une Indienne que Charles reconnut aussitôt.

– Main'ant, Mossu l'Ingénieu', Wyanie va danser que pou' vous, dit l'Arawak.

La jeune fille s'inclina et courut prendre place dans la ronde. De toutes les danseuses, elle parut à Charles, dans une chorégraphie serpentine, la plus souple, la plus ondulante, la plus aguichante. Le corps tantôt ployé, tantôt tendu, le buste renversé, les cheveux frôlant le sol, les seins dressés, arrogants, bras et jambes décrivant des volutes en forme d'appels aux étoiles, elle offrait un visage sérieux, l'œil moelleux, presque implorant, quand son regard accrochait celui de Charles.

La danse prit fin. Desteyrac, cette fois incapable de résister à l'offrande, fit signe à Wyanie d'approcher. Elle courut plus qu'elle ne marcha vers lui.

– Es-tu dans la même disposition que lors de ta visite ? demanda-t-il.

Elle lui prit la main et, d'un signe de tête, signifia son acceptation. Tandis que spectateurs et acteurs de la fête se rendaient au buffet dressé par les domestiques du manoir, Charles Desteyrac entraîna chez lui, docile et ravie, la jolie fille du cordonnier.

2

Les sens apaisés mais la conscience chagrine, Charles, au lendemain de sa nuit avec Wyanie, alla cacher sa confusion dans son abri de chantier, au sud de l'île. Bien que la jeune Indienne eût manifesté sans fausse pudeur le désir de renouveler un exercice auquel, la brève douleur de la défloration passée, elle avait manifestement pris goût et pour lequel elle montrait d'évidentes dispositions, l'ingénieur ne souhaitait pas revoir la fille du cordonnier. Le fait que la bizarre coutume des Taino lui eût été presque imposée fournissait une excuse fallacieuse à son comportement. Récidiver eût été abuser d'une pratique que tout homme honnête aurait qualifiée de scandaleuse, séquelle de barbarie. Carver le lui avait d'ailleurs formellement déconseillé.

Au creux de Pink Bay, Charles appréciait les

moments de solitude. Il se sentait à l'aise dans sa petite maison de bois, cernée, au pied du talus auquel elle était adossée, par des buissons d'hibiscus exubérants, des lauriers-roses, fleurs d'Apollon, des constellations de gardénias, des cascades de jasmins odorants, des casuarinas, tuteurs naturels d'orchidées blanches et mauves, des anthuriums dont l'inflorescence phallique se dressait, immodeste, sur l'éventail de laque verte des feuilles. De l'océan il connaissait maintenant toute la gamme changeante des bleus et des verts. Suivant les heures, la force des alizés, les marées et les courants, les eaux passaient du bleu de Prusse à l'émeraude, avec de subtils dégradés empruntés tantôt aux pierres – saphir, turquoise, malachite –, tantôt aux végétaux – gentiane, bluet, pervenche.

Dans l'ombre de la galerie, alors que le thermomètre – cadeau de Tilloy – indiquait parfois 33 degrés, il tenait, assis devant une table, le journal des travaux, la comptabilité du chantier ou rédigeait son courrier pour tromper l'attente d'une réponse des ingénieurs de Keystone Bridges Works, relancés à plusieurs reprises par lord Simon. Les terrassements préparatoires étant en cours d'achèvement, l'ingénieur était impatient de passer à la construction du pont.

Ce jour-là, il se mit en devoir de répondre à une longue lettre de son ami Albert Fouquet. Ce condisciple des Ponts, républicain bon teint, commentait avec amertume la guerre que Napoléon III, allié aux Anglais et aux

Piémontais, menait depuis plus d'un an contre les Russes en Crimée. « Il est certain, écrivait Fouquet, que les projets du sultan Abd-Ul-Medjid, décidé à reconstruire un empire ottoman puissant, avaient de quoi irriter le tsar Nicolas Ier, lequel souhaitait achever l'œuvre de Catherine II et se posait, depuis 1853, en protecteur de tous les chrétiens orthodoxes de Turquie. Comme le sultan s'est opposé à ce protectorat, les Russes ont envahi les provinces moldo-valaques et détruit la flotte turque à Sinope. Émus par ces procédés, Napoléon III et Victoria, qui s'entendent comme larrons en foire, le premier pour défendre les Lieux saints contre les orthodoxes, la seconde parce que l'influence britannique est menacée par les Russes en Orient, ont déclaré la guerre au tsar le 24 mars 1854. Voilà que, depuis un an, des corps expéditionnaires français et anglais se battent, avec des fortunes diverses, et viennent d'établir le siège de Sébastopol. Un siège qui pourrait bien durer tout l'hiver », précisait Fouquet.

Albert, qui travaillait avec le baron Haussmann, se disait menacé d'un appel sous les drapeaux, les ingénieurs des Ponts étant promus officiers du génie pour les besoins des opérations conduites en Crimée. « J'étais prêt à déserter et décidé à m'exiler aux États-Unis si ce projet d'incorporation se précisait, mais un financier, ami de mon père, est intervenu à propos pour me sauver la mise. J'ai été engagé par une société qui se propose de creuser un isthme artificiel afin d'assurer une communication entre la Méditerranée et la mer Rouge. Ce canal, qui devrait avoir cent vingt kilomètres de long et cent mètres de large, a fait l'objet d'une étude préalable. Des anciens de l'École, comme Montaut et Laroche, travaillent déjà sous la direction de l'ingénieur en chef Mourel pour le compte de la Compagnie universelle du canal de Suez. Celle-ci a été fondée par M. Ferdinand de Lesseps, un ancien consul de France à Alexandrie, qui est au mieux avec le prince Saïd Pacha, vice-roi d'Égypte. On compte déjà des milliers de souscripteurs : banquiers, magistrats, médecins, artisans, militaires, notaires, rentiers, commerçants, hauts fonctionnaires, ecclésiastiques, et deux cent quarante-neuf représentants de notre corps des Ponts et Chaussées. Ce canal, dit M. de Lesseps, devrait ouvrir l'accès de l'Orient au commerce de l'Occident. Pour l'instant, tout n'est pas joué, car les Anglais voient d'un mauvais œil cette entreprise française en Égypte, et les Turcs de la Sublime Porte n'apprécient pas l'initiative franco-égyptienne[1]. Je vais sans doute partir bientôt pour Le Caire ou Alexandrie. On dit que toutes les Égyptiennes ressemblent à Cléopâtre ! Je me sens devenir Antoine ! »

À ces considérations personnelles, Fouquet ajoutait des commentaires sur la future Exposition universelle, qui s'ouvrirait à Paris en mai : « Ce sera le triomphe de la vapeur, du fer

1. Les travaux ne commencèrent que le 25 avril 1859, et le canal devait être ouvert à la navigation le 15 août 1865.

et de la mécanique. La galerie des machines sera impressionnante. On y verra une locomotive avec d'immenses roues, qui pourra parcourir quatre-vingts kilomètres en trente-trois minutes ! »

Comme Charles avait révélé à son ami, dans un précédent courrier, l'activité des scaphandriers anglais sur l'île de Soledad, Albert l'informait de la présence à l'Exposition de cinq fabricants de scaphandres, dont un Français, Jean-Marie Cabirol. « Le prince Jérôme Napoléon, frère de l'empereur et président du Sénat, a assisté, à Toulon, à une démonstration de cet habit en toile caoutchoutée, muni d'un casque de cuivre et alimenté par une pompe à air à quatre cylindres. Le scaphandrier est descendu à quarante mètres sous la mer pour y passer une demi-heure. C'est un progrès sur le scaphandre de M. Siebe qu'utilisent tes chercheurs de trésor ! Déjà, des ouvriers formés dans une école spéciale travaillent à la réfection des piles de ponts dans la Loire. Ils seront aussi employés à la construction des futurs ponts, ce qui nous rendra, à nous pontonniers, de précieux services », assurait le Parisien.

Fouquet concluait sa lettre par l'annonce du mariage de Rosalie. « Non pas avec un vieux marcheur amateur de chair fraîche, comme nous aurions pu l'imaginer, mais avec un jeune sous-préfet, un des collaborateurs de M. Haussmann. Je le connais comme un beau garçon au visage ouvert. Il serait bien vu de l'empereur, m'a-t-on assuré. Il se pourrait donc, mon cher, que ta Rosalie finisse dans la peau d'une épouse de ministre ! Détail qui a son importance, elle s'est mariée en blanc à Saint-Philippe-du-Roule ! Je pense, et nos amis avec moi, que tu devrais te sentir flatté ! » écrivait l'ingénieur. Dans un post-scriptum, il ménageait l'avenir : « Si l'Égypte et les Égyptiennes ne me plaisent pas, je suivrai ton exemple et j'irai tâter du Nouveau Monde, peut-être pour me faire chercheur d'or en Californie comme plus de trente mille de nos compatriotes, d'après un récent article de *L'Illustration.* »

Des événements de Crimée, Charles Desteyrac avait déjà été informé par sa mère. Elle lui avait écrit précédemment : « Le général de Saint-Forin est en Crimée avec notre fils Octave, ton demi-frère. Le père et le fils se préparent maintenant aux combats qui ne pourront qu'ajouter à la gloire de l'empereur et à celle de notre famille. »

Cette phrase avait irrité Charles. Cette famille-là n'était plus la sienne. Toujours caustique, il avait répondu : « *The Nassau Guardian*, seul quotidien des Bahamas, de même que la plupart des journaux américains reçus à Soledad, semblent ignorer ce qui se passe en Crimée, contrée lointaine dont le sort ne peut en rien influencer la vie des Américains et des Bahamiens. Il y a donc peu de chances que les faits d'armes de votre mari et de votre fils soient jamais connus de ce côté-ci de l'Atlantique. »

Les nouvelles qui parvenaient de France

prenaient pour Charles, avec la distance et les délais de transport du courrier – un mois, voire un mois et demi –, une sorte d'insignifiante irréalité. Un autre aurait peut-être ressenti à leur lecture une mièvre nostalgie ou un appétit de détails supplémentaires. Desteyrac, ayant fait le choix d'une existence radicalement distincte de celle qu'il avait quittée, n'éprouvait plus ni mélancolie ni curiosité. Il se sentait dans la peau d'un homme neuf, en tout cas bien différent de celui à qui Albert Fouquet croyait amical de rapporter les faits et gestes de ceux et celles qu'ils avaient ensemble connus.

L'installation aux Bahamas avait été comme une nouvelle naissance. Le bien-être présent lui ôtait de la mémoire jusqu'à l'image de celui qu'il avait connu. Les faits que rappelait Fouquet appartenaient déjà au passé quand il en prenait connaissance. Ce mélange de réminiscences et de situations nouvelles ne faisait que semer des jalons permettant d'évaluer, à distance, la marche du temps. Rosalie, heureusement mariée, devenait une étrangère, comme le restait ce demi-frère qu'il n'eût sans doute pas reconnu s'il s'était présenté à lui. En s'exilant à Soledad, Charles Desteyrac avait non seulement tourné une page, mais clos l'album illustré d'une vie antérieure. Il attendait de l'avenir de quoi composer un nouveau livre d'images avec des aventures pittoresques, plaisantes, insolites, et, sinon le bonheur, de quoi faire au moins croire à sa possible existence.

Après la tentative de meurtre dont il avait fait l'objet, l'ingénieur, au lieu de remplacer les cordages de chanvre, avait commandé aux ateliers de John A. Roebling, à Philadelphie, des câbles métalliques, invention de cet ingénieur d'origine allemande. Arrivé en 1831 aux États-Unis à l'âge de vingt-cinq ans, Roebling, ancien élève de l'Institut polytechnique de Berlin, avait eu l'idée de torsader des fils de métal pour en faire des câbles de différents diamètres et d'une grande résistance à la rupture. Le succès avait été tel qu'en 1851 on avait confié à l'inventeur la construction d'un pont suspendu pour chemin de fer de deux cent soixante-deux mètres de portée, à Lewiston, en aval des chutes du Niagara. Soutenu par quatre câbles de deux cent cinquante-quatre millimètres de diamètre, chacun composé de trois mille six cent quarante fils de fer, l'ouvrage attirait des foules de curieux et recevait la visite d'ingénieurs de tous les pays. Charles se promit d'aller voir ce pont, car il ne connaissait les travaux du Niagara que par les articles de journalistes, aussi impressionnés que le public par « la plus audacieuse réalisation de John Roebling[1] ».

Le fabricant de câbles avait été plus prompt à réagir que les fabricants de rails et de poutres

1. En 1867, John Roebling dessina les plans et commença la construction du pont suspendu de Brooklyn, d'une portée de quatre cent quatre-vingt-six mètres. L'ingénieur ayant succombé au tétanos en 1869, son fils, Washington Roebling, acheva l'ouvrage, qui fut inauguré le 25 mai 1883.

de Pittsburgh. Cinq semaines après la commande, le matériel avait été livré à Nassau et apporté à Soledad par Mark Tilloy à bord du *Centaur.* Aux rouleaux de câbles était joint un cabestan à commande démultipliée, sur les tambours duquel s'enroulait et se déroulait, au moyen d'une manivelle, le câble de traction. Cet engin léger permettait la manœuvre manuelle d'une nouvelle benne de tôle pouvant contenir deux personnes, elle aussi livrée sur plan par les ateliers de Philadelphie.

Dès que les câbles métalliques furent en place, ce qui rendit plus sûre et plus aisée la traversée du cañon, Charles vit apparaître Ounca Lou sur la rive de Buena Vista. Il n'avait pas revu la jeune fille depuis que la liaison entre l'île et l'îlot avait été interrompue par ce que tout le monde nommait « le coup de folie de l'aide-cuisinier de lady Lamia ». Par un étrange et vain sentiment de culpabilité, l'ingénieur se sentit mal à l'aise quand Ounca Lou, en présence de sa marraine, lui prit les mains avec effusion et se plaignit d'une si longue absence.

– Vous n'ignorez pas que nous avons vécu à Soledad une attaque de planteurs américains venus exiger la restitution d'esclaves marrons, rappela Charles.

– Nous savons. Et aussi comment mon frère renvoya avec fermeté ces gens à leurs plantations, dit Fish Lady.

– Lord Simon manœuvra en effet de façon admirable, et ce qui aurait pu tourner à l'affrontement sanglant se termina comme une comédie italienne. Après, ce fut la fête dans le parc de Cornfield Manor. J'espérais vaguement vous y rencontrer, ajouta l'ingénieur.

– Je ne suis jamais conviée aux célébrations à Cornfield Manor, sauf pour l'anniversaire de la reine, dit sèchement Lamia.

– Si le va-et-vient avait été réparé, moi je serais allée au *goombay* ! Discrètement, bien sûr. J'aime les chants et les danses des Arawak, dit Ounca Lou.

– Si vous acceptez, lors de la prochaine fête, vous serez ma cavalière, risqua Desteyrac, retrouvant son aplomb.

Le regard de la jeune fille annonçait une acceptation enthousiaste quand lady Lamia intervint si vivement que l'intéressée n'eut pas le temps d'ouvrir la bouche.

– Je crains, monsieur, que ma filleule ne soit pas une partenaire aussi attentionnée que la fille du cordonnier, dit-elle, le regard farouche.

Charles, décontenancé, s'absorba dans l'examen des serre-câbles que Tom O'Graney venait de mettre en place.

« Comment diable cette femme sait-elle ? Le mot de partenaire en dit assez sur sa connaissance de la relation que j'ai eue avec Wyanie. Quelle diablesse ! Me faire passer pour un lovelace devant Ounca Lou ! Voilà ce qu'elle veut ! » se dit Charles dans un premier temps. Puis, n'étant pas homme à laisser passer une perfidie sans y répondre, il fit face.

– Wyanie, la fille du cordonnier de votre frère, est une charmante Indienne qui pratique on ne peut mieux l'hospitalité à la mode des Taino. Grâce à elle, le célibataire que je suis, qu'aucune présence féminine ne vient habituellement distraire, a passé une agréable soirée. J'ai appris de sa bouche, car elle sait l'anglais, la signification des chants et danses que nous offraient ceux de sa tribu, dit-il pour banaliser l'événement.

– Bien sûr ! Bien sûr ! Ces petites ne souhaitent que rendre service à l'étranger en l'initiant à toutes les coutumes indiennes, persifla Lamia en insistant sur le mot toutes.

– J'attends maintenant qu'elle me présente son fiancé, ajouta Desteyrac avec désinvolture.

Ounca Lou ne tint pas compte de l'interruption de sa marraine et décocha à Charles un sourire épanoui.

– Il fait très chaud, ce matin : je vais profiter de votre nouvelle installation pour passer sur Soledad et aller me baigner près de chez vous, dans Pink Bay. M'accompagnerez-vous ?

– Avec grand plaisir, dit Charles, pressé d'écourter l'entretien avec Lamia.

Il invita aussitôt la jeune fille à prendre place avec lui dans la benne du va-et-vient. Avant même qu'il eût saisi la manivelle pour mettre la nacelle en mouvement, lady Lamia avait tourné les talons et, sans un mot, pris à pas vifs la direction de sa demeure.

– J'ai le sentiment que votre marraine n'apprécie guère qu'un Blanc ait été vu en compagnie d'une Indienne lors du *goombay*, dit-il pour avoir une idée de ce que savait exactement la jeune fille.

– Marraine nourrit un certain préjugé contre les filles arawak. Elle les tient pour enjôleuses et fort intéressées par ce que peut rapporter une relation... disons privilégiée, avec un Blanc. Mais vous êtes étranger et ne pouvez savoir, n'est-ce pas ?

– En effet, je ne puis savoir, dit Charles, maintenant convaincu qu'Ounca Lou n'ignorait rien de ce qu'il eût préféré cacher.

– Mais, quoi qu'en pense lady Lamia, cela ne tire pas à conséquence, conclut la jeune fille d'un ton détaché, marquant ainsi son indifférence à l'affaire.

La traversée effectuée, ils marchèrent jusqu'à la maison de Charles. Ounca Lou s'assit sur les marches de la galerie tandis que Desteyrac passait le maillot noir de nageur qu'il avait pris soin, en quittant Paris, de mettre dans ses bagages. En se glissant dans ce vêtement qui lui couvrait décemment le corps de mi-cuisse aux épaules, lui revinrent les souvenirs des dimanches d'été au bord de la Marne. L'image de Rosalie en costume de bain rayé rouge et blanc, avec volants aux coudes et aux genoux, coiffée d'un bonnet à friselis, le fit sourire. Comme les Indiennes, Ounca Lou se baignait avec un simple pagne auquel elle avait ajouté, sans doute à cause de Charles, une étroite brassière de toile que ses seins supportaient plus qu'elle ne les cachait. Elle la perdit à la troisième brasse !

Ils nagèrent côte à côte, se glissant sous la vague et s'éloignant du rivage avec aisance.

– N'allez pas au-delà de la barrière de

corail. Les requins ne la franchissent pas, mais ils sont peut-être derrière à nous attendre! lança la jeune fille.

Charles trouva là prétexte à se rapprocher de sa compagne jusqu'à ce qu'une vague complice l'aide à frôler le corps de la nageuse. Hypocrite, il s'excusa de ce léger heurt, sans pour autant s'éloigner d'elle. La jeune fille ne marqua aucune contrariété et plongea, invitant d'un geste du bras son compagnon à l'imiter. Ils évoluèrent un moment entre deux eaux, au-dessus des rochers où, à leur approche, se faufilaient, traits multicolores, d'étranges poissons que Charles n'avait jamais vus que dans l'aquarium du Collège de France. Mais, plus que la faune marine, les formes et les mouvements gracieux et cadencés de la jeune femme retenaient son regard. La puissante clarté du soleil se diluant dans l'eau limpide lustrait le corps de la naïade, la rendait à la fois plus désirable et plus inaccessible. Bientôt, le Français sentit la nécessité de reprendre souffle. Elle lui tendit la main pour l'aider à refaire surface.

– Je n'ai pas la capacité thoracique d'un pêcheur d'éponges, ânonna-t-il, s'efforçant de recouvrer un rythme respiratoire normal.

– Ça suffit pour aujourd'hui, dit gaiement Ounca Lou sans lâcher la main de Charles.

C'est ainsi qu'ils regagnèrent la plage, la jeune fille balançant de sa main libre la brassière qu'elle n'avait pas jugé utile d'ajuster à nouveau. Quand ils s'assirent côte à côte sur le sable, elle releva ses cheveux, les lia avec une tige arrachée à une touffe de graminée. Sa peau mouillée retrouvait, en séchant, son aspect soyeux, des gouttelettes d'eau perlaient à la pointe de ses seins. À cet instant, l'image d'Esther à sa toilette, que Théodore Chassériau avait peinte se coiffant, bras relevés, ce qui donnait au buste nu une insolence érotique, se présenta à la pensée de Charles. Ounca Lou, comme l'orpheline juive de la Bible, n'avait-elle pas grandi, « solitaire et cachée », auprès de sa marraine, comme Esther près de son oncle Mardochée ? « Que ne suis-je Assuérus ! » pensa-t-il.

– Ce fut un bain très agréable, vivifiant, dit Charles pour meubler le silence.

– L'océan me manquait furieusement à New York, et les bains à Long Island étaient prétexte à réunions mondaines. Les gens se trempaient dans la mer comme dans une baignoire. La plupart ne savaient pas nager. Voyez-vous, Charles, je suis une sauvage qu'on a bien éduquée. Mais le sang indien que j'ai dans les veines redevient force dominante dès que je suis ici.

– J'ai le sentiment, en effet, que vous êtes aussi à l'aise dans l'eau qu'à l'air libre.

– Je connais une anse où viennent s'ébattre les dauphins. Lamia m'a appris depuis l'enfance à jouer avec eux. Je vous y conduirai... si cela vous plaît, bien sûr, proposa-t-elle.

– Avec vous, j'irais même me tremper dans Sharks Bay ! déclara Charles.

– Ah, le galant Français resurgit ! Comment appelle-t-on cette façon que vous avez de dire aux femmes des choses que vous ne pensez pas, des phrases destinées à séduire les naïves ?

– Depuis Marivaux, on parle à ce propos de marivaudage, admit Desteyrac, déconfit.

– Allons, allons, ne prenez pas cet air renfrogné ! J'aime bien, de temps en temps, qu'on me dise des marivaudages... Les Anglais ne savent pas parler aux femmes. Ils sont timides, circonspects, et croient qu'il est de bon ton de marquer à l'égard des jeunes filles une froideur prononcée. Pour eux, il n'y a que deux catégories de femmes : les possibles épouses et les prostituées, confia-t-elle.

– Et les jeunes Américains que vous avez dû rencontrer ?

– J'en ai fréquenté très peu. Car, voyez-vous, pour les gens de la bonne société américaine, celle des familles de mes compagnes de pension, tout ce qui n'est pas *WASP* – c'est-à-dire *White Anglo-Saxon Protestant* – est infréquentable. Et la fortune ne compense pas cette tare héréditaire. Comme je n'ai pas un teint de fleur de magnolia, que mes yeux sont fendus comme ceux de ma mère dont le père était indien, je ne pouvais faire l'objet que d'attentions salaces ou d'une méprisante indifférence. Certains petits messieurs, qui m'ont manqué de respect, ont appris que les sauvages de mon espèce ont la gifle facile, dit-elle.

– Me voilà prévenu ! s'exclama Charles en riant.

– Marraine m'a dit : « Avec M. Desteyrac, tu

ne crains rien. » C'est pourquoi vous êtes le premier Européen sur cette île à qui je puis tendre la main.

– Peut-être même la joue ? dit Charles, émoustillé.

– Mais pas aujourd'hui ! décida-t-elle en se levant.

Il reconduisit Ounca Lou jusqu'au va-et-vient, lui fit traverser la faille, et quand, posant le pied sur Buena Vista, elle lui fit un signe de la main, il lui sembla qu'elle mettait dans ce geste banal une attention prometteuse.

L'ingénieur comprit bientôt qu'il entrait dans une période d'inactivité qui pourrait être longue. Les gens de Pittsburgh mettaient peu d'empressement à répondre aux demandes formulées par lord Simon ; Charles attendit des mois l'accusé de réception de ses plans et leur acceptation de principe. Ces atermoiements, aggravés par la lenteur des communications, le courrier de Pennsylvanie, via New York et Nassau, mettant parfois plusieurs semaines à parvenir à Soledad, l'agaçait plus encore que lord Simon, habitué au lenteurs américaines.

La période des ouragans, qui, comme chaque année entre juillet et octobre, rendit la navigation dangereuse dans l'archipel, compliqua encore les échanges. Or, les ingénieurs de Keystone Bridges Works, dont on ne pouvait mettre la bonne volonté en doute, réclamaient fréquemment à leur collègue français de nouvelles précisions techniques, des plans de détails cotés, et, au commanditaire, des engagements financiers supplémentaires. Charles se remettait alors à sa planche à dessin, pestant contre une organisation du travail peu adaptée à l'industrie métallurgique.

Son impatience rejoignait celle, moins fébrile, de lord Simon. Pour ne pas comparer la nonchalance bahamienne aux temporisations de Keystone Bridges Works, Cornfield excusait ces dernières, sachant que les ateliers de Pittsburgh étaient assaillis de commandes de rails par les compagnies de chemins de fer en pleine expansion. Cette production avait priorité sur la fabrication d'un pont destiné à une île lointaine.

– Je leur tiens, par lettres régulières, l'épée aux reins. Mais ces gens ne sont pas, comme chez vous ou chez nous, entraînés à faire vite. Ce n'est pas dans leur nature. Ils ont encore beaucoup à apprendre de la vieille Europe ! soupirait Cornfield.

Quand Charles lui faisait part de ses scrupules, s'estimant entretenu à ne rien faire, lord Simon se mettait à rire et le rassurait :

– Profitez-en pour vous mieux acclimater à l'archipel. Visitez les îles avec Mark Tilloy pour guide. Il connaît tout, y compris les cabarets de Nassau où l'on trouve d'attrayantes hôtesses.

Charles mit à profit ce conseil et, la saison des ouragans passée, navigua pendant des mois en compagnie du lieutenant, de Cat Island à Crooked Island, franchissant ainsi plusieurs fois la ligne idéale du tropique du Cancer.

Au cours de leurs escales, les deux amis dégustèrent les délicieuses bananes de Grand Bahama, visitèrent, au sud de Great Abaco, le seul phare de l'archipel, construit en 1836 en dépit d'insulaires pilleurs d'épaves. Ils eurent à Andros une pensée pour sir Henry Morgan, fameux aventurier : élu amiral par les boucaniers anglais, ce pirate repenti, couvert d'honneurs par le roi Charles II pour ses exploits contre les Espagnols, avait choisi un temps cette île pour résidence. Charles et Mark ne s'attardèrent pas, comme d'autres visiteurs, pour tenter de trouver le trésor que l'on disait caché par Morgan dans une grotte qui portait désormais son nom.

C'est à Nassau, à l'occasion de livraisons d'éponges, que Charles Desteyrac fit, en compagnie du marin, de plus fréquents mais brefs séjours. Parcourant la capitale de l'archipel pendant que Tilloy vaquait à ses affaires, il vit les bâtiments d'un des premiers parlements coloniaux de l'Empire britannique, construits entre 1801 et 1803 par les loyalistes réfugiés à New Providence. Il fit le tour de la plus ancienne prison des Bahamas, un bâtiment octogonal bâti en 1797 pour accueillir les derniers pirates[1], et s'en fut saluer la statue de Christophe Colomb, érigée en 1830 au pied de l'escalier du palais du

1. Le bâtiment abrite aujourd'hui la bibliothèque municipale et le musée historique.

gouverneur. Pour le point de vue, il gravit les soixante-cinq marches de l'escalier taillé vers 1790 dans le calcaire corallien par les esclaves des planteurs loyalistes.

La fuite du temps, dans un pays où l'on ne consultait sa montre que dans l'attente d'une visite, et le calendrier que pour connaître les changements de lune, semblait à Charles beaucoup moins perceptible qu'en France. Ici, la notion de temps rejoignait celle d'espace, et les semaines succédaient aux semaines, les mois aux mois, sans qu'on y prît garde, le passage d'une saison l'autre étant si flexible que le Français avait le sentiment de vivre un éternel été. La température, passant insensiblement de 26 degrés centigrades en janvier à 31 degrés en août, contribuait à entretenir, pour un Européen accoutumé à des variations beaucoup plus amples, cette sensation de permanence du climat.

Entre ses croisières dans les îles, ses rendez-vous, entrevues et dîners dans le Cornfieldshire, ses soirées au Loyalists Club, ses visites au joyeux ermite du mont de la Chèvre, Charles s'adonnait avec entrain au rite des baignades avec la filleule de lady Lamia. Ses rapports avec Ounca Lou étaient de plus en plus confiants, sans pour autant atteindre la tendre familiarité qu'il eût aimé leur imprimer. Gentille, souriante, attentive, Ounca Lou acceptait le badinage, disait se trouver bien en compagnie de Charles, mais n'en restait pas moins la filleule très surveillée de Fish Lady.

– Marraine dit que le meilleur des hommes ne domine pas toujours l'animalité qui subsiste en chacun d'eux, déclara-t-elle un jour, après le bain, alors qu'ils sirotaient un verre de jus d'ananas sur la galerie de Little Manor.

– Et quand on a affaire à celui qui n'est pas le meilleur des hommes, le danger est d'autant plus grand pour une demoiselle ! badina Charles.

Il se demanda si ces propos spontanés ne risquaient pas d'alarmer la jeune femme. Elle le rassura d'un sourire en lui transmettant une invitation de lady Lamia pour le lendemain à Buena Vista.

– Nous sommes déjà au mois de mai, vous êtes ici depuis deux ans, et marraine commence à croire que votre pont ne sera jamais construit, ce qui la rend d'humeur charmante ! Encore qu'elle regrettera de vous voir quitter Soledad, dit Ounca Lou.

– Je ne suis pas de ceux qu'on regrette. Nous autres, bâtisseurs de ponts, ne faisons que passer, comme les rivières que nous enjambons. D'abord on nous déteste, ensuite on nous accepte, après on nous oublie, répliqua Charles, un peu morose.

– J'ai beaucoup de mémoire, protesta-t-elle.

Le lendemain dans l'après-midi, alors qu'il regagnait sa maison de chantier après un excellent repas de homard et de conques farcies chez Fish Lady au cours duquel Ounca Lou s'était montrée plus gracieuse et plus engageante que jamais, l'ingénieur trouva

Timbo en conversation avec un émissaire de lord Simon.

L'homme lui apprit que le maître de l'île souhaitait le voir très vite, le soir même, si possible. Informé avant Charles, Timbo avait déjà organisé le départ, attelé Zéphyr, fermé la maison. Desteyrac n'eut qu'à rassembler plans et papiers, boucler sa sacoche, avant de sauter dans le dog-cart. Lui qui comptait, le lendemain, retourner à Buena Vista pour revoir Ounca Lou trouva cavalière la convocation du lord. Mécontent, il somnola pendant tout le trajet, décourageant le bavardage de Timbo.

Après une traversée de l'île au grand trot, Charles Desteyrac, encore sous le charme des moments passés avec la filleule de lady Lamia, retrouva, à la fin de l'après-midi, sur la galerie de Cornfield Manor, le major Carver et le capitaine Colson sirotant un *pink gin* en compagnie du maître de maison.

– Mon cher, nous partirons bientôt pour New York. Vous êtes du voyage, ainsi que Murray. Il s'agira de revenir avant la période des ouragans, annonça sans préambule lord Simon.

– J'aurai grand plaisir à cette croisière, dit Charles.

– Ce sera pour vous l'occasion de faire avancer nos travaux. Les gens de Pittsburgh m'écrivent enfin que votre pont sera mis en fabrication cet automne, ce qui vous laisse le temps de vous rendre aux ateliers de Keystone Bridges Works, et même, ils le disent dans leur lettre, de rencontrer sur place l'ingénieur

Whipple. Le devis étant raisonnable, je l'ai accepté, et ma banque de Boston enverra des arrhes.

– Eh bien, c'est une très bonne nouvelle ! s'exclama Charles.

– Mais, pour moi, ce n'est pas la seule. Lady Ottilia, qui, depuis des mois, ne m'envoyait que des missives laconiques, et dont je subodorais que le formalisme filial cachait quelque affaire de cœur, m'annonce qu'un officier de cavalerie, tout frais émoulu de West Point, fils d'une veuve du Massachusetts dont il serait le seul héritier, a demandé sa main. Par une attention à laquelle Ottilia ne m'a guère habitué, elle souhaite ma présence à New York, où pourraient être célébrées les fiançailles. Si, dit-elle, et c'est ce qui m'étonne le plus, le prétendant, dont elle néglige de donner le nom, me convient comme gendre !

– Eh bien, vous voilà un père comblé. Vous aurez, l'hiver prochain, un gendre et un pont ! dit Charles.

– Souhaitons que l'un et l'autre soient robustes ! lança Edward gaiement.

– Et maintenant, mes amis, si vous n'avez les uns et les autres aucune obligation, je vous invite à partager mon dîner, proposa lord Simon, rayonnant de satisfaction.

Seul Colson déclina l'invitation, tandis que Charles et le major Carver l'acceptèrent, demandant un délai pour aller passer la tenue de rigueur pour les dîners d'été – costume de lin, chemise blanche, ruban de velours en guise de cravate.

Étant voisins, Charles et Edward firent ensemble l'aller et retour à bord du boghei du major.

– Pensez-vous que le mariage de lady Ottilia avec un Américain puisse vraiment réjouir lord Simon ? demanda Charles.

– Attendez, mon cher. Ottilia n'est pas encore mariée. Elle a été deux fois fiancée à de jeunes Anglais fort acceptables. L'un ou l'autre eût fait un bon époux. Mais, dans les deux cas, après des fiançailles pompeuses, elle a rompu son engagement le jour même où devait être fixée la date des noces. Et cela, sans avancer de raison sérieuse, sans avoir rien à reprocher aux prétendants ! confia le major.

– Étrange conduite, commenta Charles.

– Plus encore que vous ne pouvez le penser. Car de ces ruptures *in extremis*, Ottilia parut chaque fois très affectée. Et, naturellement, comme pour narguer la bonne société londonienne, chaque fois aussi elle se lança dans de nouvelles folies. En fait, je crois que lady Ottilia a peur d'entrer dans un lit conjugal, ajouta Carver.

– D'après ce que m'a appris Malcolm Murray, les frasques sont une manière, pour cette belle, de montrer son indépendance d'esprit, son refus d'une société dont elle connaît le pharisaïsme et les bonnes manières patelines. Peut-être est-ce aussi une façon de donner libre cours à sa nature généreuse ? Son engagement aux côtés des féministes, des *Bloomers*, son antiesclavagisme militant prouvent des qualités de cœur, non ? C'est une personnalité complexe, mais non déplaisante, exposa Charles.

– Certes, la fille de Simon n'a pas que d'irritants défauts. On lui pardonne ses frasques, ses fantaisies imprévisibles, ses engouements douteux, parce qu'elle appartient à cette catégorie des riches héritières, jolies et bien nées, dont on sait qu'un jour ou l'autre elles rentreront dans le rang et feront des épouses peut-être difficiles, mais bonnes maîtresses de maison et mères attentionnées, dit le major comme la voiture s'arrêtait devant le perron de Cornfield Manor.

Le dîner, auquel se joignit Malcolm Murray, dont les plans du nouvel hôpital avaient été approuvés par son oncle, fut des plus gai, et gaillardement arrosé. C'est au salon, à l'heure du porto et des cigares, que lord Simon fit part à ses invités des dernières informations touchant ce qu'il nommait les affaires cubaines, dont Charles savait qu'il souhaitait se dégager.

– J'avais été informé confidentiellement, l'an dernier, par un ami bien placé à Washington, que le 15 octobre 1854 s'étaient réunis secrètement, d'abord à Aix-la-Chapelle, et, quelques jours plus tard, à Ostende, à la demande du secrétaire d'État américain William M. Marcy, trois représentants des États-Unis en Europe : sir James Buchanan, ambassadeur à Londres, Pierre Soulé, ambassadeur à Madrid, et John Y. Mason, ambassadeur à Paris. Ces messieurs étaient chargés de mettre au point le document rendu public en mars dernier sous le titre de Manifeste d'Ostende.

Les journaux américains et *The Nassau Guardian* viennent de le publier. Il annonce que les États-Unis offrent cent trente millions de dollars à l'Espagne pour l'acquisition de l'île de Cuba. Il précise aussi que la cession de Cuba aux États-Unis s'impose, et que le gouvernement de Washington serait désolé d'avoir à user de la force pour obtenir ce qu'on refuserait de lui vendre. Les ambassadeurs ont naturellement communiqué cette proposition aux gouvernements de Paris, Londres et, bien sûr, Madrid.

– Ne trouvez-vous pas que cette offre a un assez déplaisant relent de chantage ? C'est presque un ultimatum ! s'indigna Murray.

– Je suis de votre avis, dit le major.

– Risque-t-on une guerre entre les États-Unis et l'Espagne ? demanda Charles.

– Tout est possible, et j'ai décidé de mettre en vente ma plantation de Limonar avant qu'elle ne trouve plus acquéreur si le conflit se déclenche ou que se développe à La Havane une révolte des créoles – il y a déjà eu des escarmouches avec les soldats espagnols –, qui réclament aux autorités des réformes administratives et même politiques, annonça le lord.

– Simon agit bien. Car, par le commandant d'une frégate anglaise qui a fait escale chez nous, j'ai su que les Cubains et les Espagnols sont sur le qui-vive. Le 3 février de cette année, le bruit a couru à Cuba qu'une expédition américaine, forte de cinq mille hommes, était en route pour La Havane. Le capitaine général de La Concha, gouverneur de Cuba, a aussitôt annulé un bal et décrété l'état de siège, ce qui a motivé l'envoi à La Havane de cette frégate et d'un brick de la flotte britannique de la Jamaïque, ajouta le major.

– Mais il ne s'est rien passé, puisque les navires anglais ont regagné leur base, remarqua Murray.

– Il paraît que les bateaux espagnols stationnés à La Havane étant sortis pour aller à la rencontre des Américains, ces derniers ont renoncé à s'approcher de l'île. La fanfaronnade aurait donc réussi. Mais les Espagnols craignent toujours des débarquements clandestins sur l'île, et la police redouble de vigilance vis-à-vis des étrangers.

– Le notaire de La Havane que j'ai chargé de vendre ma plantation et ma sucrerie de Limonar m'a rendu visite il y a trois jours. Il m'a raconté que, pendant l'alerte, motivée ou non par une prétendue expédition américaine, il accueillait avec quelques amis le célèbre naturaliste suisse, M. Henri de Saussure, petit-fils de cet Horace Bénédict de Saussure qui, après le docteur Paccard et le guide Jacques Balmat, escalada le mont Blanc en 1787. Le savant suisse, qu'accompagnaient plusieurs compatriotes, dont le fameux naturaliste vaudois M. François Sumichrast, a été scandalisé par le sort des esclaves noirs. Alors que M. de Saussure revenait de visiter une plantation des environs de Matanzas dont le propriétaire vit en France, mon notaire, abolitionniste déclaré, lui a demandé ce qu'un citoyen suisse pensait du travail servile. Pour toute réponse, l'Helvète mit sous les yeux de son hôte le passage d'une lettre destinée à l'un de ses amis genevois, texte que le notaire a noté : « Rien au monde n'est plus triste que de voir quatre cents nègres travailler sous le fouet d'un certain nombre de Blancs. Point de chants, point de gaieté, seulement un travail lent et machinal. Ici le nègre n'est qu'une bête de somme qu'on fait aller jusqu'à ce qu'il crève, et tout cela pour enrichir un particulier qui vit à Paris[1]. » « Vous savez maintenant ce que j'en pense », dit le Suisse.

– Ce que pensent aussi tous ceux qui veulent l'abolition de l'esclavage ! commenta Murray.

– Mais, à Cuba, certains abolitionnistes manquent par trop de sincérité. Ainsi des planteurs, des sucriers et des producteurs de tabac, dont une famille alliée aux Bourbons d'Espagne, des gens que je connais et qui investissent dans l'immobilier et la banque à Paris, New York et Madrid, se sont entendus pour conspirer contre l'Espagne. Ils souhaitent l'annexion de l'île par les États-Unis et se disent pour la suppression de l'esclavage à condition de recevoir une indemnité pour chaque nègre affranchi : un montant d'au moins douze livres sterling par esclave ! Ils exigent encore qu'une loi oblige les nègres

1. Henri de Saussure, *Voyage aux Antilles et au Mexique, 1854-1856*, Olizane, Genève, 1993. Lettre à son cousin Théodore Necker, envoyée de La Havane le 13 février 1855.

libérés à rester au service des planteurs qui les ont affranchis, détailla Carver.

– En somme, non seulement ces esclavagistes ne perdraient rien, car, libres, les nègres travailleraient autant qu'esclaves, mais encore leurs propriétaires, restant leurs maîtres, toucheraient de fortes sommes ! s'indigna Charles.

– Ces gens sont riches et puissants, monsieur Desteyrac. Ils ont des amis à Washington et à Londres, et se permettent de financer, m'a-t-on assuré, certaines publications antiesclavagistes prudentes, compléta Cornfield.

– Curieuse démarche que celle d'un représentant de ces riches planteurs qui s'est rendu en Angleterre lors de l'Exposition de Londres, en 1851, pour rencontrer lord Henry Palmerston et des antiesclavagistes. On ne sait quel accord a été passé entre le ministre des Affaires étrangères et le représentant des planteurs cubains, mais c'est un fait que, depuis ce temps, les croiseurs de Sa Majesté ne pourchassent plus avec autant de zèle les navires négriers au large des côtes d'Afrique et dans les Caraïbes, reconnut sans plaisir Carver.

– En vérité, les membres de la plantocratie cubaine considèrent que l'important n'est pas tant l'abolition de l'esclavage, dont ils savent bien qu'elle interviendra un jour ou l'autre, que la présence des Noirs quand ils seront libres. En face de cinq cent mille Blancs, on compte, paraît-il, car les recensements d'esclaves sont imprécis, plus de trois cent mille nègres à Cuba. Or, si Indiens et métis n'inspirent pas de crainte, il n'en va pas de même des nègres. C'est pourquoi certains propriétaires répètent sans cesse : « Il faut blanchir Cuba ! » et proposent de reconduire les nègres sur leur terre natale. De bonnes âmes, prêtes à se charger de ce transport, auraient déjà fondé une association pour le retour des nègres en Afrique, ajouta sir Edward.

– Il y aura encore de mauvais jours pour les abolitionnistes sincères. Ainsi, récemment, la police cubaine a découvert l'atelier clandestin où était imprimée *La Voz del Pueblo*, une feuille révolutionnaire qui prônait non seulement l'abolition, mais aussi l'indépendance de l'île. L'éditeur Eduardo Facciolo a été pendu, et deux journalistes l'auraient été aussi s'ils n'avaient pu fuir et se réfugier à Nassau, rapporta lord Simon.

– En somme, l'annexion par les États-Unis, qui ferait de Cuba un nouvel État américain non esclavagiste, au contraire de ce qu'espèrent ces planteurs de Louisiane et des Carolines que lord Simon a si bien reçus, apparaît comme la meilleure solution ? avança Charles.

– La seule solution honnête, humaine et durable est, mon cher Charles, l'indépendance de l'île de Cuba, dont les habitants de toutes races se donneraient librement, et à l'écart des influences étrangères, un gouvernement et des lois de leur choix, assena Malcolm Murray.

– Voilà bien la plus touchante utopie qu'on connaisse ! s'exclama Edward Carver en donnant le signal du départ.

Parmi les dispositions que prit Charles Desteyrac avant l'embarquement pour New York, la mise hors service du va-et-vient entre Soledad et Buena Vista lui fournit l'occasion de revoir Ounca Lou qui, souvent, occupait ses pensées. L'ingénieur ne voulait pas laisser le transbordeur sans surveillance pendant son absence et celle de Tom O'Graney, rappelé par le commandant Colson pour assurer son service de chef charpentier à bord du *Phoenix* durant la traversée vers les États-Unis. Avant le démontage de la benne, il se rendit chez lady Lamia, qu'il trouva, comme il l'espérait, en compagnie de sa filleule.

– Mon absence pourra durer longtemps. Je ne reviendrai qu'avec les éléments métalliques du pont. Il ne me restera qu'à les assembler et à lancer l'ouvrage. Ensuite, ma mission étant terminée, vous n'aurez plus à subir ma présence, lui dit-il.

Les deux femmes se récrièrent et Lamia, la première, intervint :

– Vous nous manquerez beaucoup, monsieur Desteyrac, car, depuis que vous êtes arrivé à Soledad, ma vision du genre de vie qu'on y mène a un peu évolué. J'ai compris – et Ounca Lou, qui vient de passer des années à New York, m'y a aidée – que Soledad est, dans l'archipel, une sorte d'échantillon de colonie moderne. Je ne puis plus espérer, dans le monde que nous préparent les inventions nouvelles où tout va vite et tout se sait, que maintenir dans les esprits, mais non plus, hélas, dans les mœurs, l'existence rustique et naturelle de nos derniers Arawak. Vous m'avez convaincue, sans y insister, que je ne pouvais m'arroger le droit de priver des familles indiennes de ce qui peut améliorer leur vie, leur éducation et même leur santé en les confinant dans une sorte de réserve pareille à celles où les Américains cantonnent, paraît-il, les Peaux-Rouges. Au sens social du terme, pour parler comme votre Rousseau, votre ouvrage sera vraiment un pont entre passé et présent, entre une civilisation révolue et une civilisation en marche. De cela, je vous suis reconnaissante, et je sais que ma filleule pense comme moi.

Cette tirade, prononcée d'une voix douce, teintée de mélancolie, émut Charles. Il prit dans les siennes les mains de Lamia et les serra.

– Vous m'avez aussi beaucoup appris, chère lady. Vous m'avez fait découvrir que le progrès n'est pas incompatible avec une vie saine, et aussi que nous nous encombrons en Europe de beaucoup d'objets, et même d'idées, dont on peut aisément se passer. Me permettrez-vous, pendant mon séjour aux États-Unis, de vous écrire ?

– Écrivez à Ounca Lou. Elle a de l'amour-propre et ne vous le dira pas, mais je suis sûre qu'elle guettera avec impatience votre retour. Car vous êtes maintenant des nôtres, n'est-ce pas ? dit Fish Lady en portant un regard tendre sur sa filleule.

– Je n'ai pas honte d'avouer, fit celle-ci, que j'aurais aimé renouveler nos baignades dans

Pink Bay et aussi vous emmener à Eleuthera pour vous montrer, à vous Français républicain, les vestiges de ce qui fut, au XVIIe siècle, la première république du Nouveau Monde.

– Voilà un plaisir en perspective qui m'aidera à patienter jusqu'à notre revoir, répondit Charles en s'inclinant pour prendre congé.

Il baisa la main de Lamia et allait serrer celle de la jeune fille quand celle-ci lui prit le bras.

– Je vous raccompagne jusqu'au tonneau volant ! proposa-t-elle, désignant la benne du va-et-vient du nom que lui donnaient les indigènes.

Lady Lamia leur fit signe d'aller et s'éloigna sous les palmiers.

– Puis-je vous dire, sans paraître outrageusement sentimental, qu'il me coûte de quitter les îles en ce bel été ? Surtout pour Pittsburgh, dont lord Simon dit que c'est la ville la plus enfumée de l'Union.

– Mais, à New York, vous trouverez toutes sortes de distractions. Et puis, les fiançailles d'Ottilia seront l'occasion de belles fêtes, j'en suis sûre. Vous verrez chez les Cornfield de Washington Square quantité de jeunes et jolies demoiselles, sans doute certaines de mes compagnes de pension. Vous n'aurez que l'embarras du choix pour élire une cavalière à votre goût.

– Lord Simon a donc informé lady Lamia des fiançailles de sa fille ? Il est vrai que c'est assez normal, puisque votre marraine est la tante d'Ottilia, remarqua Charles.

– Personne n'a rien annoncé à ma marraine. Mais, à Buena Vista, monsieur Desteyrac, nous savons tout ce qui se passe à Soledad et au-delà. Vous vous en êtes bien rendu compte, non ? fit-elle, mutine.

L'allusion à la soirée du *goombay*, assortie de la brève relation avec Wyanie, était claire. Charles en fut agacé, mais ne manqua pas d'être satisfait que la jeune fille retînt l'incident comme l'eût fait une femme jalouse. Il n'en prit pas moins un air boudeur. Ounca s'en aperçut.

– Je vous taquine... C'est un marivaudage de ma façon, voyez-vous ! lança-t-elle en riant.

– Façon, surtout, de me rappeler que je suis un étranger. Je devrai m'en souvenir, quand je reviendrai.

– Oh non, ne soyez pas amer ! Pas maintenant, alors que vous allez me... nous quitter, dit-elle se reprenant, d'un ton sincèrement ennuyé.

– Alors, laissez-moi répondre par ce que vous allez certainement prendre encore pour marivaudage.

– Dites ! fit-elle, impatiente.

– Eh bien, Ounca Lou, il m'est difficile d'imaginer des jours, des semaines, peut-être des mois sans vous voir. Il peut arriver tant de choses au cours des séparations !

– Il n'arrivera rien, Charles, et vous me trouverez telle que je suis aujourd'hui, murmura-t-elle, cédant enfin à l'émotion qu'il escomptait.

Ils étaient arrivés près du va-et-vient. Sur

l'autre rive du cañon, des marins, convoqués par Tom O'Graney, attendaient que l'ingénieur eût passé sur Soledad pour démonter la benne et ses poulies.

– Suis-je donc toujours le seul Européen de Soledad à qui vous tendiez la main ? demanda-t-il.

– Et, aujourd'hui, même la joue, dit-elle en approchant son visage de celui de Charles.

Innocente gaucherie ou maladresse calculée, leurs lèvres se rencontrèrent et se frôlèrent le temps d'un furtif baiser. Toute parole eût été dérisoire, qui aurait altéré la grâce sensuelle de l'instant.

Charles sauta dans la benne et s'éloigna de Buena Vista, bien conscient d'avoir, par cet élan de tendresse partagée, pris une sorte d'engagement envers la filleule de Lamia.

Sur la rive de l'îlot, Ounca Lou attendit que l'ingénieur eût touché terre sur Soledad pour lui adresser, de la main, le geste banal mais intime de celle qui reste à celui qui part. Il agita son panama, donna ses ordres aux marins et prit place dans le dog-cart approché par Timbo.

– On dit que cette mam'selle Ounca Lou, elle a du sang a'awak, mossu, observa l'Indien avec l'indiscrétion naïve qui, sur l'île, rendait confiants et familiers les rapports entre maître et serviteur.

– C'est bien ce qui me plaît en elle, mon garçon. Un peu de pur sang arawak mêlé à du sang d'aristocrate anglais donne de superbes résultats, comme tu vois, répliqua Charles, certain que Timbo savait depuis longtemps qu'Ounca Lou était fille de lord Simon.

Ce soir-là, en regagnant son bungalow dans le Cornfieldshire, il se dit que l'aventure, devenue religion depuis son départ de Liverpool, lui réservait peut-être des lendemains enivrants.

3

L'appareillage du *Phoenix* pour New York fut marqué par un cérémonial digne d'un vaisseau royal. Coque blanche fraîchement peinte, frises d'éperon redorées, cuivres éblouissants sous le soleil, plancher de pont frotté à la pierre ponce, boiseries de teck polies avec un mélange d'huile et de citron dont le dosage n'était connu que du maître charpentier, cordages – des grosses aussières aux fins rabans de ferlage – éprouvés ou remplacés, le grand voilier avait l'allure pimpante d'un lévrier des mers quand Charles se présenta, ce matin-là, sur le quai du port occidental.

– Le *Victoria and Albert II*, nouveau yacht de Sa Majesté la reine d'Angleterre, ne doit pas être plus bichonné que notre *Phoenix*, souffla à l'oreille de Desteyrac le lieutenant Mark Tilloy, chargé d'accueillir les passagers.

Ayant inspecté son navire des cales au nid-de-pie, le commandant Colson le déclara prêt à prendre la mer. Le second, Philip Rodney, invita alors les hôtes de lord Simon à embarquer. Charles Desteyrac, Malcolm Murray, le docteur Albert Weston Clarke et son épouse Dorothy, Margaret Russell, la femme du pasteur, dont le mari ne pouvait s'absenter de Soledad, furent conduits à leur chambre par les stewards.

Comme Charles s'étonnait de la présence de Weston Clarke alors que le docteur David Kermor, chirurgien du *Phoenix*, était à son poste, Malcolm l'attira à l'écart.

– Notre médecin mondain a reçu mission de choisir et commander à New York, en accord avec Uncle Dave, l'équipement chirurgical et les instruments les plus perfectionnés pour le nouvel hôpital. Mon oncle compte sur moi pour empêcher que les deux esculapes n'en viennent aux coups de bistouri si un différend surgit entre eux, ce qui, à mon avis, ne manquera pas d'arriver.

– À moins qu'au cours de la traversée Uncle Dave ne passe son confrère par-dessus bord ! plaisanta Desteyrac.

L'ingénieur connaissait les conceptions opposées des deux praticiens en matière de médecine coloniale. En exigeant qu'ils collaborent afin d'acquérir les meilleurs équipements pour le nouvel hôpital – déjà nommé Alister Cornfield Hospital en mémoire du père de Simon –, ce dernier prenait le risque de relancer une rivalité professionnelle latente.

Quand tous les voyageurs furent installés, à l'heure de la marée montante, lord Simon Leonard Cornfield descendit de sa calèche devant l'échelle de commandement, abritée sous un dais de toile et pourvue exceptionnellement d'un tapis rouge. Il gravit les marches avec dignité tandis que le maître d'équipage lançait d'une voix forte l'avertissement réglementaire : « Passe du monde sur le bord ! », qui figea l'équipage dans un impeccable garde-à-vous. Puis, le marin tira de son sifflet d'argent le son aigu et modulé qui, dans la marine de guerre, salue l'arrivée d'un officier supérieur. La tenue de Simon Cornfield, habit bleu de nuit à boutons dorés porté sur un pantalon blanc, casquette à coiffe blanche frappée d'une ancre, prouvait d'ailleurs que le maître de Soledad se considérait comme l'amiral d'une flotte dont il était à la fois propriétaire et armateur. Après avoir salué les officiers comme s'il les voyait pour la première fois, il passa en revue les marins alignés sur le pont. Au maître d'équipage il dit un mot aimable, crut bon, pour l'exemple, de redresser le bonnet d'un gabier, avant de complimenter de la manière la plus conventionnelle le commandant Colson pour la bonne tenue de ses hommes. Précédé de l'officier, il se dirigea aussitôt vers ses appartements de l'arrière, suivi par Pibia, le majordome de Cornfield Manor.

La cérémonie terminée, tandis qu'on larguait les amarres, Charles, amusé par ce décorum, fit part de son étonnement à Tilloy, qui arborait, comme tous les officiers, la tenue d'été, un uniforme blanc.

– Lord Simon a un sens aigu du protocole maritime, observa-t-il.

– Il estime que l'étiquette est ce qui maintient, à la mer comme sur terre, la société aristocratique en équilibre dans un temps de dissolution des mœurs. Dissolution dont il rend responsable votre révolution de 1789 et les Insurgents américains ! ajouta l'officier, taquin.

Requis pour les manœuvres de l'appareillage, Tilloy laissa Charles et Murray suivre la mise sous voiles du *Phoenix*, dont le départ, amorcé avec une lenteur majestueuse, fut acclamé par une foule d'indigènes venus assister au spectacle. En montant dans son boghei, Edward Carver, qui n'était pas du voyage, agita son panama en signe d'au revoir. Charles et Malcolm lui répondirent d'un geste de la main. Détenteur de l'autorité pendant l'absence du maître de Soledad, le major, aussi respectueux du protocole que son vieil ami, avait tenu à saluer le départ du lord et de son voilier.

Après une matinée de prudente navigation jusqu'au nord-est de l'île Great Abaco, le *Phoenix* prit une route hauturière pour chercher, à proximité de la côte des Carolines, sous la poussée des alizés, le bon courant du Gulf Stream qui porte vers le nord.

– Sur cette route, nous aurons des vents légers, peut-être un ou deux coups de vent fort, mais les cyclones venus des Bermudes se manifestent rarement en juillet. Nous courrons plus de risques si nous faisons retour en automne, dit Rodney lors du premier dîner que le second présida.

Lord Simon recevait, ce soir-là, avec le commandant Colson, les époux Weston Clarke et Margaret Russell dans sa salle à manger privée.

Après le repas, Desteyrac et Tilloy allumèrent leur pipe et se mirent à déambuler sur le pont dans la fraîcheur de la brise marine. Ils furent bientôt rejoints par Malcolm Murray, qui depuis l'embarquement se montrait maussade, le regard empreint de mélancolie. Mark Tilloy soupçonna une première atteinte du mal de mer, mais l'architecte le détrompa. Comme Charles s'étonnait à son tour de cette mine défaite, Murray confessa que l'océan lui rappelait combien l'Angleterre était lointaine, et que le *Phoenix* avait été le théâtre de l'accident qui le laissait avec une jambe plus courte que l'autre.

– Cela n'est nullement perceptible, sir, dit Tilloy.

– Mais je le sais. Et quand je ne porte pas cette chaussure à talon surélevé, je le sens. À New York, il y aura bal chez Jeffrey Cornfield, peut-être dans d'autres familles, et je ne me risquerai pas à inviter une demoiselle, dit l'architecte, amer.

– Qui marche comme vous peut danser, observa Mark Tilloy.

– Le lieutenant a raison. D'ailleurs, je vous ai vu danser à la fête du *goombay*. Vous étiez très alerte et teniez bien la cadence animée, renchérit Charles.

Murray se redressa, la narine frémissante.

– Vous n'allez pas comparer un trémoussement primitif en compagnie d'Indiennes arawak avec une valse, quand on doit conduire une jeune fille de la bonne société new-yorkaise lança-t-il, agacé.

Comme Desteyrac et Tilloy se taisaient, Malcolm devint persifleur, presque sarcastique.

– Naturellement, quand on est au mieux avec une sauvageonne américanisée, on peut ne plus être sensible à ce genre de distinguo, lança-t-il, s'adressant à Charles, le regard courroucé.

Tilloy comprit l'allusion et, ne voulant pas être témoin de la discussion qui menaçait alors que l'honorable Malcolm Cuthbert Murray, stimulé par les libations du dîner, devenait agressif, il crut prudent de s'esbigner. Prétextant une raison de service, il s'éloigna, laissant tête à tête le Français et l'Anglais.

Dès que l'officier fut hors de portée de voix, Charles lança sa réplique.

– La filleule de lady Lamia, dont vous connaissez comme moi le géniteur oublieux, pourrait, je pense, en remontrer, quant aux mœurs et aux manières, à certaine lady que nous allons retrouver à New York en puissance de fiancé, mon cher Malcolm, riposta sèchement Desteyrac.

– C'était une simple réflexion, répondit Murray, soudain contrit.

– Que je trouve déplacée et offensante pour Ounca Lou et pour moi-même, reprit Desteyrac.

– Me retrouver sur ce bateau, avec la perspective d'être à New York au milieu d'inconnus qui découvriront ma boiterie dissimulée, me conduit à me montrer injuste envers une fille que je ne connais pas, et désagréable avec vous. Veuillez, mon ami, me pardonner ce mouvement d'humeur, s'excusa Murray.

– Je pourrais, pour l'honneur de cette jeune fille, vous provoquer en duel, dit Charles en prenant affectueusement la bras du jeune homme.

– Notre premier duel m'a assez humilié pour que je n'en accepte pas un second, répliqua Malcolm.

– De ce jour, je vous le rappelle, date notre amitié. Et j'en suis fort heureux, murmura l'ingénieur.

– Oui, vous êtes mon ami et je vous dois d'avoir appris à accepter la vie telle que la Providence l'organise pour chacun de nous. Mais, puisque vous ne me tenez pas rigueur de ma réflexion... déplacée, dites-moi : seriez-vous sérieusement amoureux de la belle Ounca ?

– L'amour est pour moi un sentiment nébuleux, Malcolm. Je suis trop lucide, en toute circonstance, pour confondre le désir qu'on peut avoir d'une femme avec la passion exclusive qu'on doit, paraît-il, éprouver quand on s'abandonne à l'amour. Être amoureux, pour moi, serait accepter avec enthousiasme et irréflexion une complète subordination des sens, du cœur, de l'esprit à un être élu. Mais, rassurez-vous, je n'en suis pas encore là, répondit Charles, jovial.

– C'est une très belle fille, qui doit certainement vous donner du plaisir, reprit Murray.

– À ce jour elle ne m'a donné que le plaisir des baignades, de sa présence et de sa conversation. Il serait malséant de lui demander davantage. Voyez-vous, Malcolm, vous en êtes encore à considérer les gens qui ne sont pas de pure souche européenne, si possible britannique, comme des humains de second choix. De là vous vient l'idée que les femmes nées dans les îles, même éduquées à l'anglaise et instruites, ne doivent rien refuser à l'envahisseur, porteur d'une civilisation contestable.

– Vous parlez comme Lamia, qui a élevé – assez bien, je le reconnais – la fille née accidentellement d'une rencontre de mon oncle avec une indigène, mais...

– ... mais ce n'est pas parce qu'elle a une part de sang indien, la peau teintée, les yeux trop fendus, et pas de père avoué, qu'elle n'a pas droit, en tant que femme, au même respect qu'une lady qui aurait la peau blanche, les yeux ronds, des amants titrés et d'estimés – sinon d'estimables – ancêtres, précisa Charles.

– En somme, vous ne savez pas ce qu'on éprouve quand on est amoureux ? réitéra Malcolm, revenant à sa première question.

– Et vous, le savez-vous ?

L'architecte prit un temps de réflexion comme s'il interrogeait sa mémoire.

– Oui. Je l'ai su, je le sais, chaque jour qui passe, dit-il, soudain grave.

– Comment ça ? Puis-je en apprendre davantage ? demanda Desteyrac.

– Allons dans ma chambre. Il y a de la bière dans le rafraîchissoir et, si vous aimez les histoires tristes, je vous conterai la mienne, proposa Malcolm.

Une fois les verres emplis de bière et les deux amis installés confortablement, Murray à demi allongé sur son lit, Charles occupant le seul fauteuil de la cabine, l'ingénieur amorça la confidence promise.

– Ainsi, vous avez été amoureux de votre cousine Ottilia ? demanda-t-il.

Un bref éclat de rire de Murray le détrompa.

– Amoureux d'Ottilia ! C'est impossible, voyons ! Ma cousine m'est trop proche, trop intime, nous sommes trop libres l'un avec l'autre. On nous baignait nus, ensemble, quand nous étions petits, alors ! À Londres, ces dernières années, nous avons parfois joué aux fiancés. Ça permettait à Ottilia d'écarter les hommes trop pressants... enfin, ceux qui ne lui plaisaient pas. Non, ce n'est pas elle qui aurait pu me conduire, comme vous le disiez tout à l'heure, à « une complète subordination des sens, du cœur et de l'esprit » !

– Il s'agit donc d'une autre femme. Pardonnez cette bévue, dit Charles.

– Mon ami, celle dont je fus amoureux, à l'âge de quatorze ans, au point de me rendre malade, est connue de toute l'Angleterre. Cela peut vous sembler stupide, anormal, voire pathologique, mais vous n'imaginez pas combien, tant d'années après, alors que je suis devenu un homme, cette histoire d'adolescence d'un amour fou, qui ne fut jamais consommé, me hante encore. Elle s'appelait Grace Darling, une héroïne de légende. Elle est morte à l'âge de vingt-six ans, de la tuberculose.

– Une héroïne de légende !

– Oui, une véritable héroïne. Écoutez plutôt. Le 7 septembre 1838, cette jeune fille accomplit un acte de courage extraordinaire. Ce jour-là, le vapeur *Forfashire*, avec soixante passagers à bord, pris dans une tempête de la mer du Nord, se jeta sur les récifs et se rompit près de Big Harcar Island, sur la côte du Northumberland. Grace vivait avec son père, William Darling, gardien du phare voisin de Longstone Island, quand le naufrage eut lieu. Par la fenêtre, elle vit dans la tourmente neuf personnes cramponnées aux rochers et convainquit son père que, malgré la furie des flots et les bourrasques de vent, il fallait tenter de les secourir. Darling ne put empêcher Grace de l'accompagner dans sa barque, fort malmenée par les vagues. Ils réussirent à recueillir cinq naufragés à bord de leur bateau et revinrent au phare pour les mettre à l'abri. Mais, quand ils reprirent la mer pour aller chercher les quatre autres, ceux-ci, ayant lâché prise, avaient été emportés. Tenez, voilà ce que publia, quelques jours plus tard, *The Times* de Londres, dit Murray, très ému, en tirant de son portefeuille une coupure de journal jaunie et fripée.

Charles la reçut comme une relique. Il lut le récit du naufrage et de l'intervention de William Darling, dont le journaliste de 1838 assurait que c'était sur l'insistance de Grace que le gardien de phare s'était décidé à mettre sa barque à l'eau. *The Times* apprenait à ses lecteurs que la reine Victoria avait envoyé cinquante livres de récompense à la jeune fille et concluait : « Aucun exemple d'héroïsme féminin n'est comparable à celui-ci[1]. »

– Je comprends qu'un adolescent ait été impressionné par cette aventure, commenta Charles.

– Impressionné ? Le mot est bien faible. Je suis tombé amoureux de Grace, de qui on voyait partout le portrait dans les journaux et magazines. Je dis à ma mère que je voulais l'épouser. Je commençai par lui écrire des lettres enflammées auxquelles sa propre mère répondit. Je lui envoyais régulièrement des petits cadeaux. Bientôt, je convainquis ma mère, elle aussi émue par l'aventure de Grace Darling, d'aller à Longstone Island pour voir celle qui occupait si fort mes pensées que j'en perdais le sommeil. Je crois vous avoir dit que

1. Il existe à Bamburgh, dans le Northumberland, à une centaine de kilomètres au sud-est d'Édimbourg, un Grace Darling Museum où l'on peut voir souvenirs et portraits de l'héroïne, ainsi que la barque à bord de laquelle, avec son père, elle sauva, en 1838, cinq des passagers du vapeur *Forfarshire*.

ma mère enfreint facilement, sans souci du qu'en-dira-t-on, les conventions de notre milieu, aussi accéda-t-elle à mon désir, d'autant plus aisément que notre grand poète William Wordsworth, qu'elle admire fort, venait de consacrer un long poème à Grace Darling. Ce poème, je l'appris par cœur et je pourrais encore vous le réciter sans omettre un vers, assura Malcolm.

– Et vous avez rendu visite à votre sylphide ?

– Elle était déjà très malade et sa pâleur me fit peur. Elle toussait à rendre l'âme. Je lui tins la main un moment et lui offris les friandises que j'avais apportées. Peu de temps après notre retour à Londres, nous apprîmes sa mort. À cette annonce, je tombai malade à mon tour et il fallut toute la tendresse de ma mère pour me redonner le courage de vivre. Je voue toujours à Grace le même amour, pur et inassouvi. Jamais je ne retrouverai la force du sentiment que j'ai éprouvé pour elle. Voyez comme elle était belle, comme elle avait l'air doux, dit Murray.

Ouvrant le boîtier de sa montre, il mit sous les yeux de Charles le portrait d'une jeune fille brune aux cheveux relevés sur le sommet de la tête, les épaules couvertes d'un châle. Elle n'avait rien d'une beauté et son air mélancolique disait assez la tristesse de sa vie de recluse dans un phare.

– Le châle qu'elle porte sur cette miniature, c'est moi qui le lui avais envoyé. Notre seul lien, par-delà le temps et la mort, conclut

Malcolm, les yeux pleins de larmes, en refermant le boîtier de sa montre.

Cette confidence d'un amour d'adolescent, dont Desteyrac ne douta pas un instant qu'il imprégnait l'existence de Malcolm Murray, aviva encore l'affection fraternelle que l'ingénieur portait au neveu de Cornfield. Ainsi, sous ses allures cyniques et désinvoltes, derrière des attitudes provocantes et des propos souvent insolents, ce jouisseur désabusé cachait une âme romantique et une sensibilité exacerbée, presque maladive.

Ce soir-là, en regagnant sa chambre, Charles se prit à imaginer qu'un architecte anglais et un ingénieur des Ponts pourraient peut-être, un jour, construire ensemble quelque ouvrage qui resterait.

Les jours et les nuits offrirent tous les charmes d'une croisière mondaine. La bienveillance de l'océan, un soleil fidèle, le ciel d'un bleu tendre où s'effilochait, au crépuscule, une nuée blanche avant que la nuit ne referme sa rassurante coupole étoilée : tout concourut à faire du voyage une suite de béatitudes. Promenades sur le pont, heures de lecture, tir aux oiseaux de mer, rêveries paresseuses, le corps allongé sur une chaise longue de rotin, un jus de fruits frais à portée de main, conversations confiantes avec les marins alternèrent avec des dîners raffinés, tantôt entre hommes dans la salle à manger, tantôt avec les dames chez Cornfield, de la plus heureuse humeur depuis le départ.

Certains soirs, le lord se mettait à l'orgue et, pour distraire ses invités, interprétait des pièces « des Bach », comme il aimait à dire. Car ce mélomane connaissait aussi bien les œuvres de Johann Sebastian que celles de ses fils Carl Philipp Emanuel et Johann Christian. Il lui arrivait aussi d'accompagner Margaret Russell, qui, se flattant de posséder une belle voix, chantait, sans se faire prier, de vieilles mélodies anglaises qui mettaient des larmes aux yeux de Rodney et de Tilloy.

Un dimanche étant inclus dans le temps du voyage, Simon Leonard tint, en l'absence d'un ministre du culte anglican, à rassembler invités et équipage sur le gaillard d'avant. À sa demande, les assistants récitèrent des psaumes et Margaret Russell, épouse de pasteur, donna le ton d'un chant de circonstance. Puis, lord Simon prononça une allocution en forme de sermon.

– Les chemins de la mer sont périlleux, commença-t-il. Pensons, nous qui bénéficions ce jour de la clémence des éléments, à tous les marins qui dorment dans l'immense mausolée liquide sur lequel nous naviguons !

Emporté par un lyrisme que ni Charles ni Malcolm ne lui connaissaient, il conclut en comparant « les vagues à chevelure déferlante à des sirènes infernales, montées des abysses, un jour pour bercer les navires, le lendemain pour les noyer ».

– Son sermon n'a rien de très orthodoxe, mais avouez qu'il vaut bien ceux qu'on entend, chaque dimanche, dans nos églises d'Angleterre, dit Philip Rodney à Murray, dont le sourire disait assez qu'il trouvait plus bouffonne qu'édifiante l'homélie emphatique de son oncle.

Le *Phoenix* n'ayant rencontré que des vents favorables et un Gulf Stream bon porteur, la traversée fut plus rapide que prévu. Au matin du cinquième jour de navigation, les passagers découvrirent avec surprise, dans une brume de chaleur inattendue, le phare de Sandy Hook, à l'entrée de la baie inférieure de New York. Le commandant Colson fit aussitôt réduire la toile.

– Nous avons parcouru neuf cent soixante-quinze milles, naviguant parfois à plus de quatorze nœuds, constata l'officier, satisfait.

– Un vapeur n'aurait pas fait mieux, avança Charles.

– Qui ne perd pas de temps en a toujours assez, énonça l'enseigne Michael Hocker, écrivain du bord, toujours prompt à citer un dicton de circonstance.

– Et, comme vous le voyez, point n'est besoin d'attendre le pilote, reprit Mark en désignant un petit bateau à vapeur qui, sous un panache de fumée noire, avançait à la rencontre du *Phoenix*.

– Il existe entre ces pilotes lamaneurs une telle concurrence, car les droits de lamanage sont ici très élevés, que les plus intéressés vont aborder les navires à des dizaines de milles du port, expliqua le commandant en ordonnant qu'on déroulât l'échelle de corde afin de permettre au pilote de monter à bord.

Dès lors, le *Phoenix* fut guidé vers les Narrows, l'étroit passage qui, entre Staten Island et Long Island, donne accès à la baie supérieure de New York, puis à l'Hudson « et au plus grand port du monde », dit, non sans fierté, le pilote américain, flatté d'avoir à diriger un aussi beau navire.

Mark Tilloy n'en était pas à son premier séjour aux États-Unis. Accoudé à la lisse entre Charles et Malcolm, il indiqua quelques sites remarquables.

– Voici Governor's Island, avec son fort construit en 1812, quand les Américains redoutaient une invasion anglaise.

Désignant ensuite de l'index la pointe de Manhattan, qu'il nomma la Batterie, il attira l'attention des deux amis sur une laide et vaste rotonde de pierre grise.

– Elle a été bâtie sur les fondations d'un autre fort, le fort Clinton. Après 1812, quand le danger d'invasion fut passé, la forteresse, aménagée et agrandie, devint salle de spectacles sous le nom de Castle Garden. Votre grand La Fayette y fut reçu en 1824, dit-il en se tournant vers Charles.

– Et, en 1840, la cantatrice Jenny Lind y connut son premier succès américain, compléta Hocker, grand amateur d'opéra.

– Aujourd'hui, Castle Garden est le centre d'accueil de milliers d'émigrants qui débarquent chaque mois en Amérique, rêvant d'une existence meilleure que dans leur pays. Depuis 1847, date à laquelle les autorités de New York ont commencé à tenir des statistiques, il est entré par cette « porte de la nation », comme disent certains, plus d'un million et demi d'étrangers. Les émigrants sont surtout des Irlandais fuyant la famine, comme le fit notre brave charpentier Tom O'Graney. Mais arrivent aussi des Allemands, des Italiens, des Chinois et, en moins grand nombre, des Français, expliqua le lieutenant.

Il fallut encore faire halte entre les forts ruinés de Wadsworth et Tompkins pour attendre un officier de la salubrité publique, soucieux de vérifier que les arrivants n'apportaient pas dans leurs bagages la peste ou le choléra. L'état sanitaire du *Phoenix* ayant été reconnu bon, le navire fut ensuite visité par les douaniers avant d'être autorisé à entrer au port.

Au milieu d'une foule de bateaux de tout tonnage, tant à voile qu'à vapeur, le vaisseau blanc de lord Simon se fraya un chemin dans le fleuve Hudson, sur la rive duquel avaient été construits perpendiculairement aux quais, sur une distance de plus de trente miles, des *piers*, ou jetées. Dans cette dentelure d'appontements qui donnait à la berge l'aspect d'un énorme démêloir posé sur l'eau, des centaines de navires trouvaient un abri citadin. Adossés au quai, la proue face au fleuve, comme prêts à partir, ils dressaient, dans la brume matinale, la plus belle futaie de mâts que l'on pût imaginer.

Les grandes compagnies de navigation – Cunard, Red Star, Black Ball, Collins, Oceanic Steamship – occupaient des pontons attitrés, ainsi d'ailleurs que la compagnie locale du commodore Cornelius Vanderbilt, dont les bateaux transportaient, de New York à San Francisco, les chercheurs d'or venus d'Europe et de la côte est des États-Unis.

À la demande de Colson – demande appuyée d'un billet de dix dollars –, le pilote, plein de zèle, trouva une jetée libre à hauteur d'une rue conduisant à la Ve Avenue et à Washington Square. Là se trouvait le vaste hôtel particulier de Jeffrey T. Cornfield, chez qui devaient loger lord Simon et une partie de ses invités, dont les époux Weston Clarke et Margaret Russell.

Du pont du *Phoenix*, Charles Desteyrac eut l'impression que New York n'était qu'une langue de terre étroite, allongée entre deux cours d'eau, l'Hudson et l'East River. La ville, qui comptait près de huit cent mille habitants, lui apparut comme un groupe de villages dont les maisons, dominées ici et là par quelques clochers, ne dépassaient pas quatre ou cinq étages.

Impatient de débarquer, lord Simon s'approcha de l'ingénieur, de qui il devinait la curiosité.

– Ne vous attendez pas à trouver ici de beaux monuments et d'antiques palais comme à Paris ou à Londres. Ici, tout est neuf, mon ami. La plus ancienne maison abrite une taverne construite en 1720. Les New-Yorkais y tiennent beaucoup, parce que c'est là que George Washington donna son dîner d'adieux, le 4 décembre 1783, révéla Cornfield.

Mark Tilloy fut envoyé en estafette pour annoncer à la famille Cornfield l'arrivée de son cousin des Bahamas et de sa suite. Il revint accompagné de cinq fiacres et d'un char bâché. Lord Simon et ses invités, suivis de leurs bagages, gagnèrent, par une rue au sol de terre battue, d'où les charrois faisaient lever des nuages de poussière, le quartier huppé de Washington Square, lieu de résidence du cousin Jeffrey, un des premiers banquiers de Wall Street.

Quand le convoi s'arrêta devant une maison de brique sang-de-bœuf, de trois étages sur rez-de-chaussée surélevé, dont le perron flanqué de colonnettes blanches était coiffé d'un fronton néogrec, Tilloy désigna à Charles, de l'autre côté d'une vaste place, une série de bâtiments de style gothique.

– Peut-être vous intéressera-t-il d'apprendre qu'il s'agit de l'université de New York. Elle a été construite entre 1832 et 1835 par Albert Gallatin, un Genevois, ancien secrétaire au Trésor. C'est à ce titre qu'à la demande de Thomas Jefferson, alors président de l'Union, il acheta, en 1803, pour quatre-vingts millions de dollars, la Louisiane à la France pour le compte des États-Unis, expliqua le lieutenant.

– Cet argent, Bonaparte, devenu Napoléon, le dépensa en guerres et en expéditions ratées, murmura Desteyrac.

Un concierge noir à gilet rayé de jaune apparut sur le seuil et reçut l'ordre de Colson d'ouvrir les deux battants de la porte devant les visiteurs.

Dans le hall dallé de marbre, lord Simon Leonard fut accueilli avec condescendance par un maître d'hôtel allemand à favoris frisés. Informé par Pibia, le majordome de Cornfield Manor, de la qualité du visiteur, l'homme haussa les sourcils et parut douter qu'un lien de parenté pût exister entre ce grand gaillard à la stature de bûcheron, portant casquette de marine, et son maître.

– Vous ne voulez tout de même pas voir nos passeports ? demanda sèchement Lewis Colson.

Ignorant avec superbe la méfiance du butler, lord Simon pénétra dans le premier salon qu'il trouva, se laissa tomber dans un fauteuil et demanda au valet venu en renfort de lui servir « presto un verre de bière bien fraîche ».

– Par saint George, mon garçon, où sont-ils tous passés ? demanda-t-il au maître d'hôtel, toujours circonspect et visiblement scandalisé par le sans-gêne du visiteur.

Le banquier était à sa banque ; Henry G., l'aîné des enfants, à ses entrepôts de Pearl Street ; quant aux deux demoiselles, Lyne et Ann, qui résidaient encore sous le toit de leur père, elles séjournaient à Long Island, au bord de la mer, chez leur sœur Edna, mariée depuis peu à un magistrat.

– Et lady Ottilia Cornfield, ma fille, hein, où est-elle ? rugit Simon Leonard.

– À Washington, sir. Chez Mme Sampson, sir.

– Et qui est cette Mme Sampson ? Sans doute une *bloomerist* déguisée, hein !

– Non, sir, c'est la mère de l'aspirant Edwin Sampson, de West Point. En quelque sorte le futur fiancé de Mademoiselle.

– Eh bien, nous y voilà ! C'est par un domestique que j'apprends le nom de mon possible futur gendre, pesta lord Simon.

Comme le butler, plein de morgue, restait figé, Simon Leonard vida son verre de bière et se leva.

– J'ose espérer que mon appartement et les chambres de mes amis sont prêts. Conduisez-nous et envoyez chercher nos bagages. Allez, ouste !

– Je vais prévenir Hamer, la gouvernante, s'excusa l'homme avant de quitter le salon, raide comme un piquet, le menton levé, le regard sombre.

– Drôle d'accueil ! Il n'y a que la famille pour négliger ainsi celui qui vient de loin. Puisque personne ne vous y invite, asseyez-vous, mes amis. Et vous, Tilloy, sonnez pour qu'on nous apporte à boire. Il fait une chaleur insupportable ; et pas un *punkah* ni le moindre nègre pour faire de l'air ! grogna lord Simon.

Gladys Hamer, la gouvernante – robe noire, col et manchettes de dentelle, bandeau gris et collier de chien –, avait été informée de l'arrivée imminente du cousin Simon Leonard, dit, chez les Cornfield américains, « le lord des Bahamas ». Tout sourire et tout miel, elle sut apaiser le visiteur. Un valet conduisit le baronet à l'appartement qui lui était réservé, à l'étage noble de l'hôtel particulier. Une femme de chambre noire prit soin de Margaret

Russell, et le majordome lui-même, soudain aimable, conduisit à leur chambre les époux Weston Clarke. Pibia, le majordome de Cornfield Manor, fut logé sous le même toit que son maître.

Entre-temps, Tilloy s'était enquis de l'hébergement de Charles, de Murray et du commandant Colson pour qui le banquier avait loué, dans un hôtel voisin du sien, des chambres confortables. Quant à lui, il regagna le *Phoenix*, confié alternativement à sa garde et à celle de Philip Rodney, l'enseigne Hocker étant corvéable à merci. Les gradés et marins auraient, par bordée, la même permission, assortie de l'obligation de rentrer coucher à bord, « si possible dessaoulés », avait dit le bosco. Chacun pourrait ainsi jouir, un jour sur deux, de la liberté de visiter la ville. Comme tous les officiers de la marine marchande anglaise, ceux du *Phoenix* comptaient, à New York, des amis plus accueillants que les Jeffrey Cornfield. Ces gens guideraient leurs choix dans une cité qui comptait de nombreux bars, restaurants, cabarets et théâtres, ainsi que cinq cents bordels, select ou sordides, hébergeant des demoiselles à la carnation plus ou moins colorée, mais toutes de bonne compagnie.

Il avait été entendu que Malcolm Murray, en sa qualité de neveu de lord Cornfield, et Charles Desteyrac, ingénieur étranger ayant droit à des égards particuliers, auraient table ouverte chez le cousin Jeffrey, et qu'ils y seraient à toute heure les bienvenus.

Les deux amis étaient présents à Cornfield House quand, en fin d'après-midi, le maître de maison apparut. Il se fit aussitôt annoncer chez le lord, qui boudait dans son appartement, et rien ne transpira du premier entretien entre les deux hommes. À l'heure du dîner, ils apparurent souriants comme les meilleurs cousins du monde.

Avec l'assurance de ceux dont la réussite est publique, qui jouissent à la fois d'une fortune établie, d'une autorité certaine et du respect de leurs concitoyens, le banquier se montra d'une extrême courtoisie avec les invités de lord Simon, présentés comme amis intimes. Jeffrey T. Cornfield, petit homme sec et vif, visage anguleux, teint mat, regard mobile, cheveux plaqués, appartenait – d'après le docteur Weston Clarke, qui l'avait déjà rencontré – à la touchante minorité des veufs inconsolables. Il avait marié Edna, sa fille aînée, à un magistrat et vivait à Washington Square – « dans le Village », disaient les initiés – avec ses deux autres filles Ann et Lyne, âgées de seize et dix-sept ans. Quant au seul garçon de la famille, Henry G. Cornfield, il dirigeait un important négoce de produits étrangers, qu'il importait et revendait aux boutiquiers détaillants. Toujours d'après Weston Clarke, ce célibataire passait le plus clair de ses loisirs à jouer au whist sous les lambris du Knickerbocker Club, fondé par les descendants des premiers colons anglais de Plymouth. La défunte Mme Jeffrey Cornfield étant née Mullins, nom d'un des cent quatre pèlerins du *Mayflower*, son fils avait été admis dans le cercle le plus fermé de New York. Cette exclusivité, très enviée par des centaines de gens qui se targuaient d'avoir eu un ancêtre sur le bateau des *Pilgrim Fathers*, ne l'empêchait pas de fréquenter assidûment les cabarets et les théâtres de Broadway, dont il connaissait aussi bien les coulisses que les promenoirs. Quelques mois plus tôt, un échotier avait révélé qu'une théâtreuse, assez intime pour appeler Cornfield junior par son seul prénom, organisait, dans le bel appartement de son amant, à Gramercy Park, des représentations privées, l'habit n'étant pas de rigueur.

L'article avait si fort déplu à Jeffrey senior qu'Henry avait été envoyé en mission de prospection commerciale au Japon, dont les ports, grâce à une expédition intimidante du commodore Matthew Perry, à la tête d'une escadre de sept frégates armées, venaient de s'ouvrir au commerce américain.

Rentré depuis peu à New York, Henry G. Cornfield ne faisait que de rares apparitions à Washington Square.

Après avoir excusé l'absence de ses filles et celle de leur cousine, lady Ottilia, Jeffrey T. Cornfield offrit son bras à Margaret Russell pour passer à table. Étant la plus âgée des deux femmes, elle s'assit à la droite du banquier, qui prit à sa gauche Dorothy, l'épouse du médecin. Placé face à cette dernière, Charles la trouva fort agréable à regarder. Mince, blonde, visage d'un bel ovale, yeux d'un bleu très pâle, habilement maquillée, elle apparut au Français comme une parfaite illustration de la beauté anglaise, mièvre, douce et corsetée, du genre des femmes que l'on voit sur les vignettes des romans sentimentaux. Timide et facilement rougissante, elle offrait un contraste évident avec la femme du pasteur, type achevé de la missionnaire coloniale dont tous les traits dénotent force et assurance : grands yeux marron, large bouche, menton carré, peau nette ignorant la poudre de riz, mains puissantes et voix sonore bien propre – comme on l'avait entendu sur le *Phoenix* pendant la traversée – à chanter les hymnes et à tancer les écoliers paresseux.

Lors de ce premier repas, Charles découvrit ce qu'étaient le mobilier américain et la cuisine new-yorkaise. Sur une longue table Sheraton à pieds tripodes et plateau d'acajou vernissé, cristaux, porcelaine et argenterie prenaient, sous l'éclairage au gaz d'un énorme lustre à pendeloques et de chandeliers XVIIIe, un éclat somptueux. Suspendu au-dessus d'une cheminée, dont le marbre vert veiné de jaune avait été importé d'Italie pour sacrifier à la mode du moment, un grand miroir reflétait le mur opposé. Sur les cloisons tendues de soie abricot à décor végétal, identique à celle qui recouvrait les sièges dans le goût édouardien, étaient accrochés des portraits, dont celui de la défunte maîtresse de maison. Dans son cadre tarabiscoté, potelée, sourire mutin, pommettes vermillon, bouche mignarde, débonnaire autant qu'admirative, elle veillait sur le veuf fidèle. Ainsi, Jeffrey dégusta son potage aux huîtres, découpa l'énorme jambon de Virginie clouté de girofle, pièce de résistance, puis, au dessert, inonda de crème un fagot de gaufrettes tièdes sous le regard vigilant de l'épouse bien-aimée, dans lequel Charles crut lire aussi une envie gourmande.

Dès le troisième dîner, il fut prouvé qu'on mangeait bien à New York et que les critiques moqueuses des gastronomes français, quand on évoquait la cuisine américaine, ne pouvaient s'appliquer au chef des Cornfield, « un cuisinier enlevé à la duchesse de Kent à coups de dollars », souffla lord Simon à Charles. Au cours de ce repas, dont les femmes étaient absentes, se succédèrent des filets de sole sur rondelles de concombre, un émincé de dinde sauce madère accompagné d'une crème aux marrons relevée d'armagnac et de beignets de maïs, avant l'apparition, au dessert, d'une gelée au citron et de sablés à la fraise. Quant aux vins, des blancs de Bourgogne et des bordeaux rouges millésimés, ils valaient ceux que proposaient, à Paris, Vefour et les Frères-Provençaux.

– Que pensez-vous de la table du cousin Jeffrey ? glissa discrètement Cornfield à Desteyrac quand, ce soir-là, les convives quittèrent la salle à manger.

– Excellente en tous services. Il n'est plus nécessaire, pour un Français, de prendre des précautions gastronomiques comme le fit en 1787 notre ambassadeur, le marquis François de Moustier. On raconte en effet que, lors d'un banquet offert à George Washington par le vice-président John Adams, notre ministre, fin gourmet, ne goûta qu'au potage, refusa tous les autres plats et se fit servir, préparé par son propre cuisinier, un pâté de gibier. On pardonna au diplomate cette grossière insolence parce qu'il partagea aimablement son pâté avec les autres convives, rapporta Charles, qui savait Simon Leonard grand amateur d'anecdotes historiques.

Dès son installation à New York, l'ingénieur avait télégraphié à Pittsburgh pour annoncer sa prochaine arrivée. Cette fois, la réponse des ingénieurs de Keystone Bridges Works avait été immédiate. On commencerait l'exécution des pièces commandées sitôt que le Français serait sur place.

Dès lors, avec Malcolm Murray et Mark Tilloy quand ce dernier se trouvait libre, Charles se lança à la découverte de la ville, dont il constata qu'elle n'était pas une presqu'île, comme il l'avait d'abord cru, mais une île, puisque au-delà des quartiers nord la rivière de Harlem séparait New York du continent. Quand il s'étonna de voir que les rues parallèles, traversant la cité d'est en ouest, ne portaient, sauf certaines du bas de la ville, que de simples numéros, de même que les longues avenues rectilignes courant du nord au sud, Murray proposa une explication.

– Mon cher, les New-Yorkais n'ont pas assez de grands hommes pour nommer leurs rues !

Comme de nombreux Britanniques, l'honorable Malcolm Cuthbert n'avait pas encore digéré la perte des belles colonies anglaises d'Amérique.

On vit le trio se déplacer dans les omnibus à chevaux, se défendre des moustiques, fort agressifs en cette saison, parcourir les halls du Crystal Palace[1] qui avaient abrité une exposition de l'Industrie et du Commerce américains, hanter le bar de l'hôtel Metropolitan où officiait Jerry Thomas, le barman le plus célèbre de la ville. Ses breuvages chaleureux et stimulants – *sherry cobbler*[2], notamment – avaient porté sa réputation jusqu'à Londres. Ils dînèrent parfois chez Thompson, sur Broadway, virent, au théâtre Bowery qui pouvait accueillir trois mille cinq cents spectateurs, une pièce de Sheridan. À l'Academy of Music, où Jeffrey T. Cornfield avait une loge, ils assistèrent à une représentation de *Coriolan*. Ils applaudirent aussi – Charles plus fort que les autres – Rachel, la célèbre tragédienne qui, à trente-cinq ans, restait, dans *Horace*, la plus émouvante Camille qu'eût pu rêver Corneille.

Au lendemain de la représentation, comme Charles commentait avec un enthousiasme un peu chauvin le jeu de Rachel, Jeffrey, qui avait l'habitude, fort répandue chez les Américains, de tout apprécier par le coût, révéla que Mlle Rachel avait reçu, pour sa première apparition sur scène à New York, un cachet

1. Ne pas confondre avec le Crystal Palace érigé à Londres pour l'Expositon internationale de 1851.

2. Boisson servie frappée, composée de *jerez*, de sucre et de citron.

de cinq mille dollars. « Comme elle doit donner ici vingt-quatre représentations à des tarifs différents, nous pensons qu'elle empochera au moins la valeur de quatre cent mille de vos francs ! » avait calculé le banquier.

Tilloy, Desteyrac et Murray visitèrent aussi, à l'angle de Ann Street et de Broadway, le musée des curiosités de Mr Phineas Taylor Barnum, où ils virent un nain en uniforme de général ainsi qu'une vieille Noire à qui l'on attribuait cent soixante ans et qui avait été, assuraient les affiches, la nourrice de George Washington. Le soir même, Jeffrey mit sous les yeux des trois amis un ouvrage intitulé *La Vie de Barnum écrite par lui-même.* Dans cette confession autobiographique, celui que le *New York Herald Tribune* avait nommé « le Napoléon du divertissement public » avouait tous ses truquages. La vieille Noire ne comptait que soixante-dix hivers et n'avait jamais vu Washington ; le nain, dit général Tom Pouce, présenté par Barnum à la reine Victoria, était en réalité un enfant de cinq ans tout à fait normal ; la sirène momifiée se révélait buste de guenon naturalisée, cousu à une queue de poisson !

– Voilà bien la naïveté humaine, exploitée au-delà de toute expression ! Barnum a fait fortune en bernant des milliers de gens tant en Amérique qu'en Europe. On se demande comment il a pu si longtemps tirer profit de telles supercheries, constata Murray.

– Il l'a dit lui-même : « Parce qu'il naît un

jobard toutes les minutes », cita Jeffrey, plus admiratif que scandalisé.

Au cours des veillées que Charles passa à Washington Square, tous les sujets de conversation furent abordés à l'heure du cigare et des alcools. Dès le premier jour, Jeffrey Cornfield avait montré de l'intérêt pour les travaux conduits sur Soledad par l'ingénieur français et le neveu de lord Simon.

– Un pont et un hôpital ! Deux espèces de constructions dont New York aurait maintenant grand besoin ! Il nous faudrait de nouveaux ponts pour franchir commodément l'East River et la rivière de Harlem, surtout pour relier la ville à Brooklyn, qui se développe. Aussi un nouvel aqueduc : le vieux High Bridge, en service depuis 1848, qui transporte l'eau du réservoir de Croton, ne peut plus faire face aux besoins. Tout le monde veut posséder une baignoire à domicile. Quant à notre hôpital Bellevue, construit en 1795, il est insuffisant alors que la population s'accroît sans cesse par cet afflux d'immigrants faméliques que le gouvernement de l'État, pas plus que le gouvernement fédéral, ne se préoccupe d'endiguer. Savez-vous que New York compte déjà plus d'Irlandais que Belfast, et bientôt plus de Siciliens que Palerme ?

Bien que cela ne pût plaire à son cousin Jeffrey, plus âgé que lui de deux années, lord Simon aborda un soir, par le biais d'une information du *New York Herald Tribune*, la question de l'esclavage, qui prenait de plus en plus d'acuité dans l'Union depuis que s'affrontaient ouvertement au Kansas, les armes à la main, pro- et antiesclavagistes. Or, un écrivain, philosophe et conférencier, Ralph Waldo Emerson, descendant de sept générations de pasteurs unitariens de Boston, venait de proposer aux membres de l'American Anti-Slavery Society de New York, réunis à l'occasion du douzième anniversaire de la fondation de leur société, le moyen de supprimer l'« institution particulière » qui, d'après l'auteur de *La Nature*, évangile du transcendantalisme, déshonorait la démocratie américaine. Il s'agissait simplement de dédommager les propriétaires d'esclaves en leur payant l'affranchissement de tous les Noirs. Emerson évaluait le coût de l'opération à deux cents millions de dollars ! Ce rappel fit bondir le banquier.

– Encore heureux que la proposition de cet hurluberlu n'ait pas été retenue ! Mais qu'attendre de sensé de la part d'un homme qui a quitté l'Église unitarienne et qui, dans tous ses écrits et pendant ses harangues, aussi bien dans les villes de l'Union qu'en Angleterre et en France, ne manque jamais de fustiger ses compatriotes et les institutions de son pays natal ? D'après ce malade aux ambitions politiques déçues, nous sommes tous des Yankees cupides, bavards et hâbleurs. Il a même écrit que notre démocratie est un gouvernement de brutes, tempéré par l'outrecuidance des propriétaires de journaux. Il dit que notre parti conservateur « ne défend aucun droit, n'aspire à aucun bien réel, ne flétrit aucun crime, n'a pas l'amour de l'art, ne vivifie pas la religion, n'entretient pas d'écoles, n'encourage pas la science, ne sympathise pas avec le pauvre[1] » et que s'appuyer sur la possession n'est pas une idée noble. Pour Emerson, l'esprit public américain est inexistant dans un désert de talents. Nous nous prosternons devant le veau d'or, nos dirigeants sont des utopistes ou des coquins, des politiciens corrompus ; toute majorité n'est, chez nous comme chez les autres, que rassemblement de sots et d'ignares. La vraie religion de l'Amérique, pays des nains Lilliput se nourrissant de haricots bien gras[2], serait l'hypocrisie, et notre idole, le dollar ! Voilà ce que proclame l'homme qui veut dépenser deux cents millions de dollars pour affranchir les nègres ! pesta Jeffrey.

Lord Simon avait écouté les yeux mi-clos, tirant sur son cigare avec un sourire indulgent, la diatribe de son cousin.

– Mon cher Jeffrey, l'important n'est pas ce qu'Emerson dit avec aigreur de la civilisation en général et de l'américaine en particulier. Non. La seule affaire importante pour votre pays, et qui peut le conduire à la guerre civile – car ce n'est rien d'autre qu'une guerre entre citoyens qui se déroule actuellement au Kansas –, reste la nécessaire, l'inéluctable abolition de l'esclavage.

1. M. Dugard, *Ralph Waldo Emerson, sa vie, son œuvre*, librairie Armand Colin, Paris, 1929.

2. Régis Michaud, *La Vie inspirée d'Emerson*, librairie Plon, Paris, 1930.

Jeffrey approuva d'un vague signe de tête et s'adressa à Malcolm.

– Voulez-vous être assez aimable pour fermer la porte, dit-il en désignant l'entrée du salon.

Murray s'exécuta et, quand il reprit son fauteuil, Jeffrey justifia sa demande.

– Nous avons plusieurs domestiques noirs dans la maison, inutile qu'ils entendent ce que nous avons à dire d'une question qui, certainement, les préoccupe, dit-il.

– En tout cas, mon cher, puisque nous pouvons parler librement, laissez-moi vous dire qu'il n'y a pas grande différence entre les esclaves des États du Sud et vos nègres libres du Nord. Ou plutôt, si : il y a une différence. Chez les planteurs de Louisiane ou de l'Alabama, l'esclave est hébergé, nourri, même soigné quand il est malade, car il représente une valeur marchande et une sorte de machine à égrener le coton, qui doit fonctionner. Mais les nègres que l'on voit à New York travaillent autant que dans le delta du Mississippi, presque toujours à de bas travaux et sous l'autorité de Blancs qui ne sont pas plus tendres que les planteurs ou leurs intendants. Seulement, quand ils n'ont pas d'emploi, les nègres de New York se trouvent sans vivre ni couvert. Ils doivent alors chaparder pour se nourrir et, s'ils deviennent malades, personne ne se préoccupe de leur donner des soins. Ils peuvent mourir dans la rue, développa lord Simon.

– Certes, mais les nègres de cette catégorie,

souvent ivrognes et paresseux, sont dans la même situation que les Blancs de même condition. Cependant, tous sont libres d'aller et venir à leur guise, protesta Jeffrey avec conviction.

– La belle consolation, la belle affaire ! Les abolitionnistes feraient bien, monsieur, de s'intéresser au sort des nègres que j'ai vus sur les quais de l'Hudson, près des transatlantiques, mendier des restes de nourriture aux marins ou fouiller les ordures évacuées des navires, osa Murray.

– Mais nous avons des institutions charitables qui s'occupent de ces malheureux, mon garçon. On ne vous a pas attendu pour ça ! Je donne chaque année cent dollars à mon église pour l'éducation des enfants noirs et le dispensaire des travailleurs nègres. Vous devez néanmoins comprendre, mon garçon, que toute assimilation des nègres à notre société est impossible. Elle serait contre nature. C'est pourquoi nous disons toujours « *Keep the Negro in his place*[1] », déclara Jeffrey, traduisant l'état d'esprit de la majorité des New-Yorkais de race blanche, quel que fût leur niveau social.

– Bien sûr, il en va de même aux Bahamas. Mais, sur Soledad, aucun ancien esclave accueilli par mon oncle ne couche à la belle étoile, aucun n'a besoin de mendier ou de fouiller dans les ordures pour nourrir sa famille, dit Malcolm.

1. « Laissons le nègre à sa place ».

– Ils ont le soleil, la mer pleine de poissons et des fruits succulents que mon bon cousin nous vend à prix d'or, répliqua le banquier, enjoué.

– Ce qui me gêne un peu, malgré les principes antiesclavagistes que nous exprimons, c'est que l'industrie textile du Nord profite indirectement du travail des esclaves du Sud, insista Murray.

– Ah ! C'est aussi ce que disent nos cousins Cornfield des Carolines. Ils vont jusqu'à proposer la séparation des États cotonniers du Sud des États du Nord. Ils nous traitent parfois de pillards ! s'indigna le banquier.

Aussitôt, lord Simon intervint.

– Mon neveu n'a pas tort, Jeffrey. Aux yeux de certains antiesclavagistes européens, il y a comme une connivence coupable entre les filateurs et les planteurs du sud des États-Unis. Car nos filatures de Manchester profitent elles aussi, certes moins que les vôtres, du travail du million d'esclaves des États cotonniers. Vous obtenez ici, à un prix très modeste, du bon coton *middling* de Louisiane, cultivé et cueilli par des nègres qui travaillent du lever au coucher du soleil. À la Bourse du coton de New York, le prix de la livre est finalement ce que les filateurs et les banquiers américains le font, n'est-ce pas ?

– Nous tenons compte de l'intérêt des planteurs et, aussi, de la demande, qui ne cesse de croître, cher Simon.

– L'an dernier, on a récolté dans le sud de l'Union deux millions neuf cent mille balles de coton, dont plus de sept cent mille ont alimenté les filatures de Nouvelle-Angleterre, au prix de dix cents la livre. Ce même coton, soumis à une cascade de droits et aux frais de transport, nous arrive à cinq pence soixante la livre à Liverpool, indiqua Simon Leonard.

Le lord savait comment Jeffrey, actionnaire de plusieurs filatures et banquier, pouvait influencer les cours de l'or blanc en consentant ou non des avances sur récolte aux planteurs du Sud. Il savait aussi que les manufacturiers du Massachusetts gagnaient plus d'argent en spéculant sur les cotons qu'en fabriquant du fil !

– Mon cher cousin, si les nègres du Sud devenaient du jour au lendemain travailleurs libres, il faudrait leur octroyer un salaire, et le prix de la livre de coton augmenterait, pour nous comme pour vous. Aussi l'abolition générale n'est-elle pas à souhaiter. D'ailleurs, ici, les gens sensés ne la proposent pas, sauf *The Liberator* de William Lloyd Garrison, qui va répétant : « L'esclavage est un contrat avec Satan », et qui osa, l'an dernier, le 4 juillet, alors que nous célébrions l'Independence Day, brûler publiquement le texte de la Constitution des États-Unis ! s'indigna l'Américain.

Jeffrey ignorait bien sûr que Simon soutenait de ses deniers, depuis son premier numéro, le journal de Garrison. Aussi lord Simon, se tenant en retrait de la discussion, laissa-t-il son neveu répliquer au banquier.

– Vous savez bien, monsieur, que Garrison n'est pas seul. L'American Anti-Slavery Society compte, m'a-t-on dit, plus de deux cent mille adhérents, fit observer Murray.

– Et pourquoi cela, s'il vous plaît ? Parce que des pasteurs illuminés prêchent, Bible en main, la dissolution de l'Union et distribuent par milliers d'exemplaires une lettre du défunt abolitionniste anglais Thomas Clarkson, qui invitait les États du Nord, au nom de la religion, à se séparer des États du Sud en dénouant le lien politique qui les unit, reprit Jeffrey, visiblement agacé.

– Vous n'êtes donc pas vraiment abolitionniste ? osa Malcolm Murray, jouant l'étonnement.

– Si, bien sûr, mais pas aussi largement que certains le voudraient, mon garçon.

– Il ne peut dans ce domaine, monsieur, y avoir de demi-mesure. Quand nous autres Anglais avons aboli l'esclavage dans nos colonies, ce ne fut ni largement ni étroitement : tous les nègres devinrent des hommes libres, sans restriction ! répliqua Malcolm.

– Ah ! Vous autres Britanniques ne connaissez pas les nègres comme nous les connaissons. Vous ne vivez pas près d'eux, et vos nègres des Bahamas ne sont pas tentés, comme les nôtres, d'imiter les Blancs. Ils ne violent pas vos femmes et vos filles, ils ne puisent pas dans vos caisses. Dans nos villes, les nègres libres doivent être constamment surveillés, dirigés, encouragés à vaincre leur naturelle indolence et leur lubricité atavique, devenue dangereuse. Ils doivent sentir le poids de l'autorité, être astreints à des tâches quotidiennes simples, ne faisant appel qu'au muscle. Le gouvernement fédéral avait réussi, en 1850, à équilibrer le nombre des États dits libres et des États faisant travailler des esclaves. Sans ces excités du Kansas, la situation aurait été établie pour longtemps ! soupira Jeffrey.

– Ne vous aveuglez pas, mon cher cousin. Cette partition ne résistera pas au progrès d'un humanisme moins utopiste que celui que prône Emerson. Les nègres libres s'instruisent. Ils savent lire, compter, et finiront par occuper certaines places subalternes que l'on croit encore réservées aux Blancs. Cela commencera par des emplois de commis dans vos banques et continuera par l'arrivée de greffiers dans les tribunaux. Tenez, au fameux congrès de l'American Anti-Slavery Society de New York, au cours duquel Emerson fit la proposition dont nous avons parlé, le public a ovationné un Noir de Brownhelm, petite ville de l'Ohio : un certain John Mercer Langston, premier nègre élu conseiller municipal de sa commune, rapporta lord Simon.

– Peut-être même verrons-nous un jour des maires et des sénateurs noirs, lança Murray, provocateur.

– Dieu nous préserve d'une telle hérésie ! grogna Jeffrey.

Ce genre de débat aurait pu se poursuivre, chaque soir, si Charles Desteyrac, encouragé par Simon, qui sentait se développer une animosité gênante entre son neveu et son cousin, n'avait invité le Français à suggérer d'autres sujets de conversation. On évoqua donc ce que les journalistes avaient appelé la ruée vers l'or.

– Savez-vous qu'il y a actuellement au moins vingt-cinq mille Français qui cherchent de l'or en Californie ? Vanderbilt, qui possède maintenant cinquante bateaux, fait beaucoup de dollars en les transportant du Havre à San Francisco. Car il a soin de leur faire payer d'avance leur passage, précisa Jeffrey.

– Ramassent-ils beaucoup d'or ? demanda Desteyrac.

– On dit que certains ont trouvé des tas de pépites, qu'ils se font parfois voler par des mineurs moins chanceux, à moins que les dames des saloons ne les dépouillent adroitement. Voyez-vous, ceux qui s'enrichissent moins vite mais plus sûrement sont ceux qui, au lieu d'exploiter les mines, exploitent les mineurs : hôteliers, gargotiers, mais aussi charpentiers, ébénistes, tailleurs, cuisiniers, cordonniers et même bijoutiers ou notaires, parmi lesquels on trouve bon nombre de vos compatriotes, énuméra le banquier.

On en vint aussi à parler des compagnies de chemins de fer, dont les actions rapportaient entre trois et cinq pour cent. Jeffrey et Simon Cornfield y avaient l'un et l'autre des intérêts. Les voyageurs disposaient maintenant de sept trains par jour entre New York et Philadelphie, et l'on comptait onze mille cinq cents kilomètres de voies ferrées à travers l'Union. Lord Simon, qui ne manquait jamais de rappeler que la reine Victoria avait été, en 1842, le premier monarque à prendre le train, ne cachait pas son impatience de voir le gouvernement fédéral choisir entre les quatre itinéraires étudiés depuis 1849 pour la construction de la ligne transcontinentale qui relierait l'Atlantique au Pacifique. Le tracé qui avait les faveurs de lord Simon – et de la compagnie dont il était actionnaire – allait de New York à Saint Louis et San Francisco en passant par l'Arkansas. En attendant, les compagnies étiraient leurs réseaux, mais toutes n'étaient pas en bonne situation financière. En 1854, Jeffrey T. Cornfield avait assisté à la banqueroute de son ami Robert Schuyler, président des New Haven Railways. C'est pourquoi le banquier tempérait l'enthousiasme de son cousin, prêt à s'associer à William Henry Aspinwall pour construire un chemin de fer au Panama !

On ne pouvait manquer d'évoquer aussi les affaires cubaines. Le Manifeste d'Ostende avait séduit l'opinion américaine, ce qui venait d'inciter le gouvernement fédéral à réitérer son offre d'achat de l'île. Une rumeur persistante faisait état de la préparation d'une nouvelle expédition qui rassemblerait des milliers de volontaires, recrutés dans les trente-deux États de l'Union, pour aller libérer Cuba du joug espagnol.

– On aurait déjà acheté des chevaux, des canons, des armes et même des vapeurs pour transporter les gens et le matériel. Mais cela paraît bien confus car, dans son premier numéro, *El Eco de Cuba*, publié à New York le 22 juin dernier par José Mesa avec pour devise celle de la République française : « Liberté, Égalité, Fraternité », écrit que les révolutionnaires cubains ne se sacrifieront pas pour « conserver l'esclavage aux riches et augmenter la production de sucre[1] ». L'annexion me paraît donc bien compromise, dit Jeffrey.

Le banquier, actionnaire d'une compagnie maritime qui transportait le sucre de Cuba à New York, ne souhaitait que le maintien d'un profitable *statu quo*.

– Avant que des volontaires ne se lancent dans une aventure du genre de celle qui, en 1851, coûta la vie à Narciso López et à plusieurs de ses compagnons, peut-être conviendrait-il de s'assurer de la complicité des révolutionnaires cubains, fit observer lord Simon.

Mieux que son cousin, il connaissait l'île et les aspirations de sa population.

– C'est pourquoi il est question d'envoyer à La Havane trois agents inconnus des Espagnols : un Français, un Napolitain et un Portugais. Ils auront pour mission de préparer, avec des indépendantistes cubains, l'accueil du corps des volontaires américains dont le gouvernement fédéral feint, pour des raisons diplomatiques, d'ignorer l'existence, précisa Jeffrey Cornfield.

Deux jours avant le départ de Charles Desteyrac pour Pittsburgh, lady Ottilia annonça par télégramme son arrivée.

1. Manuel Moreno Fraginals, *Cuba/España, España/Cuba, historia común*, Mitos Bolsillo, Barcelona, 1998.

– Ottilia sera là demain, avec Anaïs Sampson et son fils. Nous allons enfin voir comment est fabriqué un futur officier de l'armée des États-Unis qui prétend épouser ma fille ! dit gaiement lord Simon.

L'atmosphère étant, ce soir-là, agréablement détendue, Charles Desteyrac se risqua à demander ce qui expliquait l'attrait des spéculations risquées auxquelles se livraient beaucoup d'hommes d'affaires new-yorkais. Il obtint de la part de son hôte un aveu circonstancié.

– Que voulez-vous, monsieur, ici l'opinion publique et l'Église nous interdisent les plaisirs sensuels, les femmes, l'alcool, les jeux d'argent, même le luxe ! Alors, nous demandons de l'émotion aux affaires ! confessa Jeffrey, dont la déclaration déclencha une hilarité courtoise.

– Eh bien, nous sommes plus libres et plus heureux sur mon île qu'à New York ! dit Simon Leonard en se versant un troisième verre de porto. Chez moi, cher cousin, et je vous invite à venir vous en rendre compte, il n'est interdit ni de caresser les femmes, ni de s'enivrer quand bon vous semble, ni même de perdre quelques livres aux cartes. Quant au luxe, il nous en est offert *gratis pro Deo* un choix impayable par la nature tropicale.

– Hurrah ! lança Murray. Le lord des Bahamas a bien parlé !

Charles, lui aussi approbateur, et que le porto rendait volubile, s'adressa à Jeffrey.

– Votre cousin, monsieur Cornfield, est une

sorte de Rhadamanthe, ce prince des Cyclades qui civilisa les insulaires ignorants et promulgua de justes lois. Grâce à lord Simon, Soledad est une île heureuse où il fait bon vivre et rêver. C'est pourquoi je me hâterai, après mon séjour à Pittsburgh – *Smoky City,* la cité la plus enfumée de l'Union, m'a-t-on dit –, de retrouver notre île, son soleil, ses eaux changeantes, ses fleurs, ses fruits, le murmure des alizés dans les palmes, le chant des oiseaux moqueurs..., débita le Français.

– Et, aussi, certaine jolie fille nommée Ounca Lou ! souffla discrètement Murray à l'oreille de son ami.

4

De lady Ottilia, Charles gardait le souvenir d'une belle mijaurée, pleine d'afféterie et d'arrogance. Quand, à l'heure du dîner, elle parut au bras de Jeffrey, ce soir d'août 1855, l'ingénieur, ébloui par la beauté de la femme, mais se rappelant le peu d'intérêt que la fille de lord Simon lui avait porté deux ans plus tôt, s'inclina avec raideur. Aussi fut-il surpris par la vivacité avec laquelle, à sa vue, Ottilia abandonna le bras de son vieux cousin pour venir à lui, mains tendues, manifestant par le regard et le sourire l'intense plaisir de qui retrouve un ami cher.

– Ah, monsieur Desteyrac, comme je suis heureuse de vous revoir dans notre famille ! Cet après-midi, Malcolm m'a dit vous aimer comme un frère, et mon père, qui n'accorde pas facilement sa confiance, ne tarit pas d'éloges non seulement de l'ingénieur, mais aussi du gentilhomme. Vous êtes en passe, m'a-t-il dit, de construire le pont qu'il souhaite voir depuis si longtemps établi entre Soledad et Buena Vista. J'espère que j'aurai, moi aussi, beaucoup d'occasions de vous mieux connaître et d'apprécier vos qualités si françaises, minauda-t-elle.

Charles, décontenancé autant que confus, car Ottilia retenait sa main entre les siennes, s'inclina de nouveau, ne sachant comment répondre à cet assaut charmeur.

– C'est très aimable à vous de vous souvenir de moi, mademoiselle, dit-il enfin, tandis que les convives attendaient, debout derrière leur siège, que lady Ottilia eût gagné sa place.

La jeune femme insista, ignorant avec une très aristocratique désinvolture les invités de son cousin et les domestiques qui guettaient, au seuil de la salle à manger, un signe du maître de maison pour commencer le service.

– Il y a combien de temps que nous nous sommes vus ?

– Cela doit faire deux ans et demi. C'était en janvier 1853. Vous avez quitté le *Phoenix* aux Bermudes, pendant le voyage vers Soledad, rappela Charles.

– Peut-être étais-je un peu sotte, en ce temps-là, confessa-t-elle, feignant une contrition qui fit sourire Charles.

La voix tonnante de lord Simon interrompit l'entretien.

– Otti, il est peut-être temps de passer à

table ? Vous aurez tout le temps de bavarder plus tard avec Monsieur l'Ingénieur.

Son estomac plus encore que les convenances incitait Cornfield à rappeler sa fille à l'ordre.

Un battement de paupières, soulignant une moue mutine, exprima la résignation de l'interpellée.

– Obéissons aux affamés, souffla-t-elle.

Lady Ottilia et sa suivante, Gertrude Lanterbach, furent les seules femmes présentes au dîner. Les épouses Weston Clarke et Russell, répondant à l'invitation d'Edna, fille aînée de Jeffrey, avaient quitté New York pour Coney Island, la plage la plus courue de Long Island, où la bonne société new-yorkaise se retirait, l'été, loin de la touffeur humide de la ville. Quant aux médecins, Albert Weston Clarke et David Kermor, ils se trouvaient à Boston aux fins d'achat de matériel chirurgical.

Ottilia prit place entre son père et son cousin, face à Charles, lui-même assis entre Murray et le commandant Colson. Dès le potage, Malcolm parut s'intéresser à Gertrude, placée à sa droite. Plein de prévenances, il glissait à l'oreille de l'Alsacienne des mots auxquels la grande fille aux tresses blondes lovées sur les oreilles répondait par des gloussements dont on ne savait s'ils traduisaient agrément ou confusion. Ces apartés rieurs agacèrent Jeffrey autant que le troublait l'attirant abîme du décolleté d'Otti. Quand cette dernière parlait, la naturelle et innocente palpitation de ses seins, sous l'écran trop ténu d'une dentelle, paraissait à l'Américain d'une coupable immodestie. Quelques jours plus tôt, le veuf, au cours d'une conversation sur l'évolution de la mode féminine et des mœurs nouvelles, s'était déclaré hostile aux toilettes d'été, à leurs transparences indécentes et à ce qu'il nommait *flirtation*, sport favori des demoiselles de bonne famille, libres d'aller et venir à leur guise, même à la nuit tombée, avec les jeunes gens de leur monde.

Pendant le dîner, Ottilia remarqua combien Charles, à qui elle posait quantité de questions sur le futur pont de Buena Vista, semblait intrigué à la vue du médaillon qu'elle portait suspendu au cou par un ruban de velours grenat.

La miniature avait de quoi surprendre sur le décolleté d'une lady. Elle représentait une femme aux longs cheveux, nue, passant à cheval devant une maison. Par une fenêtre entrebâillée, un gamin jouissait du spectacle.

– Vous connaissez, bien sûr, l'histoire de lady Godiva, demanda Ottilia, désireuse de satisfaire la curiosité évidente du Français.

– Malcolm va peut-être me la dire, fit Charles.

L'ingénieur perçut le regard gêné que Jeffrey levait sur le portrait de sa défunte épouse, comme s'il craignait qu'elle ne fût encore plus choquée par la miniature libertine que par la robe d'Ottilia.

Murray entra aussitôt dans le jeu.

– Cher ami, ma cousine porte au cou l'image de la première féministe de l'histoire d'Angleterre, lady Godiva, épouse de Leofric, comte de Chester, seigneur de Coventry. En 1067, comme elle suppliait son mari d'alléger les impôts des drapiers, qui faisaient la réputation de la ville, Leofric, connaissant la pruderie de sa femme, dit qu'il supprimerait les taxes si elle osait traverser la cité en plein jour, nue sur un cheval ! Dans l'esprit du comte, il n'y avait aucun risque que lady Godiva, aussi belle que vertueuse, relevât ce défi. C'était mal connaître la femme qui veut à tout prix obtenir ce qu'elle demande. La comtesse réclama un cheval, se dévêtit intégralement et, sa longue chevelure blonde flottant sur les reins, s'élança au petit trot dans la rue principale de Coventry. Prévenus de cette exhibition, les habitants fermèrent leurs volets pour ne pas outrager la pudeur de celle qui s'imposait en leur faveur une si honteuse épreuve[1]. Ce fut la première revendication ainsi présentée par une femme qui, de nos jours, présiderait les réunions des amies *bloomerist* de ma chère cousine, expliqua Malcolm.

Jeffrey crut bon d'émettre un toussotement désapprobateur, mais lord Simon, qui possédait une gravure représentant la scène fameuse, vint en aide à son neveu.

– Pour compléter l'histoire, qui n'est peut-être qu'une légende accréditée par le poète Tennyson, il faut dire qu'un jeune garçon nommé Tom, qui voulait sans doute savoir

1. On peut voir à Coventry, sur l'esplanade de Broad Gate, une statue équestre de lady Godiva dans le simple appareil qui fit sa gloire.

comment était faite une lady nue, glissa un regard par la fenêtre et vit la belle cavalière. La reine Victoria aurait offert à son mari, le prince Albert, un tableau représentant la chevauchée de lady Godiva, ainsi, m'a-t-on dit, que d'autres peintures mettant en scène des dames dénudées. Notre souveraine estime que la nudité est symbole de pureté et d'innocence, précisa lord Simon.

Il se retint de préciser devant l'assemblée combien, cependant, il désapprouvait que sa fille exhibât un tel symbole.

– C'est une belle histoire, pleine d'enseignements pour les maris et... les percepteurs ! conclut gaiement Charles.

– Évaluer la pudeur d'une épouse au prix des impôts est une idée de satrape ! commenta Jeffrey.

– L'enjeu valait le scandale, cher cousin. Lady Godiva, comme l'a écrit Tennyson, s'est construit elle-même, ce jour-là, un éternel renom, souligna Ottilia avec un regard complice en direction de Charles.

– Il est dans la nature des femmes de relever les défis les plus étranges. C'est pourquoi les hommes ont intérêt à ne pas leur en lancer ! répondit l'ingénieur.

– Le défi est le sel de la vie. Tout l'art des femmes consiste à ne relever que ceux dont elles sont sûres de triompher, Monsieur l'Ingénieur, dit Ottilia, dont le regard – Charles le ressentit ainsi – contenait une étrange provocation.

À ces mots, lord Simon sursauta et émit un

grognement. Malcolm, qui avait suivi le dialogue et en percevait la signification équivoque, intervint fort à propos pour faire évoluer la conversation vers le thème des fiançailles, véritable objet de la réunion des Cornfield à New York.

Jeffrey évoquait la nécessité d'un grand bal auquel serait convié tout ce qui comptait à New York, quand le butler vint lui parler à l'oreille.

– Un chasseur de l'hôtel Holt est venu annoncer l'arrivée à New York d'Anaïs Sampson et de son fils. Malgré l'heure tardive, ils proposent de nous rendre visite sans attendre. Je pense que nous devons nous accommoder de cette aimable intrusion, dit le maître de maison, l'air pincé.

Il fit aussitôt donner l'ordre à son cocher d'atteler et de se rendre à l'hôtel Holt – le seul équipé d'un monte-charge à vapeur – pour conduire jusqu'à Cornfield House le futur fiancé d'Ottilia et sa mère.

– J'espère qu'ils ont déjà dîné, lâcha Ottilia.

– Ce sera comme si, répliqua lord Simon.

Comme Jeffrey, il tenait pour impolitesse caractérisée les visites impromptues.

Une demi-heure plus tard, les hommes venaient de passer au fumoir quand le maître d'hôtel annonça que les Sampson se trouvaient dans le grand salon avec lady Ottilia. Lord Simon éteignit son cigare en soupirant, les autres l'imitèrent, et tous rejoignirent les nouveaux venus. Les présentations furent rapides et, tandis que lord Simon et Jeffrey s'entretenaient avec la mère du cadet de West Point, Murray, en tiers entre Ottilia et l'élève officier, questionnait ce dernier sur la fin de ses études.

Charles, de ce fait un peu isolé, se retrouva en compagnie de Gertrude Lanterbach, plantureuse créature, gaie et spontanée. De sa rusticité paysanne subsistaient une stature intimidante, des mains puissantes, des joues pleines, de grands yeux couleur châtaigne au regard malicieux, et une débrouillardise finaude. Intelligente, d'esprit délié, l'Alsacienne avait assimilé les manières, les tics et même le langage et l'accent de l'aristocratie anglaise qu'elle servait depuis son adolescence. On la devinait partout à l'aise et prompte à faire face à toutes les situations. Pour l'heure, elle se dit enchantée de parler français avec un compatriote.

– Ils formeront un beau couple, n'est-ce pas ? commenta-t-elle, désignant d'un discret mouvement de tête lady Ottilia et le cadet.

Le jeune homme portait l'uniforme – dolman gris souris très ajusté, à brandebourgs bleu foncé, sur un pantalon blanc à sous-pieds –, resté inchangé depuis 1802, date de fondation, à West Point, de l'United States Military Academy.

– Certes. Ce jeune homme a beaucoup d'allure et cette tenue met sa prestance en valeur, reconnut Desteyrac.

Ganté de blanc, encombré de son shako à plumet qu'il tenait dans le creux du bras, Edwin Sampson offrait en effet un physique enviable. Grand, larges épaules, cheveux bruns de coupe réglementaire, il paraissait sorti d'un livre d'images patriotiques. Sa raideur, acquise au cours de quatre années de garde-à-vous et de manœuvres, bien que policée par l'aisance de mouvements et de gestes que confère une éducation mondaine, disait clairement sa vocation militaire. De son visage coloré par les exercices de plein air, Charles remarqua surtout les sourcils épais et le menton carré, signes d'une détermination héroïque n'attendant que l'occasion de s'employer. Son regard sombre posé sur Ottilia flamboyait comme celui d'un hussard à l'instant de charger sabre au clair. D'évidence, ce garçon était follement amoureux. Il serait demeuré pour un temps indéterminé figé dans l'admiration de la fiancée promise si Otti n'avait décidé de le conduire à Charles.

– M. Desteyrac, ingénieur des Ponts et Chaussées, de France, est bien ici, je crois, le seul homme assez instruit dans les sciences pour apprécier la qualité des études que vous suivez à West Point, dit-elle à Edwin avant de s'esquiver.

Au cours de l'entretien, Charles découvrit que les futurs officiers américains recevaient aussi une formation d'ingénieur. À West Point on enseignait, indépendamment de l'art de la guerre, mathématiques, physique, chimie, minéralogie, géologie, mécanique, balistique, génie civil en sus de l'histoire et de la géographie, « ainsi qu'un brin de philosophie », dit Edwin Sampson. Il prouva aussi qu'on y apprenait le français et la grammaire française en s'adressant à Charles dans une langue des plus correcte.

– Nous pratiquons l'équitation, la natation et la navigation à voile sur l'Hudson, et puis nous suivons des cours de danse afin de faire bonne figure dans les réceptions auxquelles les mères de filles à marier ne manquent pas d'inviter les cadets de quatrième année. Car nous passons pour future élite de la nation, dit-il avec un rire qui enlevait toute vantardise à son propos.

Le cadet s'empressa, au premier silence, d'abandonner Charles pour rejoindre Ottilia dans l'embrasure d'une fenêtre où Gertrude l'avait entraînée, sans doute pour régler une question domestique.

Si Edwin fut sympathique à l'ingénieur, sa mère ne lui plut guère. La veuve Sampson, dont le mari, négociant en coton, avait péri dans l'incendie d'un vapeur à roues sur le Mississippi, lourde, courtaude, empâtée, traversa le salon en se dandinant avec effort, telle une grasse volaille en fin de gavage. Son chapeau, galette de paille fleurie comme un parterre, eût fait meilleur effet dans une garden-party qu'à Washington Square. Un collier de perles mâché par les replis d'un triple menton, des joncs d'or à sequins tintinnabulants aux poignets, une profusion de bagues et des boucles d'oreilles à breloques lui donnaient l'aspect d'une matrone gitane ayant réussi dans la cartomancie. En approchant Charles Desteyrac, elle saisit le face-à-main qui, du fait de l'ample ressaut de sa poitrine, se balançait sur son ventre au bout d'un sautoir.

– Ainsi vous êtes français, dit-elle en guise de préambule, parcourant l'ingénieur des cheveux aux chevilles, d'un regard inquisiteur.

– J'ai cet honneur, madame, répondit Charles.

– Beaucoup de Français, plus ou moins titrés, viennent ces temps-ci en Amérique pour épouser nos riches héritières et redorer des blasons ruinés par vos révolutions, reprit-elle, un rien méprisante.

– Rassurez-vous, ce n'est pas mon cas. Je ne suis que de passage et sans blason à redorer. Mais je conçois, madame, que des jeunes filles issues de l'aristocratie du dollar, c'est-à-dire « du suif et de la quincaillerie », comme l'a écrit un de vos écrivains, soient prêtes à se donner à certains de mes compatriotes pour devenir marquises ou comtesses, répliqua Charles, outré par l'arrogance de l'Américaine.

La veuve jeta un « pffft ! pffft ! » indigné et rejoignit lord Simon et Jeffrey, qui n'attendaient que le départ des visiteurs pour retrouver cigare et armagnac.

Arguant du fait qu'il quittait New York pour Pittsburgh le lendemain en fin de matinée, Charles prit bientôt congé de ses hôtes et de Murray.

– Que pensez-vous du fiancé d'Otti ? demanda l'architecte en raccompagnant Desteyrac.

– Il est superbe, sympathique, et je le crois très épris de votre cousine.

– Ils ne se marieront pas avant le printemps prochain, car, dès qu'il aura obtenu son brevet de lieutenant, Edwin sera envoyé pour six mois au Texas. Il aurait bien voulu épouser Otti avant son départ et l'emmener dans je ne sais quelle garnison perdue, mais elle a préféré différer la cérémonie de quelques mois. Elle ne paraît d'ailleurs guère pressée de devenir épouse Sampson, expliqua Malcolm.

– Se pourrait-il que, d'ici là, elle rompe ses fiançailles, comme elle l'a déjà fait ? demanda Charles.

– Avec Otti la Rebelle, tout est possible ! En tout cas, laissez-moi vous dire que vous êtes maintenant au plus haut dans son estime. Oui, vous lui plaisez vraiment. Et, croyez-moi, Charles, cela me fait grand plaisir.

– Son accueil fut en effet beaucoup plus chaleureux que lors de notre première rencontre à bord du *Phoenix*, reconnut Charles.

– Et, cette fois, elle ne vous a pas tendu sa main à baiser. Elle s'est souvenue que je lui ai dit comment et pourquoi la vieille étiquette française réserve le baisemain aux femmes mariées, commenta l'architecte en riant.

– N'est-ce pas mieux ainsi ?

– Certes, mais n'oubliez pas ce qu'elle a dit du défi, sel de la vie, conclut Murray avec un regard appuyé.

Ils se donnèrent l'accolade et l'ingénieur regagna sa chambre dans l'hôtel particulier mitoyen de celui de Jeffrey T. Cornfield. Son bagage bouclé, il se mit au lit avec un des ouvrages achetés chez un libraire de

Broadway, *Walden ou la Vie dans les bois*, d'un certain Henry David Thoreau, auteur dont le commandant Colson disait grand bien. D'après l'officier, Thoreau était un philosophe transcendantaliste qui venait de passer un an dans une cabane construite de ses mains, au seul contact de la nature, au bord d'un étang, près de Concord, dans l'État du Massachusetts.

L'ingénieur s'endormit en méditant une phrase de l'Américain qu'il s'appliqua sans hésiter : « Les infortunés qui n'ont pas à lutter contre d'inutiles charges héritées trouvent que dompter et cultiver quelques pieds cubiques de chair est un travail suffisant. »

Au matin, il venait d'achever sa toilette quand le domestique mis à la disposition des invités de Jeffrey Cornfield frappa à la porte.

– Il y a en bas, dans le salon, une dame qui désire vous parler, monsieur.

– Une dame ? A-t-elle donné son nom ?

– Non, monsieur. Mais c'est une vraie dame, et jolie avec ça. Je m'y connais !

Intrigué, Charles noua sa cravate, enfila sa veste de voyage et jeta un regard à sa montre. Il ne s'agissait pas de rater le train pour Pittsburgh. Le cocher de Cornfield House s'était engagé à le conduire en temps utile à la station du Pennsylvania Central Railway. Il disposait d'une heure, délai qu'il estima suffisant pour se débarrasser d'une personne qui faisait mystère de son identité.

Par le biais d'une bizarre intuition, il ne fut pas étonné en découvrant que la visiteuse n'était autre que lady Ottilia. Très élégante dans une sage robe tourterelle ornée de dentelle parme au col et aux poignets, elle attendait, assise sur un canapé.

– Quelle surprise ! Vous, si tôt levée ! s'exclama Charles.

– Asseyez-vous, monsieur Desteyrac. J'ai une prière à vous adresser.

– Une prière, grand Dieu ! s'étonna l'ingénieur en prenant place sur le canapé, près de la visiteuse.

– J'aimerais, monsieur Desteyrac, que vous assistiez à mes fiançailles, dont mon père vient de fixer la date avec Jeffrey et la mère d'Edwin. Ce sera le 29 août à Cornfield House pour la cérémonie. Le soir, on donnera banquet et grand bal à l'hôtel Astor, car Jeffrey veut faire de mes fiançailles un événement mondain pour New York. Il y aura beaucoup d'invités que je ne connaîtrai pas et peu d'amis personnels. C'est pourquoi je souhaite ardemment que vous soyez là.

– Mais, lady Ottilia, je quitte New York dans une heure pour Pittsburgh, où je vais séjourner plusieurs mois, au train où vont les choses dans ce pays !

Ottilia ôta son gant et lui prit la main.

– D'abord, Charles, ne soyons plus aussi cérémonieux. Appelez-moi Ottilia, ou mieux encore Otti, comme mes vieux amis, dit-elle avec sa détermination coutumière.

– Eh bien, chère Otti, bien que je le regrette sincèrement, je ne pourrai assister à vos fiançailles. La fabrication des éléments du pont, auquel votre père tient beaucoup, nécessite ma présence à Pittsburgh, expliqua Desteyrac.

– J'en ai parlé hier soir avec mon père. Il m'a dit : « M. Desteyrac peut fort bien abandonner les ateliers de Keystone Bridges Works pendant deux ou trois jours pour assister à tes fiançailles. » Alors, ne me décevez pas, acceptez de revenir, puisque mon père vous y invite. Il est entendu que les frais de cet aller et retour seront à sa charge, précisa Ottilia, toujours pratique.

– C'est aimable à votre père de tout prévoir, dit Charles, irrité par le fait que les Cornfield eussent déjà disposé de lui.

– Mon père sera heureux de vous avoir près de lui ce jour-là. Ma future belle-mère l'entoure de trop d'attentions, et les millionnaires new-yorkais l'exaspèrent avec leurs façons de nouveaux riches. C'est Malcolm qui m'a conseillé de venir moi-même vous trouver ce matin. Je vous en prie, acceptez ! Sans vous, la fête ne serait pas complète, dit-elle, baissant les yeux comme une adolescente timide.

– Est-ce un défi ? demanda Charles, gentiment narquois.

– Pourquoi pas ? Je suis anglaise et obstinée, savez-vous !

– Autant que lady Godiva ? plaisanta Charles.

– Mettez-moi à l'épreuve.

– Je ne vous demanderai pas de galoper sur la Ve Avenue en tenue d'Ève, Ottilia. Mais pourquoi attachez-vous tant d'importance à ma présence lors de vos fiançailles avec un futur général de l'armée des États-Unis ? Je suis un étranger, engagé pour construire un pont, un simple salarié de lord Simon, dit le Français.

– Vous savez bien qu'en deux ans vous êtes devenu pour mon père, pour Malcolm, pour ma tante Lamia aussi, qui parle de vous dans toutes ses lettres, et même pour le rude Carver, bien plus qu'un ingénieur à qui mon père a commandé un pont que personne n'a su faire assez solide jusque-là. Que vous le vouliez ou non, Charles, vous êtes maintenant de Soledad. Vous appartenez à l'île enchantée où je suis née et où je veux revenir.

Ottilia s'exprimait avec une telle émotion contenue et un tel accent de sincérité que Charles, quoique sur ses gardes, en fut touché.

La femme d'une rare beauté qui pétrissait sa main, assise près de lui sur le canapé, n'était-elle que l'insupportable enfant gâtée décrite par Murray et Carver ? Était-elle seulement l'aristocrate altière, dure, intransigeante, dévergondée, toujours prête à scandaliser sa caste par des coups de tête et de folles impudences, ou cachait-elle, derrière ses audaces, une malheureuse Psyché en révolte, pour une raison secrète, contre le monde et la vie ? À quel moment Otti jouait-elle un rôle ? Quand elle canalisait les passions des hommes vers l'humiliation ou le désespoir, quand elle inspirait le désir pour le décourager, quand elle posait nue, couverte de bijoux, pour complaire à l'oncle libidineux de Manchester, ou quand elle suppliait humblement un étranger – qui se retenait de succomber à son charme – d'assister à des fiançailles qui ne seraient peut-être qu'un jeu mondain teinté de cruauté ? Charles, ébranlé par le regard net, fier, tendrement interrogateur de la femme, décida de surseoir aux questions. Il dégagea sa main de celle d'Ottilia, s'adossa au capiton du canapé et se rendit.

– Vous avez gagné, Otti. Je serai de retour à New York la veille du 29 août et je vous verrai avec joie en fiancée radieuse.

– Merci, Charles. Vous me comblez. Voyez-vous, il arrive qu'on rencontre des êtres dont la seule présence rassure, apaise, donne confiance en soi. Des êtres forts dont la lucidité ne peut être prise en défaut. Vous êtes de ceux-là, de ces hommes dont il est vain d'espérer plus, mais pas moins qu'une amitié sincère et fidèle, dit-elle.

– Alors, je suis votre ami, conclut Charles, l'œil sur la pendule du salon qui lui rappelait le train à prendre.

Soudain consciente que son pouvoir de séduction n'avait en rien entamé l'intégrité virile de Charles Desteyrac, elle comprit qu'il cédait à sa demande par pure courtoisie, plus pour ne pas déplaire à lord Simon, qu'elle avait mis en avant, que par intérêt pour sa personne. Elle se leva et Charles la reconduisit jusqu'au perron de l'hôtel.

– Prenez garde aux mauvaises fumées de *Smoky City,* elles gâtent les bronches, lâcha-t-elle.

Ayant repris distance, elle lui tendit la main sans aménité particulière.

« Drôle de femme ! » se dit Charles en remontant jusqu'à sa chambre pour parachever ses préparatifs de départ.

Le train américain que l'ingénieur français emprunta ce jour-là lui parut très différent des chemins de fer français ou anglais. D'abord par la taille des voitures, longues caisses de quinze mètres suspendues aux extrémités sur deux groupes de quatre roues appelés bogies, ensuite par leur disposition intérieure. Éclairé par des baies à vitre coulissante, ce salon roulant de cinquante-six places était spacieux et aéré par de petites ouvertures circulaires pratiquées dans le plafond qui assuraient, quand le train roulait, une ventilation constante. Celle-ci eût été agréable en ce chaud mois d'août si le système n'avait dispensé des escarbilles dues à l'usage de l'anthracite bitumineux qui, depuis peu, remplaçait le bois jusque-là brûlé dans le foyer des locomotives à six roues et haute cheminée conçues par l'ingénieur anglais Crampton. Les sièges, disposés de part et d'autre d'un passage central, se faisaient face deux à deux. Séparés par un abattant de bois formant tablette, ils meublaient ainsi un espace restreint où l'on ne pouvait manquer d'engager la conversation avec ses vis-à-vis. Les Américains, Charles le savait maintenant, croyaient de bon ton de se présenter sans y être invités pour faire rapidement connaissance. Ils s'adressaient alors familièrement à quiconque répondait à leurs avances courtoises dont la curiosité n'était pas exclue, surtout quand il s'agissait d'un étranger.

Recouverts de peluche rouge, pourvus de dossiers à renversement, les sièges assuraient un bon confort, encore qu'ils eussent gagné à être plus généreusement capitonnés comme ceux qui, à l'une des extrémités de la voiture, meublaient un petit salon réservé aux dames seules. Désireux de prendre l'air ou de mieux voir le paysage, le voyageur trouvait, à l'avant et à l'arrière du wagon, une petite plate-forme à l'air libre, abritée sous un auvent et entourée d'un garde-fou. Une fontaine d'eau glacée et un verre – un seul, hélas, que les voyageurs utilisaient à tour de rôle sans le rincer ! – permettaient à tout un chacun d'apaiser sa soif.

À peine le convoi s'était-il ébranlé que Desteyrac connaissait le nom, la profession et la destination du seul voyageur qui lui faisait face. Après avoir fait observer qu'ils avaient la chance de disposer de quatre places pour deux, l'homme, jovial, bedonnant et loquace, avait ôté son veston, dénoué sa cravate et ouvert son gilet sur lequel festonnait une chaîne de montre en or assez grosse pour entraver un bagnard. Il se présenta comme brasseur de la plus fameuse bière de New York, allant à Pittsburgh pour négocier dans une verrerie la fabrication et la fourniture de bouteilles à son chiffre, dont il avait lui-même dessiné la forme et le décor. Une demi-heure après le départ, Charles, en tant que Français, « donc homme de goût », d'après l'Américain, fut invité à donner son avis sur le dessin d'une bouteille de bière Greuben. Il approuva sans réserve la maquette, même si le blason surmontant le nom du brasseur Peter Van Greuben lui parut disproportionné par rapport au volume du flacon. Van Greuben révéla qu'il descendait d'une très ancienne famille new-yorkaise. Ses ancêtres hollandais figuraient, en 1626, parmi les fondateurs de La Nouvelle-Amsterdam[1] et avaient habité Manhattan au temps des Mohicans, bien avant que les Anglais n'y débarquent, assura-t-il.

Le brasseur aimait son pays et tenait à faire partager cet amour aux étrangers. Il se disait fier du passé de l'Amérique, de la conquête de son indépendance, et convaincu que la démocratie américaine inspirerait les pays d'Europe encore dans l'ignorance, croyait-il, des libertés essentielles, notamment celle d'entreprendre ce qui vous plaît, quelles que soient vos compétences.

À l'arrêt de New Brunswick, à une trentaine de miles de New York, il désigna à Charles les bâtiments du Rutgers College où, se souvint l'ingénieur, Ounca Lou avait étudié. Un instant plus tard apparut Princeton College, fondé en 1746.

– C'est là, de juin à novembre 1783, que se tint le Congrès continental qui avait quitté

1. Nom donné alors par les Hollandais à la future ville de New York.

Philadelphie. Au cours de cette session, ses membres apprirent que le traité qui mettait fin à la guerre entre la Grande-Bretagne et les États-Unis avait été signé, à Paris, le 3 septembre. Ce fut un grand jour, mon gars. Les armes déposées, nous allions enfin pouvoir construire le pays dont nous rêvions. Ce que nous avons fait, dit Van Greuben, satisfait comme qui a su concrétiser ses ambitions et atteindre son but.

Il finit heureusement par s'endormir et Desteyrac tira de sa sacoche l'ouvrage de Harriet Beecher-Stowe, *La Case de l'oncle Tom*. Le livre lui avait aussi été recommandé par le commandant Colson. D'après l'officier, ce « plaidoyer politique et social en forme de roman » était le meilleur instrument de propagande pour les abolitionnistes. En 1852, année de sa publication, l'éditeur en avait vendu trois cent cinq mille exemplaires et le livre avait été aussitôt traduit dans de nombreuses langues, dont le français.

Certes, les scènes de la vie des esclaves rapportées par la romancière intéressaient Charles, mais il dut bientôt renoncer à poursuivre sa lecture, les trépidations du train la rendant incommode.

Périodiquement apparaissait un employé noir de la compagnie. Il proposait, pour quelques cents, des beignets de farine de sarrasin arrosés de sirop d'érable, qu'il cuisait sur commande dans un wagon de service pourvu d'un fourneau.

Aux arrêts, assez fréquents pour un train dit *express*, des colporteurs montaient à bord des voitures pour vendre des rafraîchissements, des journaux, du tabac, des fruits, des friandises, tandis qu'un employé des télégraphes parcourait le convoi en brandissant une ardoise qui portait, inscrit à la craie, un nom que l'homme allait répétant : celui d'un voyageur destinataire d'un télégramme transmis à l'opérateur de la station.

Pour Desteyrac, ce procédé illustrait ce que Jeffrey Cornfield avait vanté comme étant « la grande efficacité américaine dans un pays où rien n'arrête les affaires », pas même un voyage en chemin de fer ! Malgré ces apparences, Charles savait à quoi s'en tenir quant à la rapidité et à l'efficacité américaines, en matière industrielle tout au moins.

À Philadelphie, où le train fit un arrêt prolongé, Van Greuben s'éveilla, commanda à boire et à manger, invitant le Français à partager une sorte de pâté de viande de porc des plus consistant et une tarte aux pommes. Charles calcula qu'ils avaient parcouru moins de cent cinquante kilomètres en quatre heures et demie, mais se dit impressionné par le pont de bois, d'une seule arche de près de cent mètres, sur lequel le convoi franchit au ralenti la rivière Schuylkill.

– Les charpentes de l'ingénieur Ithiel Town font que nos ponts de bois ne sont pas près de céder la place aux ponts de fer suspendus de Roebling, commenta le New-Yorkais.

– On dit cependant que le pont suspendu

que John Roebling a lancé sur le Niagara est une merveille, risqua Charles.

– On va voir combien de temps il résistera aux vents du nord. Et puis, monsieur, le fer rouille, se corrode, s'affaiblit, et un jour, crac ! le pont se tordra comme un torchon qu'on essore. Et le train s'en ira finir dans le fleuve, diagnostiqua le brasseur.

Charles se garda bien d'engager la polémique et de rappeler que plusieurs ponts de bois vieillissants s'étaient rompus au passage de trains.

Comme le crépuscule s'annonçait entre Lancaster et Middletown, le chef de train vint allumer les lampes à huile de baleine qui se balançaient au plafond sous des globes de verre taillé, au bout de tiges de cuivre articulées, ce qui maintenait la flamme en position verticale, quelle que fût, dans les courbes, l'inclinaison de la voiture et les soubresauts des bogies sur les aiguillages. Il faisait nuit noire quand le train arriva à Harrisburg. Charles ne vit que quelques lumières de la capitale de la Pennsylvanie, mais Van Greuben, regrettant que le beau palais du gouvernement construit sur une colline ne fût pas visible, tint à instruire son compagnon.

– Cette ville doit son nom à un acte de piété filiale. Elle a été fondée en 1785 par John Harris en souvenir de son père, un trappeur qui avait été pendu en 1719 par les Indiens, révéla le brasseur.

Évoquant les ressources minières de la Pennsylvanie – plomb, cuivre, fer, surtout houille –, il précisa, glorieux, que l'État fournissait assez de charbon pour chauffer toute l'Union et qu'au cours de l'année précédente on avait tiré des mines pour plus de vingt millions de dollars d'anthracite.

Comme Charles calculait mentalement que vingt millions de dollars équivalaient à peu près à cent millions de francs, son interlocuteur lui rappela qu'un Français nommé Girard, qui possédait des mines en Pennsylvanie, avait fait preuve d'une grande lucidité en déclinant l'offre de ceux venus lui proposer, en 1849, la création d'une société pour chercher l'or en Californie.

– « Il y a des mines que j'estime plus que celles-là : ce sont les mines de cuivre, et, bien au-dessus de ces dernières, je place encore les mines de charbon, qui sont de vraies mines d'or[1] », a répondu votre compatriote, homme raisonnable. Eh bien moi, monsieur, je me suis inspiré de son exemple. Je n'ai pas mis un cent dans les placers[2], mais je vends, bon an mal an, des milliers de gallons de bière à ceux qui cherchent de l'or souvent sans en trouver. Laver l'or à la batée ou piocher la terre donne soif à ces gens. La bière, mon gars, c'est la mine d'or Greuben ! fit l'Américain, soulignant son contentement d'une tape vigoureuse sur le genou du Français.

1. Xavier Eyma, *Les Trente-Quatre Étoiles de l'Union américaine*, volume II, éditions Michel Lévy frères, Paris, 1862.

2. Gisements sédimentaires de minerais lourds et précieux : or, platine, diamant.

Après Harrisburg, le convoi franchit la Susquehanna sur un autre pont de bois, et le train s'engagea dans la vallée de la Juniata, au pied des monts Alleghany. Van Greuben réclama des oreillers, bascula le dossier de son siège, se cala confortablement et s'endormit après avoir conseillé à Desteyrac de descendre à l'arrêt d'Altoona afin de passer les Alleghany de jour, pour jouir du spectacle de la montagne.

– Vous trouverez une auberge à la station et, au matin, vous pourrez prendre un autre train pour Pittsburgh. Mais je vous préviens, l'auberge n'est pas confortable. Il se peut même que les voyageurs soient contraints de dormir à deux ou trois dans le même lit. Je vous conseille donc de passer la nuit sur un banc de la station. Vous échapperez ainsi aux puces et aux punaises ! dit Van Greuben.

Cet avis suffit à décourager le Français de faire étape à Altoona pour voir le décor tant vanté de l'extrémité nord-est de la chaîne des Appalaches.

Le convoi, ayant reçu le renfort de deux locomotives supplémentaires, entama l'ascension de la montagne, s'époumonant comme un asthmatique, crachant une fumée grasse et noire dont l'odeur âcre pénétrait les voitures. Au sommet, à plus de mille mètres d'altitude, il se glissa dans le tunnel le plus long du parcours, dont il sortit avec un bruyant lâcher de vapeur, soupir des chaudières surchauffées. Tandis que les premières lueurs de l'aube suintaient à travers les persiennes closes, commença la descente vers Johnstown et Pittsburgh.

Éveillés, les voyageurs firent à tour de rôle une toilette sommaire dans le cabinet situé au bout de la voiture, avant de réclamer café et beignets au Noir de service, qui avait passé la nuit à dormir au milieu des passagers. Comme Charles s'étonnait de l'accélération du train et du silence soudain des machines, Van Greuben expliqua que, pour économiser le combustible, le convoi descendait pour ainsi dire en roue libre. Sur chaque voiture, les serre-freins avaient pour mission de contrôler la vitesse, d'empêcher le Pennsylvania Railway de s'emballer au risque de dérailler dans une courbe. Charles trouva aussi inquiétant qu'audacieux ce nouvel aspect de l'efficacité économique américaine !

Il était plus de neuf heures du matin quand un employé annonça l'arrivée imminente à Pittsburgh, terminus de la ligne. Desteyrac estima mentalement qu'il avait parcouru les quelque sept cents kilomètres séparant New York de Pittsburgh en moins de vingt heures, soit à une vitesse moyenne de trente-huit kilomètres à l'heure. Compte tenu des arrêts et du lent franchissement des Alleghany, c'était tout de même une performance car le train, entre New York et Philadelphie, avait poussé des pointes de vitesse à plus de cinquante kilomètres à l'heure.

Dès que le convoi s'immobilisa, ce fut la ruée vers les sorties, comme si le feu venait de se déclarer dans le wagon. Van Greuben, aussi pressé que les autres mais soucieux de prendre, dans les règles, congé de son compagnon de voyage, décidé, lui, à éviter la bousculade, se mit à rire à la vue de la moue réprobatrice de Charles.

– Chez nous autres, Américains, le goût de la compétition est permanent. Nous craignons toujours de voir le voisin nous devancer. Je ne sais quel Français a dit : « Si cent Américains étaient au moment d'être fusillés, ils se battraient à qui passerait le premier, tant ils ont l'habitude de la concurrence[1]. » Ayant tendu sa carte de visite et serré à la broyer la main de Charles, Van Greuben se lança dans l'allée centrale de la voiture. Écrasant quelques pieds, il repoussa d'une bourrade ceux qui ralentissaient sa progression, sauta sur le quai et disparut dans le flot de gens qui espéraient bien arriver avant lui aux quelques dog-carts en stationnement.

Ayant reconnu son nom parfaitement calligraphié sur une ardoise brandie par un homme en gris, Charles Desteyrac comprit qu'il était attendu. L'ingénieur en chef de Keystone Bridges Works avait délégué un de ses adjoints, parlant français, pour accueillir l'ingénieur.

Robert Lowell plut à Charles dès le premier contact. Assez court de taille mais bien charpenté, d'allure vive et dégagée, le jeune homme offrait un visage ouvert aux yeux rieurs, et sa

1. Michel Chevalier, *Lettres sur l'Amérique du Nord*, volume I, Société belge de librairie, Bruxelles, 1838.

poignée de main fut chaleureuse. Après les questions d'usage sur la qualité du voyage, il expliqua qu'il avait été désigné pour s'occuper du visiteur, d'abord parce qu'il avait lui-même étudié les plans envoyés de Soledad, mais aussi, ajouta-t-il avec un sourire, « parce que je suis célibataire et censé connaître tous les bons coins de Pittsburgh, la ville la moins gaie de l'Union ».

Tandis que le boghei roulait vers l'hôtel où Desteyrac serait hébergé pendant son séjour, Robert Lowell, qui tout de suite décida qu'entre ingénieurs du même âge, sinon de la même formation – il était métallurgiste diplômé d'un institut du Massachusetts –, on pouvait s'appeler par le prénom, désigna les hautes cheminées qui hérissaient la ville, telles des quilles de brique d'où sortaient des panaches d'une fumée plus dense quand les hauts-fourneaux recevaient une nouvelle charge de charbon et de minerai.

– Vous êtes ici dans la Birmingham américaine. La première ville manufacturière de l'Union ! Pittsburgh, notre *Smoky City*, est la cité des hauts-fourneaux qui jamais ne s'éteignent. Même le dimanche, quand il est interdit à tous de travailler, voire de voyager, des hommes veillent sur les foyers. Pittsburgh a vendu l'an dernier plus de cinq cent mille tonnes d'un excellent fer. On bâtit sans cesse de nouvelles usines, non seulement des fonderies et des fabriques de rails et de charpentes, mais aussi des verreries, des quincailleries et des ateliers de conserves alimentaires. Les unes fabriquent des machines à vapeur, d'autres forgent des haches, taillent des scies, produisent des tonnes de clous et de rivets. C'est aussi de Pittsburgh que sortent les canons et les boulets de l'armée des États-Unis, canons et boulets que nous vendons aussi bien au Grand Turc qu'au sultan du Maroc, dit Lowell avec enthousiasme, conscient et fier d'être engagé dans la grande aventure industrielle du siècle.

Deux grosses rivières, Alleghany et Monongahela, unies pour former le grand fleuve Ohio, dont les eaux grossiraient plus au sud le Mississippi, enserraient la ville, peuplée de plus de cinquante mille habitants. Lowell rappela à Charles que, sur cette langue de terre, les Français avaient autrefois élevé le fort Duquesne, quand la France possédait encore l'immense Louisiane et le Canada.

– Ici les Français ont, par leur résistance, en 1754, découragé George Washington, alors lieutenant-colonel des milices virginiennes, de poursuivre son expédition vers le nord ; mais, quatre ans plus tard, ils durent abandonner la forteresse aux Anglais, à la veille de s'emparer du Canada.

– Peut-on voir des vestiges de ce poste qui existait encore il y a moins d'un siècle ? demanda Charles.

– Aucun. Les pierres du fort servirent sans doute à construire les maisons des nouveaux occupants, répondit Lowell.

Le temps de déposer son bagage au Monongahela Hotel, le meilleur de la ville, et Charles se fit conduire chez Keystone Bridges Works. Dès l'entrée dans les ateliers, il fut subjugué par la révélation soudaine d'une puissance dévorante, faite de métal et de feu. L'immensité des halls sur piliers où s'activaient – autour des hauts-fourneaux, chargés par le sommet au moyen de wagonnets gravissant des plans inclinés – des ouvriers que rien ne pouvait distraire de leur tâche annonçait un type de cathédrales consacrées à la déesse Métallurgie. Qu'ils basculent dans les moules les creusets pleins d'une fonte en fusion s'écoulant comme guimauve aveuglante ; qu'ils déplacent, à l'aide de gigantesques tenailles suspendues à des portiques et de chariots sur rails, les lingots d'un atelier à l'autre ; qu'ils forcent le fer pâteux à pénétrer entre les rouleaux des laminoirs impatients d'accoucher de rails, de poutres et de tôles : tous ces êtres d'apparence identique, frères convers au service des grands prêtres de l'industrie et du capitalisme, ressemblaient à des diablotins laborieux. Joues maculées de poussier où la sueur ruisselante traçait des sillons clairs, vêtements criblés de brûlures dues aux gerbes d'étincelles incandescentes qui, telles des queues de comète, jaillissaient du fer, ils n'eurent pas même un regard pour l'étranger.

– La plupart de nos ouvriers sont irlandais et n'ont d'autre ressource que leur force musculaire. Ces gens mouraient de faim en Irlande. Ici, ils sont contents d'être logés et nourris. Savez-vous qu'ils font trois repas par jour, avec chaque fois un beau morceau de viande, car ces hommes sont d'insatiables carnivores ? Ils reçoivent aussi du pain et, à deux repas, du beurre, du café et du sucre. À cela nous ajoutons de cinq à huit verres de whisky par jour. Et nous les payons de cinquante à soixante cents, ce qui fait entre deux et demi et trois de vos francs français. Ces salaires sont les plus élevés de l'Union, exposa Lowell.

Charles estima qu'un ouvrier français effectuant le même travail ne devait pas gagner plus d'un franc cinquante, sans être ni logé ni nourri.

Reçu par l'ingénieur en chef, Desteyrac fut aussitôt mis devant le projet de fabrication des éléments de pont qu'il avait commandés.

– Dès que les laminoirs auront produit les poutres, suivant les plans et normes de l'ingénieur Whipple, que vous rencontrerez plus tard, et que les ébauches des membrures, longerons et entretoises seront prêtes, ces pièces, transportées à l'atelier de mécanique, recevront leurs dimensions définitives. Découpage et perçage constitueront les opérations les plus délicates, mais vous prendrez alors avec Lowell la direction des travaux de finition. Cela n'interviendra pas avant au moins six semaines, précisa l'ingénieur en chef en présence des contremaîtres concernés.

Dès lors, chaque matin, Desteyrac retrouva Robert Lowell devant la planche à dessin, et ainsi, au fil des jours et des travaux, se développa entre les deux ingénieurs une véritable amitié.

Au cours de ses déplacements en ville, Charles se persuada très vite que Pittsburgh méritait bien son surnom de *Smoky City* et sa réputation de ville la plus sale de Nouvelle-Angleterre. Malgré la chaleur, on oubliait l'été, le ciel étant obscurci par des nuages charbonneux sans cesse engraissés par les fumées tourbillonnantes des hauts-fourneaux. Pareilles à des canons verticaux ne tirant que suie et gaz nauséabond, les cheminées de brique semblaient défier le soleil, dont les rayons ne pénétraient que ternes et las dans les rues étroites. Des flocons noirs tombaient en voletant sur les toits et sur les têtes, maculaient les chapeaux, les vêtements, parfois les visages. Seuls les étrangers de passage paraissaient sensibles à cette atmosphère, qui n'était pas sans rappeler celle des irruptions volcaniques.

L'hôtel où logeait Charles offrait le plus récent confort et, chaque soir, avant de descendre dîner, il se faisait porter eau chaude et serviettes par un valet et se plongeait dans un bain. Vêtu de linge frais, il dînait seul quand il ne rejoignait pas Lowell, qui connaissait tous les restaurants et cabarets d'une ville où personne, semblait-il, n'avait envie de s'amuser.

Un soir, le jeune homme confessa que la vie à Pittsburgh n'avait rien d'exaltant.

– Il n'y a pas une cité dans l'Union, ni peut-être au monde, où l'on accorde aussi peu de temps et de place au plaisir. Ici, on ne fait que travailler pour gagner le plus d'argent possible, le plus vite possible. Les repas eux-mêmes sont considérés comme temps perdu pour le travail et les affaires. Dans les familles, comme dans les cantines des ateliers, on les expédie en dix minutes. Le dimanche, on se doit d'oublier le dollar. Mais c'est pour s'abandonner à l'ennui. On va de la maison à l'église où l'on chante des hymnes, et certains, qui ont fait provision d'alcool – car cabarets et tavernes sont fermés – s'enivrent avec application. Boston, ma ville natale, souvent présentée comme la plus puritaine des États-Unis, est une ville licencieuse par rapport à Pittsburgh, et quand on est, comme vous et moi, célibataire, alors..., dit Lowell, laissant sa phrase en suspens.

– Quand on est célibataire ? relança Charles.

– Eh bien, il faut trouver ce qui est très caché ici : des demoiselles accueillantes. Il n'y a qu'un bordel pour Irlandais, que la police surveille, car on s'y querelle toutes les nuits. Un ingénieur de Keystone Bridges Works ne peut y être vu.

– Et vous avez trouvé mieux ? insista Charles.

– Depuis peu et par hasard. J'ai rencontré, chez le libraire, une veuve peu attrayante, genre entremetteuse minaudante, qui me fit comprendre que les jumelles orphelines qu'elle héberge ne dédaignent pas de recevoir les hommages de jeunes gens bien élevés et plutôt généreux. Cette femme doit repérer les célibataires de bonne allure pour les conduire à ses protégées, sans doute en prélevant une dîme sur l'argent qu'on leur laisse. Pour être reçu chez elle, dans une maison au flanc du mont Washington, il faut apporter une bouteille de champagne, des gâteaux pour les demoiselles et un flacon de porto pour elle. Je me suis déjà procuré ces appâts, mais j'hésite à me rendre seul chez cette maquerelle, bien que je n'aie pas accompli depuis plusieurs mois ce que les papistes appellent l'œuvre de chair ! déclara Lowell avec franchise.

– Vous voudriez peut-être que je vous accompagne ? Après tout, des jumelles me semblent assez indiquées pour tenir un moment compagnie à des presque jumeaux ! proposa Charles en riant.

Robert Lowell, que Charles appelait maintenant Bob, comme tous les amis de l'ingénieur, n'attendait que cet encouragement. Une heure plus tard, les deux hommes devisaient avec une femme aux bandeaux gris, guindée, questionneuse, et deux jeunes filles plutôt jolies, très chastement vêtues de longues jupes, genoux serrés et mains croisées, dans un salon petit-bourgeois avec fauteuils aux accoudoirs caparaçonnés de dentelles, portraits supposés de famille, napperons au crochet et lumières tamisées.

Après les libations et une foule de considérations sur le climat, la saleté de la ville, les bruits industriels, Lowell se résolut à faire avancer les choses. Il expliqua sans détour à la duègne que son ami et lui-même n'étaient pas venus pour parler de la pluie et du beau temps. Cette entrée en matière amena un sourire des plus encourageant sur les lèvres des jumelles, qui ne quittaient pas des yeux les visiteurs tout en se murmurant à l'oreille des propos portant sans doute sur le choix de leur client respectif. La veuve se retira dignement et, sans façon, les jumelles pareillement fraîches, charmeuses et d'une polissonnerie mesurée, vinrent s'asseoir sur les genoux des visiteurs, accélérant la procédure des rapprochements.

Les demoiselles disposaient chacune d'une chambre où l'on s'enferma par couples pour le meilleur de la nuit. La fille qui échut à Charles se nommait Lucy et ne manquait ni de savoir-faire ni d'entrain. Pour elle comme pour sa sœur Fanny, le plaisir devait être partagé avec enthousiasme et non pas offert et pris sous prétexte qu'il était acheté et vendu. Lucy confessa, entre deux étreintes, que le but des deux sœurs était de réunir suffisamment d'argent pour ouvrir à San Francisco un hôtel doté d'un luxueux saloon, réservé à une clientèle huppée, « pas seulement aux chercheurs d'or chanceux que toutes les filles de l'Ouest s'entendent à plumer », précisa-t-elle.

Au matin, les deux amis furent invités à partager un petit déjeuner familial, présidé par la veuve, qui se révéla être la tante des orphelines et aussi, sans doute, leur comptable, car elle empocha, charmée par la générosité des visiteurs, les dix dollars déposés sur la table, entre la théière et les tartines que chaque jumelle beurra pour l'élu, sinon de son cœur, du moins de son lit. On se sépara en promettant de se revoir.

Avant de quitter Pittsburgh pour répondre à l'invitation d'Ottilia, Charles, qui pensait souvent à Ounca Lou, rédigea, comme il avait promis de le faire, une longue lettre destinée à la jeune fille. Il lui décrivit New York comme il l'avait vue et telle, peut-être, que l'étudiante ne l'avait pas perçue : une ville inachevée où des terrains vagues, pauvres prairies pour vaches et chèvres urbaines, alternaient avec des pâtés de maisons parfois prétentieuses, le plus souvent laides.

« New York, écrivit-il, est une ville sans aménité où une poignée de familles tiennent le haut du pavé. Elle doit sa personnalité à une topographie déjà appréciée des Indiens. La barrière sociale est certes l'argent, mais chacun peut la franchir quand il en a suffisamment gagné pour se faire construire un hôtel à Washington Square ou à Gramercy Park.

» C'est une cité sans passé, tout y est contemporain et paraît aléatoire. J'ai découvert que les abolitionnistes, qui reprochent tant aux planteurs du Sud de posséder des esclaves, traitent leurs domestiques noirs à la fois comme des domestiques et comme des Noirs, c'est-à-dire comme des esclaves salariés.

» J'ai vu beaucoup de petites filles délurées, en robe d'organdi, manger dans la rue les glaces qu'elles se font offrir par les garçons, la crème glacée étant, m'a-t-on dit, le commencement de toute *flirtation* autorisée par les parents. Quant aux femmes, elles doivent faire preuve en toute circonstance de respectabilité et dissimuler leurs aventures, quand elles osent en avoir, avec la même application que les hommes mettent à les ignorer. Il semble qu'on mette en pratique, assez sagement, un conseil donné par Hermann Melville dans *Redburn* : "Les dames sont comme les croyances : si vous ne pouvez pas en dire du bien, ne dites rien."

» Ici, les dames en vue dans la bonne société ont le sens et le goût de la parade. C'est à l'opéra que je l'ai constaté. On y va moins pour entendre les chanteurs et suivre l'action que pour être vu. Les épouses, penchées au bord des loges, sont des vitrines. Elles présentent coûteuses toilettes, bijoux et colifichets dernier cri, ce qui révèle le train de vie du mari. Il semble que, dans le monde des affaires, cela confirme un crédit. L'opéra est donc comme une sorte de Bourse où monte ou descend la valeur mondaine de telle ou telle femme de banquier ou de négociant, parallèlement au cours de la fortune de son époux.

» Cette aristocratie chrysogène, à qui le symbole serpentin du dollar tient lieu de blason, est avide de distinctions et de titres nobiliaires. Mes compatriotes, qui n'ont souvent pour seul bien que leur nom à particule, sont parmi les premiers fournisseurs de maris pour plébéiennes cousues d'or. Il arrive qu'elles soient en plus jolies, séduisantes et point sottes. Le plus extraordinaire, chère Ounca Lou, est que Cupidon réussisse parfois à s'immiscer dans de telles unions, et qu'un véritable amour supplante les hypocrisies et fasse des époux heureux. »

Charles s'appliqua ensuite à une description de Pittsburgh en ajoutant à l'intention de lady Lamia que la fabrication du pont prendrait sans doute plusieurs mois. Puis il laissa aller sa plume pour une conclusion plus sentimentale.

« Je pense souvent à Soledad et à Buena Vista, à votre marraine et à vous aussi avant quiconque. Le souvenir de nos baignades me hante et j'ai hâte de retrouver la vie simple et saine de nos îles. Je vous imagine au milieu des pêcheurs d'éponges ou, le soir, sirotant un verre de jus d'ananas sur la terrasse de ma petite maison du chantier. Promettez-moi d'y revenir. Acceptez que je vous dise, ainsi qu'à lady Lamia, bien sûr, que c'est à Buena Vista que j'ai eu le sentiment d'approcher au plus près le bonheur. »

Il cacheta sa lettre sans ajouter qu'il se préparait à faire un voyage à New York pour assister aux fiançailles de lady Ottilia. Évoquer cette demi-sœur eût peut-être blessé Ounca Lou et provoqué un accès de jalousie moqueuse.

Souvent, au cours des jours précédents, il s'était interrogé sur la véritable personnalité d'Ottilia, fourvoyée avec autorité dans sa vie. Depuis leur dernière rencontre, l'image de cette femme émergeait parfois soudainement de sa mémoire sans qu'elle fût sollicitée. La fille de lord Simon disposait-elle d'une force occulte pour s'imposer ainsi de loin ? Incrédule de nature, Charles Desteyrac observait ce phénomène équivoque avec une curiosité troublante.

5

La première visite de Charles Desteyrac, au soir de son retour à New York, fut pour Tom O'Graney, qu'il comptait trouver à bord du *Phoenix*. L'ingénieur devait remettre au maître charpentier les plans de deux barges à construire dès que le navire regagnerait Soledad. Ces radeaux seraient nécessaires pour transférer, du port occidental au sud de l'île, les lourds et encombrants éléments du pont de Buena Vista que le *Centaur* porterait des États-Unis aux Bahamas.

– À cette heure-là, Tom est au pub *Voice of Ireland* avec ses foutus compatriotes, ivrognes et hâbleurs, dit Mark Tilloy, officier de service ce jour-là.

– Ce pub est-il loin d'ici ?

– Sur le quai à main gauche, vous ne pouvez le manquer. On entend brailler ces soiffards jusqu'à la pointe de Manhattan ! Mais si vous tenez à voir Tom, je vous accompagne, car ces mangeurs de pommes de terre ne sont pas toujours accueillants aux étrangers. Laissez vos plans à bord. Si le charpentier peut encore marcher, nous le ramènerons, sinon nous enverrons, comme d'habitude, quatre hommes pour porter cet hectolitre de bière jusqu'à son hamac ! s'exclama le lieutenant, enchanté d'accompagner le Français, de qui il appréciait le retour.

Chemin faisant, Tilloy détailla les conquêtes amoureuses qu'il avait faites pendant l'absence de Charles, notamment celle de la jeune et fraîche épouse d'un vieil apothicaire aussi riche qu'indifférent à la conduite de sa femme.

– Le mari est l'inventeur d'un emmenagogue, produit destiné à restituer leurs règles aux dames et demoiselles imprudentes qui les attendent en vain. À dix dollars la dose, cet homme augmente sans cesse sa fortune. Toute la journée occupé dans son officine à fabriquer, avec des herbes connues des Indiens, de quoi éviter surpopulation et divorces, ce bienfaiteur de l'humanité admet que sa femme ait des amants, à condition toutefois qu'ils soient de passage et de bonne éducation. Dans ce rôle, mon cher, rien de meilleur et de plus rassurant qu'un marin ! dit Tilloy, comblé par cette liaison sereine et éphémère. Et à Pittsburgh, avez-vous trouvé quelques personnes attrayantes ?

Charles raconta comment, en compagnie

d'un jeune ingénieur de Keystone Bridges Works, il avait passé d'agréables moments avec des jumelles vénales, aventure dont il ne tirait, avoua-t-il, aucune fierté.

– Nécessité fait loi, mon cher. N'importe comment, nous finissons toujours par payer, d'une façon ou d'une autre, les femmes qui partagent notre lit. Les plus coûteuses sont les épouses censées offrir gratuitement ce que d'autres monnaient ! Aussi, tenons-nous à l'écart du mariage ! conseilla Tilloy, dont l'humour souvent teinté de cynisme amusait Charles.

– À propos de mariage, comment se présentent les fiançailles de lady Ottilia ?

– Je sais par votre ami, l'honorable Malcolm Murray, qu'elle a insisté pour que vous soyez présent. Elle a demandé par deux fois de vos nouvelles à Colson pendant que vous étiez à Pittsburgh. Vous lui plaisez, Charles, et si votre nom était précédé d'une particule, vous pourriez aisément évincer Sampson et devenir le gendre de lord Simon, fit Mark non sans malice.

– Mon arrière-grand-père paternel, que je n'ai pas connu, a recollé la particule de d'Esteyrac à la Révolution, en un temps où l'on pendait les aristocrates aux lanternes. Il se fit roturier pour sauver sa tête et assura ainsi sa descendance. Quant à prétendre à la main de lady Ottilia, holà ! Ce n'est pas le genre d'épouse que je rechercherais si, négligeant votre conseil, je ne me tenais pas à l'écart du mariage !

– Je crois savoir, en effet, que vos goûts de célibataire vous portent plus vers les beautés insulaires que vers les Anglaises, risqua le lieutenant.

– Si vous faites allusion à Ounca Lou, la fille naturelle de Cornfield, vous voyez juste, admit Charles.

– Vous avez eu plus de chance que moi auprès de cette beauté exotique. Lors d'une traversée vers Nassau, elle découragea en termes mordants une aimable tentative de rapprochement...

– Il faut vous faire à l'idée, Mark, qu'Ounca Lou n'est pas une fille légère. Mais, dites-moi, comment s'organisent les fiançailles de la superbe héritière de Soledad ?

– Elles promettent d'être grandioses. Jeffrey T. Cornfield veut en faire un événement inoubliable. L'état-major du *Phoenix* est invité par lord Simon. Grande tenue blanche pour les officiers, avec décorations, si possible ; et nos marins, de neuf vêtus, feront la haie pour l'entrée au bal du soir, à l'hôtel Astor. Pour les plus intimes, dont vous êtes, *tailcoat and white tie*, habit et cravate blanche, précisa Tilloy, savourant par avance ces élégances.

– Mais je n'ai ni queue-de-pie ni cravate blanche, observa Desteyrac.

– Je vous conduirai demain chez Arnold Constable, sur la Ve Avenue. C'est le meilleur tailleur de New York. Il habille la bonne société depuis 1825, ce qui, en Amérique, est d'une longévité historique. En quelques heures, vous serez transformé, comme les autres, en figurant acceptable, assura Mark alors que les deux hommes arrivaient devant le débit Voice of Ireland.

Ce pub portuaire, l'un de ceux où les dockers irlandais avaient coutume de se réunir pour échanger impressions ou adresses d'employeurs, et s'entraider en période de chômage, n'avait rien des beaux établissements de Broadway. Par la porte ouverte à deux battants de cette taverne aux vitres opaques, surmontée d'une enseigne de bois dont les pluies et le vent d'ouest avaient gangrené les lettres peintes, s'épanchait sur la chaussée le brouhaha composite de conversations tumultueuses d'où jaillissait parfois le coup de cymbale d'un juron ou les trémolos grasseyants d'un rire canaille.

– C'est bien la voix de l'Irlande que nous entendons, ironisa Tilloy.

Ils pénétrèrent avec circonspection dans la salle au plafond bas, noirci par les fumerolles des pipes et les grasses émanations des lampes à huile de baleine. Des hommes, assis autour de guéridons bancals ou accoudés au long bar à rampe de cuivre, parlaient haut et fort, comme si chacun eût voulu imposer ses propos à l'assistance.

À peine avaient-ils fait trois pas que les visiteurs furent interpellés par un gaillard qui brandit ostensiblement dans leur direction un verre vide, indiquant par une mimique qu'il souhaitait le voir bientôt empli.

– Ici, les Yankees sont bienvenus à condition qu'ils honorent saint Patrick en offrant aux enfants d'Irlande, bons chrétiens, de quoi humecter leur gosier asséché par le chant des hymnes et la prière ! lança, jovial, le buveur.

Le tenancier, voyant la gêne des étrangers, quitta l'abri du comptoir et vint au-devant d'eux.

– Gentlemen, que puis-je faire pour vous ?

– Je suis le second lieutenant du trois-mâts *Phoenix* et je souhaite voir notre maître charpentier, Tom O'Graney, dit Tilloy, protocolaire.

– Tom est dans l'arrière-salle en bonne compagnie : je vais le prévenir. En attendant, offrez un whisky à ce brave enfant du Connemara pour qu'il vous laisse en paix, conseilla le patron avec un clin d'œil.

Charles commanda deux pichets de bière brune au goût de réglisse et proposa, comme on l'y invitait, un whisky à l'homme qui les avait interpellés. Avec l'affectation respectueuse que confère un commencement d'ivresse, l'Irlandais s'inclina à la limite du déséquilibre et tendit son verre au barman.

– Ah ! On voit bien que vous n'êtes pas yankee, vous autres ! Ces sacrés Américains sont près de leurs cents et nous traitent comme des bêtes de somme. Sont hospitaliers que pour la famille. Ils payent ce qu'ils doivent, mais j'en ai jamais vu un offrir le verre d'après labeur aux honnêtes débardeurs que nous sommes.

Desteyrac reconnut en celui qui s'exprimait ainsi un frère des ouvriers irlandais qu'il avait vus à Pittsburgh s'activer autour des hauts-fourneaux avec le seul souci, au mépris de leur santé, de réunir assez de dollars pour envoyer des subsides à leur famille.

Sensible à la résignation pudique de l'expatrié dont la mélancolie ne trouvait d'exutoire que dans l'alcool, Desteyrac le fit parler de son pays, des raisons qui l'avaient poussé à le quitter.

– Ce fut d'abord quatre années de famine après la destruction de nos récoltes de pommes de terre par le mildiou, entre 1845 et 1849, qui nous fit quitter notre île Verte. Un million d'Irlandais morts de faim ! Vous imaginez ça ! Ensuite vinrent le choléra et le scorbut, qui tuèrent encore des milliers de gens, dont ma mère et mes deux sœurs, tandis que les *landlords*, ces hobereaux venus d'Angleterre – plus de sept cents, disait-on – pour s'approprier les terres irlandaises, expulsaient fermiers ou métayers et transformaient nos champs cultivés en prairies bonnes à l'élevage des vaches à viande. Affaire de meilleur rapport, bien sûr ! Nous en avons rossé plus d'un qui nous avait ainsi confisqué notre gagne-pain. Moi qui vous parle, dit l'homme en s'animant, j'ai cassé les reins d'un *landlord* en le jetant à bas de son cheval. J'ai été arrêté par ses valets, mais des amis m'ont libéré et, comme d'autres, je suis passé en Amérique avec mes guenilles et mon chapelet de première communion : tout ce que je possédais ! Les Anglais, monsieur, ont été bien coupables, dans cette affaire comme en d'autres qui touchent au destin misérable de l'Irlande.

Mais, par saint Patrick pour qui James Remwick est en train de construire une cathédrale à New York, un jour nous retournerons en Irlande et nous jetterons tous les Anglais qui s'y trouvent encore à la mer ! conclut l'exilé.

L'alcool de malt lui donnait un regard farouche et une sorte d'éloquence vindicative. Son verre étant à nouveau vide, Charles s'apprêtait à le faire remplir quand Tilloy intervint maladroitement.

– Vous êtes injuste avec l'Angleterre, mon garçon. Je veux bien croire que le whisky y est pour quelque chose, lança le lieutenant, irrité.

– Injuste ! Injuste, moi, avec ces Anglais cupides et égoïstes qui exploitent notre pays comme une colonie et traitent notre peuple comme, ici, les planteurs du Sud traitent les nègres ? De nous autres, Irlandais, les Anglais ont fait des esclaves qu'ils ne sont même pas capables de nourrir. Vous êtes anglais, hein, pour parler comme ça ? Demandez à tous ceux qui sont ici, si je mens ! Demandez-leur, sacredieu ! Ils sauront vous répondre.

L'homme avait élevé si fort le ton que les conversations s'interrompirent et que les regards convergèrent aussitôt vers Desteyrac et Tilloy. Les deux amis sentirent que l'indifférence, jusque-là un rien méprisante, des buveurs, virait à l'antipathie manifeste.

Sans se laisser impressionner, le lieutenant confirma avec fierté qu'il était anglais et que, s'il ne refusait pas de reconnaître certaines erreurs passées du gouvernement britannique, il ne pouvait admettre que ses compatriotes fussent traités d'esclavagistes et d'affameurs.

– En août 1849, la reine Victoria a visité l'Irlande en pleine famine. Elle a fait distribuer des secours aux plus nécessiteux. Vous oubliez que c'est grâce à elle que l'on a créé les *workhouses*, rappela Tilloy.

– Parlons-en, de ces asiles ! On y a entassé plus de deux cent mille miséreux, que votre Victoria est venue regarder sous le nez pour voir comment était fait un Irlandais famélique, tandis que cette grasse dinde se gavait de pâtisseries ! intervint un consommateur, prenant le relais de son compatriote.

Dominant son agacement, Tilloy voulut développer le point de vue du monarchiste britannique outragé.

– Ces *landlords*, que votre ami charge de tous les péchés, savez-vous qu'ils ont, pour la plupart, fait faillite quand ils n'ont plus reçu de fermages, et que la loi leur a interdit de vendre des propriétés grevées de dettes ? Vous mettez au compte de l'Angleterre les maux apportés par le mildiou, destructeur de vos champs de pommes de terre, et par des épidémies qui n'ont épargné ni le Royaume-Uni ni la France. Alors, cessez de gémir, cessez de boire et d'insulter notre reine, qui est aussi la vôtre, que cela vous plaise ou non !

– On connaît le refrain. Avec vous, les pauvres ont toujours tort, grogna l'Irlandais.

– L'Irlande a toujours été une mendiante mal embouchée, répliqua Tilloy au bord de la colère.

C'était la phrase de trop. La réaction de ceux qui l'avaient perçue se traduisit par un grondement, des insultes en gaélique, donc incompréhensibles pour ceux qu'elles visaient, et le soudain encerclement des deux amis par une douzaine de dockers menaçants.

– N'écoutez pas les laquais de ceux qui vendaient à l'étranger le blé, l'avoine et l'orge que nous avions fait pousser alors que nous n'avions pas de quoi cuire notre pain. Le mildiou a provoqué la première famine, peut-être, mais les *landlords* l'ont ensuite organisée pour se faire des rentes à placer dans la City. Quand vous traitez l'Irlande de mendiante, vous offensez gravement tous les Irlandais, Monsieur l'Officier, et nous pourrions vous en demander raison ! s'écria l'homme.

D'autres, dans l'assistance, déjà copieusement éméchés, firent preuve de moins de retenue.

– Jetez ces gens dehors ! cria l'un.

– Balançons-les dans l'Hudson ! proposa un autre.

– Trouvons du goudron et des plumes, on va en faire des corbeaux ! renchérit un troisième en croassant.

Tandis que le tavernier tentait de ramener le calme, Mark Tilloy se tourna vers Desteyrac, stupéfait par la tournure de la discussion.

– Si nous ne prenons pas la porte tout de suite, je crains qu'il ne faille nous colleter avec ces énergumènes, souffla le marin.

– Pas question de céder le terrain sans O'Graney, dit Charles.

– Êtes-vous prêt à vous battre, comme moi, pour l'honneur de la reine ? demanda Tilloy, un rien emphatique.

– Comme l'a dit Horace Nelson, la veille de la bataille de Trafalgar : « L'Angleterre compte que chacun fera son devoir. » Je vous aiderai fraternellement à faire le vôtre, assura Charles, déterminé.

– Merci. Mais, avec ces brutes, l'affaire peut être chaude, observa Mark à voix basse.

– Victoria n'en saura rien, mais, dans ces circonstances, je me sens un peu anglais, confirma Desteyrac.

Tilloy avisa un gamin qui, sur le pas de la porte, suivait avec intérêt l'évolution de l'altercation. L'officier lui tendit une pièce de dix cents.

– Cours jusqu'au *Phoenix*, le grand bateau blanc à quai. Dis au premier matelot que tu verras que le lieutenant Tilloy a besoin d'aide à la Voice of Ireland. Si tu fais vite, tu auras une autre pièce.

L'enfant prit sa course tandis que le lieutenant ôtait sa casquette et sa vareuse de toile blanche, signifiant ainsi qu'il ne reculait pas devant des rodomontades d'ivrognes.

– Partez, gentlemen, partez, je vous prie ! Ces gens sont de redoutables pugilistes, vous allez vous faire casser les os, conseilla le tenancier, fort inquiet pour son mobilier et ses bouteilles.

– Nous sommes nous-mêmes de redoutables pugilistes. Ces gens ont besoin d'une leçon d'hospitalité. Nous allons la leur donner, répondit Charles en suspendant sa veste et son chapeau à une patère.

Charles Desteyrac et Mark Tilloy s'estimaient capables de tenir tête individuellement à des hommes accoutumés à se battre à poings nus, dotés d'une force rustique, plus lourds qu'eux, mais aussi moins vifs parce qu'engourdis par la bière. À condition toutefois qu'ils ne leur tombent pas dessus tous à la fois. Avant de provoquer l'insulteur de Victoria, Tilloy dit croire au fair-play des Irlandais pour se battre loyalement.

– Vous qui avez traité Sa Majesté, la reine Victoria de dinde, montrez-moi si vos poings valent votre langue, ordonna-t-il.

– Tiens, milord a trop de dents ! Il veut qu'on lui en fasse sauter quelques-unes, ricana le docker.

Parmi les rires et les encouragements de ses compatriotes, il s'approcha, poings serrés. Il ne fit que trois pas et, contre toute attente, avant qu'il ait pu esquisser le moindre geste, Mark Tilloy le cueillit d'un uppercut du gauche à la face, doublé d'un direct du droit à l'estomac. Ces coups classiques, qu'eût appréciés un arbitre de boxe, envoyèrent le gaillard s'affaler, pâle et les yeux révulsés, dans les bras de ses camarades.

– Attention, Charles, c'est maintenant que les choses sérieuses vont commencer. N'attendez pas. Comme moi, frappez le premier, murmura le lieutenant.

Sitôt revenus de leur stupéfaction, les Irlandais passèrent à l'action et se ruèrent sur les deux étrangers. Avant même de se mettre en garde, Charles reçut un coup de poing qui lui fit éclater la pommette. Cette blessure le mit en fureur, et dès lors, oubliant Victoria et l'Union Jack, il se battit pour son propre compte.

À Polytechnique, il avait appris d'un maître de savate la boxe française, qui met en œuvre les quatre membres. Il se souvint de la leçon. De la pointe du pied droit, il décocha un coup si violent au bas-ventre de son adversaire que l'homme suffoqua avant de s'effondrer, replié sur lui-même. Cette réplique indigna si fort les Irlandais que l'un d'eux se saisit d'un tabouret et marcha sur Charles. L'ingénieur esquiva sans peine l'assommoir improvisé et Tilloy, qui venait de se débarrasser d'un autre agresseur, réussit un croche-pied qui déséquilibra l'homme, le mettant en position d'offrir sa nuque à Charles. Du tranchant de ses mains jointes, l'ingénieur assena à l'Irlandais un coup qui lui fit lâcher le tabouret et s'étaler à plat ventre entre les combattants, maintenant décidés à s'unir pour rosser les étrangers sans souci de fair-play.

Les deux ne seraient pas sortis indemnes de l'affrontement si Tom O'Graney, émergeant de l'arrière-salle du pub où, avec d'autres marins, il lutinait des filles à un dollar le baiser, n'était apparu, les yeux écarquillés à la vue de Tilloy et Desteyrac qui, dos à dos, se préparaient à subir un assaut concerté des dockers.

– Mais... mais qu'est-ce qui se passe ? cria-t-il de sa voix de fausset en bousculant sans ménagement ceux qui le séparaient de l'officier et de l'ingénieur.

– Heureux de vous voir, Tom ! lança Tilloy avant de gifler à toute volée un Irlandais qui s'apprêtait à ramasser le tabouret abandonné.

Haut de plus de six pieds, large et massif, le maître charpentier vint se placer devant les deux amis et fit face à leurs adversaires.

– Maintenant, nous sommes trois, annonça-t-il avec l'aigu d'un haute-contre en dégageant par le retroussis de ses manches d'énormes avant-bras velus.

– C'est pas ton affaire, Tom ! Ces Anglais sont venus nous narguer dans notre pub. Laisse-nous les accommoder à l'irlandaise, dit un débardeur en avançant d'un pas.

O'Graney tordit à pleine main, à hauteur de poitrine, la vareuse de l'homme qu'il immobilisa sans effort.

– C'est mon affaire, au contraire ! Le second lieutenant du *Phoenix* et Monsieur l'Ingénieur, qui est français, ne sont pas venus vous narguer, mais me voir. Retournez à vos pichets et laissez-les en paix, sinon...

– Sinon, on vous assomme tous ! cria quelqu'un du seuil de la porte.

Charles reconnut le maître d'équipage du *Phoenix* qui, suivi d'une demi-douzaine de marins armés d'espars, répondait à l'appel de Tilloy. Le docteur David Kermor, souriant et guilleret, portant sa trousse à pansements, faisait partie des renforts.

Aussitôt, les hostilités cessèrent et Charles glissa quelques mots à l'oreille de Tom O'Graney, devenu un ami dévoué depuis que les travaux du pont de Buena Vista avaient rapproché les deux hommes.

– Ils ne le méritent pas ! protesta le charpentier, répondant à la discrète requête de Desteyrac.

– Ce sont de braves types. Le lieutenant et moi, nous oublions cette stupide querelle. Parlez-leur, insista Charles.

– Monsieur l'Ingénieur, qui aime bien notre île Verte et n'a pas de rancune, vous offre un gallon[1] de bon *Irish whiskey* en signe de réconciliation, lança Tom.

Un vague murmure fit craindre que les Irlandais, frustrés de la bagarre, où ils excellaient depuis l'époque où leurs ancêtres pillaient les côtes d'Angleterre et de France, ne se sentent humiliés et refusent la libation de paix. Mais l'homme de qui Charles avait fait remplir le verre dénoua la situation.

– Ne sont pas mauvaises gens ceux qui ont le courage, à deux, de se mesurer à nous, qui sommes peut-être vingt. Ils offrent maintenant de quoi rendre nos pensées plus gaies et notre exil moins amer. Acceptons-les comme des frères en Jésus-Christ ! s'écria-t-il, satisfait d'une formule digne de conclure l'homélie d'un curé de village.

Avec la versatilité empreinte d'insouciance qui permet aux Irlandais, peuple à la fois

1. Un *UK gallon* (Royaume-Uni et Canada) équivaut à 4,546 litres, alors qu'un *US gallon* (États-Unis) correspond à 3,785 litres.

réaliste et rêveur, de passer sans transition de la brutalité à la bienveillance, de la morosité à la joie, les dockers applaudirent et le tenancier fut sommé d'apporter sur le comptoir un gallon de son meilleur whiskey.

La paix et la considération des Irlandais coûtèrent à Desteyrac trois dollars soixante et onze cents, qu'il aligna sur le comptoir.

Quand deux policemen, assez fiers d'arborer le premier uniforme bleu de la police newyorkaise – jusque-là assurée par des chômeurs en hardes civiles –, se présentèrent, ils trouvèrent une bruyante assemblée réunie autour d'un tonnelet. Invités à trinquer à l'Irlande, à saint Patrick, à la mémoire de Daniel O'Connell et, parce qu'on ne pouvait faire autrement, à la santé de la reine d'Angleterre, ils s'exécutèrent sans se faire prier. Natifs du Donegal, et comme plus d'un million de leurs compatriotes chassés par la famine de 1848, ils s'étaient déjà fait une place dans la deuxième ville irlandaise du monde après Dublin.

C'est la pommette ornée d'un pansement dû à Uncle Dave, tampon d'ouate fixé par du taffetas d'Angleterre, que l'ingénieur Charles Desteyrac se présenta avec Mark Tilloy chez Jeffrey T. Cornfield, à Washington Square. Le banquier était à ses affaires, mais ses deux filles, Ann et Lyne, rentrées de chez leur sœur mariée, accueillirent avec une rare complaisance les deux amis.

À seize et dix-sept ans, elles se montraient particulièrement délurées et firent assaut de minauderies, couvant le Français et l'officier d'un regard flamboyant, indice d'une sensualité ardente, prête à se manifester. Elles décrétèrent que l'avant-bras douloureux de Tilloy exigeait onguent et friction. Quand, à l'heure du dîner, apparurent lord Simon et son cousin Jeffrey, ils trouvèrent les deux amis et les demoiselles en plein badinage, chacune choyant son blessé.

Chaperonnée par Malcolm Murray et Gertrude Lanterbach, lady Ottilia passait la soirée au théâtre avec son fiancé et sa future belle-mère. Elle ne parut donc pas au dîner. Mark, le bras en écharpe – ce qui n'était pas justifié par un handicap des plus bénin, mais autorisait Ann à découper pour lui viande et galettes de maïs –, donna, en duo avec Charles, un tour épique à leur querelle avec les Irlandais. Le récit fit glousser les filles et réjouit Jeffrey. Le banquier new-yorkais tenait en piètre estime « les grossiers natifs de l'île Verte », tous comploteurs et trop largement accueillis à son goût, « incapables de s'adapter aux lois et mœurs américaines ».

Bien que leur gouvernante eût ordonné aux demoiselles Cornfield de regagner leur chambre sitôt le dessert dégusté, Ann voulut faire une nouvelle friction au bras de Tilloy, visiblement émoustillé par des massages qui n'avaient rien d'une thérapie. Lyne, plus audacieuse encore, insista pour accompagner Charles jusqu'au seuil de l'hôtel particulier voisin, où l'ingénieur devait retrouver la chambre occupée lors de son premier séjour.

Enjôleuse, suspendue au bras de l'ingénieur, elle ralentit le pas pour faire durer la promenade. La tiédeur de la nuit d'août, le scintillement des étoiles, la mosaïque baroque dessinée sur l'asphalte du trottoir par l'ombre des feuillages, sous la jaune clarté des réverbères à gaz, le passage d'une calèche à lanternes roses portant des couples rieurs vers quelque bal élégant, tout de cette nuit new-yorkaise attisait la sensualité, invitait aux abandons lascifs. Lyne s'y montra sensible. Elle s'arrêta soudain, fit face à son compagnon, lui prit la main et voulut la placer sur un sein ferme et bien pommé, prêt à jaillir du décolleté.

– Sentez comme mon cœur bat, dit-elle d'une voix rauque.

Charles résista, évita l'attouchement désiré, ne fit qu'effleurer le creux de l'épaule de l'adolescente.

– Non. Plus bas, plus bas, insista-t-elle.

Avant qu'il pût réagir, elle se dressa sur la pointe des pieds et posa sur les lèvres de l'ingénieur interloqué un baiser mouillé, aussi fougueux que maladroit.

Desteyrac la repoussa vivement.

– Allons, allons ! Vous êtes insensée et même imprudente, Lyne. Aguichés par vos élans puérils, certains hommes pourraient abuser de votre inexpérience. Soyez sage et allez dormir, commenta-t-il sèchement.

Mais la jeune fille, nullement décontenancée par la rebuffade, tint à justifier son comportement.

– Ma sœur et moi brûlons de connaître ce qui se passe quand on se trouve dans le lit d'un homme. Pour le savoir, le mieux est d'y aller voir, pas vrai ? dit-elle, naïvement impudique.

– Raisonnement irréfutable, miss !

– Bien sûr, nous ne pouvons demander ça ni à un monsieur d'ici ni à l'un de nos *boyfriends.*

– Ne comptez pas sur moi pour ce genre d'initiation, Lyne. Mais votre sœur aînée est mariée, n'est-ce pas ? Elle peut vous informer sans que vous alliez jusqu'au sacrifice de votre vertu, ironisa Charles.

– Edna fait grand mystère de tout ça. Elle dit que c'est sans intérêt et toujours pareil !

– Vous avez aussi des amies mariées. Ne font-elles pas de confidences ?

– Oui, bien sûr. Ursula, ma meilleure camarade de pension, du même âge que moi, s'est mariée il y a deux mois avec un beau comte italien. Elle m'a dit qu'au commencement, ce qu'il lui faisait la nuit paraissait bizarre et un peu dégoûtant, mais qu'avec l'entraînement, ça devenait très plaisant et même enivrant. Alors, Ann et moi nous avons envie d'essayer.

– Jolies et riches comme vous êtes, vous serez bientôt mariées et connaîtrez en toute bienséance ce que vous souhaitez découvrir... prématurément ! dit Charles en s'écartant.

– Nous sommes, Ann et moi, très heureuses chez Dad. Nous n'avons pas envie de prendre époux ni d'avoir des enfants, puisque les choses semblent aller de pair. Nous ne souhaitons pas posséder un hôtel particulier à Gramercy Park, avec des domestiques et tous les tracas imposés aux maîtresses de maison que nous connaissons.

– C'est le lot commun des bonnes épouses américaines, semble-t-il, observa Desteyrac.

– Sir Malcolm Murray, le plus charmant des hommes, sur lequel, hélas, la grande Alsacienne de cousine Ottilia a mis la main avant que nous ne rentrions de Long Island, m'a dit : « Pour les jeunes filles de la bonne société, le mariage est le passeport donnant accès au pays des plaisirs. » Mais moi, je veux être libre de voyager sans passeport ! déclara Lyne, péremptoire.

– Je ne pense pas que votre père approuverait le genre de voyage que vous envisagez, plaisanta Charles.

– Bon. C'est bien clair, vous n'avez pas envie de m'embrasser ni de m'emmener dans votre lit, dit-elle avec la résignation de qui, ayant fait fausse route, rebrousse chemin sans amertume.

– Il arrive que la raison l'emporte sur l'envie, Lyne. Ne soyez pas fâchée. Vous a-t-on dit que vous serez ma cavalière, désignée par votre père, au bal de fiançailles de lady Ottilia ?

Rendue à la joie enfantine, elle applaudit.

– Oh, comme j'en suis heureuse ! Mais le cavalier n'embrasse-t-il pas sa cavalière ? implora-t-elle, battant des cils comme elle avait vu faire à celles qu'on nommait pudiquement, à Washington Square, beautés professionnelles.

– Certes, avant qu'il ne s'en sépare, dit

Charles en rendant, sans appuyer, le baiser dérobé.

Troussant sa robe sur un long pantalon de batiste orné de dentelles, Lyne Cornfield s'en fut en gambadant dans la pénombre, comme une fillette vers la maison de son père. Là où Charles voyait une décente conclusion, elle imaginait une excitante promesse.

En se mettant au lit, le Français se persuada que les audaces de ces jeunes Américaines étaient séquelles d'une éducation puritaine qui voulait ignorer les exigences naturelles des sens et, plus encore, les démangeaisons sexuelles des adolescents. En multipliant les interdits, les *blue laws*[1] de 1650 n'avaient fait qu'accroître la concupiscence et, bien qu'elles eussent été depuis longtemps abolies et que garçons et filles jouissent d'une grande liberté, elles influençaient encore les préceptes des Églises protestantes les plus rigoristes, l'épiscopalienne notamment. Dans certaines maisons, on enjuponnait encore les pieds des pianos et des tables, considérés comme vicieuses allégories phalliques ; on appelait un coq « mari de la poule », le taureau « époux de la vache ». Les mots jambes, poitrine et fesses restaient proscrits des conversations, et il passait pour indécent de s'amuser ou de travailler le dimanche. Ainsi, les derniers tabous

1. Lois bleues, édictées dans les premières colonies anglaises d'Amérique au XVIIe siècle. Elles sanctionnaient toute absence à l'office du dimanche, restreignaient les relations sexuelles et interdisaient aux époux de s'embrasser ce jour-là !

puritains ne faisaient qu'épaissir le mystère des rapports physiques entre homme et femme, alors que garçons et filles s'adonnaient à la *flirtation* la plus osée. De là une curiosité à la fois primesautière et impétueuse chez des jeunes filles au sang chaud, dépourvues de timidité et qui attendaient de l'amour autre chose que des évocations poétiques et des discours abstraits.

« Ces séduisantes diablesses seraient à leur affaire chez les Taino des Arawak », se dit Desteyrac, tout au regret d'un renoncement dicté par une morale encombrante, mais dans certains cas protectrice.

L'ingénieur était encore à sa toilette quand, le lendemain matin, Malcolm Murray se fit annoncer.

– Mon Dieu, Charles, comme votre absence me fut pesante ! Promu chaperon d'Ottilia, que Jeffrey, formaliste en diable, refuse de laisser sortir seule avec les Sampson, j'ai dû passer des jours dans les magasins pendant que ces dames choisissaient robes, chapeaux, châles, gants et lingerie en quantité suffisante pour vêtir un orphelinat. Car la vieille Sampson est en train de s'offrir une garde-robe complète aux frais de lord Simon. J'ai découvert que ces gens n'ont pas cent dollars devant eux, mon cher ! Tel que vous me voyez, je vais accompagner ce matin le beau cadet Edwin Sampson chez Tiffany pour choisir une bague de fiançailles que paiera mon oncle. Et, attention, la mère a dit : « Pas de perles, ça ressemble aux larmes et les attire ; pas d'émeraude, perle des vierges déflorées ; pas d'aiguemarine, dont les reflets changeants sont signe d'inconstance. » Reste, bien sûr, le diamant !

– Lord Simon m'avait confié qu'Edwin était le seul héritier d'une belle fortune, s'étonna Charles.

– Foutaise ! Quelle fortune ? Le père Sampson, négociant en égreneuses à coton, passait le plus clair de son temps sur les *showboats*, entre Cincinnati et La Nouvelle-Orléans, à jouer au poker. Couvert de dettes et menacé par des joueurs professionnels, il s'est tiré une balle dans la tête et n'a pas péri accidentellement dans l'incendie d'un bateau, comme le raconte sa veuve. Pour subsister, Anaïs Sampson tient pension de famille à Washington, dans une demeure délabrée et fortement hypothéquée. Voilà l'héritage ! Je me demande si ma cousine n'a pas perdu le sens commun.

– Elle est sans doute amoureuse. Et puis, Edwin aura dans l'armée une situation convenable, suggéra Charles.

– Amoureuse, Otti ? Même pas ! Elle le traite comme un valet. Militaire habitué à obéir, il accepte tout. Je ne comprends pas plus l'engouement d'Edwin pour ma cousine que le choix d'Otti.

– Que dira lord Simon quand il apprendra ce que vous savez ? Je l'entends déjà rugir !

– Otti m'a interdit de lui en parler et, pour faire assumer par son père tous les frais de toilette de la vieille Sampson et le coût de la bague de fiançailles, elle a inventé des complications successorales qui priveraient provisoirement les Sampson de la fortune du défunt. Vous êtes la seule personne à qui je puisse confier mon inquiétude devant une situation si trouble. Je compte naturellement sur votre discrétion, acheva Murray.

– Nous sommes en plein vaudeville à l'américaine !

– Plus encore que vous le pensez ! La vieille Sampson mène un combat mondain pour tenter de se recaser. Vous verrez les grâces lourdaudes qu'elle déploie pour séduire un de nos veufs et se faire épouser. Ça n'a pas marché avec mon oncle Simon, qu'indispose fort la manière dont cette femme agite sous son nez les grosses mamelles branlantes qu'elle exhibe généreusement dans ses décolletés béants. Maintenant, elle est passée à l'attaque de Jeffrey ! indiqua Malcolm.

– Elle n'aura sans doute pas plus de succès avec ce puritain attardé, observa l'ingénieur.

– Eh, pas sûr, mon ami ! Quand Anaïs Sampson raconte que sa mère a ouvert un bal avec Thomas Jefferson et montre, blotti entre ses seins comme une amulette, un éclat de bois qu'elle dit arraché par un de ses ancêtres au cercueil de George Washington, notre banquier a l'œil humide. Lui qui ne possède qu'une fiole contenant des feuilles de thé ramassées à Boston après la fameuse *Tea Party*[1] de 1773, pense peut-être à rassembler ces reliques !

1. Manifestation de Bostoniens qui, le 17 décembre

– On pourrait célébrer le même jour le mariage du fils et celui de la mère, plaisanta Charles.

– C'est peut-être son idée. Elle a vite compris, en tout cas, que je connais sa véritable situation financière, puisque mon oncle m'a chargé de régler toutes les dépenses de cette dame. Elle a donc été contrainte de me faire certaines confidences. Vous n'imaginez pas son cynisme. Elle m'a dit : « J'ai vécu dans le mariage dix-huit ans d'asservissement et d'entraves. Je me disais que je m'ennuyais, mais je gagnais mon argent. Et puis, pffft ! pffft ! que des dettes ! » rapporta Murray.

– Ottilia et Edwin peuvent-ils espérer construire un bonheur sur des fondations aussi équivoques ? interrogea Charles Desteyrac.

– Mon ami, Ottilia ne sera jamais une femme heureuse. Sa nature se rebelle devant tout ce qui permet aux humains ordinaires de se sentir plus ou moins à l'aise dans la vie. Pour Otti, l'existence est une course d'obstacles. Des obstacles qu'elle construit elle-même à plaisir, comme pour rendre la plus humble et la plus banale félicité inaccessible, commenta l'architecte.

– Dans ce cas, nous devons plaindre le brave Edwin, amoureux béat, tendre, respectueux, plein de bonne volonté. Lui doit aspirer

1773, jetèrent à la mer une cargaison de thé pour manifester leur refus d'acquitter les taxes imposées par le Parlement britannique.

au bonheur conjugal le plus simple et le plus serein, observa Desteyrac.

– Les rouages d'Ottilia sont trop subtils pour ce militaire rustique. Il ne voit en elle qu'une belle fille riche. En avant marche, une deux, une deux, à droite droite, demi-tour, alignement, mariage, enfants, galons, étoiles, si possible une petite guerre de temps en temps : telle est sa voie, tel, son idéal ! Comment une femme ne sauterait-elle pas de joie devant de telles perspectives d'avenir ? se moqua Murray.

– Les petites Cornfield sont moins compliquées que leur cousine. Comparée à la personnalité si originale d'Ottilia, l'animalité de ces demoiselles est presque rassurante, fit Charles pour changer de sujet.

– Si je comprends bien, vous avez fait l'objet, vous aussi, de leurs assauts. Ces jeunes femelles ont failli me violer. Quand l'une d'elles, Ann, la plus jeune, je crois, est venue frapper à ma porte après le dîner, sous prétexte de me rendre l'almanach que son père m'avait emprunté, je l'ai fait recevoir par Gertrude en chemise de nuit. Elle a compris que je ne mettais dans mon lit que de vraies femmes, avoua Malcolm.

– Ainsi, la belle Alsacienne et vous....

– Oui, mon cher. Quand je lui ai avoué ma boiterie dissimulée et la cause de celle-ci, Gertrude a pleuré et m'a dit : « Vous n'en méritez que plus d'amour. » Une fille consolante au cœur tendre, au corps brûlant. Callipyge comme je les aime, chair blanche, buste de marbre, cuisses lourdes et lisses. Ajoutez à cela une lenteur suave dans les prémices, une retenue voluptueuse dans l'étreinte, avant l'apothéose volcanique. Nos Anglaises sont des banquises et nos Arawak des feux de paille, comparées à cette fille d'Alsace !

– Et que dit lady Ottilia de cette relation intime avec sa suivante ?

– Elle est enchantée et protège d'une manière intéressée notre liaison.

– Intéressée ? s'étonna Charles.

– Gertrude, qui n'a jamais voulu d'un amant américain, menaçait de quitter Ottilia et de rentrer en Angleterre ou en France, parce que l'abstinence commençait à lui peser. Je suis arrivé au bon moment. Nous sommes donc tous satisfaits ! s'exclama l'architecte, hilare.

Tandis que l'honorable Malcolm Murray, amant comblé, se rendait avec les Sampson chez l'orfèvre Charles Lewis Tiffany, qui depuis 1837, au 45 Broadway, fournissait en bijoux toute la bonne société new-yorkaise, Charles Desteyrac se laissait conduire par Mark Tilloy chez Arnold Constable.

L'essayage prit peu de temps. Habit à basques, gilet de piqué, cravate blanche, pantalon à sous-pieds orné d'un galon de soie sur la couture extérieure de la jambe, furent mis à sa taille en une heure. L'ingénieur, qui ne sollicitait habituellement le concours d'un miroir que pour se raser et se coiffer, se vit en pied, pour la première fois depuis longtemps, dans une psyché. Plus grand que la moyenne, épaules larges, taille étroite, cheveux bruns bouclés, front bombé, visage allongé, hâlé par le grand air, traits nets, nez busqué, sourcils épais en accent circonflexe couvrant un regard bleu dur : Charles se satisfit de sa prestance.

– Séduisant et redoutable comme Méphisto ! dit Mark qui l'observait.

– Bel homme comme vous êtes, sir, et avec votre accent français, vous allez moissonner les cœurs des belles, confirma le tailleur.

Desteyrac et Tilloy se rendirent ensuite chez Tilman, le premier fleuriste de Broadway. Ce fournisseur renommé des noces et funérailles sacrifiait à la mode récente de l'*advertising*, qu'on appelait à Paris la réclame. Il avait fait reproduire en grand format, sur la façade de sa maison, la médaille gagnée à l'Exposition universelle de Londres en 1851. La valeur de cette distinction se retrouvait dans les prix pratiqués par Tilman, et Charles dut débourser huit dollars pour un bouquet de roses blanches qui serait livré le lendemain à Washington Square au nom de lady Ottilia Cornfield.

Prêt à affronter le cérémonial des fiançailles et le bal organisé par le cousin Jeffrey, Desteyrac se rendit ensuite à bord du *Phoenix* pour mettre au point, avec O'Graney, les plans des barges et appontements que le chef charpentier devrait construire à Soledad en attendant l'arrivée des éléments du pont. L'Irlandais tint à excuser l'attitude de ses compatriotes et regretta que la pommette de l'ingénieur portât encore la trace de leur violence.

L'ecchymose fut, un peu plus tard, à Washington Square, remarquée d'emblée par Ottilia, déjà mise au courant de la rixe avec les Irlandais.

– Ces barbares auraient pu vous défigurer ! dit-elle en caressant de l'index la joue de Charles.

– Les étudiants allemands de Heidelberg se font, paraît-il, entailler le menton à coups de sabre pour l'honneur d'une dame. Je n'ai, pour ma part, reçu qu'un coup de poing pour celui de la reine d'Angleterre, dit le Français, surpris par la familiarité de la jeune femme.

Pour respecter l'étiquette et la bienséance auxquelles Jeffrey Cornfield paraissait très attaché, Edwin Sampson ne pouvait loger sous le même toit que sa future fiancée. Il se retira donc, avec sa mère, sitôt le dîner achevé.

Lord Simon ne cacha pas qu'il trouvait stupide et d'un autre âge le conformisme qui séparait ainsi les fiancés. Il n'eût pas été choqué si Edwin et Ottilia avaient « fait Pâques avant les Rameaux », comme disait la mère de Charles.

– Tout ce que nous devons prévoir dans la circonstance se trouve, mon cher cousin, défini dans le *Guide to the Usages of Society*, signé du comte d'Orsay[1], un orfèvre en matière de savoir-vivre, n'est-ce pas ? dit Jeffrey.

– Les puritains du XVIIe siècle étaient des

1. On sut plus tard que ce guide des convenances avait

héros ; ceux d'aujourd'hui sont des hypocrites. Plutôt qu'envoyer mon futur gendre dormir à l'autre bout de la ville, vous feriez mieux, mon cher Jeffrey, d'appliquer une règle anglaise relative à l'élégance masculine. *No brown shoes after six*[2], scanda le lord en désignant les chaussures jaune criard du maître de maison.

Le banquier, un peu confus, expliqua qu'il ne portait des chaussures noires que lors des cérémonies, comme le prévoyait un autre guide des convenances, *the Laws of Etiquette*, ce qui fit sourire Murray.

Pendant cette soirée, Ottilia sut, avec autorité et sans le moindre ménagement, éloigner Lyne et Ann de Charles, objet de toutes leurs attentions. Quand les demoiselles eurent regagné leur chambre sur injonction de leur cousine, sans cacher leur déception d'être traitées en fillettes, Ottilia se pencha vers l'ingénieur.

– Malcolm m'a rapporté les manières de ces petites. On sent bien qu'une mère leur a manqué. Leur gouvernante n'a jamais su s'en faire obéir, Jeffrey cédant à tous leurs caprices d'enfants gâtées. Cette éducation manquée nous prépare de vraies gourgandines !

En quittant l'atmosphère étouffante de la salle à manger, où, comme l'avait remarqué lord Simon le jour de son arrivée, le *punkah*

été rédigé par un journaliste, Benjamin Henry Day, fondateur du *Sun*, le premier journal de New York, vendu un cent.

2. « Pas de chaussures marron après dix-huit heures. »

du Sud manquait vraiment, elle invita Desteyrac à la rejoindre – « le temps de passer une robe fraîche », dit-elle – dans le petit salon réservé aux dames.

– Je ne vous l'enlèverai qu'un moment, lança-t-elle à son père.

Prêt à suivre au fumoir les cousins Cornfield, Murray, le commandant Colson et le docteur David Kermor, retour de Boston comme son confrère Weston Clarke, Charles dut s'exécuter.

Un moment plus tard, quand il pénétra dans le boudoir lambrissé de bois de rose où se trouvaient réunies, hors de vue du commun des visiteurs, les médiocres peintures de la défunte épouse de Jeffrey Cornfield, Charles découvrit Ottilia dans l'attitude à la fois alanguie et attentive de Juliette Récamier posant pour le peintre Jacques-Louis David en 1800. Allongée, telle une odalisque, sur une méridienne, le dos calé par des coussins, elle avait passé une longue robe fluide d'organdi céladon, au large décolleté bordé d'une grecque au fil d'or.

Ignorant sans doute qu'elle parodiait le célèbre tableau que Charles avait vu au Louvre, lady Ottilia désigna un siège à l'ingénieur, dont le sourire indiqua qu'il appréciait, un rien moqueur, la grâce de la mise en scène.

Dans l'atmosphère tiède et parfumée du salon douillet, aux lampes voilées d'abat-jour de soie, le spectacle était des plus séduisant. Les manches courtes de la robe, d'une simplicité antique, mettaient en valeur les bras ronds de la jeune femme, dont les cheveux relevés sur la nuque dégageaient le cou et libéraient l'ovale parfait du visage. Les transparences de l'organdi, bien que tamisées par un dessous de batiste, laissaient deviner des formes qu'on se souciait peu de dissimuler. À cette vue, Charles se récita mentalement : « Elle avait revêtu cette gaze légère inventée par les Grâces, qui cache tout et ne dérobe rien. »

Comme, en homme bien élevé, il feignait d'ignorer, après les avoir effleurés du regard, les pieds nus d'Ottilia, émergeant du jeté en volutes de sa robe, elle le pria d'excuser ce négligé dû, comme sa toilette d'après-dîner, à la chaleur excessive du mois d'août.

– C'est si aimable à vous d'être revenu de Pennsylvanie pour mes fiançailles. Dorothy Weston Clarke dîne en ville avec son mari, je me retrouve donc la seule femme. Tenez-moi compagnie un moment, s'il vous plaît.

– Entre un cigare et le charme de votre gracieuse intimité, le choix ne se discute pas, dit Charles, galant à la limite de l'ironie.

– Parlez-moi de Pittsburgh et de votre pont, commença-t-elle.

L'ingénieur brossa un rapide tableau de la cité enfumée et ne cacha pas son admiration pour la puissance industrielle qui s'y développait, en tout point comparable à celle du Creusot, de Sheffield ou de Birmingham.

Militante féministe, lady Ottilia s'indigna du sort réservé aux épouses des ouvriers du fer, contraintes de vivre dans une cité sale, malodorante, dépourvue de boutiques, de distractions de nature à élever l'esprit, et trop souvent obligées de supporter l'ivrognerie, « en partie excusable », de leur mari.

– Je vais demander à mes amies, Elizabeth Cady Stanton et Lucy Stone, d'inciter celles des nôtres qui préparent la septième Convention nationale des droits de la femme, qui se tiendra à New York en novembre 1856, à s'intéresser au sort des femmes de Pittsburgh, promit Ottilia.

Charles connaissait maintenant assez la fille de lord Simon pour deviner que l'intérêt qu'elle semblait porter aux métallurgistes de Pittsburgh et à leurs épouses n'était que l'amorce d'une conversation plus personnelle. Aussi ne fut-il pas surpris quand elle lui demanda d'approcher son siège de la méridienne et lui tendit une main qu'il prit comme si la confidence à venir exigeait un contact physique, gage d'une écoute plus attentive.

– J'ai grande confiance en vous, Charles, et en votre bon sens, aussi vais-je vous parler franchement. Edwin, si séduisant et prévenant qu'il soit, n'est pas ce qu'on appelle un beau parti. Il n'a pas un dollar vaillant et sa mère mène à Washington, malgré ses grands airs, une vie plus que modeste. Mais lord Simon, soucieux de mon avenir et redoutant ce qu'il nomme mes fantaisies, souhaite depuis longtemps me voir établie. Il faut reconnaître qu'à mon âge la plupart des femmes sont mariées et mères de famille. Il est donc temps que j'emprunte la voie commune. Edwin, le cadet le mieux noté de West Point, est promis à une belle carrière dans l'armée des États-Unis et il plaît à mon père, qui passe sur son absence de fortune. J'ai donc agréé sa demande en mariage. Votre point de vue étant sans aucun doute désintéressé, n'est-ce pas... ?

– Il l'est, croyez-le bien.

Ottilia ne releva pas l'interruption que ne justifiait pas une interrogation de pure forme.

– ... pensez-vous que je doive vraiment épouser Edwin Sampson ? reprit-elle.

Interloqué, Desteyrac dégagea sa main et demeura un instant silencieux, fixant sur le mur une peinture naïve des chutes du Niagara.

– À votre avis, ai-je raison ? réitéra Ottilia.

– « La raison n'est pas ce qui règle l'amour », a dit Molière.

– Nous parlons mariage, répliqua froidement Ottilia, laissant entendre que l'amour n'entrait pas là en ligne de compte.

– Pour moi, une femme n'a qu'une seule raison d'épouser un homme : c'est l'amour qu'elle lui porte, écho enthousiaste de celui qu'il offre, répondit Charles.

– C'est votre conception du mariage ?

– C'est ma conception de l'amour.

Ce fut au tour d'Ottilia d'observer un silence qui obligea Desteyrac à relancer la conversation.

– Vous êtes à la veille de vous fiancer avec un garçon qui, manifestement, est très amoureux de vous, et vous êtes encore indécise ! s'étonna-t-il.

Évitant le regard de Charles, elle laissa le

sien errer sur des vues maladroitement traitées des rives de l'Hudson et des Appalaches, puis elle se renversa sur les coussins, la tête rejetée en arrière.

– Voyez-vous, finit-elle par dire, j'ai tant rêvé des paisibles délices de l'amour et vu autour de moi tant d'épouses leurrées, que je ne crois plus à l'existence du bonheur que dans les songes.

– D'après le peu que je sais de vous, c'est là une forme de désenchantement qui ne vous sied guère, Otti. Mais si vous êtes dans cette disposition d'esprit, le mariage avec Edwin Sampson devient union de convenance, et vos fiançailles, simple formalité mondaine, précisa courageusement Desteyrac.

Elle perçut l'ironie du propos, eut un sourire forcé, chaussa vivement les mules qu'elle avait abandonnées et quitta le lit de repos.

– Ce sera en tout cas une belle cérémonie. Et je compte que vous me ferez danser demain soir, dit-elle, mettant fin à un entretien décevant.

Conscient de s'être dérobé – mais comment pouvait-il faire autrement ? – et devinant, sous l'apparente arrogance d'Otti, un tumulte d'aspirations obscures et un secret désarroi, Charles la retint par le bras.

– Comprenez combien il m'est difficile d'apprécier une situation qui devrait, qui va engager votre vie. Tout ce que je sais de vos sentiments passe par des mots. La connaissance des mots conduit peut-être à la connaissance des choses, comme l'a écrit Platon, mais elle ne conduit pas à celle des êtres. Je ne souhaite, Ottilia, que voir le mot bonheur retrouver pour vous quelque réalité, dit-il, sincère.

Elle posa sur l'ingénieur un regard où il lut autant de dédain que de commisération.

– Vous autres, Français, avez l'art de mettre du tragique partout, répliqua-t-elle avec un rire nerveux, inattendu.

La volte-face surprit Charles, qui se leva à son tour.

– Allez fumer votre cigare, Monsieur l'Ingénieur. Et sachez que cette affaire n'a pas autant d'importance que vous l'imaginez, conclut-elle.

Elle quitta le salon dans l'envol bruissant d'une parure dont elle avait escompté meilleur effet.

Charles Desteyrac demeura seul un moment, s'efforçant de pénétrer le mystère d'une personnalité à la fois fascinante et effarante. Le mot affaire, sans doute choisi à dessein, réduisait l'union future de lady Ottilia avec Edwin Sampson à une banale transaction, du genre de celles que traitaient habituellement les Cornfield. « Cette femme, dont la beauté tient à l'harmonie vénusienne de ses formes, à l'équilibre irréprochable de ses traits, à l'étonnante modulation de ses regards, attire autant qu'elle inquiète », reconnut-il en rejoignant les hommes au fumoir.

Un peu plus tard, au moment d'aller dormir, Charles eut l'occasion d'un aparté avec Malcolm Murray. Il rapporta à l'architecte l'entretien qu'il avait eu avec sa cousine.

– Chez Ottilia, de telles impulsions sont rares. Bien qu'elles paraissent spontanées, elles sont en vérité parfaitement préméditées. Elle a voulu, en vous demandant, dans une tenue aguichante, si elle devait épouser Edwin, évaluer votre perméabilité à son charme, mon cher. Elle dispose d'un éventail d'attitudes assez surprenant. C'est une comédienne consommée, et vous lui plaisez fort.

– Je m'en suis aperçu. Ottilia, fille de lord Simon, c'est Diane, fille de Jupiter. L'une et l'autre ont été armées par leur père pour la chasse aux Actéons imprudents. Comme son déshabillé révélait plus qu'il ne cachait, j'ai couru le risque d'être métamorphosé en cerf ! plaisanta Desteyrac.

– Il faut dire que la plupart des hommes qui l'approchent en tombent amoureux ou, tout au moins, s'ils ont entendu parler de sa liberté de mœurs, ne souhaitent que la mettre dans leur lit. Or, vous affichez une distance courtoise qui la déroute. De plus, vous êtes étranger, indépendant, un passant dont la science est provisoirement louée à lord Simon, lequel vous porte estime et considération. Cela l'intrigue, parce que vous n'entrez pas dans les normes. Vous la traitez certes avec le respect dû à la fille de votre employeur, mais aussi avec une certaine désinvolture, qu'elle met au compte de votre nationalité. Tout cela, je le sais parce qu'elle m'a posé des tas de questions à votre sujet, confessa Murray.

– Lady Ottilia est de ces femmes qu'il faut fuir ou dompter. Or, je ne suis ni fuyard ni dompteur. N'allez pas le lui dire, mais je considère votre cousine comme un cas, au sens psychologique du terme. Il y a en elle ce que Goethe appelle du démoniaque. Peut-être tient-elle ça de sa mère, d'après ce que j'en sais par lady Lamia ?

– Du démoniaque ! s'indigna Murray.

– Cela n'a rien à voir avec les diableries ordinaires et ne signifie pas qu'Ottilia soit possédée du démon, rassurez-vous. Le démoniaque serait la force innée qui émane de certains êtres dotés d'un ascendant martial ou insidieux sur les autres. Ces gens « exercent un empire incroyable sur toutes les créatures, sur les éléments eux-mêmes ; et qui peut assigner une limite à pareille influence ? Toutes les forces morales conjuguées ne peuvent rien contre eux » : voilà ce qu'écrit Goethe, le grand poète allemand, lui-même de tempérament démoniaque, cita l'ingénieur.

– Je reconnais que, depuis l'enfance, Otti a le don d'attirer, irrésistiblement allié à une volonté féroce, parfois cruelle, de ne pas retenir, admit Murray.

– L'ascendant démoniaque sert tantôt le bien tantôt le mal. Alors, que Dieu – ... ou Satan – protège ce brave Edwin ! conclut Charles.

6

La cérémonie de remise de la bague de fiançailles – un diamant taillé en table enchâssé de saphirs – et d'engagement mutuel des fiancés, en présence d'un ministre épiscopalien convoqué à Washington Square, fut intime et brève. En revanche, le bal du soir, dans les salons de l'hôtel Astor, devint l'événement mondain de la saison d'été.

Certains chroniqueurs le définirent comme « la plus somptueuse réception depuis celle offerte en 1841 au prince de Joinville ». Cette année-là, les Américains avaient accueilli avec faste François Ferdinand Philippe d'Orléans, qui avait conduit de Sainte-Hélène à Paris, en 1840, les restes de l'empereur Napoléon Ier.

Tout ce que la ville comptait de plus huppé se trouva réuni pendant quelques heures sous les lustres du vieil hôtel, épicentre des mondanités new-yorkaises. Parmi cette foule élégante circulaient des couples que le général Ward Mac Allister, arbitre et ordonnateur des réjouissances de la haute société, classait dans la caste très fermée des *Four Hundred*. Les membres de cette coterie privilégiée affichaient des goûts raffinés, une moralité irréprochable – les divorcés étaient exclus – et, surtout, une fortune considérable dont le *Beach's Book* révélait chaque année le montant dans la liste des huit cent cinquante citoyens les plus riches de l'Union. La présence de tels nantis, qui se déplaçaient rarement hors de leur cercle, réjouit Jeffrey T. Cornfield. Le banquier démontrait ainsi, à l'occasion des fiançailles d'une cousine bien née, l'importance du crédit financier et mondain dont il jouissait, de Wall Street à Washington Square.

Le fait que lady Ottilia fût la fille de lord Simon Leonard Cornfield, baronet, chevalier du très noble ordre de la Jarretière, propriétaire dans les Bahamas d'une île échue à ses ancêtres grâce au roi Charles II d'Angleterre, avait, plus que la réputation du banquier puritain, décidé ces seigneurs des chemins de fer, princes du sucre, marquis de l'anthracite, barons de l'acier, vicomtes de la spéculation immobilière, ainsi que plusieurs membres du Knickerbocker Club, descendants supposés des pèlerins du *Mayflower*, à répondre à l'invitation de Jeffrey. Ce soir-là, les millionnaires se comptaient par douzaines autour des fiancés, la représentation intellectuelle étant assurée par deux membres de l'American Philosophical Society, la plus ancienne association de l'Union, fondée en 1743 à Philadelphie par Benjamin Franklin.

Jamais Otti la Rebelle n'avait été aussi à l'aise dans son rôle de *perfect lady.* Sa beauté attique parée d'une robe de mousseline isabelle, bordée au décolleté et dans le bas d'un ruché de tulle noir, focalisait tous les regards. On entendait dire et répéter que la fille de lord Simon Leonard Cornfield et le sous-lieutenant Edwin Sampson, en uniforme de gala, spencer gris sur pantalon blanc, formaient le couple idéal. Autour d'eux, les hommes arboraient l'habit de rigueur et les femmes, derrière leur face-à-main, évaluaient les toilettes des amies et connaissances. Robes de soie, de velours, d'organdi, aux tons pastel, bleu céleste, gris tourterelle, safran pâle, vert réséda ; indiennes brodées ; berthes à franges ; dentelles de Bruges ; voiles de taffetas imprimé ; flots de tulle ; chapeaux enrubannés ou garnis de fruits, d'oiseaux, de roses, de plumes d'autruche ; souliers de satin : toutes avaient sacrifié à la mode de l'année, prodigue en fanfreluches. Figées dans une attitude guindée, quelques dames observaient une prudente immobilité pour ne pas compromettre l'équilibre de diadèmes, parfois de tiares, acquis à Londres chez un orfèvre connu des altesses découronnées et des courtisanes répudiées.

– Ces vieilles poules ignorent sans doute

qu'on n'exhibe ce genre de bijou qu'aux bals donnés à la cour d'Angleterre, grogna lord Simon.

L'honorable Malcolm Murray, jeune premier à toison blonde et bouclée, portait l'habit avec l'aisance innée de l'aristocrate authentique et maîtrisait si bien sa boiterie qu'elle passait maintenant inaperçue. Son nom, sa distinction, sa parenté avec la fiancée suscitaient l'intérêt des mères, promptes à présenter aux célibataires leurs filles à marier.

Malcolm entendit la réflexion de lord Simon et intervint.

– Tiares et diadèmes ne sont rien, mon oncle. Savez-vous que la femme d'un tonnelier qui, ne faisant aucune confiance aux banques, a empilé quinze millions de dollars dans une cuve de sa fabrication, attache ses bas avec des jarretelles piquetées de diamants !

– Il doit faire bon lui tenir la jambe, plaisanta Simon.

– Il y a autour de nous plus de pierres précieuses que mes coffres n'en pourraient contenir, glissa Jeffrey, l'œil pétillant, à l'oreille de son cousin.

– Cela ferait bien l'affaire des petits malins qui ont raflé pour douze mille livres sterling de lingots d'or entre Londres et Paris ! ricana Cornfield.

Le vieux lord faisait allusion au vol le plus sensationnel du siècle, que toute la presse anglo-saxonne exploitait depuis des semaines[1].

1. En mai 1855, lors d'un envoi d'or de Londres à Paris

Malgré l'air revêche qu'il affichait quand on lui présentait des gens dont il se souciait peu de retenir le nom et qu'il saluait d'une grimace prise pour amabilité seigneuriale, lord Simon était le gentleman le plus entouré. On admirait sa prestance et, en lui, le symbole vivant de la vieille Angleterre que Sa Grâce représentait aux yeux des descendants des premiers colons, eux dont les ancêtres avaient vécu dans des cabanes de rondins, cultivant le maïs des Indiens et filant pour se vêtir la laine de leurs moutons.

Charles et Malcolm furent présentés au fondateur d'une société pour la suppression du vice à qui Murray, déjà éméché, déclara qu'il comptait fonder prochainement une société pour l'extension du vice. Desteyrac dut s'entremettre pour éviter un incident en assurant au puritain qu'il s'agissait, bien sûr, d'une plaisanterie typiquement anglaise.

Tandis que Murray s'éloignait, Jeffrey conduisit Charles devant une dame vêtue comme une chambrière, coiffée à la diable et n'ayant pour tout bijou qu'un vieux dollar d'argent monté en broche.

Il nomma l'ingénieur à celle dont la fortune était évaluée à trente-cinq millions de dollars et qui, habile en spéculations foncières,

pour assurer le financement de la guerre de Crimée, trois malfaiteurs, avec la complicité d'un employé de la compagnie South Eastern Railway, avaient réussi, entre Londres et Folkestone, à vider les coffres-forts enfermés dans un wagon. Dix-huit mois après leur forfait, ils furent tous quatre arrêtés et condamnés à de lourdes peines.

possédait assez de terrains à bâtir pour doubler le nombre des immeubles de la ville.

– Cher ami, l'homme le plus riche de New York est une femme, Alicia Alvin, murmura Jeffrey à l'oreille de Charles.

– Venez me voir un de ces matins. J'habite une pension de famille dont Jeffrey vous donnera l'adresse. J'aime à converser avec les ingénieurs. Ils ont parfois de bonnes idées, dit Alicia Alvin à Charles.

Le banquier confirma que cette millionnaire logeait dans une pension minable du Bronx, vivait comme une pauvresse, ne buvait que de l'eau et portait les robes dont ses amies ne voulaient plus.

Après le banquet, au cours duquel on servit, entre autres mets, saumons entiers, pains de volaille, faisans farcis, dindes aux truffes, crèmes glacées aux fruits, le tout arrosé de vins médiocres, lord Simon dut ouvrir le bal avec Anaïs Sampson, tandis que Jeffrey enlevait sa cousine avant de la confier à son fiancé, que beaucoup de jeunes gens enviaient.

Au contraire de son cousin, lord Simon ne goûtait pas plus l'agitation affairiste de New York que les mondanités à la mode américaine. Posté dans une embrasure de fenêtre, le sourcil froncé, muet comme un turbot, il ne se dérida qu'à la vue de Charles, débarrassé de sa cavalière dès la première valse. Lyne Cornfield, gourmande comme une chatte, avait repris trois fois de la crème glacée au chocolat. Elle venait d'être reconduite, pleurnichante, pâle et nauséeuse, à Washington Square.

Sa sœur Ann n'avait pas encore fait son entrée dans le monde et n'aurait donc pas dû assister au bal. Avec l'aide de Dorothy Weston Clarke, elle s'était maquillée pour paraître dix ans de plus que son âge. Cavalière désignée de Mark Tilloy, superbe dans son uniforme blanc, elle valsait, béate, avec le lieutenant qui, par respect de l'étiquette puritaine, guidait sa danseuse par la pointe des coudes. Dès que l'officier l'abandonnait pour inviter, à la discrète demande de Jeffrey Cornfield, l'épouse embijoutée d'un armateur ou d'un marchand de bois, Ann faisait la moue et montrait, aux jeunes gens prêts à entraîner cette héritière dans un galop, un carnet de bal déjà complet.

– À mon avis, la petite a toutes les chances de connaître enfin avec Mark les plaisirs qu'elle attend du mâle, observa Malcolm en confiant à Charles la belle Alsacienne, suivante d'Ottilia, pour se consacrer, le temps d'une mazurka, à sa cousine.

– Vous êtes rayonnante, Gertrude. Vous représentez avec grâce, au milieu de ces dames et demoiselles américaines un peu empruntées, tous les charmes de notre belle province d'Alsace, dit Charles en dansant.

Le décolleté de Mlle Lanterbach s'empourpra d'un érythème pudique, comme chaque fois qu'on lui faisait compliment. Le badinage accepté, confiante dans la discrétion d'un compatriote, elle ne cacha pas sa préoccupation.

– Monsieur Desteyrac, pensez-vous que l'union qui se prépare soit raisonnable ?

– La question m'a déjà été posée. Elle

n'appelle qu'une seule réponse : « Le cœur a ses raisons que la raison ne connaît point », cita Charles, peu enclin à donner à la suivante l'avis qu'il refusait à la maîtresse.

– Pour le moment, je suis heureuse, monsieur, et je voudrais tant que lady Ottilia le fût aussi !

– Vous qui la connaissez sans doute mieux que quiconque devez savoir quelle est son aptitude au bonheur, dit Charles.

– Peu d'aptitude au bonheur, mais une sorte d'insolence envers la vie qui, souvent, déroute les gens. Et de l'orgueil de classe, du bon orgueil, pas de la vanité, monsieur. C'est bien pourquoi je suis inquiète, car je ne crois pas qu'elle soit vraiment amoureuse d'Edwin Sampson, monsieur. Or, sans amour, le mariage devient vite pesant, n'est-ce pas ?

– Certaines femmes s'accommodent de ce genre d'union. Et puis, il y aura les enfants qui viendront et réjouiront lord Simon.

– Ah, les enfants ! Bien sûr... s'ils viennent ! soupira Gertrude.

La danse étant achevée, Charles libéra l'Alsacienne qui retourna, gracieuse, vers Murray pour une mazurka endiablée.

Estimant qu'il avait assez dansé pour la soirée, Simon décourageait toutes les approches et montrait les dents quand Jeffrey tentait de lui amener une dame « qui aurait voulu valser avec un vrai lord ». Dès que l'ingénieur eut rendu l'Alsacienne à Murray, il entraîna le Français devant un buffet et ordonna gaillardement au serveur noir :

– Deux whiskies pour gentlemen assoiffés.

Il leva son verre et Charles lui rendit la politesse avant de boire.

– Pensez-vous sincèrement qu'Ottilia agisse bien en se fiançant à ce Sampson ? demanda tout à trac le lord des îles.

Charles ne put s'empêcher de sourire. À vingt-quatre heures d'intervalle, fille, père et suivante posaient la même question ! Cette fois, il ne pouvait, comme avec Gertrude Lanterbach, s'en tirer par une pirouette, mais il différa sa réponse par un préambule.

– Le lieutenant Sampson vient de sortir de West Point major de sa promotion et vient de se voir signifier sa première affectation. Il est envoyé à San Antonio, au Texas, où un détachement de l'armée des États-Unis veille à la frontière du Mexique.

– N'étant pas marié, il ne pourra pas emmener ma fille dans un trou pareil, fit lord Simon.

– Un trou, certes, mais, pour les Américains, un lieu historique, monsieur. Je l'ai appris du colonel, directeur de West Point, qui se devait d'assister aux fiançailles de son meilleur élève. San Antonio est aujourd'hui un bourg de six cents habitants. C'est là que trois mille Mexicains massacrèrent, en mars 1836, les cent quatre-vingt-sept Texans qui défendaient la mission franciscaine d'Alamo, transformée en fort. Je suis certain que tous les invités de votre cousin Jeffrey connaissent le nom de trois héros de ce malheureux combat : David Crockett, membre de la Chambre des représentants pour le Tennessee, à Washington, James Bowie, inventeur du couteau à cran d'arrêt, et le colonel William B. Travis. Même en France, nous connaissons l'épisode d'Alamo. D'ailleurs, Edwin Sampson est très fier d'être affecté pour six mois dans une garnison si prestigieuse.

– J'ose espérer qu'au printemps prochain, après le mariage, Jeffrey, qui a des relations à Washington, obtiendra pour mon gendre une résidence plus civilisée... même si elle n'a rien d'historique ! Mais vous n'avez pas répondu à ma question : croyez-vous qu'Ottilia fasse un bon choix ?

– C'est en tout cas le sien et elle a pris, semble-t-il, le temps de la réflexion. Edwin est non seulement bel homme, mais un garçon sérieux et un officier promis à une belle carrière. Il est très amoureux de votre fille, regardez-les, dit l'ingénieur, désignant le couple qui dansait, les yeux dans les yeux, avec une parfaite complicité.

– La vie n'est pas une polka, maugréa lord Simon.

– Leurs cœurs sont accordés, leurs pas s'accordent, pourquoi vous tourmenter ?

– J'aurais préféré un gendre anglais de bonne souche, même un Écossais, peut-être même un Gallois. Mais ces Américains, mon ami, sont des rustauds, les descendants de colons révoltés contre la mère patrie. De plus, ils sont abâtardis, mâtinés depuis deux cents ans d'on ne sait quel sang d'émigrant, d'Indien ou de nègre. Ils sont comme nos chiens de meute après trop de croisements avec des chiennes de ferme, dit Cornfield.

La comparaison, plus que péjorative, fit sourire Charles, cependant habitué au parler peu châtié du lord.

– Je suis certain qu'Ottilia vous donnera des petits-enfants, dont un petit-fils qui sera votre héritier et que vous serez heureux de former à Soledad, insista Desteyrac.

– Bon, bon. Puissiez-vous dire vrai ! Je suis un vieil homme et je voudrais que tout soit en ordre avant que je ne sois appelé à quitter ce monde, dit Simon Leonard, se laissant aller à un brin de mélancolie.

Il se ressaisit, vida son verre et retrouva son ton péremptoire.

– Par saint George ! Ne va-t-on pas bientôt s'aller coucher, sacrebleu ! Jeffrey dit qu'ils sont capables de se trémousser jusqu'à l'aube. Dès demain, je mets à la voile pour Soledad. Je suis las de New York. C'est une ville née avant-hier, en perpétuel changement, où tout paraît si provisoire qu'on se demande si on la reconnaîtra la semaine prochaine. Rien ne vaut notre île au soleil. Ces villes américaines sont des foyers d'infection sociale. On ne sait jamais à qui on a affaire ni dans quelle langue on va vous adresser la parole. D'ailleurs, toutes les villes américaines manquent d'air et d'intelligence, conclut lord Simon en donnant une tape amicale sur l'épaule de Charles.

– Vous n'êtes guère aimables, tous les deux. Il y a des dames et des demoiselles qui font tapisserie et vous êtes là, occupés à boire !

La voix d'Ottilia fit se retourner les deux hommes.

– J'ai tâté tous les whiskies des buffets. C'est ici le seul buvable, constata Cornfield.

– Vous m'aviez promis une danse, monsieur Desteyrac. C'est le moment de tenir votre promesse, dit Ottilia.

– J'attendais que votre fiancé et vos innombrables admirateurs vous rendent accessible pour me présenter, répliqua Charles.

– Je le suis toujours pour vous, répondit-elle, les joues colorées par la danse.

Charles Desteyrac lui offrit son bras et la conduisit au milieu des danseurs au moment où l'orchestre attaquait une valse. Ils se firent face et le Français se préparait, suivant la bienséance locale, à prendre sa cavalière par les coudes pour la conduire, quand Otti se récria :

– Ah non, Charles, valsons comme à Paris ou à Londres ! dit-elle en se serrant contre l'ingénieur.

– Nous allons faire scandale, je le crains, dit-il en enlaçant Otti, dont les pas aussitôt s'accordèrent aux siens.

Ils valsèrent avec une telle élégance, Charles enserrant la jeune femme, que les couples leur abandonnèrent l'espace et formèrent cercle autour de ces danseurs qui, tout au plaisir de la valse, semblaient se croire seuls au monde. Cette audace, jugée indécente, suscita parmi les invités du banquier plus de regards réprobateurs que d'admiration. Se dandinant nerveusement comme une oie en colère, Anaïs

Sampson vint, les traits crispés, rejoindre Jeffrey Cornfield.

– Vous voyez ce que je vois ? Cette façon de danser ! Il la tient serrée par la taille. Je crois même que leurs poitrines se touchent, monsieur. C'est une danse d'odalisque que ce Français impose à la pauvre fiancée de mon fils ! Faites arrêter la musique, je vous prie, lança la mère d'Edwin, assez fort pour être entendue de lord Simon.

Comme Jeffrey faisait un pas en direction du chef d'orchestre, lord Simon le retint par la manche.

– Laissez-les, ordonna-t-il. C'est ainsi qu'on valse à la cour de Vienne, où j'ai souvent dansé avec la princesse de Metternich au son de l'orchestre de M. Joseph Lanner.

– À la cour de Vienne, peut-être. Mais ce n'est pas l'habitude chez nous, répliqua timidement Jeffrey.

– Allons, allons, cousin, que diantre ! Soyez de notre temps ! Aujourd'hui, seuls les puritains cagots, à qui l'hypocrisie tient lieu de vertu, s'offusquent d'une telle manière de danser, assena lord Simon en fixant d'un œil torve la veuve Sampson.

La valse terminée, résolument provocateur, il donna le signal des applaudissements. Ce geste, aussitôt imité, détendit l'atmosphère. Dès l'instant qu'un lord authentique, familier des cours, approuvait cette façon assez osée de danser, on ne pouvait que l'admettre.

Allant au-devant de sa fille et de Charles,

Simon félicita les danseurs pour ce qu'il nomma à haute voix « une exhibition artistique à la viennoise ».

Ottilia, un peu essoufflée mais ravie, réclama un verre d'eau que s'empressa de lui apporter son fiancé. Sampson devança Charles avec une telle vivacité que l'ingénieur vit dans cette précipitation une nette désapprobation de son attitude et de celle de lord Simon, surtout que plusieurs danseurs, la musique ayant repris, osaient maintenant saisir leur cavalière par la taille.

– Vous voyez qu'ils sont perfectibles, lança Otti avec un regard de biais pour Charles, avant de dire à Edwin qu'elle souhaitait se reposer un moment.

– Faites donc danser quelques demoiselles esseulées pendant ce temps, ajouta-t-elle pour éloigner son fiancé.

Comme Anaïs Sampson semblait ne pas vouloir se séparer de sa future bru, Ottilia lui signifia assez sèchement qu'elle avait à s'entretenir avec son père et avec Monsieur l'Ingénieur Desteyrac.

Toujours prêt à adoucir les propos de sa petite-cousine, Jeffrey Cornfield confia à la mère d'Edwin, irritée, que les deux hommes devaient prendre congé de lady Ottilia, lord Simon embarquant dans quelques heures pour les Bahamas et M. Desteyrac retournant à Pittsburgh.

Avant de quitter le bal en compagnie du lord, pour qui on venait de commander une voiture, Charles eut un bref aparté avec Ottilia. Elle se montra à cette occasion plus aimable que jamais, presque affectueuse.

– Comptez-vous rentrer à Soledad avec votre pont avant le printemps de l'an prochain ?

– J'espère être présent à votre mariage... pour vous faire danser, dit Charles, comprenant le sens caché de la question.

– J'y compte bien, Charles. Mon père souhaite que la cérémonie soit célébrée à Cornfield Manor en mai. Edwin devrait revenir du Texas en avril. Il connaîtra, je pense, sa nouvelle affectation.

– Et, cette fois, vous devrez suivre votre mari, n'est-ce pas ? risqua Desteyrac.

Otti éluda la question dans un sourire, lord Simon donnant des signes d'impatience.

– À Pittsburgh, si vous allez danser, souvenez-vous de notre valse, glissa-t-elle.

– Inoubliable, murmura Charles avant de rejoindre Simon Cornfield qui piaffait à la porte du salon.

Au lendemain des fiançailles, alors que Charles Desteyrac montait dans la calèche conduite par le cocher noir de Jeffrey pour se faire conduire à la gare, Murray jaillit en robe de chambre sur le perron de Cornfield House. « Sans doute tient-il à me faire ses adieux », pensa Desteyrac.

Mais cette apparition matinale avait un autre motif.

– Ottilia n'a eu aucune pitié pour celui qui venait à peine de se coucher ! Elle m'a chargé de vous remettre ceci moi-même, dit Malcolm.

L'architecte tendit un paquet à Charles. L'ingénieur, intrigué, dénoua les rubans pour ouvrir l'emballage et découvrit un grand portefeuille de cuir brun, au grain fin, à fermoir doré, estampillé du premier maroquinier de New York. À l'intérieur du rabat, ses initiales, gravées au fer, personnalisaient l'objet. Le portefeuille contenait, outre du beau papier à écrire, une lettre à son nom.

– Permettez que je lise, dit-il.

– Comment donc ! Mais si je m'endors pendant votre lecture, jetez-moi sur le trottoir, fit Murray en s'affalant dans la voiture.

Le billet était bref : « Acceptez ce modeste cadeau qui vous permettra de serrer vos plans et vos papiers. Les roses blanches que vous m'avez fait porter hier seront hélas bientôt fanées. J'en conserverai une en souvenir de notre première valse. Écrivez à Washington Square pour dire l'avancement de vos travaux. Votre amie, Otti. »

– Quelle drôle de fille ! Si je ne la savais pas aussi fantasque, je pourrais la croire amoureuse de moi, commenta Charles en riant.

– Eh, eh ! Pourquoi non, mon ami ? Otti est capable de connaître les fureurs de la passion comme les faiblesses de l'amour...

– Les passions sont des maladies, si l'on en croit Jeffrey Cornfield, coupa Charles.

– Il arrive même qu'on en meure, ajouta Malcolm en étouffant un bâillement qui ôtait toute gravité à son propos.

– En tout cas, je suis bien aise de m'éloigner de New York et de votre chère cousine, conclut

Charles tandis que Murray se laissait glisser hors de la calèche.

Les deux hommes se serrèrent la main.

– L'éloignement n'est pas la séparation, Charles. On vous attendra à Soledad, lança l'architecte avec un clin d'œil, avant de gravir le perron de Cornfield House.

Tandis que le train roulait vers Philadelphie et Pittsburgh, sa réflexion conduisit Desteyrac à reconnaître une fois de plus que l'apparence d'une femme peut dissimuler une femme différente, comme se cache l'améthyste, antidote à l'ivresse, dans sa gangue de pierre.

Mâle échauffé par la valse, il avait ressenti l'attrait physique d'Ottilia, mais n'avait perçu des pensées de l'Anglaise que ce qu'elle acceptait d'en laisser deviner. Bien qu'il souhaitât s'en défendre, un tourbillon de titillements sensuels l'assaillait au souvenir encore frais du visage de la femme, proche du sien, du corps souple cambré sur son bras, de leurs pas appariés. Arête du nez légèrement busqué, bouche entrouverte, lèvres humides, veine bleue sur la tempe lisse, souffle tiède d'une haleine, seins fermes frôlant son torse, hanche mouvante sous sa main composaient une image érotique figée dans sa mémoire, comme les reliefs d'un cachet dans la cire molle.

Il n'ignorait pas que, pour certaines femmes, le choix d'un amant commence par une sorte de joute avec l'élu. Il savait aussi par Malcolm Murray qu'Otti aimait à subjuguer par jeu, par orgueil, par provocation, pour s'assurer qu'elle détenait plus que d'autres le pouvoir, au demeurant assez commun, des séductrices.

À la nuit tombée, Charles Desteyrac avait réduit l'épisode du bal de fiançailles à ce qu'il devait rester : un événement mondain, teinté pour lui d'un vague émoi charnel. Les rites d'Orphée, la musique, la danse et le vin lui étaient assez familiers pour qu'il sût se protéger de leurs effets. Dès lors, il ne pensa plus qu'à la tâche qui l'attendait dans la ville la plus enfumée de l'Union.

Le second séjour de Charles Desteyrac à Pittsburgh devait se prolonger bien au-delà de ce qu'il escomptait. Dès le premier jour, il retrouva avec plaisir l'ingénieur Robert Lowell, qui, pour lui éviter l'hôtel, avait retenu à l'intention de son collègue français une chambre chez sa logeuse.

– C'est très confortable, le petit déjeuner est copieux, la propreté irréprochable, mais trois choses sont interdites : amener des dames, fumer dans la maison, et jouer aux cartes le dimanche.

Desteyrac s'accommoda fort bien de ces restrictions, de rigueur dans une ville où cabarets et tavernes restaient clos le jour du Seigneur, parce qu'on ne pouvait boire que de l'eau et chanter que des hymnes.

Le retour du Français permit de faire accélérer la fabrication des éléments du pont. Dès qu'il avait examiné et accepté une pièce, les ouvriers l'enduisaient d'huile bouillante, protection efficace, assurait Lowell, contre la rouille. La peinture ne serait appliquée qu'après la finition.

Quand tous les éléments, poutres, longerons, entretoises et autres contrefiches furent réunis dans un hall, Charles et Lowell, assistés de pointeurs, marquèrent les emplacements des orifices destinés à recevoir les rivets lors de l'assemblage du pont à Soledad.

Pour le perçage de centaines de trous, les ingénieurs préférèrent à la machine à percer hydraulique, qui ne perforait que des tôles de quelques millimètres d'épaisseur, le chalumeau oxhydrique inventé en 1802 par un ingénieur de Philadelphie, Robert Hare, et perfectionné depuis par l'ingénieur Newman et le minéralogiste Edward Daniel Clarke. Le gaz oxhydrique, composé de deux volumes d'hydrogène pour un volume d'oxygène, dégageait, une fois enflammé au bec du chalumeau, une chaleur capable de forer des trous au contour précis dans les éléments les plus épais du pont. Ce travail prit des semaines, les ouvriers ne disposant que de trois chalumeaux à manier avec précaution, bien que leurs outils fussent alimentés en hydrogène et oxygène par des tuyaux séparés afin de limiter les risques d'explosion du mélange.

Pendant ces travaux, des forgerons confectionnèrent plus d'un millier de rivets en fer doux qui, chauffés à blanc, seraient mis en place et matés au marteau par les ouvriers arawak lors de la construction du pont à Soledad.

Les ingénieurs suivirent aussi la fabrication des rails, rouleaux et galets grâce auxquels serait un jour opéré, aux Bahamas, le lançage d'un ouvrage qui, dans les halls de Keystone Bridges Works, attirait bien des curieux. Ces appareils de roulage devaient être établis de façon minutieuse afin d'éviter toute déviation pendant le mouvement du pont, qui serait tiré au moyen de cabestans, d'une rive sur l'autre, au-dessus de Devil Channel.

Au cours de l'automne et de l'hiver 1855, Charles Desteyrac et Robert Lowell occupèrent leurs loisirs en excursions, chasse et pêche. Ils visitèrent d'abord Philadelphie, l'Américain voulant montrer au Français une relique dont tous ses compatriotes étaient fiers : la cloche de la Liberté.

Ils se rendirent donc, sur Chestnut Street, à l'Independence Hall, monument dont l'image était partout reproduite en Pennsylvanie et que visitaient chaque année des milliers de citoyens de l'Union.

– La construction de cet hôtel de ville, commencée en 1729, achevée en 1735, coûta, à l'époque, cinq mille six cents livres, expliqua Lowell, qui précisait toujours le prix des choses, qu'il s'agît d'une locomotive ou d'une paire de chaussures.

– Votre Independence Hall ressemble à nos églises du nord de la France, avec son beffroi et sa grosse horloge, observa Charles tandis qu'ils entraient dans le bâtiment.

– C'est ici que, le 4 juillet 1776, fut adoptée la Déclaration d'indépendance et qu'elle fut publiquement proclamée, le même jour, du haut de cet escalier, dit Lowell avec l'émotion du croyant qui pénètre dans un lieu saint.

Charles crut bon d'ôter son chapeau par respect pour le patriotisme de son hôte, lequel désigna une grosse cloche suspendue par une chaîne à la charpente d'origine du bâtiment.

– Notre Liberty Bell annonça la première l'indépendance de l'Union. Elle s'est fêlée le 6 juillet 1835, alors qu'elle sonnait le glas pour les funérailles de John Marshall, le *Chief Justice* des États-Unis et l'un des plus grands Américains de tous les temps[1]. Elle n'en est que plus sacrée pour nous. C'est aussi sous ce toit, dans une salle du deuxième étage, que George Washington lut son discours d'adieu au peuple américain, le 17 septembre 1796, il y a cinquante-neuf ans, expliqua Robert.

– J'ai entendu dire que ce fort long discours est considéré comme son testament politique, dit Charles.

– Nous le croyons. Mon grand-père, qui servit jeune sous Washington, me fit apprendre par cœur certains passages de ce texte qu'on enseigne à tous les écoliers, notamment pour ce qui concerne la neutralité de l'Union. Tenez, Charles, je me souviens de deux paragraphes qui peuvent intéresser un Européen. « L'Europe a des intérêts qui ne nous

1. John Marshall (1755-1835) participa à la guerre d'Indépendance, devint député de Virginie, puis membre du Congrès, secrétaire d'État et, de 1801 à sa mort, président de la Cour suprême des États-Unis. Il est l'auteur d'une biographie de George Washington.

concernent aucunement, ou qui ne nous touchent que de très loin ; il serait donc contraire à la sagesse de former des nœuds qui nous exposeraient aux inconvénients qu'entraînent les révolutions de sa politique », récita Bob Lowell.

– Ce n'est pas très aimable pour La Fayette et Rochambeau qui, eux, se mêlèrent des affaires d'Amérique et vous aidèrent à conquérir votre indépendance ! fit remarquer Charles.

– Washington n'oublia jamais l'aide française, mais il prônait une sorte de prudent isolement national et patriotique. Il se méfiait autant des invasions commerciales que des révolutions. Écoutez encore ce qu'il dit aux Américains, dans cette maison, en 1796 : « La politique, l'humanité et votre propre intérêt vous recommandent de vivre en bonne intelligence avec toutes les nations. Votre commerce exige que, dans vos relations avec elles, vous teniez la balance égale. Ne demandez et n'accordez aucune préférence ; consultez la nature des choses, et ne forcez jamais rien ; que vos traités de commerce ne soient que temporaires, afin que vous puissiez les modifier et les changer selon les circonstances[1]. »

– La Grande-Bretagne n'a jamais agi autrement, ce qui ne l'a pas empêchée de perdre ses colonies d'Amérique, persifla Desteyrac.

1. Cornelis de Witt, *Histoire de Washington et de la fondation de la république des États-Unis*, Didier et Cie, Paris, 1869.

Souvent, Charles et Robert allaient pêcher la truite et le saumon dans la Mill ou la Juniata et se rendaient, pour chasser le bouquetin, le chevreuil et parfois le puma, dans les Appalaches, que Lowell préférait appeler Alleghany. Au cours de leurs expéditions, ils gravirent le mont Davis, qui culmine à mille soixante et onze mètres, goûtèrent les eaux médicinales très prisées de Cresson Spring, scandalisèrent des paysans en se baignant nus dans la Schuylkill. Entraîné par l'Américain, Desteyrac se pencha, au pied du Bear Mount, sur la Burning Mine, où le charbon flambait depuis plusieurs années sans qu'on pût éteindre l'incendie souterrain.

De temps à autre, ils rendaient visite aux jumelles, Fanny et Lucy, dans la petite maison du mont Washington où ils étaient reçus en habitués par la matrone, excellente cuisinière.

« Si nous allions contenter la bête ? » proposait Bob Lowell, qui considérait la simple copulation, dénuée de sentiment, comme exercice hygiénique. Les deux amis se mettaient alors en route, munis de provisions pour faire un repas bien arrosé, prélude à une nuit avec des filles dépourvues de vertu et de pudeur, mais voluptueuses et gaies, assez fines pour teinter leurs étreintes vénales d'un semblant de tendresse amoureuse.

Après les journées passées dans l'atmosphère poussiéreuse de l'usine, le grésillement des forges, le claquement sourd des marteaux-pilons, les chuintements et soupirs monstrueux des machines à vapeur, le froissement plaintif des tôles dans les laminoirs, Charles trouvait, comme Jean le Rond, dit d'Alembert, amoureux transi de Mlle de Lespinasse, un exutoire à son spleen, aggravé par les rigueurs de l'hiver continental, dans la résolution d'équations compliquées. Ces exercices faisaient sourire Bob Lowell, qui n'avait pas pour les mathématiques la même attirance que le Français.

De la même façon, l'Américain s'étonnait de voir Charles consacrer la soirée du dimanche à sa correspondance.

Dès son retour à Pittsburgh, Lowell lui avait remis deux lettres d'Ounca Lou, arrivées des Bahamas. Dans la plus récente, datée de fin juillet, la filleule de lady Lamia se disait un peu déçue d'être sans nouvelles depuis des semaines, et laissait filtrer, sous couvert des petites informations de la vie quotidienne à Buena Vista, rapportées avec humour, une vague déréliction, le discret dépit de celle qui craint de ne plus occuper les pensées de l'autre. Charles devina que, chez Ounca Lou, le temps et l'absence conféraient un ravissement inaltérable au souvenir du seul et furtif baiser qu'ils avaient échangé. Ce moment d'abandon, transcendé par la solitude dont elle avouait ressentir le poids, avait pris pour elle valeur d'un secret engagement. Charles la découvrait impatiente de le revoir quand elle écrivait : « Si je ne puis me rendre sans attirer l'attention jusqu'à votre bungalow du Cornfieldshire, je vais souvent, par la mer, vérifier que Timbo entretient correctement votre maison de chantier. J'ai insisté pour qu'il la défende de l'envahissement exubérant de la végétation, afin que, si vous arriviez à l'improviste, sans m'avoir prévenue, vous trouviez tout en ordre chez vous. » Le « sans m'avoir prévenue » signifiait bien sûr qu'elle entendait être la première informée du retour de Charles à Soledad.

D'abord sollicité de mille façons par sa découverte de New York et des Américains, puis pris par ses travaux à Pittsburgh et mobilisé quelques jours par les fiançailles d'Ottilia, enfin occupé par son deuxième séjour à *Smoky City*, l'ingénieur, s'il n'avait pas oublié Ounca Lou, s'était appliqué, servi par l'éloignement, à fortifier les scrupules qui l'avaient retenu quelques mois plus tôt d'entraîner la jolie fille aux yeux bridés dans une banale aventure coloniale. Alors qu'il croyait avoir atteint le refuge du renoncement, les lettres de la jeune fille rappelaient les baignades de Pink Bay, les dîners chez Lamia, les flâneries sur les plages, le bien-être, si proche du bonheur, quand, à l'heure mauve du crépuscule, il refrénait le désir de caresser le corps lisse et doré allongé près du sien devant l'océan apaisé.

Ces réminiscences estompèrent, dans un premier temps, le souvenir d'une certaine valse avec la demi-sœur d'Ounca Lou.

Ce dimanche-là, il médita jusqu'à la nuit sa réponse en observant par la fenêtre de sa chambre la cité des métallurges, qui jamais ne dormait. À chaque coulée de fonte d'un haut-fourneau, des gerbes d'étincelles, bref feu d'artifice, déchiraient la nuit, et des lueurs volcaniques éclairaient les rues comme si la porte des enfers s'entrouvrait pour libérer des âmes absoutes.

Charles finit par trouver le ton qui prouverait à Ounca Lou qu'elle occupait toujours ses pensées et qu'il attendait, osa-t-il écrire, « l'enivrement des retrouvailles avec l'impatience de celui qui ne conçoit plus de vivre ailleurs que sur Soledad, près de la plus belle des néréides bahamiennes ».

La filleule de Lamia verrait sans doute dans ce lyrisme la promesse d'une relation plus intime, une sorte de déclaration. En relisant, Charles se demanda s'il était aussi sincère que devait le souhaiter la jeune insulaire. Des flocons de neige grise, imprégnés de la suie et du poussier des hauts-fourneaux, enduisaient les toits de la ville et les décharges encroûtées de scories, d'où montaient des fumerolles. La nostalgie de l'île ensoleillée exaltait le souvenir d'une femme qu'il imaginait déjà prête à se livrer.

La lettre qu'il reçut quelques jours plus tard de lady Ottilia Cornfield, à qui, dès son arrivée, il avait adressé des remerciements pour le portefeuille dont il usait journellement, avait un tout autre ton. La fille de lord Simon manifestait à nouveau, et à sa manière, la volonté de conquête inhérente à sa nature. N'avait-elle pas dit un jour avec fatuité : « Les hommes, que j'aie tort ou raison, seront toujours derrière moi » ? Charles sourit en pensant qu'il aurait dû, comme les autres, succomber au charme fait de beauté et d'intelligence de la fille du lord. Il devina qu'elle n'avait pas renoncé à le soumettre, car ses phrases révélaient un instinct de possession subtil et quasi reptilien.

« Je dois vous dire que notre valse à la mode viennoise, que personne n'eût pu me faire danser de façon plus grisante, m'a valu les reproches d'une parfaite niaiserie de ma future belle-mère, laquelle vous déteste autant que je vous aime. »

Le verbe aimer, à entendre sur le ton mondain, n'était là que pour solliciter l'assentiment, affirmer la complicité d'esprits libres face au pharisaïsme des puritains américains. Ottilia concluait sa lettre en invitant Charles à se présenter chez Jeffrey Cornfield, à Washington Square, lors de son retour à New York, avant son départ pour Soledad.

« Même si votre séjour doit être bref, le temps sans doute que les morceaux de votre pont, arrivant je ne sais quand ni comment de Pittsburgh, soient chargés sur un bateau de mon père, j'ose espérer que nous trouverons, un soir, un bal où valser ! »

Elle donnait, en trois lignes, des nouvelles de son fiancé, qui, précisait-elle, semblait « se plaire infiniment chez les Texans de San Antonio, dans l'attente d'une attaque espérée mais improbable des Mexicains, ce qui lui permettrait de se servir de son sabre autrement que pour saluer la bannière étoilée ou un général de passage ».

Elle signait : « Votre amie Otti. »

Charles commenta en quelques lignes sa vie à Pittsburgh et conclut par un marivaudage : « Inscrivez-moi déjà, sans date, sur votre carnet de bal ; ménagez la pudibonderie de votre belle-mère à venir, et transmettez mon cordial souvenir au lieutenant Sampson. » Après une hésitation sur la formule terminale, il retint la plus française. Teintée de respect, elle maintenait avec déférence les distances : « J'ai l'honneur d'être, chère lady Ottilia, avec un respectueux attachement, votre tout dévoué Charles Ambroise Desteyrac. »

Quand les fêtes de fin d'année s'annoncèrent, Bob Lowell se rendit chez ses parents à Chicago. Charles, resté seul à Pittsburgh, fut invité aux offices et réjouissances de Noël par le contremaître irlandais qui, depuis des mois, dirigeait les équipes travaillant à la fabrication du pont. Les catholiques irlandais, que les luthériens traitaient de papistes, célébraient la Nativité avec plus de faste que les protestants, qu'ils fussent méthodistes, presbytériens, anglicans, baptistes, unitariens ou épiscopaliens. Dans leur salle de réunion, les ouvriers des fonderies avaient dressé un sapin autour duquel, après la messe et les prières, on chanta les vieilles ballades du pays avant de danser jusqu'à l'aube la gigue et la volte.

Le lendemain, tous les fêtards avaient repris le chemin des ateliers, où l'on commençait à embaucher des émigrants allemands et polonais. Dans une agglomération où il ne se passait pas de semaine sans qu'on vît grandir une nouvelle haute cheminée de brique, le besoin de main-d'œuvre devenait permanent.

En février, on apprit par les journaux que le vapeur *Pacific*, un des plus luxueux et des plus confortables paquebots de la Collins Line, assurant la liaison Liverpool-New York, parti du port anglais le 23 janvier, avait disparu on ne savait où dans l'Atlantique, avec quarante-cinq passagers et cent quarante et un hommes d'équipage, sans laisser la moindre trace. Sans doute avait-il heurté un iceberg.

Les industriels de Pittsburgh connaissaient et estimaient Edward K. Collins, fondateur de la compagnie de navigation qui portait son nom. Ses navires avaient été qualifiés par les journalistes de « palaces de l'océan ». Concurrent de Samuel Cunard et de la Cunard Line, Collins avait, en 1852, obtenu du gouvernement fédéral une importante subvention en s'engageant à transporter par tous les temps le courrier entre la Grande-Bretagne et les États-Unis. Sans doute des pièces de ses vapeurs à roues à aubes étaient-elles forgées dans les aciéries de Pennsylvanie.

Les journaux ne manquèrent pas de rappeler que ce nouveau naufrage d'un bâtiment de la Collins intervenait dix-huit mois après la perte de l'*Arctic*, jumeau du *Pacific*. En septembre 1854, l'*Arctic* avait heurté, près de Terre-Neuve, un petit vapeur français à coque de fer, le *Vesta*, dont la proue avait crevé la coque du grand navire de bois. Alors que l'eau envahissait les soutes, le commandant de l'*Arctic* avait tenté de se rapprocher de la terre, mais le bateau avait coulé loin du rivage. Quatre-vingt-six personnes avaient été recueillies à bord de navires de passage. Cent trente-trois passagers et cent soixante-quinze hommes d'équipage s'étaient noyés.

Trois semaines après ce naufrage du *Pacific*, maintenant officiellement enregistré à Londres par le Lloyd's Register of Shipping, Bob Lowell arriva tout ému à l'usine.

– Edward Collins n'a vraiment pas de chance. Un ami, revenu d'Europe à bord de l'*Atlantic*, un autre vapeur de la Collins Line, a bien cru sa dernière heure arrivée quand, à l'aube, au sud-est de Terre-Neuve, dans un brouillard intense, le capitaine a vu surgir un énorme iceberg à quelques encablures de la proue de son navire. Grâce à l'habileté du marin, qui ordonna la bonne manœuvre, et au sang-froid de l'équipage, la collision fut évitée. J'ose espérer qu'au printemps, quand vous naviguerez vers les Bahamas, les icebergs auront tous fondu ! dit Lowell.

– Neptune vous entende ! Je n'apprécie la glace qu'en petite quantité et seulement dans un verre de limonade, dit Desteyrac en riant.

– Il ne faut pas plaisanter, Charles. Les icebergs ont envoyé par le fond plus de navires que les boulets des Anglais pendant la guerre d'Indépendance, assura Bob avec sérieux.

À la mi-mars, toutes les pièces du pont se trouvèrent achevées. Elles furent remises avec une certaine solennité à l'ingénieur français par le président de Keystone Bridges Works et ceux qui les avaient forgées. Charles offrit à cette occasion un gallon de bon whisky, accompagné d'un riche buffet confectionné par le meilleur restaurateur de la ville.

Le directeur de l'entreprise, qui avait apprécié les compétences et l'assiduité de Charles, lui offrit de l'engager pour diriger la fabrication des ponts et viaducs que commandaient de plus en plus souvent les compagnies de chemins de fer. Charles déclina la proposition, mais promit de rester en rapport avec lui, se réservant ainsi la possibilité d'un emploi dans le cas où, le pont de Buena Vista mis en place, il quitterait Soledad et déciderait de travailler aux États-Unis. Voyant l'homme dans de si bonnes dispositions, le Français obtint qu'un congé fût accordé à Robert Lowell pour que ce dernier l'aidât à convoyer les éléments du pont jusqu'à New York.

Après étude, les deux ingénieurs décidèrent d'emprunter le chemin de fer et la voie d'eau. Les pièces du pont, chargées à Pittsburgh sur des wagons de la Pennsylvania Railway, parcoururent en une semaine – les trains de voyageurs ayant priorité sur les convois de marchandises – les deux cent soixante-sept miles séparant la cité du fer de Buffalo, sur le lac Érié, port lacustre et entrée du plus long canal de l'Union. La fonte, le fer et l'acier en lingots, barres, rails, ou déjà convertis en machines-outils ou socs de charrue, le charbon, les bois de construction et les céréales produites par des fermiers allemands émigrés dans des fermes modèles de Pennsylvanie, n'empruntaient pas un autre itinéraire. Les trains arrivant directement sur les docks de Buffalo à la jonction du lac et du canal, il fut aisé de transférer le chargement des wagons sur la grosse barge à vapeur qui le porterait à New York.

Charles voulait vérifier chaque jour que le transport des pièces détachées de son ouvrage ne connaissait pas d'aléas. Pour ne pas perdre la barge de vue, il loua fort cher à l'administration du canal un petit vapeur qui permettrait la surveillance de la navigation. Les deux hommes furent ainsi conduits à partager la vie rustique des mariniers, dont Charles assura largement vivres et boissons.

À peine les amarres larguées, Bob Lowell, connaissant la curiosité de son collègue pour tout ce qui touchait aux travaux publics, se lança dans une description du canal, dont il tirait, comme beaucoup d'Américains, une légitime fierté. Par Rochester, Syracuse et Utica, la voie d'eau les conduirait à Troy, près d'Albany, où leur barge s'engagerait dans le fleuve Hudson pour faire route vers le port de New York, où le *Centaur* devait attendre son fret.

– Notre canal de l'Érié, long de trois cent soixante miles entre Buffalo et Albany, comporte soixante-quatorze écluses. Large de cinquante-cinq pieds, profond de sept, il avale une différence de niveau de plus de cinq cents pieds. Sa construction, commencée en 1817, ne s'est achevée qu'en 1825.

– Beau travail, reconnut Charles, qui admirait la rectitude et la propreté des berges.

– Il a coûté quarante-cinq millions de dollars au lieu des sept millions cinq cent mille initialement prévus, énonça Lowell, fidèle à son habitude de donner exactement la valeur en dollars de toute chose.

– Les devis sont faits pour grossir, comme les moines ! Un de mes condisciples des Ponts travaille actuellement à l'étude de la construction d'un canal de cent soixante-deux kilomètres de long entre la mer Rouge et la Méditerranée. Les travaux ne sont pas même commencés, alors que le devis de cent soixante millions de francs – un million par kilomètre ! – a déjà enflé de quarante millions. Il faudra beaucoup de persévérance à M. Ferdinand de Lesseps et à ses ingénieurs pour faire aboutir le projet, pronostiqua Charles.

– Comme il a fallu toute l'opiniâtreté du défunt gouverneur de New York, De Witt Clinton, pour que soit achevé le canal sur lequel nous naviguons. Clinton dut affronter de farouches opposants, les politiciens de Baltimore et de Philadelphie, qui voyaient le trafic des marchandises échapper en partie à leur région, mais il triompha de ses détracteurs et, bizarrement, le 26 octobre 1826, jour de l'inauguration du canal, M. Clinton ne comptait plus que des amis ! ironisa Lowell.

En passant près de Rochester, l'ingénieur montra de loin à Charles la State Industrial School où il avait étudié. À Syracuse, ils virent des Indiens onondaga venus de leur réserve voisine pour s'ébaubir au passage des péniches et des vapeurs à roues pour passagers. À Utica, ils reconnurent les ruines du fort construit en 1756 par Philip John Schuyler, héros de la Révolution américaine, devenu, l'indépendance acquise, premier maire d'Albany.

De cette ville importante, capitale de l'État de New York, ils ne découvrirent que les vastes entrepôts où les marchandises venues de l'ouest par le canal de l'Érié, et celles apportées du nord par le canal Champlain, s'entassaient dans l'attente de destinations définitives.

La navigation entre Buffalo et Albany avait duré trois semaines, le franchissement des écluses, devant lesquelles s'immobilisaient des files de bateaux, ayant souvent retardé la progression. L'importance et la densité de la circulation sur le canal fournirent à Desteyrac de nouvelles preuves de la puissance économique de l'Union, du dynamisme industriel et commercial d'une nation qui s'inventait, se construisait, s'organisait de jour en jour à un rythme stupéfiant, et qu'en Europe, en France surtout, on tenait, par ignorance et avec l'outrecuidance des vieux peuples, pour dépourvue de capacités, de science et d'usages.

Albany étant le terminus du canal de l'Érié, les deux voyageurs durent abandonner le petit vapeur de l'administration et prendre place à bord du *Trenton II*, un paquebot fluvial de la Hudson River Line. Le bateau à roues latérales, encloses dans des tambours décorés, pourvu d'une machine à balancier, de chaudières de cuivre et de cheminées jumelles couronnées d'or, offrait l'aspect et le confort d'un hôtel flottant. Somptueusement meublé, doté d'un excellent restaurant, offrant plusieurs salons et des cabines douillettement aménagées, il était affecté, comme d'autres du même type construits par Robert L. Stevens dans ses chantiers de Hoboken, dans le New Jersey, au transport des passagers sur le fleuve Hudson. Le *Trenton II* couvrit les cent cinquante miles qui séparent Albany de New York en trente-six heures et, le 16 avril, soit moins d'un mois après avoir quitté Pittsburgh et parcouru deux cent soixante-sept miles en chemin de fer et plus de quatre cent trente miles sur l'eau, Desteyrac et Lowell atteignirent le port de New York, précédant de vingt-quatre heures la barge qui transportait le futur pont de Buena Vista.

Le premier souci de Charles, en mettant pied à terre, fut de trouver l'appontement du *Centaur*, dont il avait demandé l'envoi, un mois plus tôt, à lord Simon. Il reconnut de loin les deux mâts du brick, qui occupait le même *pier* où s'était amarré le *Phoenix* l'année précédente. Alors qu'il s'attendait à voir le premier lieutenant Philip Rodney, commandant habituel du *Centaur*, il se trouva face au capitaine Lewis Colson. Celui qu'on nommait l'amiral de la flotte Cornfield, jugeant délicat le transport des lourdes pièces de fer, n'avait pas voulu laisser à son second la responsabilité d'une traversée qui, suivant l'état de la mer et les caprices des vents, pourrait faire courir des risques au navire lourdement lesté et à son équipage.

Avant même d'organiser la réception de la barge qui, le lendemain, livrerait les éléments du pont, Colson remit à Charles deux lettres apportées de Soledad. L'une, dans une enveloppe encadrée de noir, venait de France ; l'autre, dont la suscription était de la main d'Ounca Lou, avait été portée à bord, au moment du départ du bateau, par Timbo, le domestique de Desteyrac.

S'étant isolé pour prendre connaissance de son courrier, Charles ouvrit d'abord l'enveloppe de deuil. Sa mère, dans une lettre datée du 12 mars 1856, annonçait en peu de mots la mort de son mari. Le général Léonce de Saint-Forin avait été mortellement blessé, en septembre 55, à la prise de la tour de Malakoff, qui défendait la route de Sébastopol. Engagé avec la 1re brigade de la division Mac-Mahon, Saint-Forin, bien qu'adjoint au chef d'état-major, avait tenu, comme les généraux Pélissier, Bosquet, de Salles et Thiry, à participer à l'action après que le général Mac-Mahon, sous la menace d'une attaque russe, eut lancé son fameux « J'y suis, j'y reste ». Une balle avait frappé le général à la tête alors qu'il escaladait un redan. Il était mort avant d'arriver à l'ambulance.

« Cette affreuse bataille, terminée au corps à corps, a entraîné la chute de Sébastopol et décidé de la victoire des alliés. Elle a coûté la vie à huit mille six cents Français et à quatorze mille Russes. Les combats, au cours desquels mon fils Octave, suivant l'exemple héroïque de son père, s'est brillamment comporté, n'ont cessé qu'en octobre. Ton demi-frère a été promu capitaine dans un régiment de zouaves et décoré de la Légion d'honneur. Un Congrès de la paix s'est ouvert à Paris le 25 février dernier[1]. Souhaitons qu'il mette un terme à toutes les guerres. L'empereur Napoléon III m'a invitée au *Te Deum* chanté à Notre-Dame en action de grâces, après la prise de Sébastopol. L'impératrice attend une naissance pour la mi-mars. Il en est ainsi : la mort prend, la vie donne. Mais je suis bien lasse, bien seule et bien malheureuse pour me réjouir franchement du succès de nos armées. Tu es loin, indifférent, oublieux de ton enfance et sans amour pour moi, à qui tu reprocheras toujours d'avoir reconstruit ma vie après la mort de ton père. Deux fois veuve de héros, bien différents mais pareillement patriotes, il me reste Octave, qui ressemble à son père et ne rêve que batailles et coups de main. Il s'est porté volontaire pour une expédition au Soudan dont je ne sais rien et ne veux rien savoir. »

Il avait fallu que la mort s'en mêlât pour que Valentine se livrât ainsi et dît sa rancœur. Charles calcula qu'elle avait quarante-huit ans, seuil de la vieillesse. Il se promit de lui écrire une lettre affectueuse pour l'assurer qu'au contraire de ce qu'elle croyait il n'avait

1. Il se termina le 30 mars 1856 par la signature du traité de Paris, qui réglait entre autres questions celle des Détroits et jetait les bases du droit maritime international.

rien oublié de son enfance ni de leurs années de pauvreté, et qu'ayant mûri il concevait maintenant que l'intransigeance dont il avait fait preuve l'eût blessée et la laissât encore, après ce nouveau deuil, cruellement triste et endolorie.

Il remit la lettre dans l'enveloppe bordée de noir et prit connaissance du message d'Ounca Lou. La jeune fille confessait qu'elle avait eu l'audace de faire remettre cette lettre au commandant du *Centaur,* qu'elle savait en partance pour New York. Elle justifiait son geste par le fait qu'un ouragan tropical très violent avait emporté le toit de la maison de chantier de l'ingénieur.

« Lady Lamia a pris la liberté de m'envoyer chercher les objets, les livres et les dossiers qui se trouvaient chez vous, afin qu'ils ne soient pas gâtés par la pluie ou dispersés par les vents. Votre planche à dessin, vos instruments de calcul et de mesure, vos livres savants, tout a été mis à l'abri chez ma marraine en attendant qu'on reconstruise la toiture de votre maison, ce qu'elle a fait entreprendre dès la fin des intempéries. J'ose espérer que vous ne nous tiendrez pas rigueur de cette indiscrétion. Tout sera en ordre quand vous arriverez et vous pourrez reprendre votre travail et vos habitudes. Nous avons été heureusement étonnées de constater que les câbles de votre tonneau volant, comme Sima appelle le va-et-vient, ont résisté aux ouragans de l'hiver. Il sera aisé, d'après O'Graney, venu l'examiner, de le remettre en état de fonctionner. Je puis vous dire aussi que les charpentiers de marine ont bien travaillé et que l'appontement que vous aviez commandé pour Southern Creek est achevé. Quant au chemin de rondins, arrangé au flanc de la colline pour hisser les morceaux de votre pont, m'a dit Tom O'Graney, il est du plus bel effet. »

Après quelques considérations sur le printemps qui s'annonçait magnifique, Ounca Lou remerciait Charles pour ses « trop rares lettres de Pittsburgh », et concluait : « Sachez que la néréide, même si ce n'est pas la plus belle des Bahamas, vous attend, une fleur d'hibiscus sur l'oreille. »

Charles ressentit une douce émotion. Les jeunes Arawak signifiaient ainsi à tous et à chacun que leur cœur était pris.

En attendant l'arrivée de la barge et de son chargement, Colson convia Charles, son ami Lowell et Mark Tilloy, promu second du *Centaur,* à dîner à bord, estimant que son maître coq, qui s'était approvisionné à New York en viande de bœuf, légumes et fruits frais, tirait meilleur parti de ces excellents produits que les cuisiniers des restaurants réputés de Broadway. La démonstration en fut faite au cours d'un repas arrosé de vieux bordeaux, « le seul vin français qui se comporte honnêtement à la mer », précisa le sommelier.

Lewis Colson s'étant, suivant son habitude, retiré dès la fin du dîner, Tilloy proposa une descente dans un cabaret où se produisait une chanteuse anglaise dont tout New York s'était entiché. Robert Lowell, qui, sa mission terminée, devait prendre le lendemain matin le train pour rentrer à Pittsburgh, se déclara enchanté d'une telle aubaine, les distractions de ce genre étant rares dans la cité des hauts-fourneaux.

Les trois hommes regagnèrent le bord à minuit passé. Quand Robert Lowell eut pris congé pour aller dormir dans la cabine qu'on lui avait réservée, Mark Tilloy invita Charles à fumer une pipe sur la plage arrière du bateau.

– C'est sans doute la dernière traversée que je vais faire avec vous, Charles. Je vais me marier, annonça sans préambule l'officier.

– Non ? Vous marier, vous, le don juan des Caraïbes ? Il n'y a pas si longtemps que vous condamniez le mariage comme une institution contre nature, s'insurgea Charles.

– Je m'attendais à votre réaction. Mais j'ai l'occasion d'un parti exceptionnel. Je vais épouser Ann Cornfield, déclara Tilloy en bourrant sa pipe.

– Vous serez comblé : c'est une tendre et, à mon avis, une amoureuse-née. Et, de surcroît, une riche héritière, ajouta Charles.

– Elle est en effet douée pour l'amour. Je n'ai jamais connu amante plus frénétique, plus enthousiaste et en même temps plus innocente. Ce qu'elle ignore, elle le devine, car son instinct la porte à la volupté. Croyez-moi, Charles, en m'offrant une virginité qui lui pesait, elle m'a fait tout oublier de mes résolutions.

– Papa Jeffrey, qui renifle le péché à dix pas comme un chien truffier une truffe, n'a-t-il pas éventé votre aventure ? Je crois me souvenir qu'Ann n'a que seize ans !

– Ici, les filles se marient jeunes. Ann a tout de suite informé son père. Elle lui a donné à entendre qu'ayant couché avec moi elle pouvait devenir mère et devait donc se marier au plus tôt, expliqua Mark.

– Et le banquier a entendu ça sans que son cœur ait cessé de battre ?

– La première émotion passée, Ann a énuméré tous les avantages d'avoir un gendre tel que moi, précisa Tilloy en tirant une orgueilleuse bouffée de sa pipe.

– Certes, vous n'êtes pas le premier venu, persifla Desteyrac.

– Vous n'y êtes pas ! Mon honorabilité britannique n'est pas en cause. C'est l'intérêt qui guide Jeffrey Cornfield.

– Une bouche de moins à nourrir et une belle de moins à vêtir ! Le vieil avare compte donc faire des économies, avança Desteyrac, amusé.

– Il compte même gagner de l'argent. Il manque aux multiples affaires de Jeffrey Cornfield une activité où réussit magnifiquement Cornelius Vanderbilt, un homme que le cousin de lord Simon déteste et dont la fortune est estimée à quinze millions de dollars. Jeffrey s'est donc mis en tête de devenir lui aussi armateur. Il veut, comme Vanderbilt, posséder une compagnie de navigation. Or, pour l'aider à organiser une telle entreprise, il faut un marin expérimenté. Ann a fait admettre que j'étais l'homme de la situation. Il y a deux jours, j'ai rencontré mon futur beau-père et tout va pour le mieux. Non seulement il m'accorde très officiellement la main de sa fille, mais il m'assure une carrière. Dès que nous aurons livré votre pont à Soledad, je quitte la flotte de Simon Cornfield pour fonder celle de son cousin.

– Notre lord des Bahamas va être dépité que vous désertiez.

– Peut-être. Jeffrey Cornfield compte cependant obtenir une prise de participation financière de lord Simon dans sa compagnie. Il m'a chargé de négocier l'affaire avant de revenir à New York pour me marier. Jeffrey a déjà loué des bureaux dans Pearl Street et chargé ses avocats d'établir les statuts de la société. Pendant notre voyage de noces en Angleterre – il faut tout de même que je présente Ann à mes parents ! –, je verrai un ami, architecte naval, et je reviendrai avec des projets précis, et, je l'espère, les plans de bateaux à vapeur perfectionnés avec coque de fer, type de navires que ne possède pas encore Vanderbilt. Nous ferons construire dans un chantier dont Jeffrey détient beaucoup d'actions. Et, naturellement, il m'ouvre – sous contrôle, bien sûr, car le vieux n'est pas gaspilleur – un crédit important. Voilà ce qu'il en est. N'est-ce pas une aventure exaltante, mon ami ?

– Certes, et je vous souhaite pleine réussite en amour comme en affaires. Mais, bon compagnon, vous me manquerez à Soledad, avoua Desteyrac.

– Attendez, quand vous en aurez terminé avec le pont du vieux lord, on trouvera ici à employer vos talents. Jeffrey a des intérêts dans plusieurs compagnies de chemins de fer. Or, les trains ont besoin de ponts pour franchir fleuves et rivières. Je suis certain, Charles, que nous nous reverrons. Et puis, j'y pense, Lyne demande souvent de vos nouvelles. Elle regrette de s'être rendue malade en se gavant de crème glacée le soir du bal, ce qui abrégea brutalement vos relations. Je suis sûr qu'elle était amoureuse de vous, et sans doute l'est-elle encore, car c'est le même tempérament que sa sœur. Pourquoi ne l'épouseriez-vous pas ? À mon avis, vous n'auriez qu'à...

– ... qu'à opérer comme vous, Mark ? Non, merci, je ne consomme pas de fruits verts, même sur un matelas de dollars, déclara Charles d'un ton sec.

Conscient d'être percé à jour, le lieutenant Tilloy souhaita le bonsoir sans aménité, en bredouillant, et quitta le bord, sans doute pour aller rejoindre celle qui lui offrait si bien plaisir et avenir.

Resté seul, Charles Desteyrac, accoudé à la lisse, rumina un moment sa déception. Ainsi Mark Tilloy, comme un simple coureur de dot, épousait une petite oie, atteinte d'un accès de sensualité, pour s'assurer une position dans les affaires à la mode américaine. Il trouva soudain au tabac un goût âcre et vida sa pipe dans l'eau noire.

Le lendemain, il accompagna Bob Lowell

à la gare et ce ne fut pas sans émotion que les deux hommes se séparèrent. Ils avaient, pendant des mois, travaillé ensemble et engrangé assez de souvenirs, lors de leurs escapades dans la nature ou chez les demoiselles du mont Washington, pour que cet épisode de leur vie en commun restât dans leur mémoire.

– J'aimerais bien, un jour, aller voir votre pont en place entre vos îles, dit Lowell, penché à la portière du wagon.

– Je suis certain que lord Simon serait heureux de vous accueillir à Soledad. Pourquoi ne viendriez-vous pas à l'inauguration du pont, dans quelques mois ? Le service régulier New York-Nassau existe depuis peu. Un bateau de Cornfield irait vous cherchez à Providence Island et vous porterait à Soledad. Pensez-y sérieusement, lança Charles alors que le convoi du Pennsylvania Railway s'ébranlait.

Desteyrac se rendit ensuite à Cornfield House pour une visite de courtoisie, ignorant si lady Ottilia avait été prévenue de sa présence à New York. Il trouva la maison déserte et fut reçu par Gladys Hamer, la gouvernante. Jeffrey Cornfield était à ses affaires, Ann dormait, Lyne séjournait chez sa sœur aînée à Long Island. Quant à lady Ottilia, elle se trouvait à Washington, chez Anaïs Sampson, sa future belle-mère.

– Lady Ottilia sera bien fâchée de vous avoir manqué, monsieur. Elle est partie hier pour la capitale. Son fiancé, le lieutenant

Sampson, a fini son temps au Texas et doit arriver ces jours-ci chez sa mère. Il est donc normal que lady Ottilia soit au côté de Mme Sampson pour l'accueillir. Pensez que ça fait plus de six mois que les fiancés ne se sont vus, dit la gouvernante.

« Il n'y aura donc pas de nouveau bal où valser avec Ottilia », se dit Charles.

Comme il prenait congé de miss Hamer, après avoir déposé sa carte sur un plateau, la gouvernante le retint.

– Je sais, monsieur, que la fille de lord Simon Leonard Cornfield a pour vous grande amitié, aussi puis-je me permettre une petite confidence. Depuis quelque temps, lady Ottilia nous inquiète, Monsieur et moi. Elle n'a pas très bonne mine, nous la trouvons morose et sans entrain. En tout cas, pas du tout réjouie comme une personne qui va bientôt se marier. Notre petite Ann, qui va aussi prendre époux selon son cœur, est, elle, d'une gaieté exubérante, qui fait plaisir à voir.

Desteyrac s'inclina et regagna le *Centaur* alors que, déjà, la barge de Buffalo étant arrivée avec un peu d'avance, le commandant Colson présidait au transfert à bord des éléments du pont. Les pièces courtes – membrures, entretoises, contrefiches, cornières et galets – furent descendues dans la cale, ainsi que les sacs de rivets, les rouleaux de câble métallique, les outils spéciaux. En revanche, longerons, poutrelles, rails furent solidement arrimés sur le pont. Entre grand mât et mât de misaine, la petite machine à vapeur, acquise par Desteyrac pour assurer le fonctionnement des cabestans, fut accorée entre des pièces de bois solidement fixées au pont.

– L'arrimage est une opération sérieuse. Il s'agit d'assurer la stricte stabilité du chargement pour ne pas compromettre la stabilité du navire, expliqua le maître d'équipage.

– Le temps et la marée n'attendent pas, dit Colson en pressant le mouvement, car il entendait quitter New York dans l'après-midi.

Quelques heures plus tard, lesté dans les règles, le brick, sous ses voiles carrées largement déployées, foc et clinfoc établis, descendit l'Hudson, traversa la baie de New York et prit, par temps calme, au soleil couchant, la route océane en direction des Bahamas.

Sitôt le cap donné, Colson quitta la dunette, laissant le commandement à Mark Tilloy. L'officier semblait avoir oublié l'incident de la nuit précédente et se révéla aussi jovial que d'habitude. Charles, pour qui la franchise n'entachait en rien l'amitié, se montra chaleureux et offrit au lieutenant une rasade de pur *Irish whiskey*, cadeau de Bob Lowell.

– Ne craignez-vous pas de rencontre avec un iceberg ? demanda Desteyrac.

– Pas en cette saison. Les plaques glacières du Groenland se fractionnent en juillet et les icebergs ne descendent que très rarement, les années chaudes, jusqu'au 40e degré nord, c'est-à-dire à la latitude de New York. On les rencontre surtout au sud-est de Terre-Neuve. Le danger, pour nous, est plutôt la proximité de la côte américaine, très fréquentée, surtout que nous devons éviter, avec ce que nous portons, tout changement de cap brutal. Et puis il faut, à un moment ou à un autre, traverser le courant du Gulf Stream, dont il convient de se dégager le plus vite possible étant donné les variations de sa force et de sa direction. C'est pourquoi M. Colson nous fait faire route est-sud-est pendant au moins cent milles, avant de mettre cap au sud vers les Bahamas, expliqua Tilloy.

Bien que variables en cette saison, les vents se montrèrent favorables et la navigation fut des plus paisible.

Le soir, tandis que Tilloy remplaçait Colson sur la passerelle, Charles prit l'habitude de s'accouder à la proue, sous le foc, au coucher du soleil, pour voir l'étrave du *Centaur* ouvrir dans l'océan une plaie vive d'où s'échappait, dans un bruit de soie déchirée, tel un sang blanc, l'écume mousseuse.

La veille de l'arrivée, possédé d'une impatience enfantine, euphorique et rêveuse, il se projeta par la pensée, au-delà de l'horizon, vers l'archipel enchanté, domaine de la déesse Aventure.

Demain, l'île fleurie, sa maison du Sud, Pink Bay, le bleu sur bleu du ciel et de la mer, les chemins sous les palmes, les pêcheurs d'éponges, l'ermitage perché du mont de la Chèvre, le balancement du rocking-chair, la fraîche saveur des cocktails de fruits, le chant du *mockingbird*, la volupté de l'isolement, dans un univers amical et protégé, seraient au rendez-vous. Et, jaillissant de cet écrin aux mille couleurs et senteurs, Ounca Lou, Anadyomène de bronze clair, offerte à son désir, lui tendrait les lèvres pour un long baiser de retrouvailles.

7

À un demi-mille du port occidental de Soledad, le premier spectacle offert au regard des marins du *Centaur*, perchés sur les vergues pour ferler les voiles, fut la calèche de lord Simon.

Pendant que le commandant Colson veillait aux manœuvres d'approche, Charles Desteyrac se tenait près de Mark Tilloy, sur la dunette. Prévenu par l'homme de vigie de la présence du maître de l'île, le lieutenant régla ses jumelles, jeta un regard sur la côte, puis les tendit à Charles.

– Sa Seigneurie vous fait l'honneur de vous accueillir, dit-il, narquois.

– Ses dernières lettres montraient de plus en plus d'impatience. Il sera content de recevoir son pont, commenta Charles.

Dans l'optique, il voyait le lord, près de sa

voiture au dais de toile frangée, en conversation avec le capitaine du port. À bonne distance derrière eux se pressait une foule d'indigènes, pour qui le retour d'un voilier de la flotte insulaire était toujours un événement.

Plus que le port, Charles observa le décor de l'île, dont la beauté l'éblouit. Tel Hercule accédant au jardin des Hespérides, il se voyait cueillant bientôt les pommes d'or de sa destinée. La végétation printanière, étagée sur les pentes de l'amphithéâtre naturel qui enclavait l'étroite baie, annonçait, dans sa fraîcheur, l'exubérance florale de l'été. Déjà, hibiscus, roses porcelaine, mimosas, raisiniers, azalées, gardénias mettaient çà et là, entre casuarinas, palmiers et palétuviers, des touches jaunes, rouges, grenat, vert cru, bleues, empruntées à la même palette que le plumage des perroquets, flamants roses, aigrettes blanches et hérons cendrés, tous en habits de noces, la saison étant à l'appariade.

À quelques encablures du quai, les chaloupes de la capitainerie vinrent prendre en remorque le voilier. Maintenant démuni de toile, le *Centaur*, alourdi par sa cargaison, courait sur son erre. L'accostage se fit sans heurt et, les amarres à peine établies, lord Simon s'avança d'un pas vif sur le quai, tandis que Tilloy faisait abattre l'échelle de coupée. L'intention du lord étant de monter à bord, Lewis Colson fit un signe au maître d'équipage. Le gradé tira de son sifflet d'argent les modulations réglementaires du salut à l'amiral.

Après un bref échange avec Colson et Tilloy, Simon Cornfield se dirigea vers Desteyrac et lui serra la main.

– Enfin, vous voilà ! Et ce sacré pont, où est-il ?

Charles désigna les écoutilles déjà ouvertes.

– Là-dessous, en pièces détachées.

Lord Simon se pencha sur la cale où s'activaient les débardeurs.

– Et vous allez faire un pont avec ces bouts de ferraille ? demanda-t-il, dubitatif.

– Rassurez-vous, il est complet. Nous allons porter tous les éléments à Southern Creek, où nous les assemblerons, après quoi nous pourrons envisager le lançage de l'ouvrage.

– Bon. Et ce jeu-là prendra combien de jours ?

– Quelques semaines, huit ou dix au moins. Tout dépendra du temps qu'il fera et de l'habileté de nos ouvriers. Ils devront poser plus de mille rivets, visser des douzaines de boulons et construire sur les deux rives les appareils de roulage propres à recevoir les galets à cannelures, précisa Charles.

Lord Simon ne put cacher une moue de dépit.

– Le pont ne sera donc pas en place avant le mariage de lady Ottilia..., grommela-t-il.

– Un pont doit être construit dans les règles de l'art, qui ne vont pas de pair avec la précipitation, répliqua Charles, agacé.

Simon Cornfield lui tapota l'épaule. Il se voulait à la fois chaleureux, compréhensif et confiant, car, indépendamment du bâtisseur de pont, il était heureux de revoir l'homme.

– Je ne doute pas, mon ami, que vous ferez pour le mieux car notre pont aura, cet été ou cet automne, à subir l'épreuve des ouragans. Nos Indiens soutiennent que, tous les neuf ans, les tempêtes tropicales redoublent de violence. Je me souviens de celles de l'automne 47, qui ravagèrent le sud de l'île et culbutèrent ma maison de Buena Vista. Lamia eut les pieds dans l'eau pendant une semaine, et trois de ses vaches, plus quelques nègres, furent emportés par la lame qui submergea l'îlot. Ma sœur, plus chanceuse que les vaches, refusa cependant de venir s'abriter à Cornfield Manor, qui n'avait perdu que quelques tuiles.

– Je sais lady Lamia intrépide, dit Charles, amusé.

– Le diable, avec qui elle entretient d'aimables relations, la protégea ce jour-là, ajouta Cornfield, goguenard, avant de faire signe à Colson d'approcher. Soyez aimable, commandant, de mettre à la disposition de Monsieur l'Ingénieur tous les gens dont il pourrait avoir besoin. Mais attention, pas au-delà de la mi-mai, car il vous faudra alors mettre le *Phoenix* à la voile pour New York, afin de nous ramener lady Ottilia, les Sampson, mon cousin Jeffrey et ses filles, plus nos invités au mariage, détailla le lord.

– Devrai-je envoyer un brick à vos parents de Caroline du Sud ?

– Non. Les Cornfield de Charleston viendront par leurs propres moyens. Mon cousin

Bertie III, le planteur, s'est, paraît-il, offert un schooner à roues presque aussi long que le *North Star* de Vanderbilt, auprès duquel nos voiliers ne seraient que de vieux rafiots. Décidément, tous mes cousins veulent imiter Vanderbilt ! ironisa Simon.

La seule perspective de voir un bateau à vapeur dans un port de Soledad fit grimacer Lewis Colson.

Avant de quitter le bord, le lord des îles revint vers Charles.

– La marine de Sa Majesté a enfin libéré mes scaphandriers. Ils sont arrivés hier, retour de Norfolk où ils ont plongé sur l'épave de l'*Eliza*. J'entends que ces gens, que je paie très cher, descendent ces jours-ci dans la fuente del Ángel et remontent ce fameux crâne de cristal aztèque... si toutefois il s'y trouve ! J'aimerais, Charles, que vous assistiez à cette exploration. Car, après tout, hein, c'est vous qui avez résolu le rébus de la cachette. Nous saurons alors si vous avez déduit juste, n'est-ce pas ? persifla aimablement Cornfield.

Déjà engagé sur l'échelle de coupée pour descendre sur le quai, lord Simon se retourna vers Colson et Desteyrac.

– J'allais oublier, messieurs, une chose importante. Sir Edward Carver, pris d'un accès soudain de sociabilité, nous donne ce soir à dîner. Soyez chez lui vers sept heures, conclut Cornfield en coiffant son panama.

Sans plus attendre, il rejoignit sa calèche et y prit place, salué par le capitaine du port. Charles vit l'attelage gravir, au petit trot des alezans, le chemin pentu qui conduisait, par-delà la colline, à Cornfield Manor.

Pendant ces conversations, les marins, aidés des débardeurs et de leur grue manuelle, avaient commencé, sous la surveillance de Tilloy, à sortir de la cale les pièces du pont pour les transborder sur deux grands radeaux arrimés au flanc libre du voilier. Faites de poutres, de rondins et de planches solidement assemblées, ces plates-formes pouvaient, d'après Tom O'Graney, « porter plusieurs locomotives ».

– Après discussion avec Philip Rodney et notre maître charpentier, j'ai préféré faire construire ces pontons flottants plutôt que des barges ou des chalands à fond plat. Une fois chargés, ces radeaux seront remorqués par un voilier et les grandes chaloupes à vingt rameurs. Ainsi, nous livrerons votre matériel à Southern Creek. Seulement, je crains que vous ne deviez attendre quelques jours. Cette houle ample et longue, poussée par une jolie brise de nord-ouest, pourrait nous gêner. En longeant la côte, nous l'aurions par le travers tribord, ce qui risquerait de drosser nos radeaux sur les récifs. Le noroît s'est levé il y a deux jours et son cycle habituel est d'environ sept jours. Donc, soyez patient. Je ne voudrais pas voir votre pont faire naufrage si près du but et ne plus servir que de labyrinthe aux poissons, dit l'officier, mi-badin, mi-sérieux.

Tandis qu'il observait la houle malvenue, mais à ses yeux de terrien inoffensive, Charles vit, à demi masquée par une pointe rocheuse, une embarcation bahamienne à voile sang-de-bœuf qu'il reconnut sans peine. Ainsi, impatiente mais discrète, Ounca Lou avait voulu s'assurer de son retour. Il agita son chapeau, sans savoir si le signal serait perçu par la jeune fille.

Le commandant Colson avait, lui aussi, vu le petit voilier qui, déjà, s'éloignait vers le sud. D'ordinaire réservé et d'une froideur décourageante, l'officier osa une considération personnelle qui, émanant d'un autre, eût paru à Charles importune, voire indiscrète.

– Je crois que vous êtes attendu, Monsieur l'Ingénieur. Permettez-moi de vous dire que, vous connaissant un peu, j'en suis heureux pour vous et pour celle qui vous espère. Voyez-vous, je suis le premier homme qui ait tenu Ounca Lou dans ses bras. Je lui ai même servi de parrain quand elle fut ondoyée en mer par le père Paul Taval. C'était un enfançon de quelques jours. Lady Lamia m'avait demandé de la conduire, avec le religieux, sur son petit voilier jusqu'à Eleuthera, pour chercher une orpheline dont personne ne voulait. Je n'ai rien à refuser à lady Lamia, qui est une femme de cœur et qui me fit, ce jour-là, partager le secret de cette naissance. Aujourd'hui, l'orpheline est devenue une bien belle jeune fille. Grâce à la sœur de lord Simon, elle a reçu l'éducation et l'instruction que l'on dispense aux demoiselles de l'aristocratie, confirma Colson.

À la fois étonné et attendri, Charles ne sut que dire.

Déjà, l'officier avait recouvré sa rigidité

habituelle. Appuyé à la lisse, il suivait les délicates manœuvres de transbordement des pièces du pont.

– Votre confiance m'honore, commandant, finit par articuler Desteyrac.

– Vous avez celle de lady Lamia, vous avez donc la mienne, Monsieur l'Ingénieur, conclut Lewis d'un ton qui n'invitait pas à poursuivre.

Sur le quai, Charles Desteyrac retrouva Timbo, qui l'attendait avec le dog-cart. L'Arawak lui prit les mains et les aurait baisées si le Français l'eût laissé faire. Enthousiaste et bafouillant, le garçon ne cacha pas sa joie de revoir son maître.

– M'a bien ennuyé de vous, mossu. Et j'ai pe'du mon f'ançais, dit-il, au bord des larmes.

Puis il se lança dans une série de considérations en dialecte arawak, dont Charles ne possédait que quelques mots. C'était une langue harmonieuse où dominaient les voyelles et les consonnes liquides et où le pluriel était formé par l'addition d'un vocable signifiant simplement plusieurs. La conjugaison des verbes, d'une rare complication, échappait totalement à l'ingénieur, qui ne retint du discours de Timbo qu'une chose : l'affection, sans doute circonstanciée, que l'Indien lui portait.

Touché par cet accueil, Charles frictionna vigoureusement la tête de Timbo et s'en voulut aussitôt de ce geste de colon suffisant. Bien qu'affectueuse, une telle démonstration rappelait assez la caresse que l'on donne au chien venu faire fête au maître. Aussi, comme pour se faire pardonner une attitude que l'Arawak ne considéra nullement comme une offense, le Français, dès qu'il fut, un peu plus tard, installé dans son bungalow du Cornfieldshire, offrit au serviteur une montre achetée à New York.

– Dorénavant, tu n'auras plus l'excuse d'être en retard, dit-il à l'Indien émerveillé par le cadeau.

Ce soir-là, le major Carver reçut ses invités en habit bleu à boutons dorés, marquant ainsi qu'il s'agissait de célébrer le retour de Desteyrac avec un rien de pompe. Sir Edward, de qui l'impassibilité et la circonspection frisaient bien souvent l'indifférence, s'abandonna, à la vue de Charles, à une démonstration d'amitié dont l'ingénieur ne l'eût pas cru capable.

– Heureux, bien heureux de vous revoir, Charles ! s'écria-t-il en accueillant l'ingénieur. Et vous, êtes-vous satisfait de retrouver Soledad après les fumées de Pittsburgh et l'agitation mondaine de New York ? ajouta-t-il aussitôt.

– Plus que vous ne pensez, major. Pour moi, c'est ici la vraie vie, au milieu d'amis éprouvés, dans un décor édénique, sous un climat délectable...

– Vous êtes des nôtres, à présent. Vivre ici, sur notre île au soleil, dans le bleu, au milieu des fleurs, protégé des nombreux et des gêneurs par l'océan, n'est-ce pas un délice, en effet ? dit Edward.

En parlant, il prit Charles par le bras et le conduisit sur la galerie afin qu'il pût, comme les autres invités, jouir du brasillement de la mer qui reflétait les rayons du couchant.

– J'ai bien conscience de ces privilèges, major, et je n'oublie pas que c'est grâce à vous que je les ai, sans effort, obtenus quand, en 52, à Paris, vous m'avez engagé pour construire un pont.

– Oh ! Mais il y a du vôtre dans tout cela ! Sans une disposition intime de l'esprit et du cœur, vous n'auriez pas apprécié notre mode de vie insulaire. Un autre eût été insensible aux sortilèges de l'archipel. Nos îles rejettent plus qu'elles n'adoptent. Il faut les comprendre, les aimer et les mériter, conclut Carver au moment où Poko présentait le plateau des boissons d'avant dîner.

– Ed, nous avons faim, lança soudain lord Simon, qu'une station prolongée sur la terrasse ennuyait d'autant plus que son verre ne contenait qu'un jus d'ananas à peine relevé d'alcool de banane.

Cette interpellation détermina le passage à table. Sur une nappe finement brodée, argenterie, cristaux, porcelaine aux armes de sir Edward – deux sabres d'or passés en sautoir – prenaient, à la lueur des chandelles, l'éclat indéfinissable du luxe le plus raffiné.

Respectueux de l'étiquette coloniale qui réglait, sous le tropique du Cancer, la tenue vestimentaire pour petits dîners entre hommes, l'ingénieur, comme lord Simon, Malcolm Murray, Lewis Colson, Philip Rodney et Mark Tilloy, portait costume de lin blanc et, mollement noué en papillon sous le col de la chemise, un ruban de velours châtaigne.

Quand Poko eut servi le consommé froid, auquel succéda un gâteau de pigeon, la conversation s'engagea sur les événements d'Europe et la fin de la guerre de Crimée. On avait appris par les journaux américains qu'elle avait tué plus de deux cent quarante mille hommes : Russes, Anglais, Français, Turcs et Piémontais.

Informé par Colson que le beau-père de Charles, le général de Saint-Forin, figurait parmi les morts, lord Simon dit, au nom de tous, une courte phrase de condoléances.

– Ne pensez-vous pas, Charles, que l'empereur Napoléon III, la reine Victoria et le tsar Nicolas se sont lancés assez inconsidérément dans une guerre qu'ils n'avaient pas imaginée aussi meurtrière ? demanda Carver.

– « La guerre est un mal qui déshonore le genre humain », a dit Fénelon. J'aimerais que la France donnât toujours l'exemple de la paix. Or, Louis Napoléon se prend pour son oncle. On sait comment cela finit ! commenta Desteyrac.

– Les Français ont choisi l'empereur Napoléon III par plébiscite au suffrage universel, fit observer Murray.

– Je crains, en effet, que ce ne soit le caractère même du Français qui soit responsable des malheurs de votre patrie, ajouta le lord, s'adressant à Desteyrac de qui il connaissait les opinions républicaines.

– Je crains, moi, que vous n'ayez, hélas, raison, répondit Charles.

– Le peuple français, dans sa majorité, n'a pas plus le sens du devoir que les politiciens, qu'il suit un moment avant de les rejeter au bénéfice d'autres qui lui paraissent plus convaincants. Nous autres, Anglais, n'avons ni fantaisie ni imagination, mais nous avons le sens atavique du devoir et du bien du pays. Nous ne mettons rien au-dessus de l'Angleterre, même quand nous ne sommes pas certains de son bon droit. Les Français, au contraire, ne voient de bien qu'ailleurs et, partant, dans le changement brutal de régime politique. C'est pourquoi ils font des révolutions qui tuent les meilleurs, appauvrissent le commerce, mutilent les statues, détruisent les monuments et les fâchent avec leurs voisins. Nous les avons vus mettre une république à la place d'un roi décapité, puis, las du chaos et du sang, tâter d'un directoire et d'un consulat avant de se donner corps et âme à un empereur génial et conquérant, qu'ils nous abandonnèrent quand il perdit les guerres qu'il avait allumées. Les Français ont essayé depuis différentes monarchies, s'en sont débarrassés au profit d'une nouvelle république, rapidement transformée en nouvel empire... Et tout cela en moins de trois quarts de siècle ! développa Cornfield.

Cette contraction d'une période agitée de l'histoire de France fit sourire Charles.

– Je suis bien certain que vous nous verrez encore revenir à la république. Ce sera la troisième, pronostiqua-t-il.

Poko présentant un foie de tortue nappé

d'une sauce au gingembre, le sujet fut abandonné, au grand soulagement de Carver. Il craignait que Desteyrac ne prît ombrage des critiques formulées par son ami.

– Et que pensez-vous, monsieur Desteyrac, du caractère américain ? demanda Edward pour faire diversion.

– Les Américains que j'ai rencontrés sont très entreprenants, audacieux et expéditifs en affaires, travailleurs, accueillants, généralement rigoristes pour ce qui touche aux mœurs, et, en matière de religion, très disciplinés. Ainsi, même si, à New York, des adolescentes encombrées de leur virginité se jettent au cou des hommes faits, il est mal vu, à Pittsburgh, de rire le dimanche, dit Charles avec un clin d'œil à Tilloy, ce qui déclencha l'hilarité des convives.

– Vous avez vu mon cousin Jeffrey, mon ami. Eh bien, c'est le modèle achevé du Yankee. En trois générations, il est passé de la cabane de rondins des rives de l'Hudson à l'hôtel particulier de Washington Square, c'est-à-dire de l'état de paysan qui sent le petit caillé à celui de bourgeois millionnaire, sans rien connaître de la civilisation ! déclara lord Simon.

– Je l'ai trouvé parfaitement civilisé, encore qu'il mette du lait dans son thé, coince sa serviette dans son col pour ne pas tacher son gilet, éponge avec du pain la sauce de son assiette et coupe son cigare avec les dents. Mais c'est un brave homme qui, comme la plupart de ceux que nous avons côtoyés, croit que le premier devoir du père de famille et du citoyen est de gagner beaucoup d'argent. Ce qui conduit parfois à de curieuses spéculations. En réalité, mon oncle, votre cousin Jeffrey est un joueur, assura Malcolm Murray.

On en était au dessert – une gelée de mangue – quand Lewis Colson fit une remarque sur l'évolution des affaires cubaines.

– Savez-vous que les Espagnols ont fini par payer une indemnité de cinquante-trois mille dollars pour avoir indûment retenu à La Havane, en février 1854, le *Black Warrior*, navire de commerce américain dont ils avaient, de surcroît, saisi la cargaison de coton ?

Tous les convives se souvenaient de cette affaire qui avait failli provoquer une guerre entre les États-Unis et l'Espagne.

– Cette somme est bien inférieure aux trois cent mille dollars réclamés à l'époque par le secrétaire d'État américain, William L. Marcy, observa Carver.

– Les diplomates ont parfois le pas sur les comptables, mon cher. Les Américains, qui n'ont pas renoncé à s'emparer de l'île de Cuba, se sont montrés conciliants. Mais, à New York, un sénateur m'a dit que James Buchanan, actuellement ambassadeur des États-Unis en Grande-Bretagne, pourrait être bientôt désigné comme candidat à la présidence par le parti whig, qui se fait maintenant appeler démocratique. Buchanan est un de ceux qui rédigèrent le fameux Manifeste d'Ostende demandant l'annexion de Cuba par l'Union. S'il devenait, en novembre, président des

États-Unis, sûr que cet homme, qui a la sympathie des planteurs de coton du Sud, lancerait une nouvelle proposition d'achat de Cuba pour en faire, sans doute, un état esclavagiste de plus, dit Murray.

– S'il en était ainsi, je ne donnerais pas cher de la tranquillité de notre archipel ! fit Carver.

– Si Cuba devenait un État américain, comment imaginer en effet que le gouvernement de Washington – dont nous savons, depuis 1823 et la doctrine exposée cette année-là par James Monroe, qu'il entend protéger l'Union de tout risque, aussi bien côté Pacifique qu'Atlantique – puisse tolérer qu'entre l'État de Floride et un État de Cuba subsistât, tel un *opus incertum*, cette chaussée d'îles et d'îlots que constitue notre archipel ? précisa Cornfield.

– Mais les Bahamas sont possession britannique, lord Simon. Je vois mal les États-Unis s'emparer de l'archipel de vive force, observèrent en chœur Lewis Colson et Philip Rodney.

– Ah, que de naïveté, mes bons amis ! Réfléchissez. Que rapportons-nous à la Couronne ? L'archipel importe dix fois plus de produits qu'il n'en exporte. Nous expédions au Royaume-Uni des éponges, de l'écaille de tortue, du sisal, un peu de bois d'acajou, de pin, de gaïac, quelques tonneaux de rhum de qualité inférieure à celui de la Martinique, et des ananas censés mûrir sur les bateaux. En revanche, nous valons souvent au gouvernement de Sa Majesté des ennuis diplomatiques avec les États du Sud, quand nous recueillons les esclaves fugueurs et que les éditeurs londoniens expédient à La Nouvelle-Orléans et à Charleston des brochures anti-esclavagistes. Nous n'offrons même pas en taxes à la mère patrie de quoi payer le gouverneur royal et son train, les fonctionnaires et douaniers, les dispensaires et les écoles. Alors, pour peu que le lord de l'Échiquier ait besoin d'argent, on nous vendra, nous aussi, aux États-Unis ! avança Cornfield, amer.

– Nous avons encore une importance stratégique sur la route maritime des Antilles britanniques, de la Guyane, de la Barbade, des îles Vierges, de la Jamaïque, de Trinidad et d'autres colonies bien anglaises, atténua Lewis Colson.

– La flotte britannique peut, plus économiquement que nous, suffire à cette protection, commandant, assura le lord.

– En somme, mieux vaut pour nous que Cuba reste espagnole, dit Charles, dont le « pour nous » associait sa personne au sort de Soledad, ce qui plut au lord et au major.

– La vraie solution, la plus humaine et la plus honnête, serait que Cuba devînt un pays indépendant, une sorte de principauté reconnue comme telle par toutes les nations, proposa Carver.

– Pourquoi pas une république ? fit Charles.

– Puisque nous jonglons avec les hypothèses, pourquoi l'archipel, dont la population s'accroît chaque année, ne deviendrait-il pas aussi un État indépendant, allié ou associé à un État cubain libre ? proposa Murray.

– Tout simplement parce que le gouvernement des États-Unis n'acceptera jamais d'avoir, si près de ses rivages, des gens comme nous qui avons hébergé les loyalistes, qui adoptons les nègres et faisons du commerce hors du contrôle de leur douane. Pensez que, ces jours-ci, la livre sterling vaut ici quatre dollars et quarante-quatre cents..., conclut lord Simon.

– Dommage, mon oncle, je vous verrais bien roi des Bahamas ! lança Murray.

– Ou président de la République des Lucayes, renchérit Charles.

Au cours du dîner, l'ingénieur fut à maintes reprises rappelé à la réalité du moment par la question d'un convive à lui directement adressée. Sa pensée vagabondait du côté de Buena Vista. Plutôt que prendre part à l'excellent repas d'accueil donné en son honneur par le major Carver, il eût préféré faire atteler son dog-cart et trotter jusqu'à Little Manor, sa maison de chantier, au sud de l'île, et peut-être passer sur l'îlot pour retrouver celle qui s'était assurée, quelques heures plus tôt, de son retour. Malcolm Murray avait remarqué l'air parfois absent de son ami et, quand chacun se prépara à regagner son domicile, l'architecte proposa à Desteyrac de lui faire un bout de conduite, son bungalow étant proche de la demeure de leur hôte.

Suspendue au milieu de milliers d'éclats stellaires, la pleine lune, parfait modèle pour peintres naïfs, éclairait le paysage. Les deux hommes se mirent en route à travers le parc du manoir et Malcolm prit sans façon le bras de

Charles. Après le repas arrosé de grands crus, moins attentif à sa démarche, l'Anglais boitait légèrement.

– Il faudra que vous veniez visiter mon hôpital, en service depuis quelques semaines, dit-il.

Il désigna un bâtiment blanc, formé d'un corps principal et de deux ailes en U, incrusté au flanc de la colline qui, derrière Cornfield Manor, s'élevait jusqu'aux ruines de Pirates Tower. Construit autour d'une esplanade divisée en massifs par des allées bordées de jeunes palmiers, l'ensemble, dans le style colonial cossu, s'intégrait harmonieusement au paysage, que l'architecte et le commanditaire avaient tenu à respecter.

– J'aurais voulu doter le bâtiment central d'un beffroi élevé pour qu'on voie de loin le cadran solaire qui le décore, mais j'ai dû compter avec les ouragans. Ces vents fous ont, semble-t-il, horreur de tout ce qui dépasse le relief naturel. Bien qu'abritée par un talus, votre maison de Southern Creek a d'ailleurs souffert de cette agressivité venteuse. Lady Lamia m'a fait aussitôt prévenir et tout a été remis en état, sous mon contrôle, par ses ouvriers. À cette occasion, j'ai apprécié les qualités de maîtresse de maison de la très belle Ounca Lou. Elle est prête à tout pour vous plaire, veinard ! s'exclama Malcolm.

– Je ne souhaite que lui plaire, moi aussi, reconnut Charles.

– Si j'en suis heureux pour vous et pour elle, je suis en revanche un peu inquiet pour Ottilia.

L'avez-vous revue à New York, et comment l'avez-vous trouvée ?

– Je ne l'ai pas revue depuis ses fiançailles. Lors de mon bref passage de retour, elle se trouvait à Washington, chez la veuve Sampson. Elle y attendait son fiancé, qui devait arriver du Texas. Mais vous n'êtes pas seul à vous soucier de la santé de votre cousine. La gouvernante de Jeffrey Cornfield, m'a dit que, depuis quelques semaines, Ottilia paraissait sans entrain, passait des heures dans sa chambre et refusait les invitations. En savez-vous davantage ?

– Guère plus. J'ai appris par Gertrude, qui m'écrit chaque semaine et dont l'absence me pèse aussi bien au lit qu'au salon – ne riez pas, nous sommes tombés bêtement amoureux l'un de l'autre ! –, qu'Otti est allée discrètement consulter, en privé, dans sa prétentieuse maison de style néogrec, sur Bloomingdale Road, le docteur Valentin Mott, l'éminent praticien de l'hôpital Bellevue.

– Le fiancé serait-il devenu mari... ou amant avant son départ pour le Texas ? Otti serait-elle enceinte ? risqua Charles.

– Diagnostic à écarter, mon ami, dit vivement Malcolm, ce qui fit craindre à Charles d'avoir commis une bévue.

– Écartons-le donc. Gertrude vous en a-t-elle donné un meilleur ?

– Le médecin pense à cette forme de mélancolie qui fait qu'on ne trouve plus de charme à la vie et qui ôte le goût de faire des projets. Elle peut conduire à la prostration, à l'insomnie, au refus de se nourrir. Otti, heureusement, n'en est pas à ce stade, mais Gertrude a le sentiment qu'elle voit sans plaisir approcher le mariage, bien qu'elle dise en même temps avoir hâte qu'il soit conclu pour se sentir à nouveau libre, rapporta Murray.

– Drôle de conception du mariage ! observa Charles.

– Tout ce que conçoit Ottilia est déroutant pour un esprit cartésien tel que le vôtre, persifla Murray.

En devisant, les deux hommes étaient arrivés devant la maison de Desteyrac.

– Je pense, Malcolm, que vous souhaitez comme moi que votre cousine, qui vous est presque une sœur, soit heureuse et quiète, dit Charles.

– Le bonheur et la quiétude ne sont pas dans la nature d'Otti. Puisse-t-elle seulement finir par s'accepter telle qu'elle est, et prendre la vie telle que le destin l'impose, acheva Malcolm, sibyllin.

Les deux hommes se serrèrent la main et Charles regarda s'éloigner, blanche silhouette claudicante dans la nitescence lunaire, le seul véritable ami de lady Ottilia.

À l'aube, Desteyrac réveilla Timbo et fit atteler Zéphyr.

– Prends des provisions. Il se pourrait que nous dormions à Southern Creek, ordonna-t-il.

L'Arawak consulta la montre que Charles

lui avait offerte et qu'il portait en sautoir, suspendue par un lacet de cuir.

– Mossu l'Ingénieu' sait qu'il est pas enco'e cinq heu'e et qu'y a pas enco'e soleil, dit-il, étonné.

– Retiens ça : l'avenir appartient à ceux qui se lèvent tôt. Et maintenant, en route ! lança Charles.

Les événements les plus prévisibles ne se déroulent jamais comme on s'est plu à les imaginer. Pendant le parcours, dans la fraîcheur lumineuse du matin, Charles Desteyrac caressa la vision d'Ounca Lou, une fleur d'hibiscus sur l'oreille, l'attendant au seuil de Little Manor. La houle de noroît ondulait sous un soleil bien éveillé quand sa maisonnette apparut, avec son toit neuf, couvert de palmes fraîchement coupées.

Les fauteuils de rotin disposés sur la galerie et, dans le bureau-salon-salle à manger, un bouquet d'orchidées sauvages attestaient que le maître de céans était attendu. Les fleurs, message intime de bienvenue, firent sourire Charles, un peu déçu par l'absence de la jeune fille.

Tandis que Timbo ouvrait les persiennes et s'activait en grommelant, bien que tout fût en ordre et chaque objet à sa place, y compris la planche à dessin et les livres, Charles s'en fut examiner, au flanc du talus, le chemin de rondins disposés parallèlement. Il permettrait de hisser sur le plateau, par schlittage, invention des bûcherons vosgiens, les lourds éléments du pont. L'ingénieur gravit la pente et vérifia que ses consignes avaient été suivies. La mince couche de terre qui couvrait le socle corallien de l'île avait été enlevée et la roche aplanie pour établir, au bord de Devil Channel, l'aire de construction et de lançage du pont.

À la jumelle il vit sur Buena Vista, avec un pincement au cœur incontrôlable, la demeure de lady Lamia, toutes fenêtres ouvertes, et Ma Mae, la cuisinière, aller et venir sur la terrasse, puis dérouler et tendre sur ses supports la tente qui abritait les rocking-chairs du soleil. Contrôler que des travaux identiques à ceux qu'il venait d'inspecter avaient bien été effectués sur l'îlot lui fournit prétexte à passer aussitôt de l'autre côté du goulet. Incapable de résister plus longtemps au désir de revoir Ounca Lou, il courut jusqu'au va-et-vient, rétabli la veille par O'Graney, et franchit la faille au fond de laquelle s'affrontaient mollement, ce jour-là, houle d'ouest et vagues du large. Comme il approchait de la résidence de Lamia, son pas vif sur le gravier du chemin fit se retourner la cuisinière, occupée à distribuer des coussins sur les sièges de plein air.

– Oh ! Mossu Carlos, *my* Fish Lady va être contente de vous voir, entrez, entrez dans la maison ! dit-elle.

Charles trouva lady Lamia dans le grand salon, en train d'arranger dans un vase des branches de laurier-rose. Elle vint à Charles bras tendus, lui donna ses deux mains qu'il baisa avec effusion. Sous l'opulente toison grise et bouclée, le sombre et pénétrant regard de la sœur de lord Simon trahissait la sincérité de l'émoi d'une femme peu encline aux épanchements sentimentaux.

– Nous ne vous attendions pas si tôt. Ounca est encore en haut à s'apprêter pour vous recevoir. Savez-vous que, malgré cette mauvaise mer, je n'ai pu l'empêcher, hier, d'aller voir l'arrivée du *Centaur.* Comme elle va être heureuse ! Si vous saviez comme vos lettres étaient attendues, lues et relues ! Car vous êtes resté absent neuf mois, monsieur !

– La fabrication du pont à Pittsburgh prit plus de temps que prévu et son transport ne fut pas des plus rapide. Mais il ne s'est pas écoulé un jour sans que je pense à Buena Vista, à Ounca Lou et à vous, dit-il, écartant le col de sa chemise pour montrer, suspendue à une chaîne d'or, la dent de requin que Fish Lady lui avait, un jour, passée au cou.

Lamia lui saisit tendrement la main, l'invita à prendre un siège, s'assit près de lui et se mit à parler sur le ton de la confidence.

– Ounca s'ennuyait de vous, Charles. Je ne parvenais plus à la distraire. Heureusement que l'étude de nos mollusques et le traité qu'elle prépare l'occupaient beaucoup. Moi qui déteste Nassau, je l'y ai conduite à la réception que donne le gouverneur royal, sir Albert Bannerman, le premier de l'An. Ce jour-là, vous eussiez été jaloux avec raison. Tous les officiers de la garnison et de la marine, jeunes gens des meilleures familles, lui ont fait la cour. Le lendemain du bal, elle a reçu des monceaux de fleurs et, chose plus inattendue étant donné son origine anglo-indienne, qu'elle ne tente pas de dissimuler, deux demandes en mariage assez flatteuses, rapporta Lamia avec une satisfaction teintée de malice.

– Quand j'ai quitté votre filleule, un soir de l'été dernier, je lui ai dit que beaucoup de choses pouvaient arriver pour elle pendant mon absence. Elle aurait pu évidemment se marier, bien qu'elle m'ait alors répondu : « Rien n'arrivera et vous me trouverez telle que je suis. » N'était-ce pas une promesse de fidélité... à l'amitié ? répliqua Charles.

– Amitié ! Amitié ! Charles, avez-vous peur des mots trop lourds de sens ? C'est d'amour qu'il s'agit, bien sûr, et c'est ce qui me préoccupe. Je ne suis pas prude, vous le savez, et je connais les hommes. Le meilleur d'entre tous ne refuserait pas une fille amoureuse qui s'offre. Mais il s'agit d'Ounca Lou. Jouer avec son corps serait jouer avec son cœur, peut-être avec sa vie, prévint Lamia, fixant Charles d'un regard intimidant.

– Je ne suis certainement pas le meilleur des hommes, lady Lamia, mais je ne suis pas joueur, et...

Il allait poursuivre quand Ounca Lou apparut, drapée d'un paréo imprimé d'oiseaux de paradis multicolores. Surprise, elle marqua un temps d'arrêt au bas de l'escalier, puis, submergée par l'émotion des retrouvailles, les bras pendants le long du corps, elle fit, telle une somnambule, un pas vers Charles, soudain conscient de la gravité du moment.

– Embrassez-vous donc ! lança Lamia.

L'injonction de Fish Lady les laissa un

instant décontenancés et comme indécis. Face à face, ils échangèrent un long regard qui anéantit le temps de la séparation, puis ils s'étreignirent en silence avec autant de force que de tendresse.

– Je vous laisse. Vous devez avoir beaucoup à vous dire, jeta Lamia.

S'efforçant à la désinvolture, elle quitta le salon.

– Enfin, vous êtes là ! dit Ounca Lou, les mains nouées sur la nuque de Charles et le fixant de son regard clair.

– Nous sommes là, rectifia-t-il, enlaçant la jeune fille pour l'attirer contre lui.

Subjugué, il la voyait maintenant non pas telle qu'il l'avait quittée, mais telle que sa pensée, mêlant souvenir, désir et imagination, la lui peignait dans ses moments de solitude. L'absence, philtre magique du temps, tantôt corrosif, tantôt exaltant au sens chimique du terme, avait rendu Ounca Lou plus réelle, plus vivante, plus charnelle. La sylphide, vision onirique de la femme idéale, refusée à Chateaubriand, était, superbement incarnée, livrée à Charles Desteyrac.

Avec force détails, il dut raconter ses séjours à Pittsburgh, décrire les usines, la vie des ouvriers, ses distractions – il omit les visites aux jumelles vénales –, son amitié pour Bob Lowell, les rigueurs de l'hiver en Pennsylvanie, la descente du canal de l'Érié. Moins curieuse de la vie new-yorkaise, qu'elle avait connue étudiante, Ounca voulut cependant savoir quelles pièces on jouait à Broadway, comment s'habillaient les femmes, connaître la vitesse des chemins de fer et le décor de Cornfield House, à Washington Square. Elle ne fit aucune allusion aux fiançailles de lady Ottilia et ce n'est qu'au cours du repas, auquel Charles fut convié, que le sujet fut abordé par Fish Lady.

– Mon frère m'a fait dire que le mariage d'Otti sera célébré ici, début juin. Il me fait la grâce de m'inviter, annonça Lamia.

– Les Cornfield de New York, ceux de Charleston feront le déplacement, peut-être même lord William Gordon et votre sœur Mary Ann viendront-ils de Manchester. Ce sera pour vous l'occasion de voir de nombreux membres de votre famille, dit Charles.

– Le banquier, l'esclavagiste, le satyre et le tyran : la brochette Cornfield sera complète ! railla Fish Lady.

Après le repas, Charles et Ounca Lou se retrouvèrent à nouveau seuls et, quand la jeune fille apprit que plusieurs jours s'écouleraient avant que les éléments du pont ne soient livrés à Southern Creek, elle battit des mains.

– Alors, nous allons nous baigner, et puis nous aurons le temps d'aller jusqu'à Eleuthera. Je veux vous montrer l'île où je suis née. Elle est tellement différente de Soledad et de Buena Vista ! Et puis, j'y possède une maison, celle de ma défunte mère, au milieu d'une plantation d'ananas et de nos potagers.

– Mais la houle d'ouest est perfide, émit Charles, se souvenant des propos de Lewis Colson.

– C'est seulement trois ou quatre heures de bateau, suivant le vent. Nous avons un voilier solide et de bons marins qui font la traversée chaque semaine pour nous approvisionner en fruits et légumes, expliqua la jeune fille.

Dans l'après-midi, ils passèrent sur Soledad et se baignèrent dans Pink Bay, puis s'attardèrent sur la plage. Allongés l'un près de l'autre, se tenant la main, ils se racontèrent avec franchise, sans souci de chronologie : enfance, adolescence, études, travaux, déceptions, bonheurs, amitiés, désillusions. Unis par une espérance encore informulée, osant déjà, chacun pour soi, imaginer un avenir commun, ils échangèrent leur passé pour qu'entre eux tout fût dit, amnistié, absous, oublié, livré aux arcanes de la mémoire.

– Nous devons clore nos vies antérieures et jeter la clef à la mer, dit Charles.

– Un soir de spleen, vous m'avez écrit, peut-être en exagérant un peu vos sentiments : « Je ne conçois plus de vivre ailleurs que sur Soledad. » Dois-je y croire ?

– Aujourd'hui plus encore qu'au moment où j'écrivis ces mots, répondit Charles avec force.

À l'heure du dîner, Timbo proposa de cuire un homard que Sima, le pêcheur d'éponges, avait apporté dès que la présence de l'ingénieur avait été connue au village. Ce n'est qu'à la nuit tombante que Desteyrac fit repasser son amie sur l'îlot de Buena Vista par le va-et-vient.

– J'irai vous réveiller tôt, pour le bain ! cria-t-elle en montant dans la benne après un dernier baiser.

Charles, bien qu'enflammé par la vénusté et les abandons câlins de la jeune fille, se promit de ne pas « jouer avec le corps d'Ounca Lou », comme le craignait Lamia. Il savait que, pour la filleule de Fish Lady, la conjonction des désirs et le partage du plaisir ne pouvaient être qu'un aboutissement, la consécration voluptueuse du sentiment d'amour, qu'elle plaçait au-dessus de tout. Chose étonnante chez Desteyrac, il n'avait en présence de ce corps de femme, aussi désirable que vulnérable, aucune difficulté à rester maître de soi. Cette contention aisée, qui eût fait sourire Murray et Tilloy, confirmait ce qu'il avait ressenti : il était épris jusqu'au respect.

En attendant que le commandant Colson fît prévenir de l'arrivée des radeaux qui portaient les éléments du pont, Charles et Ounca passèrent leurs journées ensemble. Souvent dans l'eau, parfois en compagnie de lady Lamia, chaperon complice, et de Sima, le pêcheur d'éponges. Promu chef d'équipe pour les travaux de construction du pont, l'Arawak avait déjà recruté des ouvriers habiles et attendait le moment de s'employer.

Avec les deux femmes, le pêcheur apprit à Charles à plonger et à nager sous l'eau sans appréhension. Bientôt, l'ingénieur put ouvrir les yeux sans ressentir de brûlure, contrôla sa respiration, accepta le frôlement des dauphins de Nouvelle-Angleterre s'installèrent au Canada, d'autres choisirent de rentrer en Angleterre.

– Y furent-ils bien accueillis ? demanda l'ingénieur.

– Pas toujours, car une partie de l'opinion anglaise approuvait l'indépendance des colonies américaines. Enfin, de nombreux propriétaires du Sud préférèrent s'installer avec leurs esclaves aux Bahamas, possession britannique confirmée en 1783, pour fonder des plantations de coton qui, le plus souvent, périclitèrent. Ces nouveaux venus, dont vous côtoyez aujourd'hui les descendants, doublèrent d'un coup la population d'une douzaine d'îles déjà habitées et amenèrent avec eux plus de quatre mille Noirs. La plus forte communauté issue de cette émigration se fixa à Harbour Island, à l'extrémité septentrionale de notre voisine, Eleuthera, au passé édifiant. Ils furent plus de deux mille à s'installer autour du domaine de John Murray, quatrième comte de Dunmore, lointain cousin de notre cher Malcolm, rapporta le lord.

– Mon père possède un portrait de ce parent qui fut gouverneur des Bahamas de 1786 à 1796, après avoir été le dernier gouverneur britannique de l'État de New York, puis de la Virginie, confirma le jeune architecte.

– Il était donc tout indiqué que vous reveniez ici, mon cher. Vous êtes un peu chez vous, persifla le major.

– Il ne subsiste apparemment, chez ces gens

restés fidèles à l'Angleterre, aucune rancœur contre les Américains, observa Desteyrac, désireux de compléter ses connaissances.

Lord Simon se servit un grand verre d'eau glacée, qu'il avala d'un trait, puis emplit un petit verre de l'armagnac du Gers qu'un vieil ami français envoyait chaque année à Carver. Tout en chauffant l'alcool entre ses paumes, Simon Leonard reprit son évocation.

– Pas de rancœur ? Détrompez-vous, Monsieur l'Ingénieur ! Les spoliés ont bonne mémoire. Lors des préliminaires du traité de paix – signés entre les États-Unis et l'Angleterre le 30 novembre 1782 –, il avait été admis, comme le demandait le gouvernement de Sa Majesté, « que les propriétés et les biens confisqués aux sujets britanniques leur seraient rendus ; qu'ils ne feraient l'objet d'aucune poursuite, soit dans leur personne, soit dans leurs biens, même s'ils avaient pris part à la guerre d'Indépendance contre les Américains ». Cela devait être confirmé dans le traité définitif, signé à Versailles le 20 janvier 1783. Mais l'hostilité des patriotes envers les loyalistes demeurait vive. Cela empêcha leur gouvernement de donner satisfaction à l'Angleterre. Après de longs débats, les plénipotentiaires convinrent seulement que le Congrès fédéral « recommanderait » aux gouverneurs des États de traiter avec justice et générosité ceux qui, dans un premier temps, avaient refusé la citoyenneté américaine. Cette recommandation fut, dans bien des cas, ignorée.

– Et que sont devenus les loyalistes qui restèrent aux États-Unis ? demanda Murray.

– Certains se repentirent. Ils furent autorisés à racheter leurs biens et propriétés quand les autorités fédérales eurent constaté que le départ de ces familles pouvait être une perte de substance pour la jeune république. Car il faut savoir que les loyalistes appartenaient le plus souvent à une élite instruite et éduquée, laquelle faisait cruellement défaut aux nouvelles institutions. Parmi ces ralliés figura Bertie Ier Cornfield, mon arrière-grand-père, dont le frère cadet, Rupert, officier loyaliste, avait été tué par les insurgents à la bataille de King's Mountain, en Caroline du Sud, le 7 octobre 1780. La sœur de Bertie et de Rupert, Helen, épousa un banquier de Boston et devint elle aussi américaine. Les descendants de cette branche Cornfield sont nos cousins et petit-cousins de Charleston, de Boston et de New York.

– Mais les Cornfield de Soledad sont restés citoyens britanniques, puisque l'archipel appartient toujours à la Couronne ? observa Charles.

– En effet, Maxence, mon grand-père, troisième lord, au contraire de son père Bertie, resta fidèle à la mère patrie et vint s'installer à Soledad, propriété familiale jusque-là négligée, tandis que sa sœur Margaret rentrait en Angleterre pour épouser un Murray d'Écosse. D'où notre parenté, cher Malcolm, dit Simon Leonard.

– Peut-être faut-il ajouter, Simon, que beaucoup d'amis de votre famille, qui eussent mieux fait de s'établir dans nos îles, rentrèrent au pays, comme on disait alors. Je pense à Thomas Hutchinson, riche marchand de Boston, diplômé de Harvard, magistrat intègre, gouverneur du Massachusetts. Il avait tout de suite mis en doute l'argumentation historique de la Déclaration d'indépendance et proclamé que la souveraineté de l'Empire britannique ne pouvait être contestée. Les patriotes brûlèrent sa maison et il partit pour l'Angleterre où son fils publia, en 1828, l'œuvre majeure de ce loyaliste, *History of Massachusetts Bay.* Il y eut encore Joseph Galloway, éminent juriste de Philadelphie, diplômé de Yale, membre du premier Congrès continental. Il dut lui aussi, comme Myles Cooper, *clergyman*, professeur de philosophie au King's College, quitter l'Amérique, où il avait fait sa vie, après que ses propriétés eurent été confisquées par l'État de Pennsylvanie. Ainsi, monsieur Desteyrac, nous avons vécu et vivons toujours les conséquences des luttes fratricides entre colons anglais, confessa le major.

– Si douloureux qu'ils furent, ces conflits aboutirent cependant à la fondation des États-Unis, puissance neuve sans autre passé héroïque qu'une guerre civile, reconnut Cornfield avec franchise.

– Chateaubriand écrit dans ses *Mémoires d'outre-tombe* : « Les guerres civiles sont moins injustes, moins révoltantes et plus naturelles que les guerres étrangères », cita Charles.

– Pourquoi, s'il vous plaît ? s'enquit sèchement Cornfield.

– D'après notre mémorialiste, parce que « les guerres civiles sont fondées sur des outrages individuels, sur des aversions avouées et reconnues », ce qui fut bien le cas, semble-t-il, entre loyalistes et indépendantistes ? compléta Charles.

– Ce sont là élucubrations de prosateur romantique ! intervint le lord. La guerre entre citoyens d'une même patrie laisse des plaies inguérissables. Nous n'avons pas oublié, en Angleterre, Cromwell et ses Têtes rondes, et les Français se souviennent encore des luttes de la Fronde et des massacres de la Saint-Barthélemy. Ainsi, les Carolines gardent le triste souvenir et les stigmates de la guerre d'Indépendance. Il faut reconnaître que les troupes britanniques, soutenues par les loyalistes et des esclaves noirs, auxquels, des deux côtés, on promettait la liberté, se conduisirent aussi durement que l'armée de Washington. Sitôt l'indépendance acquise, les Noirs abandonnés par l'armée anglaise et ceux délaissés par celle de Washington commencèrent à piller les maisons de leurs maîtres, détruisirent parfois les plantations par le feu, et se firent de plus en plus arrogants. Dans la plupart des cas, ils retournèrent, contraints et forcés, à la condition d'esclave. Les Noirs qui s'étaient le plus mal conduits furent châtiés sans merci par les nouveaux citoyens américains, tandis que les vaisseaux anglais recueillaient les familles loyalistes menacées et les transportaient jusque dans nos îles avec leurs esclaves et ce qu'elles avaient pu sauver de leurs biens.

– C'est donc ainsi qu'arrivèrent dans l'archipel esclavagistes et esclaves, constata Charles, s'adressant au major qu'il estimait plus à l'aise pour commenter ce sujet.

– Pas de quoi être fier, penserez-vous ? Vous aurez raison. Mais il faut savoir que les Cornfield, même s'ils n'y résidaient pas encore, étaient propriétaires de Soledad depuis 1667, donc bien avant l'arrivée des loyalistes. On sut très vite dans l'archipel que lord Maxence Cornfield, le grand-père de Simon, venu s'établir ici en 1782, accueillait les esclaves marrons au grand dam des planteurs qui les avaient transportés du continent. Au cours des années suivantes, des propriétaires d'esclaves, parfois accompagnés d'hommes armés et de chiens spécialement dressés à poursuivre les Noirs en fuite, débarquèrent ici pour exiger la restitution de leurs nègres fugueurs. Ils furent toujours fort mal reçus par lord Maxence et ses Arawak qui brandissaient arcs, lances et javelots, rapporta le major.

– Et c'est encore ainsi que je recevrai les esclavagistes d'aujourd'hui, même si mon cousin Bertie III se trouve à leur tête ! dit lord Simon, déterminé.

Charles Desteyrac serra avec plus de chaleur que d'habitude la main que le maître de Soledad lui tendit quand vint l'heure d'aller dormir.

Si la colère du lord à l'encontre d'Ottilia, de qui il partageait la détestation de l'esclavage, était oubliée dès le lendemain, un nouvel événement la ranima trois jours plus tard. Un journal de Boston daté du 5 juillet, mais que le bateau-poste de Nassau ne délivra à Soledad que le 25 du même mois, apporta enfin des nouvelles de lady Ottilia.

Lord Simon apprit ainsi que sa fille avait participé à une réunion féministe à Hartford (Connecticut), ville où vivait Harriet Beecher-Stowe, auteur de *La Case de l'oncle Tom*, roman antiesclavagiste un peu geignard, mais plein de bons sentiments, publié en 1852, qui connaissait un immense succès dans les États du Nord et en Europe.

La réunion de Hartford avait été organisée, le jour anniversaire de l'Indépendance des États-Unis, par Amelia Jenkins Bloomer, protestante et socialiste, fondatrice en 1849 du journal pour femmes *The Lily*[1]. Edward Carver mit la feuille bostonienne sous les yeux de Charles. Le journaliste américain écrivait : « Une ravissante jeune lady, miss Ottilia Cornfield, anglaise, fille unique de lord Simon Leonard Cornfield, armateur, magnat des chemins de fer de l'Ouest, filateur de coton à Manchester, businessman et aristocrate estimé de la reine Victoria, dont la famille est propriétaire, depuis Charles II d'Angleterre, d'une île dans l'archipel des Bahamas, est une zélatrice du mouvement des *Bloomers*. Ces dames et demoiselles ont décidé de s'habiller à la turque afin de montrer que les

1. Il devait cesser de paraître en 1856.

femmes américaines sont, comme chez les Turcs, les esclaves de leur mari. Leur tenue orientale : corsage de soie de couleur vive, manches de mousseline, jupe au mollet passée sur un large pantalon bouffant de même tissu que le corsage, ne manque ni de charme ni d'élégance, surtout à cause de la transparence des tissus utilisés, de l'absence de corset et de brassière. Ce costume sied particulièrement bien à lady Ottilia Cornfield, que les dessinateurs des magazines croquent à plaisir. Les autorités de Providence, dans le Rhode Island, n'ont pas, comme nous, goûté le charme de ces toilettes. Lady Ottilia et son amie miss Johnson, toutes deux militantes *bloomerist*, ont été interpellées par des policiers, conduites devant un juge qui leur a infligé vingt dollars d'amende sous prétexte qu'elles tentaient de dissimuler leur sexe en se faisant passer pour des hommes. »

– Quand il a lu ça, Simon a failli avoir une syncope. On s'attend à ce que *The Nassau Guardian* reprenne cet article, qui fera sursauter tous les puritains, nombreux dans l'archipel et souvent critiques envers les mœurs jugées trop libres des Cornfield, dit Carver, consterné.

– Qui est Amelia Jenkins ? demanda Charles, ignorant tout des mouvements féministes.

– L'épouse de Henry Dexter Bloomer. Elle a jeté son corset et sa brassière aux orties et milite pour l'émancipation des femmes. Comme Elizabeth Cady Stanton et Lucretia Mott, elle s'insurge contre la loi qui fait que la femme américaine n'a – « comme les nègres », dit-elle – aucune existence légale. Déjà, le 19 juillet 1848, lors d'un meeting à Seneca Falls, dans l'État de New York, soixante-huit femmes et trente-deux hommes ont signé un manifeste demandant la révision de la loi, expliqua le major.

Le soir même, commentant la nouvelle incartade d'Ottilia, Malcolm Murray, qui partageait souvent le dîner de Charles, fournit d'intéressantes précisions sur un milieu qu'il semblait fort bien connaître.

– Jouant peut-être sur le patronyme de son mari, Amelia Jenkins Bloomer a lancé la mode du bloomer. Elle prône le pantalon bouffant parce qu'elle le considère comme la pièce de vêtement la plus symbolique de la domination masculine. Ottilia l'a connue à Londres en 1851, lors de l'Exposition où elle fut plutôt mal reçue. Elle l'a suivie pendant son périple anglais, lequel ne fut pas non plus de tout repos, puisque des gens menacèrent un jour de jeter dans la Tamise les femmes qui portaient des pantalons. Dans la lettre accusatrice dont je vous ai parlé, lady Mary Ann Gordon, la sœur de lord Simon, n'a pas manqué de signaler ces faits à son frère. Elle reprochait à Ottilia d'avoir adopté une tenue qui faisait scandale dans la bonne société et que la presse ridiculisait, bien qu'elle connût un vif succès dans les milieux artistes que nous fréquentions. D'ailleurs, comme les Américains, nous appelions les amies d'Amelia les *Bloomers*, et nous les accompagnions pour les protéger quand elles s'aventuraient en territoire hostile, raconta Murray.

– Lord Simon a peu apprécié la publicité faite à son nom par les turqueries vestimentaires de sa fille. Carver m'a confié qu'il allait envoyer une sorte de lettre circulaire à tous les parents, proches ou éloignés, que les Cornfield possèdent à travers les États-Unis, pour qu'ils intiment à Ottilia, s'ils la rencontrent, l'ordre formel de regagner au plus tôt Soledad, révéla Charles.

– C'est le meilleur moyen de la dissuader de venir ici, mon cher. Ottilia a toujours fait le contraire de ce que souhaitait son père. Ce n'est pas maintenant qu'elle va changer ! assura Murray.

L'étude des travaux à effectuer sur Buena Vista offrait à Desteyrac de fréquentes occasions de rencontrer lady Lamia. Depuis qu'elle s'était résignée à l'établissement d'un pont entre Soledad et son îlot, et surtout depuis que Charles avait choisi de le faire aboutir à l'écart de sa résidence, les rapports entre l'ingénieur et la sœur cadette de Cornfield étaient devenus confiants, voire amicaux. À chacune de ses visites, Charles était invité au *lunch* ou au dîner. Il appréciait cette hospitalité, qui lui donnait le loisir d'échanger des idées avec une femme instruite, grande lectrice et pianiste de talent, plus sensitive que sensible, chez qui une étonnante virilité de comportement s'alliait à une féminité d'autant plus touchante qu'elle paraissait refoulée, comme en réserve. Il goûtait aussi l'ambiance chaleureuse de sa maison, dont le décor, à l'opposé de celui, quasi palatin, de Cornfield Manor, formait un écrin sobre et harmonieux où quelques œuvres d'art, qui toutes avaient une histoire, prenaient leur pleine valeur. Ainsi, Charles ne se lassait pas d'admirer un grand tableau, excellente copie de la fameuse toile de John Singleton Copley, *Watson et le requin*[1] ; copie peut-être due au peintre lui-même, d'après lady Lamia, car les critiques assuraient que Singleton Copley avait reproduit plusieurs fois cette scène dramatique.

– Ce tableau, peint vers 1778, rappelle un drame dont fut victime à Cuba, en 1749, un jeune Anglais de quatorze ans, Brook Watson, qui accompagnait son père, marchand de Londres venu pour affaires en Amérique. L'adolescent nageait nu dans le port de La Havane quand il fut attaqué par un requin-tigre qui lui saisit le pied droit dans ses mâchoires et l'entraîna vers le large. Par bonheur, des pêcheurs en barque virent la scène et sauvèrent le jeune homme. Comme l'a montré bien plus tard le peintre sur cette toile, d'après les souvenirs du rescapé, un pêcheur tend la main au garçon tandis qu'un autre harponne l'énorme squale qui a déjà dévoré un pied et le mollet du nageur. Une fois proprement amputé, Watson rentra en Angleterre, où sa

1. Le tableau se trouve aujourd'hui au Museum of Fine Arts, à Boston. Une autre version est visible à la National Gallery of Arts, à Washington.

tragique aventure fut rapportée dans les journaux, ce qui lui valut la considération publique. Son infirmité ne nuisit pas à sa carrière, puisqu'il devint l'un des directeurs de la Bank of England, membre du Parlement et lord-maire de Londres. Le roi George III le fit baronet en 1803. J'aime cette histoire vraie, et ce tableau qui illustre la férocité de l'hôte le plus dangereux de notre archipel, conclut Lamia.

– D'où votre goût pour la chasse aux requins. Je me suis laissé dire que vous en aviez tué des centaines, risqua Charles.

– On exagère beaucoup, mais il est vrai que je protège de mon mieux mes pêcheurs d'éponges, souvent attaqués par les squales, qui pullulent dans ce que les anciens ont justement nommé Sharks Bay. Quand les plongeurs voient approcher l'un de ces tueurs, ils viennent me chercher et je les en débarrasse, expliqua modestement Lamia.

– D'où le sobriquet de Fish Lady ?

– Il n'est pas dû aux seuls requins. Mes gens m'ont ainsi nommée le jour où ils m'ont vue nager en compagnie de dauphins, grands mammifères marins inoffensifs, folâtres et malins, dont je me suis fait des amis. Et puis, mes harpons bien affûtés me servent aussi pour fournir ma table et celles de mes amis en mérou, thon, albula, pompano, et aussi pour chasser la murène, le barracuda, le marlin, la pastenague aux aiguillons venimeux, ou le grand tarpon. L'océan est un prodigieux garde-manger, monsieur Desteyrac. Cependant, comme dit le proverbe indigène : « Chaque jour est jour de pêche ; chaque jour n'est pas jour de prise. » Ma Mae va nous servir tout à l'heure celle de ce matin, dit Lamia juste avant le tintement de la cloche qui annonçait le repas.

Pendant qu'ils buvaient, au salon, une liqueur apéritive *homemade* à base d'écorce de cascarille, la cuisinière vint présenter l'énorme homard qui, après une cruelle immersion dans l'eau bouillante, constituerait la pièce maîtresse du dîner. Avec deux pieds de longueur, des dards d'un pied et demi, solidement entravés, et des pinces effrayantes fermées par des liens de chanvre, le crustacé ressemblait à un monstre antédiluvien. Voyant la stupéfaction de Charles, la sœur de Cornfield expliqua qu'il s'agissait d'une espèce particulière.

– Ces homards géants vivent en colonies et se déplacent en caravane en suivant le Gulf Stream, un courant tiède qui circule dans le canal des Bahamas entre la presqu'île de Floride et notre archipel. Il suffit d'un fort coup de vent, d'une tempête pour que la colonie se disperse et que des homards viennent échouer entre les îles. Celui-ci n'a pas eu de chance : il est imprudemment venu à ma rencontre, dit Lamia.

– Leurs dards sont de véritables rapières, remarqua Charles.

– Ce sont en effet des armes redoutables. Ces homards ne craignent ni les requins ni les murènes, qu'ils blessent à mort. Seules les pieuvres peuvent en venir à bout malgré les coups d'épée qu'ils distribuent. Comme ils se nourrissent de clams, leur chair est excellente, surtout accompagnée de la sauce épicée dont Ma Mae a le secret, conclut la maîtresse de maison en faisant signe à la domestique d'enlever le grand crustacé rageur promis à la marmite.

Tandis que l'on préparait le repas, Charles, comme à chacune de ses visites, s'absorba un instant dans la contemplation des portraits placés de part et d'autre d'un miroir au-dessus de la cheminée du salon. Ils représentaient la mère de Lamia et le père qu'elle n'avait pas connu, Alister, tué à la bataille de La Nouvelle-Orléans en 1815. L'épouse d'Alister avait été peinte à la fin de sa courte vie, alors qu'elle était déjà veuve, assise dans le même fauteuil de style Renaissance qu'occupait pour l'heure Lamia face à Charles. Le corps légèrement affaissé de côté, le modèle du peintre, dont les traits fins, encore jeunes, contrastaient avec des cheveux grisonnants, coiffés sans apprêt en chignon plat sur le haut du crâne, offrait l'air pensif et absent de l'épouse abandonnée. La joue reposant sur les doigts repliés de la main gauche, elle laissait errer son regard noisette hors du tableau et fixait au loin un cortège de souvenirs d'elle seule perceptibles. Une robe grise, fermée au ras du cou et aux poignets par des volants froncés, ajoutait à la mélancolie et à la fragilité à la fois physique et morale de la mère de Lamia.

– Je trouve ce portrait émouvant. Le peintre, avec pudeur, donne à comprendre que cette belle femme porte en elle un chagrin dont rien ne saura jamais la distraire, dit Desteyrac.

– Après la mort de mon père, elle n'espérait plus que sa propre fin ; elle guettait l'annonce du trépas, comme sur ce tableau. Ma mère n'attendait plus la sérénité que de la mort. Mais il me plaît que vous l'aimiez ainsi que je la vis dans mon enfance, dit Lamia, émue.

Le homard dégusté avec toute la considération que méritait un tel plat, la sœur de Cornfield, au courant des aventures et mésaventures de sa nièce Ottilia, interrogea Charles sur les réactions de lord Simon.

– Il prend assez mal la chose, mais, en même temps, je crois qu'il admire l'audace et la détermination de sa fille, aussi bien quand elle s'en prend aux esclavagistes que lorsqu'elle manifeste, déguisée en dame turque, pour l'émancipation des femmes. Je me demande même s'il ne considère pas la désobéissance comme une particularité aristocratique. Toutefois, connaissant fort peu lady Ottilia, qui, lors de nos brèves rencontres à bord du *Phoenix*, ne m'a pas manifesté beaucoup de sympathie, je ne saurais en dire plus.

– Mieux vaut ça, cher monsieur, car Ottilia a le don d'attirer pour ne pas retenir, fit Lamia.

– En France, nous appelons ce genre de femmes des coquettes, madame.

– Ah, ma nièce est un cas à la fois plus complexe et plus ambigu ! Savez-vous que son père l'obligeait à apprendre par cœur et à réciter sans faute la liste des rois et reines d'Angleterre, ce qu'elle faisait avec fierté ? En revanche, quand on lui demandait ce qu'elle souhaitait devenir quand elle serait grande, elle répondait, au grand scandale de qui l'interrogeait : « Je veux être comme Ann Bonny. »

– Ann Bonny ?

– Je vois que ce nom ne vous dit rien, mais tous les habitants de la Caroline du Sud et de l'archipel connaissent l'histoire de cette femme pirate. Ottilia avait entendu cent fois raconter ses sanglantes aventures. Ann Bonny naquit en Irlande en 1690, d'une servante et du maître de la maison. Quand l'adultère fut découvert, les amants durent s'exiler et s'installèrent en Caroline pour fonder une plantation. Ce fut une réussite ; le planteur et sa maîtresse vécurent bientôt dans l'aisance. Ann, qui reçut une bonne éducation, entendait, rapportés par les domestiques ou des voisins, les exploits des pirates qui infestaient la côte est de l'Amérique et aussi les îles Bahamas, alors appelées Lucayes. Les marchands au détail, aussi bien que les gens de la bonne société de Charleston, peu curieux de connaître l'origine des marchandises, des soieries et de l'argenterie que les pirates proposaient à la vente, entretenaient avec ces bandits des relations commerciales courtoises. Le gouverneur lui-même protégeait les pirates en échange d'une part de leur butin. Encore adolescente, Ann tomba amoureuse d'un de ces écumeurs des mers nommé Bonny. Au grand dam de ses parents, elle l'épousa et devint la première femme pirate des Carolines. Elle prenait plaisir, disait-on, à imaginer des tortures raffinées pour obliger passagers et marins des navires attaqués par son mari à livrer or et bijoux. Le couple, installé à Nassau, alors base des pirates, pratiquait la débauche comme une religion, entre deux expéditions en mer. Bientôt, cette harpie, trouvant Bonny trop timoré, le quitta pour suivre un brigand plus audacieux, John Rackam, dit Calico Jack, donné comme inventeur du pavillon noir à tête de mort, le trop fameux emblème de la piraterie. Enceinte, Ann dut un jour faire escale à Cuba pour accoucher. Elle abandonna l'enfant et rembarqua, entraînant une de ses amies, aussi corrompue qu'elle, Mary Read. En 1720, le bateau de Rackam fut capturé par un navire de sir Woodes Rogers, gouverneur des Bahamas, chargé par le roi d'Angleterre de chasser les pirates de l'archipel. Rackam fut pendu, mais Ann et son amie Mary, toutes deux à nouveau enceintes, échappèrent à ce sort. Peu après, Mary mourut de la fièvre jaune et Ann, désinvolte et lasse, retourna chez ses parents. Eh bien, cher monsieur, voilà le style d'héroïne que la petite Ottilia prenait pour modèle ! J'ai toujours pensé que ce genre d'aspiration perverse, inattendue chez une enfant, venait du sang de sa mère, la seconde femme de mon frère.

– Le major Carver m'a dit un jour qu'on ne parlait pas des épouses de lord Simon, sujet très privé..., ironisa Desteyrac.

– C'est enrober de mystère ce qui n'a rien de mystérieux ni de désobligeant pour mon frère, qui toujours s'est conduit en gentleman... sauf quelquefois avec moi ! lança Lamia, découvrant dans un rire franc des dents de carnassier aussi blanches que celles de requin qu'elle portait en sautoir.

– Chaque famille à ses secrets que l'on respecte de génération en génération, observa Charles.

– Un secret que partagent tout un tas de gens n'en est plus un, cher monsieur. Aussi vais-je vous dire ce qu'il en est, ne serait-ce que pour que vous compreniez mieux le caractère de ma nièce et lui pardonniez ses incartades.

Lady Lamia attendit que la domestique eût disparu, après avoir servi le café, pour parler librement.

– Ottilia est issue du second mariage de lord Simon avec une Allemande de qui il fit sa maîtresse alors que son épouse vivait encore. Après deux ans de mariage, la jeune épouse, Isabel Gualberto y Miranda, de santé fragile et de tempérament mélancolique, héritière d'une riche famille espagnole de Cuba, ayant contracté une fièvre pernicieuse, se révéla dans l'incapacité d'avoir une vie conjugale normale et de procréer. C'est alors que mon frère introduisit à Cornfield Manor, comme dame de compagnie, sa maîtresse, Sidonia von Blocksberg, fille d'un colon allemand, rencontrée à Charleston où les Cornfield ont toujours eu des affaires. Curieuse femme que cette superbe Teutonne ! On apprit un peu tard qu'elle était la petite-fille, par sa mère, d'une des épouses de Blackbeard, le fameux pirate polygame qui écumait l'océan au large de la

Virginie et des Carolines, ainsi que la mer des Caraïbes. Il semble que Sidonia ait hâté la fin de lady Isabel Cornfield pour prendre sa place. Ce qui advint peu après la mort d'Isabel. C'est de cette union que naquit Ottilia en 1831. Enfant, elle était si belle et si fraîche que tout le monde l'appelait Rosebud, bouton de rose...

– Vous pensez que la maîtresse a vraiment hâté la fin de l'épouse légitime ? fit Desteyrac, incrédule.

Après un instant de silence, comme si elle hésitait à en dire plus, Lamia compléta la confidence.

– Le prénom de Sidonia aurait dû m'inciter à la défiance, moi qui crois aux correspondances étranges et aux hasards exagérés...

– C'est cependant un prénom comme un autre, dit Charles pour relancer le dialogue.

Il savait maintenant que Lamia jouissait de la faculté quasi supranormale de discerner le sens caché d'un fait, d'une situation, d'une attitude, d'expliquer tel ou tel événement par la conjonction d'éléments apparemment hétérogènes, dispersés dans le temps et l'espace. Sans doute était-ce à cause de sa capacité à interpréter des signes anodins pour le commun des mortels que lord Simon traitait sa sœur de sorcière. Aussi l'ingénieur ne fut-il pas surpris d'entendre, comme il l'escomptait, son hôtesse développer une argumentation originale.

– Sidonia, cher monsieur, est le prénom d'une magicienne allemande du XVIIe siècle,

Sidonia von Bork. Cette femme était d'une beauté irrésistible, comme la mère d'Ottilia. Mais elle était aussi le mal incarné. Elle trompa et empoisonna sa cousine par alliance, Clara von Bork, de qui elle convoitait le mari et, plus encore, la fortune et la position sociale. Elle commit ensuite assez de méfaits pour être brûlée comme sorcière en 1620, mais elle avait alors quatre-vingts ans !

– Et vous considérez que la similitude des prénoms et de l'origine expliquerait le comportement de la maîtresse de votre frère ? N'est-ce pas là une spéculation gratuite ? observa Charles.

– Nous savons, mon frère et moi, ainsi que le major Carver et le docteur Kermor, que notre Sidonia se conduisit exactement comme la sorcière du XVIIe siècle, lointaine compatriote dont elle portait le prénom. En 1836, longtemps après la mort d'Isabel, alors qu'Ottilia allait sur ses cinq ans, lord Simon reçut de son ami le gouverneur des Bahamas une information stupéfiante. Une mulâtresse, arrêtée à Nassau pour avoir empoisonné plusieurs personnes, avoua au pied du gibet qu'elle connaissait lady Sidonia Cornfield et qu'elle lui avait fourni du poison en échange d'un collier. Ce bijou avait appartenu à Isabel, et nous l'avions cru volé.

– En France, nous avons eu la Brinvilliers, commenta Charles, amusé.

– Les aveux et le collier constituaient de telles preuves que Simon me fit d'abord part de son désir de confondre publiquement sa femme. Mais, pour éviter le scandale et épargner Rosebud, très attachée à sa mère, il résolut de faire justice lui-même. Ce qui fut bientôt exécuté de la façon la plus discrète, conclut lady Lamia.

– Le poison ? Le poignard ? Le fusil ? osa Desteyrac.

– Seuls les requins pourraient le dire, éluda Lamia, narquoise.

– Puisque nous en sommes aux prénoms, le vôtre, chère lady Lamia, n'a-t-il pas aussi une origine particulière ?

– Si vous la connaissez, pourquoi cette question ?

– Parce que je trouve que ce nom d'une mythologique tueuse d'enfants ne vous va pas. J'aurais préféré qu'on vous laissât celui de Carlota. C'est ainsi que j'aimerais vous appeler.

En un geste vif et spontané, Lamia se pencha vers Charles et lui prit la main.

– Enfin un homme clair ! dit-elle simplement en fixant l'ingénieur d'un regard intense.

Répondant à cet abandon inattendu, Desteyrac baisa doucement les doigts de son hôtesse.

– Vous me faites plus de bien que vous ne pouvez imaginer, murmura-t-elle.

Puis, se ressaisissant, elle quitta sa chaise pour aller quérir un pichet placé dans un rafraîchissoir. Elle emplit deux verres et en tendit un à Charles.

– Buvez, dit-elle, l'eau glacée est le meilleur antidote aux effusions sentimentales...

– Je ne les tiens pas toutes pour poison, dit Charles, poursuivant le marivaudage.

Comme Lamia continuait de boire à petites gorgées, les yeux baissés, il se tut et vida son verre dans un silence embarrassé.

– J'ai le sentiment que Soledad recèle plus de mystères qu'on ne saurait imaginer. Heureusement, ils appartiennent tous au passé, finit-il par dire pour interrompre une pause qui se prolongeait.

– Détrompez-vous, mon ami. Ici le mystère se renouvelle, comme les fleurs d'hibiscus. Par exemple, que pensez-vous des puisatiers engagés par mon frère ?

– On ne les voit guère dans le Cornfieldshire. Tilloy m'a confié qu'ils cherchent à recueillir de l'eau douce dans les trous bleus, répondit Charles.

– De l'eau douce ! Dans les trous bleus ! Voilà qui est bien trouvé ! Mais ce n'est pas l'eau douce qu'ils cherchent ! s'exclama Lamia, sibylline.

– Que peuvent-ils donc chercher ici ?

– Le Graal, mon cher ! Le Saint-Graal ! lança-t-elle dans un éclat de rire sarcastique.

5

Depuis qu'il avait reconquis une mobilité de moins en moins claudiquante et la capacité de monter les escaliers, Malcolm Murray habitait Cornfield Manor. Au lendemain de sa tentative de suicide et de son duel mimé avec Charles, lord Simon, à la suggestion de Carver et de Desteyrac, avait accepté d'héberger son neveu sous son toit. Enchanté de quitter son logement des écuries, dont nul parfum, fût-il hindou, ne pouvait couvrir une atavique odeur de crottin, Malcolm occupait maintenant, dans la vaste demeure, deux belles pièces aménagées dans les faux combles et éclairées par des chiens-assis.

Le jeune architecte retrouva vite le goût de vivre dans un confort familier, suivant le rythme et les habitudes de sa classe. Lord Simon, de qui il partageait les repas et avec qui il faisait la partie de whist, découvrait chaque jour les qualités et les connaissances d'un garçon à qui il ne prêtait jusque-là que défauts et paresse.

Charles portait à Malcolm toute l'attention qu'un être fort et équilibré doit à l'ami faible. Il se réjouissait donc du changement de vie du cousin d'Ottilia, mais s'inquiétait de le voir le plus souvent mélancolique et désœuvré. Murray partageait ses journées entre des incursions de dilettante à la bibliothèque du manoir, des galopades solitaires à travers l'île, des flâneries sur les plages en compagnie de pêcheurs indigènes de qui il courtisait sans vergogne les filles et les sœurs. Aussi le Français décida-t-il d'intervenir. Lors d'une rencontre fortuite avec lord Simon, en fin d'après-midi, dans le parc du manoir, il proposa sans préambule de mettre l'honorable Malcolm Cuthbert Murray au travail.

– Malcolm au travail ! Et que pourrait-on bien lui faire faire ? Je le crois incapable de la moindre activité soutenue.

– Votre neveu adoptif est architecte. Il ne manque ni de savoir ni de goûts artistiques ; seule lui fait défaut la pratique d'un art qu'il n'a jamais eu l'occasion d'exercer. Nous devons lui trouver une occupation qui lui donne le sentiment d'être utile, puisqu'il est à craindre que son séjour ne se prolonge.

– Hélas ! Son père n'en veut plus, sa mère est folle, et s'il retourne en Angleterre il sombrera dans la débauche et finira dans la misère, comme tous les joueurs et trousseurs de jupons que j'ai connus ! soupira lord Simon.

– Ce mal-aimé est intelligent, sensible et instruit, mais personne ne s'est soucié d'en faire un homme responsable de ses actes. Comme il me l'a donné à entendre – ce que vous confirmez –, son père le rejette et sa mère ne voit en lui qu'un compagnon de plaisirs mondains pendant la saison de Londres et le carnaval de Venise. J'ai de l'affection pour lui et je voudrais prévenir la dissolution de sa personnalité et ce que j'ose appeler une décomposition intellectuelle et morale. Aussi aimerais-je, si vous m'y autorisez, mettre à profit ses compétences d'architecte pour me faire construire, près du futur chantier du pont de Buena Vista, un abri rudimentaire où j'installerais ma planche à dessin pour travailler sur place aux plans du projet. Je pourrais de temps en temps y passer la nuit afin de ne pas perdre autant d'heures en dog-cart pour me rendre, chaque jour, de ma maison au sud de l'île.

– Autorisation accordée, bien sûr, car je ne souhaite que faciliter votre vie et vos travaux. Carver vous fera donner matériaux et main-d'œuvre, mais n'allez pas vous isoler au bout de l'île. J'aime votre compagnie et je serais déçu si elle venait à me manquer.

– J'apprécie l'intérêt que vous portez à ma personne, bredouilla Charles, surpris par cette déclaration émanant d'un homme qui d'ordinaire n'affichait pas ses sentiments.

Mais, ce matin-là, Simon Leonard était en

veine de confidences. Il prit Desteyrac par le bras et l'entraîna sous les palmiers qui bordaient l'allée centrale du jardin où il avait coutume de déambuler avant l'heure du dîner.

– Vous n'êtes pas sans savoir qu'on me traite d'autocrate, et ceux qui en jugent ainsi ont raison. Je tiens de Goethe ma philosophie en cette matière. Il a écrit dans *les Années de voyage de Wilhelm Meister*, l'ouvrage le plus riche d'enseignements que je connaisse : « Quel droit avons-nous de régner ? Nous ne le demandons pas, nous régnons. Nous ne nous occupons pas de savoir si le peuple a le droit de nous renverser ; nous prenons garde seulement qu'il ne soit pas tenté de le faire. » De là découle mon souci, tout en me tenant comme il se doit à distance du commun, de rendre heureux ceux qui vivent par moi et autour de moi. La morale, voyez-vous, ne doit imposer aux hommes d'autre fin que la recherche du bonheur individuel et commun. Et votre plaisir est plus intense si vous procurez du plaisir à autrui. Il en est ainsi non seulement en amour et en amitié, mais aussi dans les relations sociales. Mon ami Jeremy Bentham, le jurisconsulte et philosophe qui nous a quittés l'an dernier pour un monde que nous pouvons toujours croire meilleur, a même tenté d'enfermer dans une « arithmétique morale » le calcul comparatif du plaisir et de la douleur, la valeur du bonheur donné par rapport au bonheur reçu.

– Cette théorie, dite utilitaire, a fait long feu, n'est-ce pas ? risqua Charles.

– Comme toutes les théories qui tiennent l'homme pour plus sensé qu'il n'est, mon ami. De ces bons sentiments rousseauistes, corrigés par mes compatriotes libéraux, je suis moi-même revenu ; d'où mon peu de confiance dans les résultats du bien que vous vous attachez à faire à celui que nous nommons improprement mon neveu..., ajouta le lord.

– Je ne retire ma confiance à un homme qu'après avoir été plusieurs fois déçu, déclara Desteyrac.

– Bon, bon ! C'est noble à vous. Mais, vieil homme curieux de tout, je veux voir comment évolueront les choses. En attendant, ne me privez pas trop souvent de votre présence. Vous ne jouez pas au whist, certes, mais vous aimez la musique d'orgue, le vin de Bordeaux, et vous avez le goût très français de la conversation et de la controverse. Nos rencontres peuvent être stimulantes pour l'un comme pour l'autre, n'est-ce pas ? Mais je répète que je ne crois pas que Malcolm puisse se réformer par le travail, monsieur Desteyrac. C'est très bien à vous de le tirer de la cendre comme un marron, mais, malgré ses connaissances et qualités, je ne le vois pas plus perfectible que ma fille. Ils appartiennent tous deux à une génération gâtée par les plaisirs mondains, la dissolution des mœurs et les intrigues de Londres.

– Et cela vous rend malheureux, bien sûr ?

– Voyez-vous, monsieur Desteyrac, une grande famille, dynastie de notre temps vouée aux affaires, se construit comme un domaine. Il faut, au fil des décennies, des annexions intelligentes, autrement dit des alliances qui agrandissent la propriété, scellent les destins et engagent les êtres. Une règle interne est aussi indispensable à nos familles qu'une coutume à nos tribus arawak. Tous les membres de l'une et de l'autre doivent partager une foi intransigeante dans la valeur de leur race. Chez nous civilisés, il y faut encore ce que votre Montaigne appelait une éthique, non pas seulement pour fonder, maintenir et, si possible, développer, une génération après l'autre, la propriété terrienne, la seule qui vaille, mais aussi fixer les attitudes, réflexes et comportements qui font qu'en voyant le petit-fils on puisse dire qui était l'arrière-grand-père. Bâtir sa vie et sa maison, ajouter une aile à ses écuries, un bois à ses futaies, une pâture à ses champs, des fleurs à son parc et des rameaux à son arbre généalogique, voilà ce que mon grand-père et mon père ont fait, ce que je fais moi-même. Hélas, personne ne poursuivra la tâche après moi. L'avenir des Cornfield, monsieur Desteyrac, est dans une impasse, acheva le lord d'une voix sourde.

– Vous voulez dire par là que l'absence d'héritier mâle compromet l'avenir de votre lignée ? Vous n'êtes pas d'âge à cesser de procréer, fit gaiement Charles pour détendre l'entretien.

– « Le corps de l'homme jeune est son auxiliaire, le corps du vieillard est son adversaire », cita Simon Leonard, esquissant un sourire désabusé.

– Mais, monsieur, votre fille se mariera et vous donnera des petits-enfants ; il s'en trouvera bien un qui...

– Puissiez-vous dire vrai ! interrompit Cornfield. Je lui aurais fait épouser Malcolm s'il n'avait été ce qu'il est, ajouta-t-il.

Comme pour beaucoup d'aristocrates de sa génération, un mariage devait d'abord être un arrangement dans l'intérêt des familles.

– Permettez-moi, monsieur, de croire Malcolm meilleur et plus capable qu'il ne paraît, insista Charles.

Lord Simon haussa les épaules, manifestant ainsi un doute incoercible, et tendit la main à l'ingénieur avant de poursuivre seul sa promenade.

Desteyrac regarda s'éloigner ce hobereau des tropiques pour lequel il se prenait d'une estime grandissante. Bien que conscient de sa supériorité, cet homme n'imposait rien aux autres qu'il ne pût assumer lui-même. En tant que maître de l'île, il donnait l'exemple d'une vie réglée par une étiquette admise comme celle d'un souverain. Il se levait à cinq heures, prenait un tub, aspergé par son valet de chambre qui, ensuite, le rasait. Puis, en robe de chambre et au pas de charge, il parcourait la galerie du manoir pour humer l'air frais du matin et apprécier l'état du ciel ; après quoi il s'attablait devant un copieux breakfast composé de saucisses, d'œufs, de toasts – « grillés d'un seul côté » –, le tout accompagné de café venu de sa plantation de Cuba et torréfié au manoir.

Le premier repas terminé, il s'habillait, passait une fine chemise de batiste, se nouait strictement autour du cou une cravate de soie blanche retenue par une épingle précieuse. Puis, il revêtait un gilet en peau de taupe safranée, tandis qu'un lad présentait son cheval devant le perron. Depuis son séjour aux Indes, le lord avait adopté les jodhpurs, qu'il associait à des bottillons vernissés à revers fauve que son valet lustrait chaque jour à l'os de daim. Il endossait enfin une veste longue, vert empire, à col de velours gris huître, se coiffait d'un melon du même ton, se gantait et saisissait le fouet de chasse que le domestique lui présentait avant de l'aider à se mettre en selle. « Il ne se fût pas accoutré autrement pour une chasse du renard dans les Costwolds », avait un jour observé Murray.

Suivi de son piqueur mulâtre qui portait une paire de fusils de James Purdley, fournisseur depuis George III de la cour d'Angleterre – « car on peut toujours rencontrer du gibier » –, le maître de l'île s'engageait au petit trot dans l'allée principale du parc et décidait, le portail franchi, de l'itinéraire de la matinée. Celui-ci le conduisait jusqu'à l'heure du *lunch* à travers champs et villages.

Après une brève sieste, lord Simon consacrait l'après-midi aux affaires, à la correspondance, recevant et discutant les rapports des intendants de ses propriétés de l'archipel. L'un rendait compte de l'expédition des carapaces de tortue verte, que les fabricants d'écaille blonde transformeraient en tabatières, éventails, lorgnons ou peignes, l'autre détaillait la récolte d'écorce de cascarille, produit d'un bon rapport dont les apothicaires de Londres tiraient la cascarine, laxatif très demandé.

Depuis qu'il avait abandonné la pêche et le commerce des éponges fines à lady Lamia, Simon Leonard se contentait d'en assurer le transport, par son brick l'*Argonaut*, de Buena Vista à Nassau, où se tenait le grand marché des zoophytes marins, produit renommé des Bahamas. Il ne manquait cependant pas de vérifier que sa sœur acquittait régulièrement les frais afférents à ces expéditions.

Après le thé, passant aux affaires extérieures à l'archipel avec comptable et secrétaire, lord Simon dictait des lettres à l'intention de ses représentants à New York, Boston, Londres, Manchester et Liverpool, dans différentes industries et divers négoces, filatures de coton et laine, chemins de fer, banque, assurances, courtage maritime et, surtout, dans la West Indian Produce Association, qui commercialisait tous les produits des Bahamas et des Antilles britanniques.

L'heure du whisky servi sur la véranda ouvrait le temps de la détente. Simon aimait alors accueillir son ami Carver, le commandant Colson, le capitaine Rodney, Mark Tilloy, le pasteur Russell, le docteur Clarke, l'écrivain de marine Michael Hocker, toujours difficile à dérider, un fonctionnaire britannique de passage, et, de plus en plus fréquemment, Charles Desteyrac. Suivant son humeur, le maître de maison conviait un ou plusieurs des visiteurs à partager son dîner. Les élus devaient alors se précipiter chez eux pour passer chemise, cravate et costume blanc, tenue de rigueur pour qui paraissait à la table du lord.

Ainsi vivait cet Anglais attaché à maintenir sous les tropiques, à des milliers de kilomètres de Londres, les manières en vigueur dans les hôtels de Mayfair et les clubs huppés de Pall Mall.

Edward Carver avait prévenu Charles des exigences de son ami. « Lord Simon déteste la baignade, les mangoustes, les enfants turbulents et le laisser-aller colonial. Il tient au respect de la bienséance, quels que soient l'heure, le lieu et la température. Il estime qu'un gentleman, où qu'il se trouve dans le monde, doit montrer, par sa tenue vestimentaire, son maintien et ses propos, qu'il est un homme différent, physiquement et moralement, du commun des mortels. La race, l'entraînement, le régime font du pur-sang un cheval différent de celui du laitier. Selon mon vieil ami, le gentleman se différencie ainsi de l'homme ordinaire », avait déclaré le major.

Cornfield avait depuis longtemps disparu à sa vue quand Desteyrac, émergeant de ses réflexions sur le mode de vie insulaire, regagna son bungalow. Le lieutenant Mark Tilloy l'y attendait avec un paquet de lettres arrivées de France. C'était le premier courrier qu'il recevait en réponse aux quelques messages envoyés, des mois plus tôt, à sa mère, à son vers l'ingénieur, qui ne pouvait prendre place dans la voiture.

– Venez dîner avec nous ce soir au manoir, ordonna-t-il avant d'ajouter à voix basse : j'aurai besoin de renfort !

Desteyrac rentra chez lui, revêtit le costume blanc de rigueur et se fit conduire chez lord Simon par Timbo après un détour par le Loyalists Club pour saluer le capitaine et le second du *Southern Star*, invités de Philip Rodney, seul représentant de la flotte insulaire.

En franchissant le seuil du grand salon de Cornfield Manor, Charles sentit que régnait une atmosphère dépourvue d'aménité. Le docteur Weston Clarke figurait au nombre des invités avec sa femme, ainsi que le pasteur Russell et son épouse. Le premier rapporta en aparté à l'ingénieur que Bertie Cornfield avait d'emblée reproché à son cousin la réception musclée réservée deux ans plus tôt aux planteurs des Carolines et de la Virginie venus réclamer la restitution de leurs esclaves fugueurs.

– Désireux de maintenir jusqu'au mariage de sa fille un climat serein, lord Simon a reconnu qu'il avait fait rembarquer un peu vivement les visiteurs, et s'en est excusé, ce qui n'est pas dans ses habitudes. La chicane en est restée là, dit le médecin.

– Ça ne suffira pas à éteindre la querelle qui couve entre les deux cousins à propos de cette odieuse institution particulière aux États du Sud, l'esclavagisme ! pronostiqua le pasteur Russell.

Comme tous les planteurs propriétaires d'esclaves, Bertie III Cornfield et sa famille étaient encore sous le coup de l'émotion causée dans le Sud du fait de l'agression criminelle commise au cours de la nuit du 24 au 25 mai par un illuminé nommé John Brown. Cette nuit-là, un ancien éleveur de moutons de l'Ohio, devenu fermier à North Elba, dans l'État de New York, s'était rendu avec ses quatre fils et trois compagnons dans le Kansas, où s'affrontaient depuis deux ans esclavagistes et abolitionnistes aux fins d'établir le statut de l'État. Se croyant investis d'une mission divine pour déraciner l'esclavage, John Brown et sa bande avaient tiré de leur lit cinq habitants de Pottawatomie Creek et les avaient massacrés avant de prendre la fuite. On savait maintenant que Brown voulait fonder une république antiesclavagiste dans les Appalaches, mais qu'il n'avait recruté, à ce jour, que onze Blancs et trente-cinq Noirs prêts à le suivre.

– Il faut saisir et pendre ce bandit avant qu'il ne fasse plus de mal ! dit Bertie III quand fut évoquée l'affaire avant de passer à table.

– Tous les abolitionnistes honnêtes et sensés ont condamné ces crimes, cousin. Votre institution particulière, que je réprouve, vous le savez, ne sera pas abolie par l'assassinat et la violence, mais par un accord politique entre tous les États de l'Union et avec une juste compensation financière pour les propriétaires de nègres, dit lord Simon, conciliant.

– Vous parlez ainsi parce que vous êtes

anglais et vivez sur une île britannique, mais notre point de vue est différent. Pour nous, planteurs des États du Sud, il n'existe pas d'abolitionnistes sensés ou modérés. Tous, quels qu'ils soient, veulent nous priver de notre main-d'œuvre, ruiner l'économie du sud cotonnier, nous imposer une civilisation industrielle et mercantile qui ne peut convenir aux mœurs des Cavaliers[1]. Savez-vous que l'on compte dans l'Union cinq cent mille nègres libres au Nord et trois millions et demi d'esclaves au Sud ? À Charleston, les nègres sont trois fois plus nombreux que les Blancs et leur donner la liberté serait signer notre arrêt de mort. D'ailleurs, le parti républicain est satisfait de nous voir résister aux théories abolitionnistes. Ces politiciens ne veulent surtout pas d'accord entre le Nord et le Sud. Ce qu'ils espèrent, c'est une révolution contre les Sudistes !

– Une telle aventure irait contre leurs intérêts. Vous savez bien que les filatures du Nord – on en compte, dit-on, près de mille, dont celles du Massachusetts, dans lesquelles notre cousin Jeffrey a investi pas mal de dollars –, travaillent grâce à votre coton, comme nos filatures de Manchester, observa lord Simon.

– Mais les filateurs du Nord, Jeffrey comme

1. Dans les États esclavagistes cotonniers, on nommait ainsi les gentilshommes qui incarnaient les valeurs aristocratiques, l'idéal viril et l'esprit chevaleresque du Vieux Sud. Leur coiffure naturelle était le panama ; ils défendaient leur honneur et leur belle, épée en main.

les autres, nous paient le coton un prix dérisoire : dix cents trente-neuf la livre l'an dernier, et nous n'avons dans le Sud qu'une cinquantaine de filatures. C'est pourquoi il faut nous séparer du Nord, qui pille nos ressources. D'ailleurs, certains abolitionnistes prônent eux aussi la dissolution de l'Union, comme ce Thomas Clarkson dont on répand les brochures. Il propose de rompre les liens politiques entre le Nord et le Sud au nom de la religion, parce que nous autres, Sudistes, vivons en état de péché mortel ! dit Bertie III, soulevant l'indignation de son épouse et l'apitoiement courtois des autres convives.

Le majordome ayant annoncé : « Sa Seigneurie est servie », la discussion fut abandonnée. Au cours du repas, on ne fit qu'échanger des banalités jusqu'au moment où Mme Bertie Cornfield, née Varina Seldon, révéla qu'après le mariage d'Ottilia la famille se rendrait à La Havane à bord du *Southern Star.*

– J'ai l'intention d'acheter sur l'île de Cuba une ou deux plantations. Là-bas, on peut faire travailler les nègres du lever au coucher du soleil sans être insulté par les pasteurs anglais qui prêchent l'abolitionnisme Bible en main, compléta Bertie III avec humeur.

– J'ai vendu, l'an dernier, la plantation que je possédais à Matanzas, cousin. Je ne m'entendais plus avec mes voisins cubains, informa lord Simon.

– Vous avez eu tort de vendre car, si le parti démocrate désigne James Buchanan comme candidat à la présidence et si Dieu veut qu'il soit, comme nous le souhaitons, élu président de l'Union, l'annexion de Cuba par les États-Unis ne manquera pas de se faire. Nous compterons alors, étant donné la sympathie de Buchanan pour notre cause, un État de plus où fonctionnera, au mieux de nos intérêts, l'institution particulière que vous décriez. Votre exploitation aurait pris de la valeur...

Après le dîner, lord Simon voulut montrer à ses invités le crâne de cristal de roche tiré de la fuente del Ángel, « son Graal », comme disait Lamia, mystérieux trophée dont il faisait ses délices. C'est en quittant la pièce où le crâne était exposé que Bertie III tomba en arrêt devant un objet qui ranima son exaspération contre les abolitionnistes.

– Vous, au moins, mon cousin, vous affichez jusque dans votre salon vos sentiments antiesclavagistes ! s'écria le planteur, désignant, rageur, un médaillon de porcelaine.

L'objet représentait un Noir en prière et portait en légende l'interrogation : « *Am I not a man and a brother*[1] ? »

– Je tiens cette pièce de mon grand-père. Vous voyez que nous ne sommes pas des

1. « Ne suis-je pas un homme et un frère ? » Ce médaillon, tiré à deux cent mille exemplaires par le céramiste James Wedgwood en 1787, fut reproduit en d'innombrables médailles, peintures, gravures, broderies et dessins. Le gouvernement britannique interdit jusqu'en 1834 d'exporter cette image dans les Antilles anglaises, et les services postaux des États du Sud refusèrent longtemps de la distribuer ; tout comme ils usèrent de leur droit de censure à l'encontre des brochures abolitionnistes jusqu'à la fin de la guerre de Sécession, en 1865.

abolitionnistes de fraîche date, répliqua sèchement lord Simon.

– J'imagine que vous avez aussi dans votre bibliothèque les pamphlets de Sara et Angelina Grimké, et *La Case de l'oncle Tom*, le roman empoisonné de Harriet BeecherStowe. De tels écrits ne peuvent qu'inciter les John Brown à venir nous trancher la gorge au nom du Christ ! fulmina Bertie III.

Charles, voyant la jolie Varina Cornfield ennuyée par le ton que prenait la dispute, crut bon d'intervenir pour ramener la confrontation entre les cousins aux seules considérations politiques. Il s'adressa à Bertie III.

– Croyez-vous sincèrement à une possible dissolution de l'Union ? demanda-t-il.

– Vous autres, Français, connaissez mal la situation, et vos diplomates ne s'en préoccupent guère. Sachez que chez nous, en Caroline du Sud, existe depuis 1851 une Association des droits du Sud. Son but est de faire connaître au peuple les empiétements de l'autorité fédérale et ceux des États du Nord sur le Sud. Déjà cinq cents délégués, réunis en février 1852, avaient résolu que le droit de sécession était essentiel à la souveraineté et à la liberté des États ; que le refus de reconnaître ce droit fournirait à un État opprimé une raison de plus d'y recourir. Des associations identiques à la nôtre existent dans le Mississippi, la Georgie et l'Alabama, mais celle de Caroline du Sud a été la première à recommander la rupture des liens politiques avec le Nord. Nous sommes donc assez forts, monsieur, pour tenir tête au gouvernement fédéral et à tous les abolitionnistes réunis, dit le planteur.

Lord Simon fut bien aise de voir son cousin prendre assez tôt congé. Sous prétexte de parler travaux, il retint Charles et fit apporter cigares et vieil armagnac.

– Bertie, qui possède plus de quatre cents esclaves – bien traités, il faut le reconnaître, pour lesquels il a même construit un dispensaire afin de les maintenir en état de travailler –, rêve d'une république esclavagiste qui s'étendrait du Potomac au Río Bravo, exposa Cornfield.

– Une telle république aurait contre elle toutes les nations civilisées et ne pourrait survivre, souligna Charles.

– J'en suis certain. Mais avouez que cette utopie peut faire des ravages dans les esprits, au Nord comme au Sud, et conduire à une guerre civile entre citoyens américains. Que pèserait notre archipel dans un tel conflit ? demanda le lord.

– La flotte britannique le protégerait, répondit Charles sans conviction.

– En cas de conflit entre le Nord et le Sud, fit lord Simon, nous autres Anglais devrions agir avec circonspection et, si possible, ne pas prendre ouvertement parti, même si cela vous paraît un peu spécieux. D'une part, nous avons besoin du coton du Sud pour faire tourner les broches de nos filatures, d'autre part, les droits de douane fédéraux ne sont guère favorables à notre commerce... Alors !

– Question d'honneur et de conscience, observa Charles.

– Comme le disait notre roi Charles II : « L'honneur et la conscience sont des chimères. Un roi ne doit gouverner que par les règles de la prudence et de la nécessité », cita Cornfield, toujours pragmatique.

Après quelques considérations techniques sur le premier pont enjambant le Mississippi entre Davenport, Iowa, et Rock Island, Illinois, inauguré le 21 avril, Charles prit congé de son hôte. En quittant le manoir, il perçut, venant de la salle de musique, les sons de l'orgue. Comme toujours quand il avait été contrarié, lord Simon Leonard Cornfield massacrait Bach et Haendel en leur demandant de lui rendre un peu de sérénité.

Au lendemain de cette soirée de controverse, Desteyrac allait regagner son chantier et Timbo venait d'avancer le dog-cart quand apparut, sur le chemin du port occidental, une charrette de paysan dans laquelle Charles reconnut le major Carver. De loin, Edward héla l'ingénieur et lui fit signe de l'attendre.

– Quel curieux équipage ! s'étonna Desteyrac.

– C'est tout ce que j'ai trouvé au port, dit Carver en congédiant le charretier.

– Personne ne semble avoir été prévenu du retour du *Phoenix*, sinon vous eussiez été attendu, dit Charles.

– Le *Phoenix* est à Nassau et je suis venu par

le bateau-poste pour préparer mon ami Simon à une nouvelle déception, avoua le major.

L'embarras se lisait sur son visage fatigué.

– Nouvelle déception ?

– Lady Ottilia a rompu ses fiançailles. Elle ne veut plus se marier. Quand le pauvre Edwin, qu'elle attendait chez la veuve Sampson à Washington, est rentré, tout feu tout flamme, du Texas, elle lui a signifié sa décision et l'a planté là, avec sa mère au bord de l'apoplexie ! À New York, Ottilia a prévenu Jeffrey de l'annulation de son mariage avant d'embarquer, seule avec Mlle Lanterbach, sur le *Phoenix*. Elle sera ici demain. Voilà où nous en sommes, mon ami...

– Ce n'est pas la première fois que lady Ottilia renonce *in extremis* au mariage, constata Charles.

– Elle finira comme sa tante Lamia, dans la peau d'une vieille fille insupportable. Elle a voulu faire escale à Nassau pour annoncer elle-même à l'évêque anglican qui devait bénir son mariage qu'il n'aurait pas à se déranger le 7 juin. J'en ai profité pour quitter le *Phoenix* et prendre le bateau-poste afin d'arriver ici avant elle. Maintenant, je vais devoir affronter lord Simon. Je prévois une colère de force onze, dit le major, évaluant en marin comme l'amiral Beaufort.

– Courage ! lança Charles en sautant dans son dog-cart pour prendre la route du sud.

Chemin faisant, il imagina la fureur de Simon et sans doute les railleries de Bertie III. Le planteur tenait Ottilia, ardente propagandiste des théories antiesclavagistes et féministes, pour une fille dénaturée et de mœurs douteuses.

Au cours des jours suivants, Desteyrac, très occupé par la construction du pont, n'eut pas d'autres informations sur ce qui s'était passé à Cornfield Manor après le retour du *Phoenix* et la rencontre d'Ottilia avec son père. Il apprit seulement par Ounca Lou, qui le tenait de sa marraine toujours bien renseignée, que la fille de lord Simon ne quittait pas le manoir et refusait toutes les visites, sauf celle de son cousin Malcolm.

– Elle passe le plus clair de son temps sur la galerie à lire ou à faire de la tapisserie. Son père, qui refuse de prendre ses repas avec elle, ne la retiendra pas si elle décide de quitter Soledad. Quant aux Cornfield de Caroline du Sud, ils ont pris la mer pour Cuba à bord de leur vapeur, après une dernière altercation avec lord Simon, rapporta la jeune fille.

Il fallut attendre une visite de Malcolm Murray pour que Charles en apprît plus sur la rupture des fiançailles d'Ottilia. L'architecte offrait une mine contrite.

– Je ne sais que ce que Gertrude m'a rapporté. Otti aurait simplement dit à Edwin : « Je ne suis pas capable de vous rendre heureux. » Elle lui a ensuite rendu la bague de fiançailles, que la mère Sampson a acceptée alors que ce bijou de Tiffany avait été payé par mon oncle ! Quel manque de délicatesse ! Ainsi, nous n'aurons pas à regretter les Sampson ! tonna Murray.

– Comment lord Simon a-t-il pris la chose ?

– Il avait été prévenu par Carver, et sa colère était retombée quand Ottilia arriva. Lord Simon a exigé qu'elle s'engage sur la Bible à ne plus se fiancer pour ne pas épouser. En vérité, Edwin Sampson ne plaisait guère à mon oncle, et la douairière pas du tout. Mais cela n'est rien. Ce qui me préoccupe, c'est la santé d'Otti. Je la trouve un peu trop calme, un peu trop raisonnable, un peu trop demoiselle rangée, ce qui n'est pas dans sa nature, dit Murray, visiblement inquiet.

– Sans doute une attitude passagère, Malcolm. Sa vraie nature reprendra le dessus. « Chassez le naturel, il revient au galop », a écrit Saint-Simon.

– J'ai une autre raison d'être alarmé, Charles. Pendant notre escale à Nassau, dont le but avoué par Otti était une visite de courtoisie à l'évêque pour expliquer qu'elle ne se mariait pas, elle s'est rendue chez une mulâtresse, diseuse de bonne aventure et adepte du vaudou. Gertrude, qui accompagnait ma cousine, a été laissée à la porte, mais elle a fait parler des voisines de la femme en question. Elle a appris que cette personne vend des drogues ou des herbes, aussi bien pour rendre fécondes les femmes stériles que pour débarrasser celles qui ont fauté du fruit de leurs amours. Elle pratique aussi l'*obeah*, l'art magique des Carib jeteurs de sorts, et vend des poisons tirés de végétaux toxiques. Je crains je ne sais quoi pour Otti.

– Tout cela est inquiétant, en effet, convint Charles.

– Elle a manifesté hier, pour la première fois, le désir de sortir. Elle viendra voir votre chantier un de ces jours. Elle a pour vous estime et confiance. Faites-la parler. Peut-être vous confiera-t-elle ce qui la rend si dolente ? conclut Murray.

Le rivetage des éléments du pont fut assez spectaculaire pour attirer des curieux, que Tom O'Graney maintint à distance. Tels des jongleurs sûrs de leurs gestes, des ouvriers arawak, comme en se jouant, saisissaient avec de longues tenailles les rivets chauffés à blanc dans les braseros et les lançaient à des compagnons qui les recevaient dans des calebasses. Aussitôt, les riveteurs, eux aussi munis de tenailles, s'en emparaient et les glissaient dans les trous des éléments à réunir. Les marteleurs intervenaient vivement pour écraser le rivet encore rouge entre marteau et bouterolle. Une aspersion d'eau refroidissait la pièce et assurait le serrage.

– Jamais je n'aurais trouvé en France des ouvriers aussi habiles, capables de s'adapter sans rien connaître de nos techniques à la méthode de travail primitive mais très efficace que vous voyez exercer, dit Charles à Edward Carver, venu, fin juin, visiter le chantier.

L'ingénieur convia le major à partager son repas en le priant d'excuser la frugalité de la table. Le visiteur lui apprit que la convention du parti démocrate américain, qui s'était tenue entre le 2 et le 6 juin à Cincinnati, Ohio, avait désigné James Buchanan comme candidat à l'élection présidentielle de novembre 1856. Le parti républicain lui opposerait le colonel John Charles Frémont.

– Le principal mérite de Frémont, dont le père est français et la mère virginienne, est une expédition scientifique dans les montagnes Rocheuses. C'est aussi un fameux cavalier. Il a parcouru huit cent quarante miles en soixante-seize heures sans descendre de cheval. Mais je lui donne peu de chances d'être élu président face à Buchanan, vrai politicien, dit Carver.

– Si Buchanan l'emporte, Bertie III Cornfield sera satisfait. C'est son candidat, observa Charles, se souvenant des propos du planteur.

– Et les Cubains pourront s'attendre à plus ou moins long terme à un changement de bannière, ajouta le major.

– Notre pont sera terminé avant que Cuba ne devienne État américain, assura Charles en riant.

– À ce propos, lord Simon m'a chargé de vous demander la date approximative de la fin de vos travaux. Il a l'intention de faire de l'inauguration du pont un événement pour l'archipel. Il veut inviter le gouverneur, des fonctionnaires britanniques et des notables d'autres îles.

– Si les ouragans ne nous importunaient pas, je pense que, fin juillet, nous pourrions procéder au lançage. Mais, pas plus que lord Simon, je ne commande aux tempêtes tropicales ; je doute donc que cela soit possible, prévint Charles.

– Les ouragans nous arrivent habituellement entre juillet et octobre. S'ils devaient interrompre vos travaux, nous ne pourrions inaugurer le pont que cet automne, admit Edward Carver.

La prudence de Charles se justifia car, dès la mi-juillet, un premier ouragan l'obligea à fermer le chantier après qu'un ouvrier eut le genou écrasé par une poutrelle renversée par une rafale de vent. L'Arawak, conduit au nouvel hôpital du Cornfieldshire, fut amputé par le docteur Kermor.

Le pont à demi construit fut solidement arrimé au sol par les marins, et l'outillage mis à l'abri de la pluie. Pestant contre ces colères annuelles de Neptune, Charles ne put même pas retrouver, comme presque chaque soir, les bras d'Ounca Lou, contrainte par les intempéries de rester à Buena Vista. L'océan soutenait avec frénésie les caprices des vents accourus du golfe du Mexique, et le va-et-vient restait impraticable.

L'ingénieur profita de ce repos et de cette solitude forcés pour regagner son bungalow du Cornfieldshire et rendre visite à lord Simon. Il trouva le vieil Anglais d'humeur sombre. Quand Charles demanda des nouvelles d'Ottilia, l'explication du comportement de la jeune femme fut expédiée en peu de mots.

– D'après Carver, il a dû se passer à New York quelque événement dont j'ignore la nature. Malcolm, pour qui Ottilia n'a pas de secret, dit ne rien savoir, ou se tait. En tout cas, j'ai le sentiment que ma fille ne sait que faire de sa personne.

– J'aimerais la voir, dit Charles.

– Tentez votre chance. Je vais envoyer Pibia la prévenir de votre présence, répondit lord Simon, désabusé, en quittant l'ingénieur.

Charles se rendit sur la galerie, d'où il vit les grands palmiers royaux du parc secoués par les bourrasques et les fleurs des massifs hachées par l'averse.

Il attendait la réponse du majordome quand le pas d'Ottilia le fit se retourner. La jeune femme, pâle et le regard las, lui fit signe de s'asseoir. Elle était toujours aussi belle, mais d'une beauté différente, épurée, intemporelle. Une beauté statuaire et ténébreuse, qui inspirait moins le désir que la révérence.

– Ne me demandez pas de raconter pour la dixième fois comment j'ai rompu mes fiançailles. Parlez-moi plutôt de votre pont : où en est la construction ? dit-elle, éludant toute question intime.

Charles fit le bilan des travaux, suspendus par le mauvais temps, et invita lady Ottilia à visiter le chantier quand les ouragans, d'intensité variable et qui se succédaient à intervalles irréguliers, se seraient éloignés de l'archipel. Elle acquiesça d'un bref signe de tête, comme si le pont n'était pas sa préoccupation première.

– Je me suis laissé dire par Malcolm que vous êtes assez lié avec la filleule de ma tante Lamia, une demi-Indienne, dit-elle abruptement.

– Cette demi-Indienne, diplômée du Rutgers College, de New York, parle et écrit quatre langues. Elle prépare un traité d'ichtyologie sur les mollusques des Bahamas. C'est aussi votre demi-sœur, compléta sèchement Desteyrac.

– On le dit. Mais il se peut que j'aie dans nos îles d'autres demi-sœurs et demi-frères qui n'ont pas été adoptés par lady Lamia. Mon père est veuf depuis longtemps et les filles d'ici se laissent facilement séduire par les Blancs. Ça ne leur donne ni droits ni position sociale. Enfin, si une fille comme celle-là, instruite au-dessus de sa condition, peut vous distraire, profitez-en, Monsieur l'Ingénieur ! ajouta-t-elle, le regard lointain.

– Vous devez être bien malheureuse pour parler ainsi, Otti, dit Charles, plus apitoyé que fâché.

– Ma manière d'être ne regarde personne et je n'ai que faire de votre sollicitude, mon cher.

Desteyrac se leva pour mettre fin à un entretien déplaisant mais, avant de quitter la galerie, il se tourna vers Otti.

– Le ton de vos lettres était plus confiant, plus aimable aussi. Vous semblez avoir oublié certaine valse dont vous faisiez grand cas, semblait-il.

– J'ignorais alors ce que je sais aujourd'hui. Et, surtout, ne pensez pas avoir éveillé en moi de la jalousie. Ce serait dérisoire. Pour une Anglaise, les sang-mêlées, même diplômées, ne sont que vapeur d'après pluie, lança-t-elle.

Le soir même, Charles rapporta à Malcolm Murray la conversation décevante qu'il avait eue avec la cousine de l'architecte.

– Elle semble en vouloir à la terre entière, alors que c'est en elle, hélas, que réside la cause de son mal de vivre, dit Murray.

– Cela ressemblait assez à une scène de jalousie digne du théâtre de boulevard ! répliqua Charles.

– Vous vous trompez. Peut-être Ottilia est-elle jalouse. Mais ce n'est pas jalousie ordinaire, pas jalousie triviale, née d'une simple rivalité amoureuse. La jalousie d'Otti, si l'on peut appeler ainsi le sentiment beaucoup plus complexe et subtil que je devine, va bien au-delà de l'existence de votre belle amie. Otti envie toutes les femmes, Charles. C'est difficile à admettre, mais un jour, peut-être, vous comprendrez ce que je tente d'exprimer.

La saison des ouragans atteignit son paroxysme le 10 août. L'archipel des Bahamas en souffrit moins que la côte américaine quand Last Island – que les Louisianais francophones nommaient Isle Dernière –, située dans le golfe du Mexique, près du delta du Mississippi, fut submergée par un raz de marée qui détruisit toutes les habitations et noya cent trente-sept personnes. Après ce redoublement de violence, les tempêtes s'espacèrent, l'intensité des vents diminua et la fin de l'été fut sereine.

– La mauvaise période est passée, assura Tom O'Graney de sa voix de fausset.

Habitué au climat, l'Irlandais invita l'ingénieur à rouvrir le chantier dès le 15 septembre pour parachever la construction du pont. Restait à fixer les longues poutrelles arquées qui, tout en augmentant la rigidité de l'ouvrage, lui donneraient, malgré son tablier horizontal, l'aspect d'une arche.

Le beau temps revenu, Ounca Lou reprit ses visites à Little Manor pour le plus grand plaisir de Charles.

Le bain du soir, devenu rituel pour les amants, quand Pink Bay était vide, tandis que Timbo préparait le repas, offrait à l'ingénieur la meilleure détente après la journée de travail. Le soleil avait donné à sa peau la même couleur bronze clair que celle du corps d'Ounca Lou. Il tirait fierté de cette harmonie.

Un soir, alors que les amants, se tenant par la main, sortaient nus et rieurs de l'océan, ils aperçurent avec stupeur, immobile sur la plage, une femme vêtue de blanc qui les regardait.

– Bon sang, c'est lady Ottilia ! jeta Charles à sa compagne, comme lui figée par la surprise.

– Visite inattendue, dit Ounca Lou sans se troubler.

– Faites un détour, rentrez à la maison et envoyez-moi Timbo avec un pantalon, ordonna-t-il.

Avant que la jeune fille ne se fût élancée, la visiteuse s'était écroulée sur le sable. Assise, les genoux relevés, elle cachait son visage dans ses bras croisés. L'ingénieur se remit à l'eau pour cacher sa nudité en attendant Timbo.

– J'ai pas vu la lady veni', mossu, dit l'Arawak en tendant à Charles un pantalon de toile.

En trois enjambées, l'ingénieur fut près d'Ottilia.

– Eh bien, vous auriez pu vous faire annoncer !

Elle releva lentement la tête, écarta ses cheveux et montra un visage défait, trempé de larmes.

– Pardon, pardon, pardon, articula-t-elle, nerveuse et confuse, entre deux sanglots.

Charles s'assit près d'elle et lui entoura l'épaule de son bras nu.

– Ottilia, pourquoi ces larmes ? Oui, pourquoi ? Que se passe-t-il ?

– Vous étiez si beaux, tous deux, vous tenant par la main... Un couple de commencement du monde... Adam et Ève absous, voilà, voilà ce que j'ai vu ! Merveilleuse et cruelle apparition ! Oh, Charles, me pardonnerez-vous jamais ?

– C'est fait, rassurez-vous et séchez vos yeux...

Elle se leva, secoua le sable de sa jupe, serra une mousseline sur ses cheveux rassemblés, recouvra sa maîtrise.

– Je dois rentrer au manoir avant la nuit. Le cocher de mon père m'attend, dit-elle en désignant le plateau.

– Ne voulez-vous pas dîner avec nous ? Vous rentrerez plus tard.

– Non, je ne puis. Ne m'accompagnez pas. Adieu, Charles, dit-elle d'une voix enrouée.

Tandis qu'elle gravissait le talus derrière la maison, Desteyrac suivit du regard la frêle silhouette qui se découpait en haut de la pente sur le ciel mauve. Quand il entendit la calèche démarrer, il regagna sa maison.

– Vous auriez dû la retenir. Cette visite est si étrange, dit Ounca Lou.

– Plus étrange encore ce qu'elle m'a dit de nous, indiqua Charles avant de rapporter, mot pour mot, les propos de la fille du lord.

– Je crois comprendre. Ce n'est pas de la jalousie à mon encontre. Ce doit être bien plus terrible, murmura Ounca Lou.

– Que signifie cela ? Vous avez l'air de connaître des choses que j'ignore.

– Marraine m'en a confié qui peuvent expliquer le comportement d'Ottilia. Mais seule Lamia pourrait vous dire ce qu'il ne m'appartient pas de divulguer.

– S'il en est ainsi, allons tout de suite la voir. Venez ! dit Charles, déterminé.

Ils passèrent sur Buena Vista par le va-et-vient et trouvèrent Fish Lady absorbée dans la lecture du récent recueil de poèmes de Walt Whitman, *Leaves of Grass*[1].

1. Publiés pour la première fois en 1855 aux États-Unis, les poèmes de Walt Whitman furent révélés aux Français par Léon Balzagette et Valery Larbaud. Sous le titre *Feuilles d'herbe*, Léon Balzagette publia, en 1909, au Mercure de France, une première traduction des poèmes de l'auteur américain, mort en 1892

– Vous devriez lire ces vers. C'est nouveau, déroutant et parfois scabreux, mais très vivant, dit-elle avant de s'informer de la raison de cette incursion tardive.

En quelques phrases, Ounca Lou mit sa marraine au courant de l'étrange apparition de lady Ottilia à Little Manor, et Charles répéta les propos de la fille du lord.

Fish Lady prit le temps de la réflexion, enfermée dans une sorte d'expectative dont elle sortit avec un soupir.

– Je crois, Charles, que vous devez maintenant avoir connaissance de l'infirmité de ma nièce, afin que vous ne la preniez pas pour une folle, commença-t-elle.

– Infirmité ? Diantre ! Peu visible, en tout cas.

– Il s'agit en fait d'une... exception physiologique. Dans son langage de carabin, Uncle Dave dit « femme barrée ». L'union sexuelle est rendue impossible à Ottilia par une malformation congénitale de ses organes. C'est, comprenez-le, une porte fermée à l'amour. Sa physiologie rend sa virginité inviolable. Ottilia a consulté des médecins à Londres, autrefois, et, plus récemment, à New York, le fameux docteur Mott. Son cas est irrémédiable. Ni la médecine ni la chirurgie ne peuvent rien pour elle. C'est un secret que j'étais jusqu'à ce jour la seule à détenir.

– Je conçois la souffrance et l'amertume d'une femme si différente de toutes les autres, dit Charles, décontenancé.

La confidence de Lamia expliquait certains

propos sibyllins de Murray qui, lui, devait savoir.

– Notre reine vierge, Élisabeth Ire, était, je crois, dans la même situation. On lui a prêté beaucoup d'amants à qui elle écrivait des lettres enflammées. Ce n'étaient que des favoris, car elle n'a jamais donné d'héritier à la Couronne. Comme, dernièrement, Ottilia, elle rompit au dernier moment ses fiançailles avec le duc d'Anjou et lui rendit sa bague. Voilà tout le drame d'Ottilia, Charles. Soyez indulgent pour elle, car le plus commun des plaisirs lui est à jamais interdit, et mon frère, qui espère tant un petit-fils, n'aura pas de successeur. De quoi désespérer une femme qui paraît avoir tout pour elle : beauté, naissance, fortune ! acheva Fish Lady.

– Désespérée, elle doit l'être, marraine, et l'on peut craindre qu'elle ne mette fin à ses jours. Quand elle a quitté Charles, son visage était tragique, intervint Ounca Lou.

– Moi aussi, je suis inquiet, Lamia. Malcolm m'a raconté qu'à Nassau Ottilia a rendu visite à une sorte de sorcière qui vend des poisons. Or, sa mère en usa, m'avez-vous dit un jour, pour se débarrasser de l'épouse de lord Simon. Ne croyez-vous pas que...

– Je ne veux rien croire encore. Mais courez à Cornfield Manor. D'après ce que vous me dites et ce qui vient de se passer, je sens que nous allons au drame. Faites vite ! dit soudain Fish Lady.

La nuit était claire et Desteyrac, de retour à la maison de chantier, réveilla Timbo, fit atteler Zéphyr et prit au grand trot la route de Cornfield Manor.

– Ç'a pas bon d'aller la nuit pa' les chemins, grommela l'Arawak en fouettant le cheval.

Jamais l'ingénieur ne mit aussi peu de temps pour accomplir le parcours familier. Tout semblait dormir dans le manoir quand la petite voiture entra dans le parc.

– Timbo, toi qui sais tout, montre-moi la fenêtre de la chambre de lady Ottilia, exigea Charles en descendant de voiture, assez loin du perron pour ne pas attirer l'attention.

Ils contournèrent le bâtiment principal et l'Indien désigna, sur la galerie, une porte-fenêtre entrouverte d'où filtrait de la lumière.

– Tu m'attends là, sans faire de bruit, le temps qu'il faut.

– Si Mossu l'Ingénieu' y 'este do'mi' avec la lady, Timbo peut do'mi' aussi, pas ?

Charles négligea de répondre, escalada la balustrade de la galerie et vit, à l'intérieur de la chambre, Ottilia appliquée à écrire devant un secrétaire. Après une brève hésitation, il pénétra sans précaution dans la pièce. Le grincement de l'huis et le craquement du parquet firent sursauter Otti qui se dressa, effarée.

– Que venez-vous faire ici à cette heure ? dit-elle, stupéfaite, mais sans colère.

– Je viens d'abord vous dire, Ottilia, que je suis votre ami. Ensuite, je viens chercher ce que vous avez acheté à la sorcière de Nassau, ajouta-t-il, nullement certain de ne pas imaginer à tort.

Le regard de la jeune femme se portant sur

un guéridon où se trouvaient un verre et une fiole, il sut avoir vu juste.

– Je ne vois pas ce que vous voulez dire, Charles. Non, vraiment, je ne vois pas.

– Eh bien, moi, je vois !

Faisant un pas vers le guéridon avant qu'Ottilia eût réagi, il saisit le flacon et le lança, par-delà la galerie, dans le jardin.

Quand il se retourna, Ottilia s'était assise et le regardait, accablée, mais s'efforçant au calme.

– C'est un somnifère que vous venez de jeter par la fenêtre, dit-elle posément.

– Pour faire dormir longtemps, très longtemps, à jamais peut-être ? N'est-ce pas, Ottilia ?

– Qu'importe ce que vous pensez. Vous ignorez pourquoi j'ai perdu le sommeil, gémit-elle.

– Je sais, maintenant, Ottilia, tout ce que vous cachez de souffrance intime, répondit Desteyrac.

– Ah, vous savez ! Vous savez ! Depuis des mois, sans doute. Par Lamia, bien sûr, la seule qui connaisse mon état. Vous savez donc que je ne puis être ni amante, ni épouse, ni mère. Vous savez que je ne suis pas épousable ! s'écria-t-elle, prise d'une sorte de fureur désespérée.

– Je le sais depuis une heure seulement. C'est pourquoi je suis venu en pleine nuit chez vous. La confidence de lady Lamia, succédant aux propos que vous m'avez tenus à Pink Bay, nous a donné à craindre que ne vous fassiez usage d'un trop puissant somnifère, car j'avais connaissance par Malcolm de votre visite à la sorcière de Nassau, Otti.

Vaincue, Ottilia se mit à pleurer en silence comme une fillette prise en faute. Charles s'approcha, l'obligea à relever la tête et essuya d'un doigt une larme qui roulait sur sa joue.

– Je suis votre ami, Otti. Ce dont la nature vous prive n'est pas tout dans la vie. Une des plus belles Françaises connues, morte il y a quelques années, Juliette Récamier, était dans votre situation. Elle fut admirée, aimée, adulée par des savants, des artistes, des hommes célèbres, des écrivains, dont M. de Chateaubriand, qui la visitait chaque jour. Vous n'êtes pas exclue de l'amour, Otti.

Elle quitta son siège et se jeta dans les bras de Charles en pleurant, puis, rompant immobilité et silence, se sépara de lui.

– Merci, mille fois merci, Charles. Vous me faites grand bien. Maintenant, partez. Nous nous reverrons dans quelques jours, sans doute à la fête que mon père donnera pour l'inauguration de votre pont.

– Il y aura bal et nous valserons, promit Desteyrac en passant sur la galerie.

Il sauta la balustrade et se trouva dans la pénombre devant une apparition fantomatique : lord Simon, vêtu d'un long négligé blanc, un fusil sous le bras, pareil à la statue du Commandeur, encadrait, avec Pibia, lui aussi armé, le pauvre Timbo.

– Ah, c'est vous, Desteyrac ! Pouvez pas passer par la porte, comme tout le monde, au lieu de jouer les Roméo en grimpant au balcon ?

De la part d'un père surprenant un visiteur nocturne – supposé galant – chez sa fille, le ton aurait dû être plus sévère.

– J'avais une chose urgente à dire à lady Ottilia et ne voulais déranger personne à cette heure, lord Simon.

Cornfield allait parler quand, penchée à la balustrade de la galerie, Ottilia intervint.

– Je vous en prie, père. N'importunez pas M. Desteyrac. Rejoignez-moi, je vous prie, au salon. Je vous expliquerai tout.

Lord Simon émit un grognement, renvoya Pibia avec les fusils et prit Charles aux épaules.

– Vous êtes un sacré gaillard, Monsieur l'Ingénieur ! Savez-vous que vous ne me déplairiez point comme gendre ? lâcha-t-il avec un rire énorme qui rassura Timbo mais fit imaginer à Charles que le temps des déceptions n'était pas révolu.

Sur la route de Pink Bay, ayant pitié de l'Indien qui, dodelinant de la tête, menaçait de s'endormir, le Français prit les rênes.

– Mossu va ma'ier lady Ottilia ? C'est bon pou' Mossu l'Ingénieu' mais Mame Ounca pas contente, observa l'Arawak.

– Il y a plusieurs façons de devenir le gendre de lord Simon, Timbo. Mais tout ça est secret. Si tu racontes ce que tu as vu et entendu cette nuit, les zemis te feront pousser des cornes !

– Je pa'le'ai pas mieux qu'une éponge, mossu. P'omis ! dit-il avant de céder au sommeil.

Le pont achevé, O'Graney se prépara à le faire peindre.

– Notre peinture de marine pourrait faire l'affaire, proposa-t-il.

– Tout est prévu, Tom. Les seaux de peinture que j'ai commandés à Nassau sont arrivés hier : tu les trouveras dans le hangar aux outils.

L'Irlandais délégua deux marins pour aller chercher les récipients et faillit perdre ce qui lui restait de voix quand il ouvrit le premier seau.

– Mais c'est de la peinture bleue, monsieur. Ils se sont trompés, à Nassau !

– Non, c'est bien la peinture que j'ai commandée, Tom. Nous ne sommes pas à Liverpool. La couleur de nos îles est le bleu. Le pont sera donc bleu : bleu comme le ciel, bleu comme la mer, bleu comme les yeux d'une Irlandaise !

– C'est bien la première fois qu'on verra un pont bleu, monsieur, dit Tom.

– Mais c'est justement pour qu'on le voie moins qu'il sera bleu.

Sous l'effet de l'étonnement, la voix perchée du géant était montée d'un ton, mais Sima, le pêcheur d'éponges, et les Arawak présents, amateurs de couleurs vives, approuvaient gaiement le choix de l'ingénieur.

La veille du lançage du pont, opération délicate et risquée, Charles réunit les ouvriers et les marins qui participeraient aux manœuvres déjà répétées.

– Le lançage est une opération difficile, que

nous conduirons sans témoins. Je ne veux pas de curieux, quels qu'ils soient. Aussi, je vous demande à tous de garder le secret. Nous commencerons le travail demain matin, au lever du jour.

Cette nuit-là, Charles ne put trouver le sommeil. Il touchait au but. Le pont, son premier ouvrage, autour duquel, suivant la tradition, ses condisciples des Ponts eussent organisé une fête, allait être lancé à des milliers de kilomètres de la rue des Saints-Pères. On n'en saurait en France que ce qu'il accepterait d'en écrire à des amis. On ne verrait pas dans *L'Illustration* de dessin du pont de Buena Vista ; les plans ne seraient pas conservés dans les archives de l'École ; il y avait peu de chances qu'une réalisation aussi discrète suscitât des commandes qui lui permettraient d'exercer son art ailleurs. Mais il avait choisi l'aventure. Et l'aventure lui offrait une romance exotique grisante, riche en imprévus. Le bonheur était là, pas ailleurs.

Restée à Buena Vista pour tenir compagnie à Lamia, agacée par le bruit et la fumée de la petite machine à vapeur qui fournissait l'énergie au cabestan installé sur son îlot, Ounca Lou vint à l'aube, par la mer, l'assurer de son amour, puis elle regagna l'îlot.

Tandis que s'éteignaient les dernières étoiles, chassées par la lumière froide de l'aube, tous les ouvriers rassemblés se tenaient aux ordres de l'ingénieur. Alors que, chaque jour, la reprise du travail s'accomplissait dans les bavardages, les quolibets et les rires, ce matin-là, les Arawak comme les marins de O'Graney restèrent silencieux, sérieux, presque graves, aux ordres de Charles Desteyrac. Tous savaient participer à un événement exceptionnel dans l'archipel. Plus tard, ils amèneraient leurs enfants et petits-enfants voir le pont. Désignant tel rivet qui leur avait brûlé les doigts, telle entretoise ou tel longeron qui leur avait écrasé un orteil ou déchiré la paume, ils diraient avec fierté : « C'est moi qui l'ai fait. »

On mit d'abord en place le contrepoids, fait de gueuses de fonte apportées du port occidental et de blocs de pierre. Puis, les câbles, tirés au-dessus du goulet, furent enroulés au cabestan placé sur Buena Vista. Charles s'adressa alors une dernière fois aux hommes qui devaient, au moyen de cordages, guider la propulsion de l'ouvrage.

– Pensez que vous allez faire rouler au-dessus du goulet vingt tonnes de fer. Le contrepoids que je crois avoir largement calculé maintiendra le tablier horizontal. Il ne fléchira pas au-dessus de la faille et son extrémité se posera sur le chemin de roulage que vous avez construit sur l'îlot. Mais si, d'aventure, le pont s'inclinait et menaçait de glisser dans le gouffre, n'essayez pas de le retenir. Vous n'y parviendriez pas et seriez entraînés avec lui. Si cela se produisait, je vous donne l'ordre de lâcher câbles et cordages et de vous éloigner du bord. Maintenant, au coup de sifflet de Tom O'Graney, le cabestan va être mis en marche. Prenez vos postes. Si le bon Dieu et vos zemis le veulent, tout se passera bien ! conclut Charles, en proie à autant de crainte que d'émotion.

Deux heures plus tard, Charles se dit que ses maîtres de l'École des ponts et chaussées auraient été fiers de leur élève. Avec une précision parfaite, l'extrémité du pont avait glissé sur le chemin de roulage de Buena Vista et, après un bref instant de stupeur, suscité par la réussite espérée de la manœuvre, les ouvriers s'étaient mis à clamer leur joie, les uns applaudissant, d'autres frappant les tonneaux avec des bûches, et les marins d'O'Graney poussant des hourras, tels des Cosaques. Sur la rive de Buena Vista, Ounca Lou agitait une écharpe près d'une lady Lamia souriante.

Sima et ses compagnons prirent alors l'initiative de hisser Charles sur leurs épaules et, avant qu'il ait eu le temps de protester, sautant sur les membrures du tablier encore dépourvu de chaussée, lui firent, le premier, franchir le pont et le déposèrent devant Fish Lady.

– Monsieur l'Ingénieur, vous avez gagné, dit-elle simplement avant d'abandonner Charles aux effusions d'Ounca Lou.

Le pont n'était pas pour autant achevé. Au cours des jours qui suivirent, si les curieux furent nombreux, après lord Simon qui reprocha gentiment à Charles de ne pas l'avoir convié au lançage, les ouvriers charpentiers mirent en place sur le tablier d'épaisses planches de bois de gaïac qui constituèrent la chaussée. Les terrassiers scellèrent dans la roche, sur les deux rives, les étriers destinés à maintenir l'ouvrage en place en ménageant, suivant les plans, des espaces de dilatation qui permettraient, sous l'effet de la chaleur, l'allongement comme le retrait des poutres métalliques.

La dernière besogne consista, trois jours plus tard, à fixer, sur les croisillons constituant les garde-fous du pont, des blasons des Cornfield qu'un héraldiste eût énoncés : « D'azur au rocher d'or mouvant d'une mer d'argent et un chef de pourpre chargé de trois épis d'or. » Le dessin et la peinture des armes avaient été confiés par Desteyrac et Carver à Murray. Seuls dans le secret, les trois hommes voulaient que cette ornementation sur chaque flan du pont fût une surprise pour lord Simon. Sitôt mis en place, les blasons furent donc couverts d'un morceau d'étoffe pour les cacher aux regards.

L'inauguration, fixée par Carver au 28 octobre, jour de la Saint-Simon, fut, comme l'avait souhaité le maître de l'île, une cérémonie inoubliable. Dès la veille étaient arrivés à bord du *Phoenix* et du *Centaur*, envoyés à Nassau, le représentant du gouverneur royal des Bahamas, ce dernier étant absent de l'archipel, des membres de la *General Assembly*, l'attorney général, les ministres du Travail, de la Santé et de l'Éducation, les officiers en poste à New Providence, et des fonctionnaires britanniques et bahamiens, ainsi que les musiciens d'une frégate de la Royal Navy stationnée à Nassau.

Venant de Cat Island, d'Eleuthera, des Abacos, de Great Exuma et d'autres îles, des notables, descendants des loyalistes, comme les Rolle, les Adderley, les Burnet et bien d'autres, dont les ancêtres avaient reçu des terres de la Couronne en 1783, avaient fait le déplacement. Leurs bateaux encombraient le port occidental, pavoisé pour les accueillir. Lord Simon avait tenu à associer à l'événement son vieux complice Maoti-Mata, cacique des Taino. Au matin de l'inauguration, le chef indien, seul Arawak ayant fait, grâce au maître de l'île, un séjour en Angleterre, se présenta coiffé du bonnet d'ourson, cadeau des Life Guards, portant en sautoir la médaille commémorative de l'Exposition universelle de 1851 à Londres, offerte par la reine Victoria, et un stick sous le bras, comme un élégant officier de la garde. Il prit place sous le dais frangé, dans la tribune officielle, décorée de drapeaux et de guirlandes, entre le représentant du gouverneur royal des Bahamas et lord Simon Leonard Cornfield, qui arborait le très noble ordre de la Jarretière, dont il était seul titulaire dans l'archipel. Lady Ottilia, chargée par son père de s'occuper des invités, tenait son rôle avec charme, tantôt accaparée par les jeunes officiers de la Navy, tantôt par les épouses des officiels. Charles, très entouré par ceux qui sollicitaient des informations techniques sur la construction du pont et sa résistance aux ouragans, eut tout juste le temps de dire à Ottilia combien elle était ravissante dans sa robe bleu azur.

– Pensez que, ce soir, il y a bal chez mon père, lui glissa-t-elle.

Le délégué du gouverneur royal, représentant de Sa Majesté, la reine Victoria, ne pouvait tenir le premier rôle lors d'une cérémonie privée, organisée sur un territoire dont la Couronne n'était plus propriétaire. Avec l'accord de Carver, promu maître des cérémonies, Charles avait profité de la situation pour bousculer un peu le protocole. Au contraire du déroulement habituel d'une inauguration, et par courtoisie pour le délégué du gouverneur, contraint de n'être que simple spectateur, les discours ne seraient prononcés qu'une fois le pont ouvert. Le Français avait décidé de fermer l'ouvrage aux deux extrémités par des rubans identiques, aux couleurs de l'Union Jack et qui seraient simultanément coupés par lord Simon sur Soledad et par lady Lamia sur Buena Vista.

Sous le ciel indigo, alors que le thermomètre marquait 29 degrés centigrades, le froissement sonore des vagues dans le goulet enjambé par le pont faisait écho au chuchotement en mineur d'un océan paisible.

Sur une sonnerie de trompette, lord Simon s'avança vers le pont tandis que Lamia, vêtue d'une longue robe de même ton que sa volumineuse chevelure grise, argentée par la violente lumière de midi, fit de même sur la rive opposée. Une nouvelle sonnerie invita le frère et la sœur, à qui des fillettes venaient de tendre des ciseaux, à couper les rubans, ce qu'ils firent avec gravité, dans un silence concerté.

Pour les insulaires, qui savaient combien lord Simon et lady Lamia évitaient, depuis tant d'années, de se rencontrer, leur geste prit une signification particulière. Figés aux deux extrémités de l'ouvrage, le frère et la sœur s'observèrent un instant tandis que la musique attaquait *God Save the Queen*, puis, soudain, s'élancèrent d'un pas vif à la rencontre l'un de l'autre et s'étreignirent avec fougue au milieu du pont.

La foule applaudit sans subodorer la signification réelle de cette embrassade. Edward Carver en apprécia le sens profond et, bouleversé, se pencha vers Charles.

– Votre pont est l'arche d'alliance si longtemps espérée, mon ami, murmura-t-il, très ému.

Déjà, lord Simon avait offert le bras à sa sœur pour la conduire jusqu'à la tribune. Charles vit dans leurs yeux les mêmes larmes. Il avait gagné.

Avant que lord Simon ne prît la parole, deux enfants dévoilèrent les blasons des Cornfield, ce qui souleva parmi les assistants une clameur admirative et un échange de regards enfin complices et tendres entre le tyran de Soledad et la sorcière de Buena Vista.

Après que le pasteur Russell eut lu un psaume, le père Taval, revêtu de sa robe de moine, vint bénir le pont. Quoiqu'il fût paillard, gourmand, grand buveur et paresseux, l'ermite du mont de la Chèvre, resté humble de cœur et dévoué corps et âme aux malheureux, était estimé de tous.

Après trois phrases courtoises du délégué du gouverneur, lord Simon prit la parole. Il adressa les salutations d'usage aux personnalités, puis, plus sobrement que ne s'y attendaient Carver, Charles et Malcolm, il en vint à l'objet de la cérémonie.

– Ce pont, dans lequel on verra plus tard un ouvrage d'art audacieux et robuste, est dû au génie industriel de Monsieur l'Ingénieur français Charles Ambroise Desteyrac, commença-t-il, suscitant des applaudissements.

Quand ceux-ci se calmèrent, Simon Leonard reprit son discours.

– Cet ouvrage est aussi le produit du travail des charpentiers et marins de mes bateaux et celui de nos ouvriers indigènes. Sachez que nos Arawak ont donné à ce pont une jambe, trois doigts, un œil, et que d'autres ont souffert de brûlures ou de plaies douloureuses, dit-il en s'inclinant, un peu cabotin, en direction du cacique.

Cet hommage aux travailleurs indiens, suggéré par Desteyrac, fut acclamé par des gens de Nassau qui traitaient leurs domestiques avec moins d'égards que Cornfield.

– Ce pont, reprit le lord, est un élément de sûreté pour tous les insulaires. Que l'océan se déchaîne, empêchant toute communication par la mer entre Buena Vista et Soledad, que dans notre Devil Channel, gouffre qui a pris trop de vies, les vagues d'est et d'ouest se livrent un combat infernal, nous pourrons tout de même passer, par tous les temps, d'une île à l'autre. Ce lien de fer entre nos domaines n'a pu être établi qu'avec la collaboration active de lady Lamia Cornfield, propriétaire de Buena Vista. Désormais se trouve rompu le dangereux isolement des habitants de son îlot, qui, en cas de cataclysme, trouveront tous à Soledad refuge et réconfort.

Tandis qu'on en venait aux congratulations, Charles prit Carver à part.

– Lord Simon, parlant de sa sœur, a dit « propriétaire de Buena Vista », alors qu'il m'a dix fois répété que Soledad et l'îlot ne font qu'une seule et même propriété lui appartenant...

– Cher ami, il y a quelques semaines, peut-être en prévision de ce jour, peut-être parce qu'il craint qu'après sa mort les droits de Lamia ne soient pas reconnus, il a convoqué son notaire de Nassau et a fait complète donation à sa sœur de Buena Vista. Mais elle vient seulement de l'apprendre, d'où la mine stupéfaite que vous lui voyez !

Le baronet avait souhaité que l'inauguration du pont tant désiré fût une fête pour toute la population.

Au soir de la cérémonie, les Arawak organisèrent, du sud au nord de l'île, danses et chants devant des buffets approvisionnés, sur ordre du lord, par le personnel de Cornfield Manor. On vit de graves fonctionnaires anglais, des membres du gouvernement et leurs épouses participer aux rondes des insulaires, rire et chanter avec eux, ce qu'ils n'eussent jamais osé faire à Nassau, où les communautés indienne, noire et mulâtre observaient une stricte ségrégation.

Après les réjouissances rustiques vinrent celles prévues à Cornfield Manor : une réception, suivie d'un bal dans le grand hall du manoir débarrassé de ses tapis et de ses meubles.

Rentrant chez lui dans le Cornfieldshire pour passer sa tenue de soirée, les cartons d'invitation exigeant « *tail coat and white tie* », Charles fit la route dans la voiture du major Carver.

– Ce soir, dit Edward, vous aurez besoin d'une cavalière. J'ai pensé que la fille aînée du pasteur Russell conviendrait, car...

– J'ai ce qu'il me faut, major, coupa Charles.

– Si c'est la personne dont on dit qu'elle vous tient assidûment compagnie de jour comme de nuit à Pink Bay, vous n'aurez pas le front de la conduire à Cornfield Manor, dit Carver, alarmé.

– C'est cependant mon intention. Il faut que l'on sorte un jour, pour ce qui concerne cette personne, de l'ignorance feinte et hypocrite que trop de gens entretiennent depuis trop d'années, sir Edward.

– Vous allez causer un scandale. Ce n'est pas le jour ! fit sèchement le major.

– Surtout, n'allez pas mettre en garde votre ami Simon. Je veux lui faire la surprise, exigea Charles, catégorique.

– La surprise ne sera guère appréciée et vous risquez de compromettre votre avenir à Soledad, menaça Carver.

– Ma mission est ici terminée. Le pont est en place. Je puis avoir, demain, un emploi d'ingénieur chez Keystone Bridges Works, à Pittsburgh, et la filleule de lady Lamia est prête à me suivre. Vous comprendrez donc que je me soucie comme d'une guigne de la réaction de lord Simon. Je suis un homme libre, major, conclut Charles quand la voiture s'arrêta devant sa maison.

Edward Carver ignorait qu'Ounca Lou y attendait son amant. La jeune femme avait assisté, au milieu de la foule, à l'inauguration du pont et, sitôt la cérémonie achevée, Timbo l'avait transportée, à bord du dog-cart, au bungalow du Cornfieldshire. L'ingénieur la trouva déjà prête, vêtue d'une robe en lamé de soie céladon à grand décolleté carré, extraite de la garde-robe de sa marraine. Cette toilette mettait en valeur son buste arrogant et sa carnation ambrée. Sa coiffure, cheveux en torsades rassemblés en chignon sur le haut de la nuque, affirmait l'ovale du visage et la finesse du cou. Elle portait pour tous bijoux un collier de dents de requin et, au poignet, un bracelet fait d'éclats de nacre enlevés à des coquillages.

Tout avait été organisé par Fish Lady et, tandis que Charles s'habillait, Timbo vint annoncer que le commandant Colson et son épouse prendraient le couple au passage dans leur landau afin de le conduire au manoir.

– Ils sont donc dans le secret, s'étonna Desteyrac.

– Marraine a pensé que nous ne pouvions pas arriver à Cornfield Manor dans votre carriole, expliqua Ounca Lou en enfilant de longs gants blancs offerts par Fish Lady.

Un peu plus tard, quand la voiture, roulant vers le manoir, emprunta l'allée principale du parc, éclairée par des torchères, Lewis Colson, jusque-là silencieux, se tourna vers Charles.

– C'est très bien, ce que vous faites ce soir, Monsieur l'Ingénieur, dit-il, laconique comme à son habitude.

En haut des marches du grand escalier, sur la galerie illuminée par cent chandelles, lord Simon et lady Lamia recevaient les invités. Quand Ounca Lou posa sa main sur le bras de Charles pour gravir les marches, il la sentit frémir. Edward Carver se tenait en retrait, sur la galerie, attendant manifestement l'esclandre qu'il avait annoncé. Il fut déçu car Lamia, dont Charles pensa qu'elle avait dû préparer son frère à cette rencontre, présenta Ounca Lou.

– Simon, voici votre fille, dit-elle d'une voix nette, sans préambule.

Lord Simon n'avait jamais manqué de sang-froid. Il accueillit cette déclaration sans broncher, bien que son index tremblât légèrement quand il caressa la joue de la jeune fille, raidie par l'inquiétude.

– La dernière fois que je vous ai vue, vous aviez, je crois, sept ou huit ans. Vous êtes devenue très belle. Vous avez en Monsieur l'Ingénieur Charles Desteyrac le meilleur cavalier qu'on puisse trouver. Mais, si vous le voulez bien, nous parlerons plus tard dans un endroit tranquille, ajouta-t-il, voyant des couples immobilisés sur les marches.

Avançant vers l'entrée, Charles présenta le major Carver à sa compagne. Edward s'inclina.

– Vous voyez qu'il n'y a pas eu d'éclat. Lord Simon a fort bien accueilli sa fille cachée, major, dit l'ingénieur, triomphant.

– Attitude et sang-froid de très grand seigneur, murmura Carver.

Malcolm Murray, lui, ne cacha pas sa stupeur en voyant entrer dans le grand salon Ounca Lou au bras de Charles.

– Ça, alors ! Vous l'avez fait ! dit-il en posant un regard gourmand sur le décolleté de la jeune femme.

– Nous reste à rencontrer Ottilia, observa Charles, préoccupé.

Pendant cet entretien, le couple, dont les étrangers ne pouvaient imaginer la situation, focalisait l'attention. L'épouse du délégué du gouverneur fit remarquer à son mari, après les présentations :

– Ces deux-là vont merveilleusement bien ensemble.

C'était reconnaître l'unité harmonieuse d'une femme belle et d'un homme distingué.

– Inscrivez-moi pour la première danse, demanda Murray, faisant l'œil de velours.

Ounca Lou leva sur Charles un regard interrogateur.

– N'hésitez pas, insista l'architecte. Charles est déjà retenu par ma cousine. Ce sont des valseurs inégalables, dit-il comme Ottilia approchait.

Murray, un peu embarrassé, ne savait comment présenter l'une à l'autre les deux femmes. Otti, spontanément, tendit la main à Ounca Lou.

– Vous êtes la filleule de ma tante, lady Lamia, n'est-ce pas ?

Ounca Lou acquiesça en prenant la main tendue.

– Et aussi, si j'en crois ce que vient de dire mon père, qui doit savoir à quoi s'en tenir, vous êtes ma demi-sœur, née d'une épouse de lord Simon décédée très jeune et que je n'ai pas eu le temps de connaître, ajouta Ottilia, plus lady que jamais.

Charles admira comment, en une phrase, la fille de lord Simon avait, au prix d'un mensonge dont personne n'était dupe, rétabli les convenances hypocrites et ouvert une relation sororale condescendante avec celle qu'elle nommait encore, quelques jours plus tôt, une « demi-Indienne ».

L'orchestre ayant attaqué une valse, tous les couples se rendirent dans le hall pour voir lord Simon ouvrir le bal avec l'épouse du représentant du gouverneur, tandis que ce dernier entraînait Lamia sur le parquet ciré.

– Cette valse m'appartient, dit Charles à Otti, un peu indécise.

Il lui prit la taille, car les puritains américains étaient sans influence à Soledad, et la conduisit au milieu des danseurs, tandis que Murray enlevait prestement Ounca Lou.

Charles et Otti valsèrent, elle abandonnée,

les yeux mi-clos, lui goûtant non sans attendrissement et tristesse le plaisir de danser avec celle dont il connaissait maintenant le drame intime.

– Je trouve qu'Ounca Lou vous va bien, Charles. Que comptez-vous faire d'elle ?

– Je compte demander sa main à son père, maintenant qu'elle en a un, dit Desteyrac.

– Eh bien, moi, je vais épouser mon cousin Murray. Lui sait depuis toujours à quoi s'en tenir sur mon incapacité à satisfaire un homme. Il ne sera donc pas déçu. Nous vivrons comme frère et sœur, et nous ferons une bonne association. En somme, un vrai couple d'aristocrates anglais ! ajouta-t-elle, amère.

L'orchestre allait enchaîner sur une mazurka quand Charles et Otti se trouvèrent sur la piste près de Murray et Ounca Lou.

Ottilia se dégagea du bras de Charles et saisit celui de Malcolm.

– Maintenant, que tout rentre dans l'ordre des choses ! dit-elle, la gorge nouée, en changeant de danseur.

– Sir Murray est un excellent cavalier, mais il serre un peu trop la taille des dames, avoua Ounca Lou en riant.

Entre deux danses, Pibia, le majordome, s'approcha de Charles et de sa compagne.

– Sa Seigneurie souhaite vous entretenir un instant dans la bibliothèque, dit-il.

Il se rendit près de Murray, qui venait de danser un quadrille endiablé avec Gertrude Lanterbach, et lui dit la même chose avant de trouver Ottilia, occupée à inscrire sur son carnet de bal les demandes pressantes d'une demi-douzaine d'admirateurs.

En marchant vers la bibliothèque, Charles retint un instant Ounca Lou dans une encoignure.

– J'ai complètement omis de vous demander si vous accepteriez de m'épouser. Il me faut une réponse immédiate, car je vais de ce pas demander votre main à lord Simon et à lady Lamia, dit-il.

Ounca Lou se mit à rire assez fort pour attirer l'attention d'Ottilia et de Murray qui, se rendant eux aussi à la convocation de lord Simon, s'arrêtèrent près du couple.

– Lady Ottilia, croyez-vous qu'on puisse répondre sans réfléchir une minute à une demande en mariage faite avec désinvolture ? dit la filleule de Lamia, incapable de dissimuler sa joie.

– Si le prétendant est M. Desteyrac, à votre place, petite sœur nouvelle, je n'hésiterais pas une seconde. Vous ne sauriez espérer un meilleur parti, répondit Otti, atténuant l'insolence d'un ton protecteur.

Lady Lamia se tenait près de son frère, dans la bibliothèque, quand les deux couples convoqués y entrèrent.

– *God'dam' !* Une vraie réunion de famille ! souffla Malcolm à Charles.

Quand chacun eut trouvé un siège, lord Simon prit l'attitude du père noble, déplissa son gilet de piqué et donna la raison de cette convocation en pleine fête.

– Ce soir, ma fille et mon neveu m'ont

informé de leur intention de se marier. C'est une bonne chose mais, pour souscrire au vœu de lady Ottilia, ce mariage aura lieu à Londres. Elle souhaite, et je l'approuve, que son union soit bénie à Saint Margaret's Church, la petite église proche de l'abbaye de Westminster. Cette église a été fondée par Édouard le Confesseur en 1064. C'est là que repose sir Walter Raleigh et c'est là que sont célébrés tous les mariages de l'aristocratie anglaise. Vous ignorez sans doute, monsieur Desteyrac, qu'il s'agit du sanctuaire le plus huppé de Londres. Nous mettrons donc à la voile pour l'Angleterre, avec le *Phoenix*, la semaine prochaine, annonça lord Simon.

– Vous dites « nous » ? s'étonna Lamia.

– Je dis « nous » car je serai du voyage. Comme j'ai affaire à Londres, je ne quitterai pas ma fille qu'elle ne soit, cette fois, solidement mariée.

Tous eurent un sourire. Charles et Ounca Lou firent un signe amical aux futurs époux, et lord Simon enchaîna :

– Lady Lamia, avec qui je ne m'étais pas entretenu depuis longtemps de manière aussi confiante, m'a dit que sa filleule, c'est-à-dire ma seconde fille, perdue de vue à la suite de circonstances qui ne regardent que moi, mais aujourd'hui retrouvée, s'est prise d'une passion amoureuse, apparemment en cours de consommation, pour Monsieur l'Ingénieur Charles Ambroise Desteyrac. Comme j'ai l'intention de demander à cet ami français de s'établir à Soledad pour y entreprendre de nouveaux travaux, je dois savoir – et cela, pour calmer les appréhensions de lady Lamia – comment il envisage l'avenir pour ma plus jeune fille, dont le bonheur m'importe, bien qu'elle ne porte pas encore mon nom, lacune que mes notaires de Londres combleront. Je suis un vieil homme et je sais par expérience qu'une fille, si amoureuse soit-elle d'un homme, a besoin d'un établissement sûr.

– Eh bien, lord Simon, si vous m'accordez la main de votre fille cadette, vous avez ma réponse, déclara Charles.

Amusé par la façon dont Cornfield présentait toutes situations à son avantage sans la moindre gêne – sans doute « attitude et sang-froid de très grand seigneur », comme avait dit Carver –, l'ingénieur entra dans le jeu.

– Ounca Lou m'a fait très récemment part de son acceptation. Ne restent à obtenir que la vôtre et celle de lady Lamia, précisa-t-il avec une humilité appuyée.

– Lady Lamia et moi vous l'accordons bien volontiers. C'est donc une affaire entendue, acheva lord Simon du ton dont il devait consentir un bail à un fermier, tout en se versant une rasade de whisky.

Après les félicitations de circonstance, les deux couples retournèrent au bal.

La filleule de Lamia rayonnait du bonheur atteint. Cela se lisait dans ses yeux, dont la pâleur bleue irradiait une lumière nouvelle. Charles le sentit à la chaude pression d'une main sur son épaule, tandis qu'ils dansaient.

« Elle est enfin heureuse », se dit-il, un peu

grisé d'être le dispensateur d'une telle félicité à un être longtemps déprécié. Lui-même, auprès d'Ounca Lou, trouvait, avec le plaisir partagé des sens, le tendre abandon d'un amour pur et fort. Ce soir-là, c'était pour lui l'aboutissement de l'aventure insulaire, devenue l'ancrage de sa vie.

Conscient d'avoir conjuré l'appétit de séduction un peu pervers d'Ottilia, il en éprouvait moins de satisfaction que d'apaisement. « Et si Otti avait été une femme normale, complète, achevée ? » se demanda-t-il, sans pousser plus avant, sans vouloir imaginer de réponse. Lucide et sincère avec lui-même, il ne pouvait se défendre d'une trouble attirance, d'une attention inquiète pour la personnalité douloureuse, rebelle, complexe et fascinante de la fille aînée du lord.

Quand la musique cessa, ils se séparèrent et, avant que l'orchestre n'attaque un nouveau morceau, Ounca Lou s'écarta de Charles.

– Faites valser Ottilia. Elle vous attend, dit-elle comme si elle avait pénétré sa pensée.

Charles et Ottilia dansèrent plusieurs valses en silence, unis par un sentiment qui ne pouvait appartenir qu'à eux seuls. La jeune femme s'en montra parfaitement consciente.

– Ainsi, vous resterez à Soledad. Croyez que je serai heureuse de vous y retrouver quand je rentrerai d'Angleterre. Je n'oublierai jamais ce que je vous dois et, Malcolm vous aimant comme un frère, nous aurons beaucoup de choses à partager sur notre île au soleil.

Une semaine plus tard, Charles et Ounca Lou accompagnèrent au port occidental lord Simon, sa fille et son futur gendre anglais. Au pied de l'échelle de coupée du *Phoenix*, que le lord gravirait le dernier comme un amiral de la flotte, Charles prit Murray à part.

– Sachant l'incapacité physique d'Ottilia, que vous connaissiez depuis longtemps, vous allez être conduit à trouver ailleurs ce qu'elle ne peut donner. Je vous en prie, ne la ridiculisez pas, ménagez son amour-propre, faites que votre couple ait, dans le monde cancanier où vous allez évoluer, toutes les apparences d'une union heureuse. Pour le reste, bien sûr, à vous de voir...

– C'est tout vu, Charles. Nous gardons Gertrude à notre service ! dit Murray avec un clin d'œil.

Au moment d'embarquer, Charles vit à ses paupières rougies qu'Ottilia avait pleuré. La jeune femme vint embrasser Ounca Lou.

– Je vous souhaite tout le bonheur que je ne puis connaître, dit-elle, retenant ses larmes.

Charles et sa compagne restèrent sur le môle jusqu'à ce que le *Phoenix*, toutes voiles dehors, poussé par une bonne brise, eût disparu derrière une pointe. Puis, pensifs mais comblés, ils prirent à pas lents, main dans la main, sous les palmiers bruissants, le chemin de leur maison couleur de paradis.

REMERCIEMENTS

Pour écrire ce roman, l'auteur a puisé une foule d'informations dans l'énorme documentation qu'il a accumulée depuis plus de trente ans pour d'autres ouvrages.

Que tous ceux – responsables de départements d'archives nationales, municipales, militaires ou universitaires, de collections historiques, publiques ou privées, propriétaires de documentation familiale, bibliothécaires de réseaux publics ou des universités – qui, en France, aux États-Unis, en Suisse, aux Bahamas, à des titres divers, lui ont permis en trois décennies, quelquefois au prix de longues recherches, parfois au cours d'un simple entretien, de mieux appréhender le XIXe siècle, son histoire, ses mœurs, son économie, son industrie, sa vie quotidienne, ou l'ont aidé à préciser un simple détail, soient chaleureusement remerciés.

Que trouve ici l'expression d'une reconnaissance toute particulière Michel Petroff, Genève, qui a permis à l'auteur de suivre la piste des premiers colons britanniques installés, dès le XVIIe siècle, aux Bahamas.

BIBLIOGRAPHIE SÉLECTIVE

ASSOLANT Alfred, *Scènes de la vie des États-Unis*, Charpentier et Cie, Paris, 1873.

BARBICHE Jean-Paul, *Les Antilles britanniques de l'époque coloniale aux indépendances*, L'Harmattan, Paris, 1989.

BENNETT David, *Les Ponts, histoire et techniques*, Eyrolles, Paris, 2000.

BOTTING Douglas, *Pirates et Flibustiers*, Collection La grande aventure de la mer, Time-Life, 1979.

BOURGET Paul (introduction par), *Un voyage à travers l'Amérique, voyage pittoresque dans le continent de l'Amérique du Nord, vues de ses merveilles naturelles incomparables*, C. N. Greig et Cie, Paris.

CARLIER Auguste, *Histoire du peuple américain – États-Unis – et de ses rapports avec les Indiens*, Michel Lévy frères, Paris, 1863.

CASAS Bartolomé de las, *Brevísima relación de la destrucción de las Indias*, Cátedra, Madrid, 1987.

CESTRE Charles, *Production industrielle et justice sociale*, Garnier frères, Paris, 1920.

CHIDSEY Donald Barr, *La guerra hispano-americana*, Grijalbo, Barcelona-Mexico, 1973.

CHINARD Gilbert, *Les Réfugiés huguenots en Amérique*, Les Belles Lettres, Paris, 1925.

CORNELL Jimmy, *Routes de grande croisière*, Éditions loisirs nautiques, Cenon, 1999.

CORONIO Guy et l'équipe du Centre de documentation contemporaine et historique de l'École nationale des ponts et chaussées, *250 ans de l'École des ponts en cent portraits*, Presses de l'École nationale des ponts et chaussées, 1997.

CUNINGHAME Judy, *Flowers in the Bahamas*, Longtail Publishers, Bermuda,

DUVIOLS Jean-Paul, *L'Amérique espagnole vue et rêvée, les livres de voyages de Christophe Colomb à Bougainville*, Promodis, Paris, 1985.

EVERETT Suzanne, *Les Esclaves*, Fernand Nathan, Paris, 1979.

EYMA Xavier, *Les Trente-Quatre Étoiles de l'Union américaine, histoire des États et des territoires*, Michel Lévy frères-A. Lacroix, Verboeckhoven et Cie, Paris-Bruxelles, 1862.

GRUSS Robert, *Petit Dictionnaire de marine*, Éditions maritimes et d'outremer, Paris, 1963.

GUIZOT François, *Monk, chute de la république et rétablissement de la monarchie en Angleterre en 1660*, Didier, Paris, 1855.

HANCOCK H. Irving, *Life at West Point*, G. P. Putman's Sons – The Knickerbocker Press, New York and London, 1901.

HURET Jules, *En Amérique de New York à La Nouvelle-Orléans*, Eugène Fasquelle éditeur, Paris, 1906.

JOHANET F.-E., *Autour du monde millionaire américain*, Calmann-Lévy, Paris, 1898.

JULIEN Charles-André, *Les Français en Amérique pendant la première moitié du XVIe siècle*, Presses universitaires de France, Paris, 1946.

LACOUR-GAYET Robert, *La Vie quotidienne aux États-Unis 1830-1860*, Hachette, Paris, 1958.

LAMPO Hubert et KOSTER Pieter Paul, *Arthur et le Graal*, René Malherbe, 1986.

LEMASSON Jean, *Pêcheurs d'éponges et chiens de mer*, Julliard, Paris, 1961.

LOONEY Robert F., *Old Philadelphia in Early Photographs 1839-1914*, Dover Publications, New York, 1976.

LORAIN P., *Origine et fondation des États-Unis d'Amérique, 1497-1620* (revu par M. Guizot), librairie Hachette et Cie, Paris, 1853.

MAXIMILIEN prince, *Carnets de route de l'expédition sur le Missouri 1833-1834. Le peuple du premier homme*, aquarelles de Charles Bodmer, Flammarion, 1977.

MILLOT Gilles, *Les Pieds-Lourds, histoire illustrée des scaphandriers à casque français de 1850 à nos jours*, Le Chasse-Marée/éditions de l'Estran, Douarnenez, 1987.

MORENO FRAGINALS Manuel, *Cuba/España, España/Cuba: Historia común*, Mitos Bolsillos, Barcelona, 1998.

OLIVERA Otto, *Viajeros en Cuba 1800-1850*, Ediciones Universal, Miami, 1998.

PASQUET D., *Histoire politique et sociale du peuple américain* (tome II : de 1825 à nos jours), éditions A. Picard, Paris, 1931.

PEEK Basil, *Bahamian Proverbs*, The Providence Press, Nassau, 1966.

PÉREZ HERRERO Pedro, *América latina y el colonialismo europeo, siglos XVI-XVIII*, editorial Śntesis, Madrid, 1992.

PHILIP Jacqueline, *L'Esclavage à Cuba au XIXe siècle*, d'après les documents de l'Archivo Histórico Nacional de Madrid, L'Harmattan, Paris, 1998.

RAULET Sylvie, avec la collaboration d'Alain Boucheron, *Cristal de roche*, Assouline, Paris, 1999.

ROGOZINSKI Jan, À *Brief History of the Caribbean*, Meridian, New York, 1994.

ROUJOUX baron de, *Histoire pittoresque de l'Angleterre et de ses possessions dans les Indes depuis les temps les plus reculés jusqu'à la réforme de 1830*, Paris, 1834.

ROUSNAMIERE John, *Les Yachts de luxe*, Collection La grande aventure de la mer, Time-Life, 1982.

ROUX DE ROCHELLE M., *États-Unis d'Amérique*, Firmin Didot frères, Paris, 1837.

SAUSSURE Henri de, *Voyage aux Antilles et au Mexique 1854-1856*, Olizane, Genève, 1993.

SHELLEY Henry C., *America of the Americans*, Charles Scribner's Sons, New York, 1915.

SIMONIN L., *Le Monde américain, souvenirs de mes voyages aux États-Unis*, librairie Hachette et Cie, Paris, 1876.

VANEIGEM Ariane, *L'Amérique en 1492*, Larousse, Paris, 1991.

WAGNER Charles, *Vers le cœur de l'Amérique*, librairie Fischbacher, Paris, 1906.

WILLIAMS Eric, *L'Histoire des Caraïbes, de Christophe Colomb à Fidel Castro, 1492-1969*, Présence africaine, Paris-Dakar, 1975.

WITT Cornelis de et GUIZOT François, *Histoire de Washington et de la fondation de la République des États-Unis*, précédée d'une *Étude historique sur Washington*, Didier et Cie, Paris, 1869.

ZAVALA Silvio, *El mundo americano en la época colonial,* tome I, Porrua, Mexico, 1967.

Guides

APPLETON'S *General Guide to the United States and Canada,* D. Appleton and Company, New York, 1893.

ASPINALL Algernon, *The Pocket Guide to the West Indies,* Sifton, Praed and Company, London, 1923.

BAEDEKER Karl, *Manuel du voyageur,* les États-Unis, Baedeker-Ollendorff, Leipzig-Paris, 1894.

BAHAMAS HANDBOOK, Étienne Dupuch Jr. Publications, Nassau, 1971.

FIN, *The Complete Angler's Guide,* Miami, 1972.

FODOR, *The Bahamas,* New York, Toronto, London, Sydney, Auckland, 1998.

MCMORRAN Jennifer, *Bahamas,* Ulysse, Montréal, 1998.

Journaux, magazines, revues

Collections de :

Americana Review, New York. Notamment *American Advertising,* 1960.

National Geographic, Official Journal of the National Geographic Society, Washington D. C. Notamment : volume 138, September 1970.

The Bimini News, Bahamas.

The Nassau Guardian, Bahamas.

TABLE DES MATIÈRES

DÉJÀ PARUS

- ANTHOLOGIE DE LA POÉSIE FRANÇAISE
- UNE AUTRE HISTOIRE DE LA LITTÉRATURE — Jean d'Ormesson

Collection ROMAN

- LA CITÉ DES DIEUX SAUVAGES — Isabel Allende
- FILLE DU DESTIN — Isabel Allende
- PORTRAIT SÉPIA — Isabel Allende
- MOI, DORA MAAR — Nicole Avril
- GOOD MORNING AMERICA — Nicole Bacharan
- LE ROI-SOLEIL SE LÈVE AUSSI — Philippe Beaussant
- LES BRUYÈRES DE BÉCON — Robert Belleret
- QUELQU'UN D'AUTRE — Tonino Benacquista
  Grand Prix RTL – Lire 2002
- L'ENFANT SECRET — Louis Bériot
- L'ARRIÈRE-SAISON — Philippe Besson
  Grand Prix RTL – Lire 2003
- VALTESSE DE LA BIGNE — Yolaine de la Bigne
- LE FANTÔME DE LA TOUR EIFFEL — Olivier Bleys
  Prix du Roman Historique de la ville de Blois 2002
- PASTEL — Olivier Bleys
- GEAI — Christian Bobin
- LA COUR AUX PAONS — Françoise Bourdon
- VIVE HENRI IV — J.-Claude Brisville
- ÉTATS SECONDS — Anita Brookner
- MON CŒUR, TU PENSES À QUOI ? — Nicole de Buron
- L'ENFANT DE LA MONTAGNE NOIRE — Laurent Cabrol
- LE PREMIER HOMME — Albert Camus
- L'ADVERSAIRE — Emmanuel Carrère

- LE PARDON AUX OISEAUX — Bernard Chambaz
- À QUOI BON SOUFFRIR ? — Claire Chazal
- L'ÉTERNITÉ N'EST PAS DE TROP — François Cheng
- SŒURS — Cristina Comencini
- CONFIDENCE POUR CONFIDENCE — Paule Constant
  Prix Goncourt 1998
- DES AMANTS DE PORCELAINE — Georges Coulonges
- LA TERRE ET LE MOULIN — Georges Coulonges
- LE PARAVENT DE SOIE ROUGE — Paul Couturiau
  Prix des Maisons de la Presse 2002
- LE LUTHIER DE MIRECOURT — Jeanne Cressanges
- LA HAINE DE LA FAMILLE — Catherine Cusset
- CROQUELUNE — Frédéric Dard
- LE NORVÉGIEN MANCHOT — Frédéric Dard
- MONTEDIDIO — Erri De Luca
  Prix Femina étranger 2002
- MADAME SEYERLING — Didier Decoin
- LA SIESTE ASSASSINÉE — Philippe Delerm
- AMÉLIE ou la Concordance des temps — Maurice Denuzière
- UNE TOMBE EN TOSCANE — Maurice Denuzière
- MADAME ROSE — Michel Déon
- SANS MOI — Marie Desplechin
- LES 40èmes DÉLIRANTS — Raymond Devos
- LE PRINTEMPS DES CATHÉDRALES — Jean Diwo
- LES CHEVAUX DE SAINT-MARC — Jean Diwo
- CAMPING — Abdelkader Djemaï
- SI CE LIVRE POUVAIT.... — Jean-Paul Dubois
- FRANÇOIS Ier — Claude Dufresne
- HEUREUX COMME DIEU EN FRANCE — Marc Dugain

- LES HÉRITIÈRES ** AURÉLIE Jacques Duquesne
- LES HÉRITIÈRES *** CÉLINE Jacques Duquesne
- CHAMELLE Marc Durin-Valois
  Prix Bibliothèques Pour Tous 2003
- LA CHAMBRE VOISINE François Emmanuel
- DES PARFUMS REGRETTÉS Charles Exbrayat
- L'APICULTEUR Maxence Fermine
- NEIGE Maxence Fermine
- OPIUM Maxence Fermine
- LA FUITE AUX AGRIATES Marie Ferranti
- LA PRINCESSE DE MANTOUE Marie Ferranti
  Grand Prix de l'Académie française 2002
- TROIS REINES POUR UNE COURONNE Élise Fischer
- UN TERRITOIRE FRAGILE Éric Fottorino
  Prix Europe N° 1 2000
- LE TALISMAN DE LA FÉLICITÉ Lorraine Fouchet
- LES ENFANTS Dan Franck
- TU T'APPELLERAS SOPHIE Sarah Frydman
- LES FRÈRES DELGAYROUX Alain Gandy
- UN SOMBRE ÉTÉ À CHALUZAC Alain Gandy
- GRAND SEIGNEUR Louis Gardel
- LE FIL DE SOIE Michèle Gazier
- MORT D'UN BERGER F.-O. Giesbert
- HISTOIRES (PRESQUE) VRAIES Françoise Giroud
- UN AMANT DE FORTUNE Nadine Gordimer
- PARAMOUR Henri Gougaud
- L'IMPÉRATRICE DES ADIEUX Michel de Grèce
- LE CHINOIS DE SAINTE-HÉLÈNE René Han
- LE GRAND BATRE Frédérique Hébrard
- LA BOURBONNAISE C. Hermary-Vieille

• LA ROSE D'ANJOU	C. Hermary-Vieille
• LES DAMES DE BRIÈRES	C. Hermary-Vieille
• L'ÉTANG DU DIABLE	C. Hermary-Vieille
• LA FILLE DU FEU	C. Hermary-Vieille
• BIENVENUE PARMI NOUS	Éric Holder
• HONGROISE	Éric Holder
• L'ARBRE À POULES	Denis Humbert
• SHIROBAMBA	Yasushi Inoué
• LE ZUBIAL	Alexandre Jardin
• MARIE SANS TERRE	Yves Jacob
• QUAND NOUS ÉTIONS ORPHELINS	Kazuo Ishiguro
• LA LÉGENDE DU MONT ARARAT	Yachar Kemal
• RENDEZ-VOUS AU COLORADO	Philippe Labro
• PREMIÈRE LIGNE *Prix Goncourt des lycéens 1999*	J.-Marie Laclavetine
• LES RÉVOLTÉS D'AJAIN	Michèle Laforest
• HASARD suivi de ANGOLI MALA	J.M.G. Le Clézio
• LE SECRET	Bernard Lentéric
• LE VILLAGE ENGLOUTI	Rosa Lobato de Faria
• À HAUTEUR D'HOMME	Christophe Malavoy
• L'AFFICHE	Félicien Marceau
• LA GLOIRE ET LES PÉRILS	Robert Merle
• LE LYS ET LA POURPRE	Robert Merle
• LOVE.BABA	Macha Méril
• AURÉLINE *Prix France Télévisions 2002*	J.-Pierre Milovanoff
• LA MÉLANCOLIE DES INNOCENTS	J.-Pierre Milovanoff
• L'OFFRANDE SAUVAGE *Prix des Libraires 2000*	J.-Pierre Milovanoff
• DES INCONNUES	Patrick Modiano

• LE PEINTRE DES VANITÉS	Deborah Moggach
• SASKIA	Pierre Moustiers
• LE CHANT DES CANUTS	Louis Muron
• MIGUEL STREET	V.S. Naipaul
• L'EXPLOSION	Karine Naouri
• COSMÉTIQUE DE L'ENNEMI	Amélie Nothomb
• MÉTAPHYSIQUE DES TUBES	Amélie Nothomb
• LA RANÇON	Paul Nothomb
• LA DESTALOUNADE	Henry Noullet
• LES JARDINS DU ROI, Récit	Fatéma Oufkir
• DEMAIN C'EST DIMANCHE	Pierre d'Ovidio
• LA DOUCE EMPOISONNEUSE	Arto Paasilinna
• LA GLOIRE DE MON PÈRE	Marcel Pagnol
• LE CHÂTEAU DE MA MÈRE	Marcel Pagnol
• AUX FRUITS DE LA PASSION *Grand Prix des Maisons de la Presse 1999*	Daniel Pennac
• MESSIEURS LES ENFANTS	Daniel Pennac
• LE CAPITAINE ALATRISTE	Arturo Pérez-Reverte
• LE PAIN DE MÉMOIRE	Jean-Louis Perrier
• L'ENFANT LÉOPARD *Prix Renaudot 1999*	Daniel Picouly
• FORT DE L'EAU	Daniel Picouly
• LES TROUPEAUX DU DIABLE	Frédéric Pons
• GEORGES ET LOUISE	Michel Ragon
• UN AMOUR DE JEANNE	Michel Ragon
• UN SI BEL ESPOIR	Michel Ragon
• LA BATAILLE, *Prix Goncourt 1999*	Patrick Rambaud
• L'ONCLE	Pierre Rey
• AU TEMPS DU JASMIN	Claude Rizzo
• SOUS DES DEHORS SI CALMES	J. de Romilly

- POUR VOS CADEAUX — Jean Rouaud
- SUR LA SCÈNE COMME AU CIEL — Jean Rouaud
- LES ENFANTS DU SIÈCLE — F.O. Rousseau
- CES ENFANTS DE MA VIE — Gabrielle Roy
- LES CAUSES PERDUES — J.-C. Rufin
  Prix Interallié 1999
- ROUGE BRÉSIL — J.-C. Rufin
  Prix Goncourt 2001
- MÉMOIRES DE LA ROSE — C. de Saint-Exupéry
- ÉMILIE DE LAVALETTE — Guy Schlogel
- LES ANNEAUX DE BICÊTRE — Georges Simenon
- L'AMBASSADRICE — Gilbert Sinoué
- L'ENFANT DE BRUGES — Gilbert Sinoué
- MON MALAGAR, Récit — Lucienne Sinzelle
  Prix Gens de Gascogne et de Guyenne 2001
- MARGA, COMTESSE DE PALMYRE — M.-C. de Taillac
- LA GASPARINE — Jean-Michel Thibaux
- L'HOMME QUI HABILLAIT LES MARIÉES — Jean-Michel Thibaux
- L'OR DES COLLINES — Jean-Michel Thibaux
- LE ROMAN DE CLÉOPÂTRE — Jean-Michel Thibaux
- LES ADIEUX À LA REINE — Chantal Thomas
  Prix Femina 2002
- AUBERTIN D'AVALON — Bernard Tirtiaux
- LA FILLE DE L'ÉCRIVAIN — Henri Troyat
- L'ÉTAGE DES BOUFFONS — Henri Troyat
- LE FILS DU SATRAPE — Henri Troyat
- LES TURBULENCES D'UNE GRANDE FAMILLE — Henri Troyat
- MADAME ANGELOSO — François Vallejo
  Prix France Télévisions 2001
- LE SILENCE DES SOURCES — Catherine Velle

- LA VALLÉE DES MENSONGES Catherine Velle
- L'AMI DE MON PÈRE Frédéric Vitoux
- JEUNE FILLE EN BLEU JACINTHE Susan Vreeland
- AUX QUATRE COINS DU MONDE Anne Wiazemsky
- SEPT GARÇONS Anne Wiazemsky

Collection HISTOIRE

- LA CONJURATION Dominique Baudis
  Prix Relay du roman d'évasion 2001
- RAIMOND D'ORIENT Dominique Baudis
- LYAUTEY Hervé de Charette
- LA COURSE À L'ABÎME Alain Decaux
- DE STALINE À KENNEDY Alain Decaux
- LA GUERRE ABSOLUE Alain Decaux
- MADAME ROYALE Monique de Huertas
- MADAME SANS-GÊNE Christophe Nagyos
- LA PRINCESSE PALATINE Claude Pasteur
- NICOLAS Ier Henri Troyat
- TERRIBLES TSARINES Henri Troyat

Collection TÉMOIGNAGE

- L'ABOLITION Robert Badinter
  Prix Femina de l'essai 2000
- MON CHEMIN MÈNE AU TIBET Sabrye Tenberken
- PUTAIN DE SILENCE Philippe et Stéphane Vigand

Collection BIOGRAPHIE

- IL ÉTAIT UN PIANO NOIR... Barbara
- ON NE PEUT PAS ÊTRE HEUREUX TOUT LE TEMPS Françoise Giroud

Mise en page : Le vent se lève...

Achevé d'imprimer en septembre 2003
dans les ateliers de T. J. INTERNATIONAL
à Padstow, Grande-Bretagne
pour le compte des Éditions Feryane
B.P. 314 – 78003 Versailles

Dépôt légal septembre 2003